Bethany Mangle

All the Right Reasons

Bethany Mangle

ALL

THE

Right

REASONS

Übersetzung aus dem amerikanischen Englisch von
Cherokee Moon Agnew

Titel der amerikanischen Originalausgabe:
»All the Right Reasons«
Für die Originalausgabe:
Copyright © 2022 by Bethany Mangle
Published by arrangement with Margaret K. McElderry Books, an imprint of Simon & Schuster Children's Publishing Division

Textredaktion: Beate de Salve, Pulheim
Umschlaggestaltung: © SO YEAH DESIGN, Gabi Braun unter Verwendung eines Motivs von © TairA / shutterstock.com (2)
Satz: 3w+p GmbH, Rimpar
Gesetzt aus der Adobe Caslon Pro
Druck und Verarbeitung: GGP Media GmbH, Pößneck

Printed in Germany
ISBN 978-3-8466-0189-1

5 4 3 2 1

Sie finden uns im Internet unter one-verlag.de
Bitte beachten Sie auch luebbe.de

Kapitel 1

Wir wurden schon von so vielen Familienberatern fallen gelassen, dass ich mir Snacks einpacke für die lange Fahrt zur letzten Therapeutin, die bereit war, meine Eltern aufzunehmen, ohne horrende Preise zu verlangen. Ich knabbere an einem hausgemachten Kartoffelchip, während Mom vor sich hinmurmelt und ihre Eröffnungsrede probt.

Unsere Version von Familientherapie ähnelte einer Gerichtsverhandlung, nur nicht in dem Punkt, auf den es ankommt. Auch wenn Dr. Porter zu hundert Prozent auf unserer Seite ist – sie kann nicht einfach den Hammer schwingen und alles in Ordnung bringen. Hier gibt es keinen Schadensersatz, nur Schaden.

»Wenn er mich noch einmal unterbricht, fange ich an zu schreien«, raunt Mom, und ihre Hand wandert zu dem Umschlag neben ihr, als würde er sich in Luft auflösen, wenn sie ihn auf den Rücksitz legt.

Ich stecke mir einen weiteren Chip in den Mund und lasse ihn auf der Zunge weich werden, während ich darüber nachdenke, was bei der Sitzung letzten Monat passiert ist. Ich habe das Gefühl, in einer Zeitschleife festzustecken, in der alles schiefgeht, ganz egal, was ich auch tue.

»Tut mir leid.«

Mit trüben Augen und angehaltenem Atem starrt Mom geradeaus. Als sie den Kopf in meine Richtung dreht, gerät der Wagen ein wenig ins Schlingern.

»Hast du was gesagt?«

»Nein.« Ich starre weiter aus dem Fenster, lese die Schilder an den Ausfahrten, die Städte, in denen Mom und ich neu anfangen könnten, wenn … Ja, wenn. Die vier kleinen Buchstaben, die seit Wochen die Gespräche beim Abendessen dominieren und Mom nachts nicht mehr schlafen lassen. Stattdessen brütet sie über alten Akten und surft auf kostenlosen Webseiten zum Thema Recht.

»Alles okay?«, frage ich, als wir in die Straße einbiegen, in der sich die Praxis der Therapeutin befindet. Vielleicht wird sie mir ja irgendwann die Wahrheit sagen, wenn ich nur oft genug nachhake. Doch bisher frage ich mir nur ein Loch in den Bauch.

»Natürlich«, erwidert Mom mit viel zu schriller Stimme und setzt ein Lächeln auf, bei dem die Lippen an zwei aufgezogene Theatervorhänge erinnern. »So etwas ist nie leicht, aber wir schaffen das schon.«

Ich würde ihr eher glauben, wenn ich nicht so oft ihr ersticktes Schluchzen unter der Dusche hören oder im harten Licht der Küchenlampe die extra Schicht Concealer unter ihren Augen sehen würde.

Sie gibt ein wenig Gas, um die nächste freie Parklücke zu erwischen. Wie immer sind wir lange vor Dad und Le-Anne da, die es meiner Mom gern unter die Nase reibt, dass sie jetzt, da sie offiziell zur Familie gehört, dabei sein darf. Mom öffnet die Fahrertür und steigt aus, bevor ich etwas erwidern kann.

Ich folge ihr nach drinnen und weiche nicht von ihrer Seite, bis uns Dr. Porter in ihr Büro ruft. Im Gegensatz zu dem altbackenen Wartezimmer ist dieser Raum modern und auf Hochglanz poliert, mit Glasoberflächen und einem flauschigen Teppich, dem alles anzusehen ist, was hier passiert. Mein Blick fällt auf den Abdruck, den einer der Stühle hinterlassen hat, und mir wird bewusst, dass die Stühle, auf denen Mom und Dad für gewöhnlich sitzen, inzwischen noch weiter auseinanderstehen.

Dad und LeAnne kommen fünf Minuten zu spät, aber immerhin zehn Minuten früher als sonst. Er setzt seine Baseballmütze ab, legt sie auf den Tisch und nickt Dr. Porter zu, deren Ohren sich kaum merklich bewegen, als sie die Zähne zusammenbeißt.

»Hey, Doc. Sorry, war viel los im Fitnessstudio. Wir mussten später schließen.«

»Du könntest die Leute auch einfach bitten, zu gehen«, schlägt Mom vor.

Dr. Porter tippt sich mit einem Kugelschreiber wieder und wieder aufs Knie.

»Schön, Sie alle wiederzusehen. Letztes Mal haben Sie darüber diskutiert, Julias Hälfte des Studios zu verkaufen. Julia, wollen Sie heute anfangen?«

»Diskutiert« ist nett ausgedrückt. Aber es war ja nicht so, als hätte Dad Mom mit wedelndem Zeigefinger ins Gesicht geschrien, während sie mit einer Kopie der Miteigentümervereinbarung auf ihn eingeprügelt hat. Nein, das wäre ja lächerlich.

Zu meiner Linken atmet Mom tief ein und dann lange durch die Nase aus. Sie richtet den Blick auf Dad.

»Ich verstehe, dass du nicht willst, dass ich meinen Anteil an irgendeinen Fremden verkaufe, aber findest du eine beidseitige Zustimmung nicht ein wenig übertrieben? Das Paar, das sich dafür interessiert hat, hätte einen hervorragenden Job gemacht, und die beiden hatten jede Menge Erfahrung.«

»Du hast dem Vertrag zugestimmt, als wir das Studio gekauft haben«, feuert Dad zurück und hebt eine Hand, als Mom protestieren will.

»Rick, Julia ist gerade an der Reihe«, erinnert ihn Dr. Porter.

»Sie war doch fertig.«

»Nein, war ich nicht. Du hast mich unterbrochen.« Mom zückt den Umschlag, den sie vorhin bis zum Bersten vollgestopft hat. »Ich habe eine andere Lösung, einen Kompromiss. Du könntest mir einfach meine Hälfte abkaufen und wärst somit der alleinige Eigentümer. Dann würde die Klausel mit dem beidseitigen Einverständnis auch keine Rolle mehr spielen.«

LeAnne schnaubt, doch als wir zu ihr hinüberblicken, schlägt sie sich eine Hand vor den Mund und hustet.

»Wenn ich der alleinige Eigentümer sein wollte, hätte ich das schon längst vorgeschlagen.«

Mom kniet sich auf den Fußboden und verteilt die Papiere wild durcheinander auf dem Couchtisch.

»Aber sieh es dir doch wenigstens mal an. Ich habe schon alles durchgerechnet.« Mit zitternder Hand deutet sie auf eine Zahl. »Wenn wir eine Ratenzahlung vereinbaren, wäre es monatlich gar nicht so viel.«

Dad steht auf und zeigt auf die Dokumente. Sein Schatten fällt über Mom.

»Ich werde nicht einfach meine Lebenspläne über den Haufen werfen, nur weil du festgestellt hast, dass du nicht mit Geld umgehen kannst. Du wusstest die ganze Zeit, dass wir einen Ehevertrag haben.«

»Tu nicht so, als würdest du besser dastehen als ich, wenn du nicht deine Mietobjekte hättest. Nicht jeder bekommt ein so hohes College-Stipendium, dass es noch für zwei Häuser reicht.«

»Dann hättest du dir eben mehr Mühe geben müssen.« Dr. Porter erhebt die Stimme. »Ich spüre hier eine gewisse Feindseligkeit. Rick, würden Sie sich bitte wieder setzen? Wir sollten das noch mal ganz von vorn durchgehen.«

Mom drückt sich hoch und legt den Kopf in den Nacken, um Dad böse anzufunkeln. »Oh, Entschuldigung, dass ich es nicht habe kommen sehen, dass mir Scheidungspapiere vorgelegt werden, während du im Wohnzimmer sitzt und so tust, als wäre alles in bester Ordnung!«

»Deine Kurzsichtigkeit ist nicht mein Problem.«

»Würdet ihr jetzt bitte aufhören?«, gehe ich dazwischen und sehe Dr. Porter Hilfe suchend an. »Schreien bringt doch nichts.«

Aber die beiden hören nicht auf mich.

»Ich weiß, dass du die Kohle hast!« Mom wischt sich die aufsteigenden Tränen weg und hinterlässt dabei nasse Streifen auf ihren vor Wut geröteten Wangen. »Das ist nur wieder eins von deinen Machtspielchen, weil du den Gedanken nicht erträgst, dass wir gehen würden, wenn wir könnten! Aber wir sind nicht dein Eigentum, Rick.«

Dad greift nach einer Packung Taschentücher, die auf einem Beistelltisch bereitliegt. Während er Dr. Porter den Rücken zugedreht hat und denkt, niemand sonst würde es sehen, blickt er zu LeAnne hinüber und grinst.

Jeder redet davon, wie schön es ist, sich zu verlieben. Aber keiner redet davon, wie es ist, sich zu *ent*lieben. Davon, dass die Liebe ehemals schöne Erinnerungen verdirbt wie eine langsam fortschreitende Fäulnis, die es nur auf die Vergangenheit abgesehen hat.

Ich hätte eine Software benutzen können, um Dad aus unseren Familienfotos zu schneiden, aber es mit einer richtigen Schere zu tun, ist viel befriedigender. Nach der Therapiesitzung zerschneide ich mitten in der Nacht einfach alles, angefangen bei meinen T-Ball-Fotos bis hin zu der Aufnahme, die auf der Achterbahn entstanden ist, als Dad einem völlig Fremden seinen Hotdog auf den Schoß gekotzt hat. Das Einzige, was ich nicht zerstöre, ist Moms Hochzeitsalbum, denn sie hat es verdient, es selbst zu tun.

Ich dachte, ich würde mit alldem klarkommen. Damit, dass er meine Mom betrogen und uns verlassen hat. Mit dem Verlust. Aber jetzt, an einem ganz gewöhnlichen Dienstag ein Jahr nach der Trennung, überrollt es mich wie eine Lawine, die jemand mit nur einem einzigen falschen Schritt losgetreten hat.

Trotzdem. Aus seinem Dad Konfetti zu machen ist wahrscheinlich keine von Dr. Porter empfohlene Bewältigungsstrategie.

Ich stehe auf, stolpere zum Schreibtisch neben der Eingangstür und bohre meine Fingerknöchel in die zerkaute Ecke der Spanplatte. Dann fahre ich Moms Laptop hoch, gehe auf die SeeMe-Seite und starte einen privaten Tagebucheintrag. Ich will das, was ich gerade fühle, protokollieren, nur für den Fall, dass Dad irgendwann wieder einen lächerlichen Versuch unternimmt, die Wogen zu glätten. Als könnte er es wiedergutmachen, dass er unser ganzes

Leben zerstört hat, indem er mich den Pizzabelag aussuchen lässt.

Ich werfe einen Blick auf Moms Schlafzimmertür und stecke mir Kopfhörer in die Ohren, um die Geräusche auszublenden. Mit zitterndem Atem klicke ich auf »Record« und beobachte, wie ein krisseliges Bild von mir auf dem Monitor erscheint.

»Liebes Tagebuch«, beginne ich und überlege zögernd, wie ich den brennenden Schmerz in meiner Brust in Worte fassen soll. »Ich habe das Gefühl, festzustecken. Ich weiß, es ist jetzt schon lange her, aber ich kann immer noch nicht fassen, dass er weg ist. Und wofür? Warum? Ich meine, Mom ist der Hammer.« Um meine Worte zu unterstreichen, beuge ich mich über den Schreibtisch und greife nach dem Foto von ihr, das sie zeigt, wie sie beim »Winter Sprinter«-Hundertmeilenlauf die Ziellinie überquert. Ich halte es in die Kamera. »Diese Frau ist bei Minusgraden fünfundzwanzig Meilen gelaufen!« Nicht einmal Dad hatte an dem Wettlauf teilgenommen; stattdessen hatte er sie mit drei ihrer Freundinnen antreten lassen.

Aus der Zeit vor meiner Geburt gibt es Fotos von ihnen zusammen, wie sie sich hinter der Ziellinie in die Arme fallen oder zusammen Bier trinken, die Startnummern noch auf ihren Trikots.

»Habe ich ihnen nicht genug Zeit zu zweit gelassen? Ich bin doch keins von diesen nervigen Kindern, oder?« Seufzend lehne ich mich zurück und stöhne. »Ich wünschte, ich wüsste, warum Dad sich so verhält. Es ist seltsam, weiterhin zusammenzuarbeiten. Die Leute sagen immer: ›Wie cool, dass ihr ein Familienunternehmen habt.‹ Aber das geht alles den Bach runter, wenn dein Dad plötzlich eine Frau aus dem Yogakurs vögelt. Und jetzt ist er ganz anders als früher. Ich verstehe das einfach nicht.«

Und das Schlimmste ist, dass ich nicht weiß, ob das Dads neue Persönlichkeit ist oder ob er schon die ganze Zeit so war.

Ich atme tief durch, doch das hilft nicht gegen die Panik, die mich überkommt. Ich fasse mein Haar zusammen und drehe es auf meinem Kopf zu einem Knoten.

»Hey«, sagt Mom, als sie ins Wohnzimmer kommt. Sie trägt ein übergroßes T-Shirt und eine alte Sporthose. »Warum bist du so spät noch auf?«

Ich sammle ein paar der Schnipsel ein und halte sie in das Licht der Schreibtischlampe, damit Mom sie sieht.

»Ich verpasse Dad ein Facelift«, erwidere ich und werfe das Foto von unserem Vater-Tochter-Tanz in den Mülleimer.

»Cara.« Mom seufzt und lässt den Kopf so weit in den Nacken fallen, dass ihre Luftröhre deutlich hervortritt. »Das ist nicht gut für dich.«

»Oh, das ist so was von gut. Du solltest es auch mal ausprobieren. Schau.« Ich nehme die ausgefranste Kante eines weiteren Fotos zwischen Daumen und Zeigefinger und halte Dads Gesicht vor meins. »Du bist ein Vollidiot, und keiner mag dich.« Dann knülle ich es zusammen und widme mich dem nächsten. »Dein Chili, auf das du so stolz bist, schmeckt nach Hundescheiße mit Jalapeños.«

Ich könnte stundenlang so weitermachen.

Irgendwann kriege ich Mom doch noch dazu mitzumachen. Zuerst ist ihre Stimme noch leise, doch während sie den Fotos von Dad immer mehr Vorwürfe macht – angefangen beim Schnarchen bis hin zu der Tatsache, dass er sie bei ihrem dritten Date versetzt hat –, wird sie immer selbstbewusster. Sie geht durch zahlreiche Alben und fasst seine schlimmsten Vergehen so energisch zusammen, dass sie ihren monotonen und faultierartigen zweitklassigen Scheidungsanwalt bei Weitem übertrifft. Vielleicht hätte sie sich besser selbst vertreten sollen.

»Weißt du noch, wie er mich einmal an einer Raststätte vergessen hat, während ich auf dem Klo war?«, frage ich und lache, als ich mich daran erinnere, wie schrill seine Stimme geklungen hat, als er ans Handy gegangen ist. In den folgenden Tagen hat Mom ihn, wenn wir zusammen irgendwohin gingen, immer wieder gefragt: »Hey, Rick? Hast du daran gedacht, dein Kind einzupacken?«

Mom schnaubt. »Das war nur lustig, weil du schon wieder zu Hause warst, als ich es erfahren habe. Aber gut zu wissen, dass er schon immer dumm war.«

»Ja«, erwidere ich. »Wer dich verlässt, der kann nur dumm sein, Mom.«

Schlagartig breche ich in Tränen aus, bis ich durch den Bach, der über meine Wangen strömt, kaum noch etwas sehen kann. Die Tränen vermischen sich mit Rotze, Spucke und allem anderen ekligen Zeug, das aus meinem Gesicht kommt.

»Ich weiß nicht, was mit mir los ist. Plötzlich tut es wieder weh.« Um die Tränen wegzuwischen, klatsche ich mir die Hände auf die Wangen, als wären es zwei Scheibenwischer, die gegen Platzregen ankämpfen.

Mom schlingt die Arme um mich und zieht mich vom Stuhl hoch. Dann drückt sie mich, bis sich der Verschluss ihres Armbands in mein Schulterblatt bohrt.

13

»Alles wird gut. Es muss gut werden.«

»Das glaube ich dir nicht«, schluchze ich, und meine Stirn stößt immer wieder gegen ihr Schlüsselbein. »Ich will einfach von vorn anfangen, Mom. Ich will ihn nicht die ganze Zeit sehen müssen. Er wollte uns nicht.«

Und er hat mir mehr genommen, als ihm bewusst ist. Als mich dieses Jahr zwei meiner Klassenkameraden gefragt haben, ob ich mit ihnen zum Schulball gehe, habe ich sie beide abgewiesen. Es ist, als wäre die Magie verschwunden. Welchen Sinn hat Romantik, wenn das alles doch nur Schall und Rauch ist? Wenn man sich nicht einmal mehr selbst ins Gesicht blicken kann, sobald sich der Rauch aufgelöst hat? Dank Dad sehe ich nur einen tiefen Krater, wenn ich an Blumen denke, an Telefonate mitten in der Nacht, an den beflügelnden Rausch der Liebe.

»Du wirst dich besser fühlen, wenn du ein wenig geschlafen hast«, sagt Mom und führt mich zurück zum Sofa. Dann betrachtet sie mit zusammengekniffenen Augen den Bildschirm. »Nimmst du das etwa auf?«

»Sorry. Ich war gerade dabei, einen Tagebucheintrag zu machen. Das habe ich ganz vergessen.« Ich beende die Aufnahme und schalte die Lampe aus. Hoffentlich reicht Mom das schummrige Licht aus der Küche, um zurück in ihr Schlafzimmer zu finden.

Sie gibt mir einen Kuss auf die Wange. »Ich hab dich lieb. Schlaf schön. Wir können morgen früh weiterreden, wenn du willst, okay?«

»Okay. Hab dich auch lieb.«

Die Fotos lasse ich einfach auf dem Sofa liegen. Sie zerknittern unter mir, während ich einschlafe, umgeben von verdorbenen Erinnerungen, den Trümmern eines anderen Lebens.

Ich weiß nicht, warum die Leute sagen, sie hätten geschlafen wie ein Toter. Ich habe geschlafen, wie es nur ein Lebender kann. Die Erschöpfung steckt mir tief in den Knochen, und meine Augen sind ganz aufgedunsen von den vielen Tränen der letzten Nacht. Ich würde auch noch weiterschlafen, wäre da nicht dieser fürchterliche Lärm vor der Tür.

Ich quäle mich vom Sofa hoch und winke ab, als Mom den Kopf zur Wohnzimmertür hereinsteckt. »Ich gehe schon.«

Für den Postboten ist es zu laut, für die Polizei zu leise. Vielleicht hat Mrs. Abernathy im Apartment unter uns mal wieder ihre Küche in Brand gesteckt.

Ich öffne die Wohnungstür und rümpfe genervt die Nase, obwohl es meine beste Freundin ist, die da auf dem umlaufenden Balkon wartet, die Arme vor der Brust verschränkt.

»Hey, was ist los? Ich habe dir schon mindestens fünfzig Nachrichten geschrieben.« Vanessa deutet auf die Wand, die zwischen unseren Wohnzimmern liegt. »Ich habe sogar an die Wand geklopft.«

»Oh.« Ich drehe mich zu dem Beistelltisch um, den ich als Nachttisch benutze. »Sorry, ich habe mein Handy auf ›Nicht stören‹ gestellt, bevor ich eingepennt bin. Was ist los?«

Vanessa hält mir ihr Smartphone so dicht vors Gesicht, dass ich den Kopf zurückziehen muss, um nicht mit den Wimpern gegen das Display zu stoßen.

15

»Ähm, du trendest gerade international«, sagt sie halb fassungslos, halb bewundernd. »Das ist los.«

Ich wische mir mit dem Ärmel über die Augen und blinzle, bis ich klar sehen kann. Auf dem Display erkenne ich meine Aufnahme von gestern Nacht, das Video an der Stelle gestoppt, an der sich Mom in ihrem improvisierten Schlafanzug über meine Schulter lehnt. Ich überfliege den Rest der Seite. Die Leute bezeichnen es jetzt schon als *Heulsuses heiße Mom*. Es gibt sogar eine Version, in der mein Gesicht gegen das eines riesigen Zeichentrickbabys ausgetauscht wurde.

»Warte mal. Das ist wirklich im Internet?«

»Ja!«, ruft Vanessa und schüttelt ihr Handy, um das Gesagte zu unterstreichen. »Und es geht viral!«

»Das ist unmöglich«, murmle ich und versuche mich an gestern Abend zu erinnern, an die Einstellungen, die ich gewählt habe, bevor ich die Aufnahme gestartet habe. »Das ist ein privater Tagebucheintrag.«

Das passiert gerade nicht wirklich. All meine persönlichen Geschichten!

Doch die Zahl unter dem Video lügt nicht.

Aufrufe: 1,3 Millionen.

Kapitel 2

Ich schicke Vanessa zurück in ihre Wohnung und lösche das Video von meiner Seite, bevor Mom noch Wind davon bekommt. Es kostet mich meine ganze Willenskraft, nicht die 3.864 Kommentare zu lesen oder meinen Namen in eine Suchmaschine einzutippen. Nach dem zu urteilen, was ich auf Vanessas Handy gesehen habe, wird es nicht viel bringen, den Originalpost zu löschen – außer dass ich mich vielleicht ein bisschen besser fühle. Doch wenn da auch nur eine winzige Chance ist, die Katastrophe aufzuhalten, bevor Mom davon erfährt, muss ich es versuchen. Mit der Therapie, meinem Zusammenbruch gestern Abend und dem immer höher werdenden Stapel an unbezahlten Rechnungen auf der Mikrowelle hat sie schon genug, worüber sie sich Gedanken machen muss.

Ich finde sie im Badezimmer, wo sie vor dem Spiegel steht. Ihre Haare sind so nass, dass das Wasser ununterbrochen auf die Fliesen tropft. Sie hält sich eine Bluse mit Blumenmuster vor die Brust, wirft sie dann beiseite und ersetzt sie durch ein schwarzes Etuikleid.

»Meinst du, das würde mir stehen?«

Ich kneife die Augen zu und halte mir sicherheitshalber noch zusätzlich die Hand vors Gesicht, während ich mich an ihr vorbeiquetsche.

»Einmal, nur einmal, hätte ich gern eine ganze Woche, ohne dich in Unterwäsche zu sehen.«

Zwischen uns gibt es die unausgesprochene Regel, dass es in Ordnung ist, halb nackt herumzusitzen, um die Kosten für die Klimaanlage so gering wie möglich zu halten, aber in letzter Zeit übertreibt sie es wirklich.

»Ich bitte dich! Immerhin habe ich dich geboren. Du weißt doch, wo die Babys herkommen, oder?« Sie senkt meinen Arm. »Also beantworte die Frage.«

»Sieht bestimmt gut aus.« Ich halte den Blick stur zur Zimmerdecke gerichtet. »Was hast du überhaupt vor? Ich dachte, du würdest zur Arbeit kommen.«

»Ich kann nicht. Ich habe ein Vorstellungsgespräch.«

Mitten im Haarebürsten halte ich inne. Die Bürste bleibt einfach hängen, während mein Griff ganz schlaff wird.

»Ich dachte, darüber hätten wir schon gesprochen. Du kannst keinen zweiten Job annehmen. Wann willst du denn schlafen?«

»Mir bleibt aber keine andere Wahl«, erwidert sie, schüttelt sich wie ein begossener Pudel und bespritzt mich mit Wasser. »Wenn ich nicht irgendwie zusätzlich Geld verdiene, können wir niemals umziehen.«

Halbherzig tätschle ich ihr die Schulter, während ich mich eilig fertig mache. Ich bin zu erschöpft, um schon wieder darüber zu diskutieren.

»Du solltest das Kleid anziehen. Es passt zu den High Heels, die du neulich gekauft hast. Die sind süß.«

»Keine schlechte Idee.« Sie wiegt den Kopf hin und her, als müsste sie noch darüber nachdenken, dabei ist das Kleid schon jetzt der eindeutige Sieger. Sobald die Schuhe ausgewählt wurden, ist der Wettbewerb vorbei. »Ich habe nur Angst, dass mein Trizeps nicht definiert genug ist.

Und meine Waden sind auch ziemlich dick geworden. Auf der Hochzeit deines Vaters haben mich alle angestarrt.«

Ein Lachen quetscht sich am Griff meiner Zahnbürste vorbei. Ich bin mir ziemlich sicher, dass die Blicke eher etwas damit zu tun hatten, dass Mom gar nicht aufhören konnte zu betonen, wie umwerfend, jung und *majestätisch* meine Stiefmutter in ihrem rüschigen Prinzessinnenkleid aussieht. Mal ganz davon abgesehen, dass Mom überhaupt zur Hochzeit erschienen ist.

Ich spucke ins Waschbecken und spüle mir den Mund aus, während ich darüber nachdenke, wie vollkommen unangebracht das, was ich gleich sagen werde, eigentlich ist.

»Mom, du bist heiß, okay? Und damit meine ich echt heiß.«

Fast verrate ich ihr, dass 1,3 Millionen Menschen derselben Meinung sind, doch ehrlich gesagt hoffe ich, dass sie sich lange genug auf Dad konzentriert, bis der Spuk vorbei ist. Ein Video, das viral geht, wird ruck, zuck vom nächsten abgelöst, oder etwa nicht?

»Aber findest du, ich sehe immer noch … na ja … fit aus? Ich wirke nicht zu k. o.?«

»Nein, tust du nicht. Es widert mich an, wie die Männer dich ansehen.« Ich deute auf ihren durchtrainierten Körper, ihren makellosen Teint. Obwohl sie meint, *jeder könne es sehen*, wirkt ihr hüftlanges schwarzes Haar immer noch perfekt und natürlich, selbst mit der Farbe, die erste graue Strähnen kaschieren soll. »Auf einer Skala von eins bis Aphrodite bist du mindestens eine Sechs.«

Sie seufzt. »Aber Aphrodite hat nie einen Ironman-Triathlon gewonnen.«

»Okay, dann bist du eben … ein halber Ares. Ist das

besser?« Mein Tonfall ahmt ihre Verzweiflung nach. »Man braucht bestimmt mindestens fünf Bildhauer, um nur eine seiner Pobacken zu meißeln.«

Das Kinn fällt ihr auf die Brust, als sie an sich und ihrem XXS-Body herunterblickt und die Oberarme anspannt.

Die Art, wie sie den Mund verzieht, verrät mir, dass ich das Falsche gesagt habe.

»Was denn? Er ist ein unsterblicher Gott. Und du bist nur eine durchtrainierte Sterbliche.«

Anscheinend fasst sie das Wort »durchtrainiert« als Kompliment auf, denn sie hört auf, sich in die nicht vorhandenen Speckrollen zu kneifen, und trocknet sich weiter die Haare.

Ich erwähne jetzt lieber nicht, dass sie vor LeAnne nicht so war. Damals ging es ihr lediglich darum, ihre persönlichen Rekorde zu brechen, auch wenn sie es nicht auf das Siegertreppchen schaffte. Es ist, als hätte sie vergessen, ihr Selbstbewusstsein in altes Zeitungspapier zu wickeln und in eine Kiste zu packen, als wir umgezogen sind.

Ich werfe einen Blick auf die Uhr und knurre: »Da wir gerade von Arbeit sprechen … Wir sind schon viel zu spät dran. Beeil dich.«

»Du scheinst dich ja richtig darauf zu freuen, den ganzen Nachmittag lang Turnmatten sauber zu machen.«

»Besser, als in die Schule zu gehen oder an einem weiteren Biologieprojekt zu basteln.«

»Turnmatten sauber zu machen *ist* ein Biologieprojekt.«

Da ist was dran. Im Yogakurs für Anfänger sind tatsächlich ein paar Leute, die eine Übungsstunde in Sachen herabschauendes Deodorant gut gebrauchen könnten.

Hastig stopfe ich mir ein mickriges Frühstück rein und stelle mich dann wieder in den Türrahmen des Badezimmers. Das mache ich so oft, dass es mich fast wundert, dass der Rahmen an der Stelle nicht schon längst eine Delle hat.

»Ich werde pro Stunde bezahlt«, schreie ich über den Lärm des Föhns hinweg. »Beeil dich.«

»Ist doch nur dein Dad. Er ist kein richtiger Chef. Es ist ja nicht so, als würde er dich feuern.«

Ich swipe zur Uhrzeit auf meinem Handy und deute darauf. Inzwischen bin ich schon über eine Stunde zu spät.

»Herausforderung angenommen.«

Irgendwie hat er uns ja schon gefeuert. Aus seinem Leben.

Es braucht viel Gejammer und den perfekten Frühlingsschal, um das schwarze Kleid ein wenig aufzupeppen, bevor Mom endlich der Meinung ist, das Haus verlassen zu können, ohne auszusehen wie ein Oger. Sie steigt ins Auto, stellt die Rückenlehne ihres Sitzes auf und dreht den Zündschlüssel ein bisschen zu energisch. Wir sind noch keine zwei Minuten unterwegs, da fangen ihre Beine an zu zittern.

»Du wirkst gestresst.«

»Ach ja?« Sie kippt den Rückspiegel herunter und reibt sich über die kaum sichtbare Falte unter einem Auge.

Meine Hand schnellt vor, um nach dem Lenkrad zu greifen.

»Ich schwöre, du bist echt die schlechteste Autofahrerin auf dem ganzen Planeten. Vielleicht solltest du an meiner Stelle in die Fahrschule.«

»Entschuldige mal. Mir ist noch nie was passiert.«

Dann hält sie inne. »Im Gegensatz zu einer gewissen Person, die mal einen Briefkasten umgefahren hat. Kleiner Tipp: Sie sitzt in diesem Auto.«

Ich starre sie mit offenem Mund an. »Das war jetzt aber ein Tiefschlag, Mom. Immerhin ist mir das nur ein einziges Mal passiert.«

Sie sieht mich aus dem Augenwinkel an und hat Mühe, sich das Grinsen zu verkneifen.

»Das war tatsächlich ein Tiefschlag … für den Kotflügel.«

Wir lachen immer noch, als wir den Parkplatz vor dem Fitnessstudio erreichen. Das Café nebenan hat die kleine Terrasse mit Möbeln vollgestopft, um das wärmere Wetter zu zelebrieren, und auf den gusseisernen Stühlen sitzen lauter Gäste in zusammenpassenden Fahrradoutfits.

Mom seufzt, und die Unbeschwertheit verschwindet. »Meinst du, die Leute werden jetzt, da das Wetter wieder schöner ist, ihre Mitgliedschaft kündigen?«

»Alles wird gut«, wiederhole ich unser inoffizielles Mantra des letzten Jahres. »Es regnet ja immer noch hin und wieder.«

»Dein Dad wird dich später nach Hause fahren müssen. Ich weiß noch nicht, wann ich zurück bin. Ich habe nach dem Vorstellungsgespräch noch ein paar Dinge zu erledigen.«

»Alles klar, ich sage es ihm. Viel Glück.«

Ich schwinge meinen Rucksack über eine Schulter und trete durch die Glastüren in die Lobby des Fitnessstudios. Die Mixer von der Saftbar sind so schrecklich laut, dass sie sogar die fröhliche Popmusik aus den Lautsprechern in den Ecken übertönen. Ich wage es, an einem der Smoothies zu schnuppern, und erschaudere. Es riecht, als hätte jemand Spinat in ein Abflussrohr gestopft.

»Ich will es gar nicht wissen«, murmle ich vor mich hin.

Dad kommt mit dem Mix-Behälter zurück an den Tresen und zuckt vor Schreck zusammen.

»Hey, Cara. Ich habe dich gar nicht hereinkommen hören.« Er gießt sich ein großes Glas grünen Glibber ein und trinkt einen Schluck. »Die Saftbar war eine großartige Idee.«

»Wenn du meinst …« Ich beneide und verachte gleichermaßen Dads Fähigkeit, den Resetknopf zu drücken, als wäre gestern gar nichts geschehen. Die Therapiesitzung ist noch keine vierundzwanzig Stunden her, doch da steht er und tut so, als wäre ich kein Goldfisch, der in seinem Glas gefangen ist.

Wenigstens hat er das Video noch nicht gesehen. Wenn er wüsste, dass ich in der – virtuellen – Öffentlichkeit seine schmutzige Wäsche gewaschen habe, wäre er nicht so gelassen.

Er greift um mich herum, um einem Typen in einem neonorangen Tanktop einen der Smoothies zu reichen. Als er zum fünfzigsten Mal die gesundheitsfördernde Wirkung von Brokkoli lobpreist, seufze ich.

»Und er hilft auch bei Verstopfung! Nach diesem Shake läuft alles wie am Schnürchen.«

»Dad«, zische ich und schlage mir eine Hand vors Gesicht. »Bitte hör auf, dich mit den Leuten über die Konsistenz ihrer Kacke zu unterhalten. Das ist wirklich alles andere als okay.«

Ich glaube, auf seinen Wangen einen Anflug von Rot zu erkennen.

»Holt sich deine Mom noch einen Kaffee?«, fragt er und beginnt, die Gemüsereste vom Tresen zu wischen.

»Nein, sie hat noch etwas anderes zu erledigen. Sie hat gemeint, sie habe bereits mit Jake darüber gesprochen, dass er ihren Zumba-Kurs übernimmt.«

»Oh, schlechtes Timing. Dieses ganze Schlamassel mit der Inhaberschaft hat mich wieder daran erinnert, dass ich LeAnne dringend in den Vertrag aufnehmen lassen muss.«

Sein Blick wandert hinüber zur Empfangstheke, an der meine neue Stiefmutter sitzt und Mitgliedsausweise anfertigt, während sie auf einem Mini-Stepper steht.

»Du fügst sie als Miteigentümerin hinzu?«, frage ich ungläubig und unterdrücke die Empörung, die ich stellvertretend für meine Mutter empfinde.

»Das ist nur eine Formalität. Deine Mom kriegt trotzdem die Hälfte von allem. Nun, natürlich nur das, was ihr laut Ehevertrag zusteht. LeAnne will einfach mehr ins Business involviert werden.«

»Sie hat doch einen Job! Sie muss nicht die ganze Zeit hier abhängen, wo Mom ...« Ich schnappe mir einen Proteinriegel aus der Auslage, reiße die Verpackung mit den Zähnen auf und stopfe ihn mir in den Mund, damit ich nichts mehr sage. Dabei mag ich Pistazie nicht mal besonders, aber immer noch lieber als Schwachsinn. »Vergiss es. Ist der Spinningkurs schon vorbei?«

»Ja«, erwidert Dad und popelt mit dem Daumennagel am Endstück einer Karotte herum. »Der nächste geht erst um elf los. Du hast also noch Zeit.«

»Nein, ist schon okay. Ich werde jetzt mal sauber machen.« Alles, um von dieser Unterhaltung wegzukommen. Ich trotte in Richtung der Kursräume und schließe den

Schrank im Flur auf, in dem sich sowohl die Putzutensilien als auch die Snacks befinden, die wir als Mitarbeiter nicht vor den Kunden verspeisen wollen. Ich schiebe eine Tüte Doritos beiseite, um an die Lappen und das Putzmittel zu kommen, und schlage die Tür ein wenig fester zu als unbedingt nötig.

Das Spinningstudio ist der kleinste Raum von allen, deshalb brauche ich nur ungefähr zwanzig Minuten, um den Schweißgeruch und etliche verschiedene Haarprodukte zu eliminieren. Ich beäuge einen mysteriösen Fleck auf dem Fußboden und frage mich, ob es Spucke oder verschüttetes Wasser ist.

»Da bist du ja«, ruft LeAnne hinter mir mit einer Stimme, die bestimmt ein paar Oktaven höher ist als ihre echte. »Kannst du deiner Stiefmutter nicht mal Hallo sagen?«

Nein, kann ich nicht. Es würde mir körperliche Schmerzen bereiten.

»Sorry.«

Sie durchquert den Raum und schwingt sich auf eines der Räder eine Reihe vor mir.

»Ich habe nachgedacht«, sagt sie und stützt eine Hand auf den Griff.

Das ist ja ganz was Neues.

»Ich weiß, dass die Situation im Moment ganz schön angespannt ist. Vielleicht könnten wir ja ein wenig Zeit miteinander verbringen und uns besser kennenlernen. Warum kommst du am Donnerstag nicht zum Spieleabend vorbei?«

Ich kneife die Augen zusammen. »*Fortnite* oder *Monopoly?*«

»Wie bitte?«

»Nichts.« Das war's. Sie hat ihre einzige Chance, interessant zu sein, vertan. »Danke für die Einladung, aber ich glaube, eher nicht.«

Sie folgt mir zum Putzschrank und bleibt im Türrahmen stehen, während ich die Sachen verstaue.

»Hör mal, ich kann mir vorstellen, dass das schwer für dich ist. Dein Vater hat sich auch Sorgen gemacht, dass es dich vielleicht verletzen könnte, wenn er so schnell wieder heiratet.«

Ja, hat es.

»Mir geht's gut, okay? Und, ähm, ich gehe ... jetzt ... einfach.« Ich mogle mich an ihr vorbei, bevor sie etwas erwidern kann, und gehe ihr für den Rest des Tages so gut wie möglich aus dem Weg. Doch das ist in einem so kleinen Fitnessstudio mit nur zwei Kursräumen und jeweils einer Ecke für Kardio- und Krafttraining leichter gesagt als getan.

Immer mal wieder werfe ich einen Blick aufs Handy, doch von Mom kein Piep. Ich weiß nicht, ob das ein gutes oder ein schlechtes Zeichen ist. Ich ignoriere die Flut an Nachrichten von Vanessa und anderen Freunden, die mir sehr unvorteilhafte Screenshots von mir schicken, die sie mit ungläubigen Bildunterschriften versehen.

IST DAS ECHT??????????

Jeder dieser Screenshots ist von einer anderen Internetseite. So viel zum Thema, es könnte irgendetwas bewirken, dass ich das Video von meiner Seite gelöscht habe.

Ich antworte nicht auf die Nachrichten. Es tut mir nur weh, als ich realisiere, dass es die Freunde aus meiner alten Nachbarschaft nicht in mein neues Leben geschafft haben. Wie sollte es auch anders sein, nachdem sich ihre Eltern auf Dads Seite gestellt und so fürchterliche Aussagen getätigt haben?

Julia hat ihre ... ganz eigene Vorstellung davon, wie viel Wein in ein einziges Glas gehört. Und sie flucht in Caras Gegenwart. So ein Benehmen dulden wir nicht in unserem Haus.

Sobald mich einer von den Kunden ansieht, ziehe ich schnell den Kopf ein und haue ab. Doch falls sie das Video gesehen haben, haben sie wenigstens genug Anstand, es nicht zu erwähnen, auch wenn ich mehr Blicke auf mir spüre als gewöhnlich, während ich die deckenhohen Spiegel putze. Vielleicht bin ich aber auch einfach paranoid.

»Kannst du mich nach Hause fahren?«, frage ich meinen Dad, sobald ich das Gefühl habe, dass ich trotz meines Zuspätkommens endlich gehen kann. »Und kannst du LeAnne bitte hierlassen? Und würdest du mich bitte nicht fragen, warum ich nicht will, dass LeAnne mitkommt?«

»Ähm, klar.« Er zuckt mit den Achseln und klopft die imaginären Taschen seiner Sporthose ab. »Verdammt. Lass mich noch kurz die Schlüssel holen.«

Er geht zum Empfangstresen, greift um LeAnne herum und drückt kurz ihr Knie, während er seinen Schlüsselbund aus der obersten Schublade holt.

Das Einzige, was mich davon abhält, auf den Fußboden zu kotzen, ist die Tatsache, dass ich es dann aufwischen müsste, was wiederum bedeuten würde, dass ich länger bleiben müsste.

Auf der Fahrt schaltet Dad die Radiosendung ein, die wir immer als Familie gehört haben. Ein paar Sekunden lang lasse ich sie laufen, bevor ich auf den Lautstärkeregler drücke und das Radio auf Stumm schalte.

»Und, ähm, machst du irgendwas Schönes im Sommer?«, fragt Dad.

Ich schnaube, halb aus Spott, halb aus Mitleid. Bei all dem Reichtum an Gesprächsthemen schafft es Dad jedes Mal, das größtmögliche Minengebiet auszuwählen.

»Nicht wirklich. Im Moment ist alles ein bisschen …«

Düster? Eine finanzielle brennende Müllhalde? Oder angespannt, wie Erwachsene es gern ausdrücken?

»Nun, du weißt, dass du gern zu uns ziehen kannst.«

Lieber würde ich auf der brennenden Müllhalde leben.

»Danke.«

Wir erreichen den Parkplatz vor meinem Wohnkomplex und stellen uns in die Sonne. Dad wendet den Blick von der heruntergekommenen Fassade ab und richtet ihn auf den Glasvorbau, der mal der Empfangsbereich gewesen sein muss, als das Gebäude noch ein Motel war.

»Vergiss nicht, deiner Mom die Kopie der abgeänderten Eigentümervereinbarung zu geben.«

»Werde ich nicht. Danke fürs Fahren. Wir sehen uns dann am Samstag.«

Ich schließe die Tür, bevor er mir sagen kann, dass er mich lieb hat. Schon komisch, wie so ein Satz derart bedeutungslos werden kann, nicht mehr wert als ein Phrasen dreschender Bär am Valentinstag.

Als ich den Fuß der Treppe erreiche, die hinauf zum Außenkorridor im ersten Stock führt, fährt Dad die Scheibe herunter.

»Was ist mit Donnerstag?«, brüllt er über den Motorlärm hinweg. »Hat dich LeAnne nicht gefragt, ob du zum Spieleabend vorbeikommst?«

»Doch, hat sie.« Meine Wangen sind angespannt von

dem Lächeln, das ich mühsam zustande bringe, und meine Brust zieht sich schmerzhaft zusammen. »Bis Samstag.«

Kapitel 3

Während ich mit einer Hand auf dem rostigen Geländer die Außentreppe unseres Gebäudekomplexes hochsteige, versuche ich so zu tun, als würde die Übelkeit, die sich in meinem Magen ausbreitet, nur vom Hunger kommen. Ich drehe mich kein einziges Mal um, nicht mal, als ich merke, dass sich Dads Auto noch kein Stück bewegt hat.

Auf halber Treppe bleibe ich stehen. Ich weiß, dass er erwartet, ich würde kehrtmachen und mich bei ihm entschuldigen, wie ich es immer tue, wenn ich ihn so behandelt habe, wie er es verdient. Irgendwie bin ich enttäuscht, dass er das Video nicht gesehen hat. Es würde mich davor bewahren, eine Wahrheit aussprechen zu müssen, die schon die ganze Zeit in mir brodelt: dass ich ihm seinen Verrat nie verziehen habe und auch nicht glaube, dass das jemals passieren wird.

Trotzig setze ich den Fuß auf die nächste Stufe. Dann noch mal. Und noch mal. Bis ich das Motorengeräusch seines wegfahrenden Autos höre. Ich erreiche den oberen Treppenabsatz und schnappe erschrocken nach Luft, als ich den Mann in dem schlichten schwarzen Anzug entdecke, der in unser Wohnzimmerfenster glotzt, in der rechten Hand ein Blatt Papier.

Es gibt keine Hausierer mehr, die von Tür zu Tür gehen, aber es gibt genug andere Dinge, die mit buntem Papier einhergehen. Räumungsklagen zum Beispiel.

Er muss meine Anwesenheit spüren, denn er richtet sich ruckartig auf und sieht mich an, als würde er mich von irgendwoher kennen. Ich weiche einen Schritt zurück und hebe abwehrend die Hände, während er immer näher kommt.

»Meine Mom ist gerade nicht zu Hause.«

»Bist du Cara Hawn?«

»Wer will das wissen?«

Hinter ihm ertönt ein abgehacktes Husten. Wir blicken beide in die Richtung und entdecken Vanessa, die im Türrahmen steht und einen nackten Fuß auf die Schwelle gestellt hat, obwohl es Sommer ist und das Metall bestimmt total heiß.

»Alles okay?«, fragt sie und deutet – wie es für sie typisch ist – nur wenig subtil auf den unbekannten Besucher.

»Mein Anzugalarm ist angesprungen.«

»Ich glaube ... schon?«

Sie macht eine Handbewegung, um mich lautlos zu fragen, ob sie gehen soll, aber ich gebe ihr zu verstehen, dass sie lieber bleiben soll. Da wir im Unterricht ständig auseinander gesetzt werden, weil wir zu viel reden, sind wir ziemlich gut darin geworden, ohne Worte miteinander zu kommunizieren.

Der Mann sieht dreimal zwischen uns hin und her, bevor er sich an das Geländer lehnt, um uns beide im Blick zu haben.

»Hi, ich bin Jon Polk. Ich komme von *Wingfield Productions*.« Er streckt mir seine Hand hin.

Ich nehme sie zwar, halte aber ein wenig Abstand, wie bei einem fremden Hund, dem man ein Leckerli gibt.

»Ich bin Cara.« Jede Frage, die ich jetzt stellen könnte,

31

würde irgendwie unhöflich klingen, also entscheide ich mich für meine Fitnessstudio-Empfangstresen-Stimme. »Kann ich Ihnen helfen?«

»Ich weiß, dass ich ohne Vorwarnung hier auftauche, aber ich habe dein Video gesehen, und ich liebe es. Es ist so … *real*.«

»Es *war* echt. Ich habe aus Versehen die Kamera angelassen.«

»Stimmt. Natürlich.« Jon nickt. »Um direkt zur Sache zu kommen … Wir casten gerade für eine Fernsehsendung, eine Datingshow, und wir fänden es toll, wenn ihr vorsprechen würdet. Wir sind im Moment in unserer Zentrale draußen in Pittsburgh.«

Nun, wenigstens werden wir nicht aus unserer Wohnung geworfen.

»Ich verstehe nicht ganz … Ich bin noch gar nicht volljährig.«

Jon wird kurz bleich, doch dann kehrt die Farbe zurück in seine Wangen.

»Eigentlich meinte ich auch deine Mutter. Wir sind auf der Suche nach getrennt lebenden und geschiedenen Alleinerziehenden mit einem Kind, die eine neue Liebe suchen und wieder heiraten wollen. Es soll sozusagen vor laufender Kamera eine neue Familie entstehen.« Er reicht mir einen Flyer und einen Stapel zusammengeheftete Papiere. »Das sind der Casting-Aufruf und noch ein paar zusätzliche Informationen. Wir führen gerade die letzten Gespräche, aber wenn ihr Interesse habt, kriegen wir euch noch unter. Das wird die erste Staffel, daher wird die Show viel Aufmerksamkeit bekommen.«

»Wann ist das?«

»Morgen. Sorry, ich weiß, das ist ziemlich kurzfristig, aber ich musste einfach herkommen.«

Vanessa starrt ihn an, als hätte er mir gerade einen Mondflug angeboten. Ich bin mir allerdings ziemlich sicher, dass ich eher irritiert dreinblicke. Als Jon das Wort »*Productions*« erwähnt hat, dachte ich, er wolle nur die Erlaubnis, von uns irgendwelche GIFs oder so zu machen.

»Warum wir? Wir sind doch vollkommen uninteressant.«

»Nicht mehr!«, mischt sich Vanessa ein. »Inzwischen kennt euch das *ganze* Internet.«

»Woher wissen Sie, wo wir wohnen?« In dem Moment, in dem ich sie ausspreche, wird mir bewusst, dass das meine erste Frage hätte sein müssen, als ich den Fremden dabei erwischt habe, wie er mit den Händen am Fenster in unsere Wohnung geglotzt hat.

»Die Stadt steht in deinem *SeeMe*-Profil. Und dann haben wir den Namen deiner Mutter in eine Adress-Suchmaschine eingegeben.«

Okay, die Antwort ist nicht einmal annähernd so gruselig wie befürchtet, dennoch kann ich keinen klaren Gedanken fassen. Unangenehmes Schweigen breitet sich aus. Ich spüre, wie der Flyer in meiner schwitzigen Hand langsam aufweicht.

»Ich sollte besser meine Mom anrufen.«

Ich schreibe ihr und versuche auch, sie anzurufen, doch sie geht nicht ran. Hoffentlich nicht, weil sie gerade irgendwelche Verträge für einen Nebenjob unterschreibt, den sie eigentlich gar nicht machen sollte.

Ich lege die Hand auf mein Smartphone und lehne mich näher zu Jon.

»Kurze Frage: Gibt es für die Show Geld?«

Er holt tief Luft und zögert einen Moment.

»Eigentlich besprechen wir die Details erst, sobald wir eine Auswahl getroffen haben – nur um die Seriosität des Castingprozesses zu gewährleisten. Aber ich kann euch versichern, dass alle Teilnehmenden eine Aufwandsentschädigung erhalten.«

Als erneut nur die Mailbox rangeht, lege ich genervt auf.

»Okay. Nun, ich komme gerade nicht durch. Ich schätze, wir müssen Sie später zurückrufen.«

»Super. Ich freue mich, dass ich dich angetroffen habe, und hoffe wirklich, von euch zu hören. Eure Geschichte ist einfach perfekt.« In seinem Eifer, mir eine Visitenkarte zu reichen, gibt er mir aus Versehen zwei. Mit dem Daumennagel fummle ich an der Ecke von der einen herum, während ich Jon dabei beobachte, wie er die Treppe auf der anderen Seite des Gangs hinuntergeht und in einen weißen Kombi steigt.

Vanessa lässt sich nach vorn kippen und stützt die Hände aufs Geländer, die Füße immer noch auf der Türschwelle. Mit dem Blick verfolgt sie Jons Auto, das an der Kreuzung an der roten Ampel stehen bleibt.

»Ist das gerade wirklich passiert?«, fragt sie ungläubig.

Eure Geschichte ist einfach perfekt.

Ich drehe meinen Finger und begutachte die kleine runde Narbe, die ich mir durch ein Stück Draht an meinem Brautjungfernstrauß zugezogen habe, als wir bei der Hochzeit meines Dads die Gruppenfotos gemacht haben. LeAnne wollte nicht, dass ein Pflaster die Fotos ruiniert, also habe ich meine Hand einfach so fest um den Strauß geschlossen, dass das Blut in das rustikale Juteband gesickert ist.

Alles zusammenhalten – das ist es, was ich tue.

Doch jetzt, da die Wahrheit endlich raus ist, wird mir bewusst, dass ich vielleicht alles Alte loslassen muss, damit etwas Neues entstehen kann.

Kapitel 4

Ich höre quietschende Reifen und blicke auf. Fast rechne ich damit, dass Jon zurückkommt, weil er vergessen hat, mir irgendetwas Wichtiges zu sagen. Doch statt des weißen Kombis ist es Dads SUV, der wieder auf den Parkplatz fährt.

Mein Vater schlägt die Wagentür zu, umrundet die Motorhaube und rennt die Treppe hoch. Als er mich entdeckt, wird er noch schneller.

»Was hast du getan? Warum muss ich davon im Radio erfahren?«

Erwischt!

»Es war ein Versehen.« Mein Mund reagiert schneller als mein Gehirn. »Ich wusste nicht, dass die Kamera noch an war. Als es mir aufgefallen ist, habe ich das Video sofort gelöscht.«

Ich erwähne nicht, dass es bis dahin schon über eine Million Klicks hatte.

»Warum war die Kamera überhaupt an?«, brüllt er und reibt sich mit beiden Händen die Stirn. »Wie kann man nur so dumm sein und ...«

Vanessa macht einen Satz nach vorn, packt mich hinten am T-Shirt und zieht mich in ihr Apartment. Dann stellt sie sich mit erhobenem Zeigefinger in den Türrahmen.

»Sorry, Mr. Hawn, aber niemand bezeichnet meine beste Freundin als dumm. Sie können wiederkommen, wenn Sie nicht mehr ... so sind. Wie auch immer Sie gerade sind. Auf Wiedersehen.«

Sie knallt ihm die Tür vor der Nase zu, und ich schlinge einen Arm um sie.

»Danke. Ich kann das nicht, wenn er sich so aufführt.«

»Dafür bin ich ja da.«

Als Dad gegen die Tür tritt, gefolgt von einem leisen Fluchen, müssen wir uns das Lachen verkneifen. Ich spähe durch die Vorhänge und beobachte, wie er zur Treppe humpelt und kurz stehen bleibt, um seinen Fuß auszuschütteln.

Da es ziemlich unbequem ist, sich zu zweit auf das kleine Sofa zu quetschen, setze ich mich auf den Fußboden und strecke die Beine aus.

»Ich kann mich nicht erinnern, wann er das letzte Mal so wütend war.«

»Dabei weiß er das mit der Fernsehshow noch gar nicht«, fügt Vanessa hinzu.

Mein Seufzen klingt eher wie das Grunzen eines erschöpften Schweins. »Keine Ahnung, wie ich das meiner Mom verklickern soll.«

»Hast du ihr schon von dem Video erzählt?«

»Nein, ich habe mich nicht getraut. Aber vielleicht bringt sie mich ja gar nicht um.« Ich erzähle ihr von dem neuesten Therapie-Debakel. »Wenn wir bei der Show mitmachen, haben wir endlich das nötige Geld, um von Dad wegzukommen. Andererseits werden wir dann die nächsten x Jahre keine Privatsphäre mehr haben.«

Vanessa lehnt sich zurück und stößt so heftig die Luft aus, dass ihr Pony hochfliegt. »Das ist eine schwierige

Entscheidung. Willst du denn überhaupt bei einer TV-Show mitmachen? Vom Geld mal abgesehen.«

»Wo besteht der Sinn darin, irgendetwas anderes zu wollen, wenn man kein Geld hat?« Ich zähle die Gründe an meinen Fingern ab. »Wir haben nicht das Geld, damit sich Mom aus dem Fitnessstudio freikaufen kann. Wir haben nicht das Geld, um wieder vor Gericht zu ziehen und ihnen zu sagen, dass ich meinen Dad nicht mehr sehen will. Wir haben nicht das Geld für einen Neuanfang. Es gibt nichts außer einem boshaften Ehevertrag und einer monatlichen Unterhaltungszahlung, die im Oktober eingestellt wird.«

Vanessa stößt mich mit dem Fuß an. »Komm schon. Du weißt genau, was ich meine. Jeder hat so etwas wie einen Plan. Ich will doch nur wissen, ob dir die Show irgendwie in die Quere kommen würde.«

Ich schüttle den Kopf, denn ich kann meiner Stimme gerade nicht vertrauen. Ich bin nicht wie Vanessa, die bereits einen Fünfjahresplan hat und derart von der Schule besessen ist, dass ich es niemals nachvollziehen können werde. Auch wenn sie sich für die Studienkredite hoch verschulden muss, weiß ich, dass sie eines Tages eine erfolgreiche Programmiererin sein wird, einfach, weil sie es so sehr will.

»Was kommt dir als Erstes in den Sinn?«

»Verdammt, ich weiß es nicht, okay?« Als ich Luft hole, wird mir wieder bewusst, wie aussichtslos die Situation ist. Ich ziehe mein Shirt bis zur Nase hoch und schluchze in den breiten Bund des Kragens, während die Verzweiflung von mir Besitz ergreift. Ich drücke den Stoff gegen meinen Mund, und mein stockender Atem wird von der einen Frage übertönt, die mir jeder Lehrer, jeder Kunde und jeder Cousin stellt, als müsste ich es unbedingt jetzt schon wissen: *Was willst du mal werden, wenn du groß bist?*

Vanessa beugt sich herunter und rüttelt an meinem Turnschuh.

»Nicht weinen. Tut mir leid.«

»Ich will einfach nicht, dass der Rest meines Lebens so aussieht.« Die Worte quälen sich meinen Hals hinauf, und ich fühle mich, als würde man mir die Pistole auf die Brust setzen. »Selbst wenn sich sonst nichts ändern würde, könnten Mom und ich glücklich sein, wenn wir allein wären.«

Jedes Mal wenn ich an Dad denke, komme ich mir vor wie ein Hund, den man in den Garten verbannt hat. Der dankbar sein muss, dass er eine Schüssel hat und hin und wieder etwas zu fressen und ein Kopftätscheln bekommt. Der versucht, in dem »Immerhin« so etwas wie Liebe zu erkennen.

Vanessa rutscht vom Sofa und krabbelt auf mich zu, um mich in die Arme zu schließen. Sie sagt nichts, und das muss sie auch gar nicht.

Ich lasse den Blick durch ihr vollgestopftes Wohnzimmer schweifen, über die Aufstellwand, die den Raum vom Schlafzimmer trennt. Ihre Wohnung ist genau wie meine: einfach viel zu klein. Menschen, die in einem kleinen Leben gefangen sind, trauen sich nicht, Träume zu haben, die darin keinen Platz hätten.

Nachdem ich mich beruhigt habe, hilft mir Vanessa, einen Plan auszuhecken, wie ich Mom die Neuigkeiten am besten mitteile. Doch nachdem wir uns eine Stunde lang nur im Kreis gedreht haben, kommen wir zu dem Ergebnis, dass es keine schonende Art gibt.

»Du musst es einfach raushauen«, sagt Vanessa und spielt an der Kordel ihres Sweatshirts herum.

»Ich bin nicht gut in so was.«

»Ich glaube an dich.« Sie deutet auf den Fußboden. »Dein Handy klingelt.«

Es ist Mom. Ich gehe ran und halte das Smartphone ein paar Zentimeter von meinem Ohr weg.

»Hallo?«

»Hey. Alles in Ordnung bei dir? Dein Dad hat mir diese merkwürdige Nachricht auf der Mailbox hinterlassen. Er sagt, dass ihr euch gestritten habt und er sich vielleicht den Zeh gebrochen hat. Was ist passiert?«

»Können wir reden, wenn du zu Hause bist?«

»Okay. Ich bin in ungefähr einer Viertelstunde da. Versuch bitte, deinen Vater nicht mehr so wütend zu machen. Ich kann es nicht gebrauchen, dass er mir morgen, wenn ich endlich mal keine Kurse habe, den ganzen Tag hinterherläuft und sich beschwert«

»Was ist mit Kickboxen?«

»Morgen ist Mittwoch.«

Oh, stimmt. Ich habe das Gefühl, dass seit heute Morgen mindestens achthundert Jahre vergangen sind.

»Ich versuche nicht mal, so zu tun, als wüsste ich, welcher Tag heute ist. Wir sehen uns dann in ein paar Minuten.«

Ich umarme Vanessa zum Abschied und schlurfe nach nebenan. Mein Gehirn spielt alle möglichen Szenarien durch, doch fast alle enden schlecht. Ich stelle mir vor, dass Mom nicht mehr mit mir redet, dass ich nicht mehr an den Computer darf und dass ich in meinem letzten Highschool-Jahr *das* Mädchen bin.

Ich lege den Flyer und die Eigentümervereinbarung, die mir Dad mitgegeben hat, umgedreht neben den Laptop, damit die Unterlagen nicht in dem Fotoberg verschwinden, der immer noch fast den ganzen Boden bedeckt.

Mein Bauch tut sein Unwohlsein mit einem Grummeln kund, und mir kommt so viel Magensäure hoch, dass ich sie fast schmecken kann. Ich gehe zum Kühlschrank und schiebe die gesunden Nahrungsmittel beiseite. Ich brauche jetzt etwas, das Trost spendet. Irgendwann gebe ich die Suche auf und schütte die Überreste meiner selbst gemachten Chips auf einen Teller. Dann rühre ich noch schnell einen wässrigen Dip aus Margarine und Moms fürchterlichem Tofu-Streichkäse an. Zum Schluss gebe ich noch ein paar Gewürze hinzu und kippe alles über die Chips. Boom, Nachos.

Dank Moms Obsession, was gesunde Ernährung betrifft, und den ganzen Kochsendungen im Fernsehen bin ich in so was mittlerweile ziemlich gut geworden.

Ich lasse mich aufs Sofa plumpsen, das auch gleichzeitig mein Bett ist, und schlage den Ordner mit der Eigentümervereinbarung auf. Es sind nur anderthalb Seiten. Eigentlich verstehe ich nichts von solchen Dingen, doch die Bedingungen sind so deutlich formuliert, dass schnell klar wird: Es gibt kein Entrinnen, es sei denn, Mom und Dad einigen sich auf einen Verkauf. Als ich LeAnnes Namen sehe, der den Briefkopf ruiniert, würde ich am liebsten zurück ins Fitnessstudio stapfen und sie mit einem der ergonomischen Springseile erdrosseln.

Immer schneller stopfe ich mir die Nachos in den

Mund, bis das rhythmische Knirschen irgendwann so laut geworden ist, dass ich das Pulsieren in meinen Ohren nicht mehr wahrnehme. Langsam lassen die Bauchschmerzen – und damit auch meine Wut – ein wenig nach. Ich sinke in die verklumpten Kissen und schließe die Augen.

Das Geräusch von Mom, die versucht, den Schlüssel ins Schloss zu schieben, reißt mich aus meiner durch unechten Käse verursachten Trance. Als sie das Wohnzimmer betritt, schiebe ich schnell den Ordner in die Sofaritze.

»Cara?«

»Ich bin hier«, sage ich und tätschle das Sofakissen neben mir.

Nachdem sie ihre Handtasche aufgehängt und die Tür verriegelt hat, setzt sie sich auf die äußerste Kante und zieht besorgt die dichten Augenbrauen zusammen.

»Was ist los? Als ich nach dem Vorstellungsgespräch mein Handy eingeschaltet habe, hatte ich all diese merkwürdigen Nachrichten von Leuten, mit denen ich seit Ewigkeiten nicht mehr gesprochen habe.«

»Versprich mir, dass du mich zuerst ausreden lässt, bevor du etwas sagst.«

Sie schließt die Augen, zu lange für ein Blinzeln, zu kurz für eine Grimasse.

»Mir gefällt nicht, wie das klingt, aber okay.«

»Ich habe aus Versehen den Tagebucheintrag gepostet, den ich gestern Abend aufgenommen habe … und über eine Million Menschen haben ihn gesehen«, erkläre ich trocken, während an meiner Unterlippe ein Käsefaden hängt, als wäre es eine Spinnwebe. Ich wische ihn weg und setze mich gerader hin. »Darunter war auch ein Produzent. Was hältst du davon, bei einer Fernsehsendung mitzumachen?«

Kapitel 5

Meine Mom versucht, all die gegensätzlichen Gedanken, die ihr durch den Kopf schießen, gleichzeitig zum Ausdruck zu bringen.

»Ich fasse es nicht, wie du so verantwortungslos sein kannst! Eine Million Menschen haben dieses Video gesehen?« Die Lautstärke ihrer Stimme variiert je nachdem, ob sie mit mir spricht oder eher mit sich selbst. »Aber das heißt auch, dass jetzt über eine Million Menschen wissen, dass Rick ein Arschloch ist ... Das ist auf jeden Fall etwas Positives ... Cara, ich habe dich besser erzogen!«

Ich versuche, zu erklären, wie das Video viral gehen konnte und dass Jon da war. Während ich über die Einzelheiten der TV-Show spreche, zerhackt das kreischende Geräusch eines Zugs, der an unserem Gebäudekomplex vorbeirauscht, meine Worte.

Insgeheim bin ich froh über die kurzzeitige Unterbrechung, denn so kann ich Moms gewehrsalvenartige Fragen wenigstens ein bisschen verdauen, bevor ich darauf antworten muss. Doch Mom wirft dem Fenster, das lose in seinem Rahmen zittert, einen bösen Blick zu. Dann scheucht sie mich in die Küche, wo wir uns an den in die Ecke gequetschten Plastik-Klapptisch setzen. Noch einmal überfliege ich den klein gedruckten Text auf der Rückseite des Flyers und vergleiche die Infos mit den Ergebnissen meiner schnellen Internetrecherche.

»Ich weiß nur, dass es eine neue Datingshow für Geschiedene ist, die Kinder haben und wieder heiraten wollen. Er meinte, man würde quasi vor laufender Kamera eine neue Familie gründen.«

Mom schnaubt. »Kann nicht schlimmer sein als die, die wir jetzt haben. In Pittsburgh soll das sein?«

»Nur das Casting. In den Unterlagen steht, dass die Dreharbeiten irgendwo in Florida stattfinden und man eine ›angemessene Aufwandsentschädigung‹ erhält.«

»In Florida? Und man kriegt Geld dafür?« Sie greift erneut nach den Dokumenten. »Sag das doch gleich.«

»Ich habe doch versucht, es dir zu sagen, aber dann ...«
Ich drehe mich in Richtung Fenster und schreie:
»... MUSSTE IN DEM MOMENT DER NERVIGSTE ZUG DER WELT VORBEIBRETTERN.«

Mom liest sich die zweite und dritte Seite mehrfach durch, blättert vor und zurück, als könnte sich der Inhalt plötzlich geändert haben.

»Vielleicht ist das die Auszeit, die wir brauchen.«

»Echt? Ist es nicht irgendwie krank, eine Datingshow mit Kindern zu produzieren?«

»Finde ich nicht. Es ist ja nicht so, als solltest *du* dich verlieben. Willst du es denn nicht probieren?«

Ich murmle irgendetwas Unverständliches vor mich hin. Statt einfach eine Emotion zu empfinden, springe ich zwischen den Gefühlen hin und her wie ein Kind, das sich nicht für eine Sorte Eis entscheiden kann. Verwirrung, Unentschlossenheit ... Schließlich wähle ich den Schock. Ich bin schockiert, weil meine Mutter – die Frau, die sich zuerst die Rezensionen durchliest, bevor sie Tiefkühlerb-

sen einer anderen Marke kauft – ernsthaft darüber nachdenkt, bei einer TV-Show mitzumachen.

»Na ja, ich bin nicht komplett dagegen. Es kommt nur
alles so plötzlich.«

Mom schlägt sich eine Hand vor den Mund und muss
so heftig lachen, dass sie kaum noch sprechen kann.

»Auf einer Skala von eins bis ›Dein Mann will sich kurz
nach dem zwanzigsten Hochzeitstag von dir scheiden lassen‹ – wie plötzlich ist es?«

Kichernd haue ich ihr auf den Arm. »Hör auf.«

Eine Weile sitzen wir schweigend da und starren auf einen Punkt über der Schulter der jeweils anderen, sinnieren
über die Möglichkeit, endlich wieder Möglichkeiten zu
haben.

»Weißt du, Mom, diese TV-Shows können Leute ganz
schön berühmt werden lassen. Was, wenn wir das wirklich
machen und man uns für immer und ewig auf die Nerven
geht?«

»Das ist die eine Seite«, räumt sie ein und wiegt nachdenklich den Kopf hin und her. »Aber auf der anderen
Seite ergeben sich daraus vielleicht auch Chancen.«

»Zum Beispiel?«, frage ich, und in dem Moment fällt es
mir wieder ein. Ich stürme ins Wohnzimmer, schnappe
mir die Eigentümervereinbarung und lese sie mir auf dem
Weg zurück in die Küche noch einmal durch. »Da!« Ich
drehe sie um und lege sie Mom hin. »Sieh mal! In deinem
Vertrag mit Dad steht nichts davon, dass du nicht noch
mehr Fitnessstudios eröffnen darfst!«

Ich sehe ihr an, dass sie nicht versteht, was ich ihr damit sagen will.

»Was hat das eine mit dem anderen zu tun? Und warum hast du überhaupt eine Kopie davon?«

»Das erkläre ich dir später«, erwidere ich und spreche nun schneller. »Wenn wir bei der Show mitmachen, kriegen wir vielleicht nicht nur genug Geld für einen Neuanfang, sondern werden eventuell auch so bekannt, dass wir irgendwo unser eigenes Fitnessstudio eröffnen können. Oder was auch immer du sonst machen willst. Einen Laden für Sportklamotten, eine Parfümerie … Wir könnten Influencerinnen werden!«

»Jetzt bist du aber ein bisschen voreilig. Wir wissen ja nicht mal, ob sie uns überhaupt nehmen.«

»Wir sollten zum Casting gehen.« Ich mache einen kleinen Trommelwirbel auf dem Tisch. »Denk mal darüber nach. Dann wären wir endlich frei. Du könntest das Fitnessstudio einfach hinter dir lassen, und Dad müsste es weiterführen, weil er es nicht einfach in die Tonne treten kann, ohne Verlust zu machen. Und wenn wir genug Geld hätten, könnte es dir egal sein, wenn es doch bankrottgeht, richtig?«

»Da bin ich mir nicht so sicher«, erwidert Mom. »Immerhin steckt mein ganzes Geld dadrin, und das ist ganz schön viel, völlig egal, wie viel Geld ich in Zukunft haben werde.«

»Du weißt, was ich meine! Wir könnten uns ein schnelles Auto mit lautem Motor kaufen und die ganze Zeit Dads Straße hoch- und runterfahren. Oder ihm passiv-aggressive Postkarten von Bali oder so schicken, auf denen zu sehen ist, wie wir mit reichen Leuten zusammen am Strand liegen.«

Mom lacht und mustert aus dem Augenwinkel die Küche. Ihr Blick bleibt an dem kaputten Laminat der Küchentheke hängen, die nach unseren Versuchen, sie zu reparieren, bevor der Vermieter vorbeikommt, immer ramponierter aussieht.

»Ich dachte eher an eine neue Wohnung und daran, endlich wieder Marken-Haferflocken zu kaufen.«

»Marken-Haferflocken.« Ich pfeife leise durch die Zähne. »Das ist aber hoch gegriffen.«

Moms Grinsen beginnt mit einem zuckenden Mundwinkel, doch schon bald kann ich das Weiß ihrer Zähne durchblitzen sehen. Dann allerdings verwandelt es sich in etwas beinahe Groteskes, bevor es wieder verschwindet.

»Ich bin eine so schlechte Mutter.« Wieder starrt sie auf das Laminat, während ihre Augen glasig werden. »Es ist schon schlimm genug, dass ich dir nicht das College oder die Fahrschule bezahlen kann. Aber Haferflocken? Ich kann meinem Kind nicht mal die richtigen Haferflocken kaufen. Meine Güte, ich bin eine fürchterliche Mutter.«

»Ist schon okay!« Ich versuche, die passenden Worte zu finden, aber ich kann sie einfach nicht weinen sehen, dann habe ich selbst einen Kloß im Hals. »Fürs College gibt es Studienkredite, und ich brauche keine Fahrstunden.«

»Ich weiß gar nicht, warum du bei mir bleibst«, flüstert sie, als wollte sie mir ein Geheimnis verraten.

Ich eile um den Tisch und umarme sie.

»Weil ich dich liebe«, murmle ich gegen ihre Schulter. »Und weil du die beste Mommy aller Zeiten bist.«

Schniefend schiebt sie die Notizen herum, die sie auf die Rückseite einer Quittung der Heilsarmee gekritzelt hat.

»Ich liebe dich auch.« Sie legt ihren Kopf auf meinen.
»Und? Wollen wir das machen? Zum Casting gehen?«

Ich schiebe die Gedanken an Bali beiseite und denke ernsthaft darüber nach. Einen Versuch ist es wert. Wir können jederzeit aussteigen – wenn sie uns überhaupt wollen.

»Ja. Ich würde sogar für den ersten bemannten Flug zum Mars vorsprechen, wenn ich so von Dad wegkäme.« Mein Lachen verwandelt sich in ein Wiehern. »Ich bin so gespannt, wie er reagieren wird, wenn sie sich tatsächlich für uns entscheiden.«

»Lass das mal meine Sorge sein.«

»Fang bitte nicht den nächsten Streit an«, platze ich heraus.

Ich hasse dieses Bedürfnis, immer die Wogen glätten und keine Unruhe stiften zu wollen. Den Drang, mich auf den Boden zu schmeißen, mich an Dads Beine zu klammern und ihn anzuflehen, seine verdammten T-Shirts, seinen Koffer und seine Bon-Jovi-Sammlung wieder da hinzutun, wo sie waren. Ein Teil von mir wird immer dieses Mädchen sein, dem die Schreie in den Ohren dröhnen und das auf die nun leere Stelle starrt, an der früher mal ein Toaster stand. Jeden Morgen warte ich auf das *Plopp*, das er gemacht hat. Es ist wie eine Art Phantomschmerz, verursacht durch einen Vater, der so gut gelogen hat, dass ich mal an Happy Ends geglaubt habe.

Mom hält Jons Visitenkarte gegen das Licht, als würde sie nach einem Wasserzeichen suchen, das ihre Echtheit garantiert.

»Dann werde ich den Typen anrufen und ihm sagen, dass wir dabei sind.« Als sie aufsteht, gerät der instabile

Tisch ins Wanken. »Und dann müssen wir unsere Outfits aussuchen. Kannst du mal recherchieren, was man zu einem Casting anzieht?«

»Hast du was dagegen, wenn wir das gleich machen? Ich muss das alles erst mal kurz sacken lassen.«

Mein Gehirn weiß gar nicht, worüber es zuerst nachdenken soll. Über mein Outfit? Über das Geld? Über Dad? Wenn ich gerade nicht denken kann, dokumentiere ich normalerweise meine Gedanken auf meiner *SeeMe*-Seite, aber jetzt habe ich sogar Angst, mich einzuloggen.

Da ich kein eigenes Zimmer habe, gehe ich wie immer raus auf den Außenflur. Dabei muss ich mehr Geräusche gemacht haben als sonst, denn mein Handy beginnt beinahe augenblicklich zu vibrieren.

Va-Ness Monster, 15:41: Willst du reden oder lieber allein sein?

Cara Hawn Solo, 15:41: Reden. Bitte.

Der fröhliche Intro-Jingle einer Talkshow und das dazugehörige Jubeln des Publikums dringen aus ihrer Wohnung, als meine Freundin die Tür öffnet. Nachdem Vanessa sie hinter sich zugezogen hat, kommt sie ohne BH unterm Shirt, in einer mit Farbe beklecksten kurzen Hose und den riesigen Arbeitsstiefeln ihres Dads auf mich zu.

Ich liebe es, dass es ihr vollkommen egal ist, was die Nachbarn denken. Sie beklebt ihr Auto mit Pokémon-Stickern, geht im Schlafanzug zum Briefkasten und schmeißt ihre Schmutzwäsche über den Balkon, weil es einfacher ist, als sie die Treppe herunterzutragen, auch wenn der Rest von uns zu stolz ist, so etwas zu tun.

Vor dem Sorgerechtsstreit war Mom auch so. Bevor sie sich von Freunden und Verwandten stundenlang anhören musste, was für eine schlechte Mutter sie doch sei. Bevor sie ihre dunkelsten Geheimnisse preisgegeben haben. Vielleicht ist es gar keine schlechte Idee, dass sie ins Fernsehen geht und von jemandem – abgesehen von mir – zu hören kriegt, dass sie ein guter Mensch ist. Klug und schön und noch eine Million andere Adjektive, von denen keins »wertlos« ist.

Mit ein wenig Mühe schiebt Vanessa ihre Beine durch die Gitterstäbe und setzt sich neben mich in ein Fleckchen Sonne. Im Licht wirkt ihr welliges braunes Haar beinahe golden.

»So verängstigt hast du seit der ›Gesundheit und Familie‹-Abschlussprüfung nicht mehr ausgesehen. Wie ist es mit deiner Mom gelaufen?«

Die eiskalte Faust der Scham legt sich um meinen Magen.

»Wir sprechen nicht über die ›Gesundheit und Familie‹-Abschlussprüfung!«

»Ist doch nicht meine Schuld, dass du die Einzige warst, die dachte, dass Adipositas eine Form von Akne ist.«

»Ich habe die Frage falsch gelesen! Hör auf, mich immer wieder daran zu erinnern.«

Sie lässt mir kurz Zeit, um meine Gedanken zu sortieren, bevor ich ihr von Moms Reaktion erzähle.

»Ich weiß, dass ich keine allzu großen Hoffnungen haben sollte, aber ich kann nichts dagegen tun. Wer weiß, wie viele Leute bereits in der Endrunde sind?«

Vanessa zückt ihren Lippenpflegestift, den sie immer dabeihat, steckt den kleinen Finger in den Deckel, um die Reste herauszupulen, und schmiert sich einen Klumpen davon auf die Lippen.

»Das stimmt«, räumt sie ein. »Aber sie scheinen euch ja bereits zu mögen, wenn sie für euch eine Ausnahme machen. Dieser Typ ist den ganzen Weg von Pittsburgh hierhergekommen, obwohl er nicht mal wusste, ob ihr überhaupt zu Hause seid.«

Ich hole tief Luft und halte den Atem an, bis meine Brust schmerzhaft zu kribbeln beginnt. Vanessa hat recht. Für die Produktionsfirma haben wir ganz offensichtlich herausgestochen. Außerdem, wenn es irgendjemand schafft, sich in allerletzter Sekunde auf ein Vorstellungsgespräch vorzubereiten und den Job zu bekommen, dann Mom.

»Okay. Vielleicht sehe ich das Ganze ein bisschen zu schwarz. Aber kann man es mir verübeln, nach allem, was Dad abgezogen hat?«

Vanessa schüttelt den Kopf. »Ich fasse es immer noch nicht, dass dein Tagebuch viral gegangen ist.«

»Nenn es nicht mein Tagebuch. So klingt es noch viel schlimmer.«

Sie lehnt sich zurück und zieht ihr Handy aus der Hosentasche.

»Hast du die Kommentare schon gelesen? Manche davon sind echt zum Schießen. Das ganze Internet steht auf deine Mom. Warte, ich lese dir einen vor.«

»Wage es bloß nicht, sonst werfe ich dich vom Balkon«, warne ich sie.

»Na schön. Dann lache ich eben hinter deinem Rücken.«

»Ich sollte besser wieder reingehen, bevor Mom noch gucken kommt, ob ich hier draußen gestorben bin.« Ich stehe auf und wische mir den Dreck von der Hose. »Aber danke fürs Zuhören.«

»Kein Problem. Melde dich, wenn du irgendwas brauchst.«

Ich gehe zurück in die Küche, schiebe die Hände in die Hosentaschen und zupfe an den harten Fusseln darin herum.

Mom sitzt immer noch am Tisch und sortiert diverse Unterlagen.

»Hey. Ich habe eine Vertraulichkeitsvereinbarung unterschrieben, und sie schicken noch ein paar Sachen.«

»Was denn?«

»Es ist immer noch alles sehr allgemein gehalten, aber da steht, dass sie in Key West drehen. Und die Show heißt *Second Chance Romance*. Die Teilnehmer sind ›Alleinstehende und ihre Kinder, handverlesen aus ganz Amerika, die auf der Suche nach einer zweiten Chance sind und eine neue Familie gründen wollen‹. Wenn wir ausgewählt werden, müssen wir ein paar Tests absolvieren, körperliche und seelische. Und dann ist da noch das ganze andere juristische Zeug von wegen Haftung und Datenschutz. Und natürlich der Vertrag, den wir unterschreiben müssten.«

Jetzt, da sie den Vertrag erwähnt, fällt mir ein, dass ich ihr noch gar nicht erzählt habe, dass LeAnne als Miteigentümerin der Hälfte des Studios in den Vertrag aufgenommen werden soll. Während sie mit der Show beschäftigt ist, ziehe ich den Vertrag aus dem Haufen mit den zerstörten Fotos und werfe im Vorbeigehen alles in den Müll. Wenn das immer noch Dads größtes Problem ist, nachdem er von dem Video erfahren hat, sollte er wirklich mal seine Prioritäten überdenken.

Es hat keinen Zweck, sich über den Elefanten im Raum zu sorgen, wenn das ganze Haus in Flammen steht.

Kapitel 6

Mom behauptet zwar, sie wolle, dass ich den ganzen Weg von Northeast Ohio bis nach Pittsburgh fahre, damit ich etwas Fahrpraxis bekomme, aber ich glaube, das liegt eher daran, dass ihre Hände nicht aufhören zu zittern. Sie sitzt, die Unterlagen auf dem Schoß, auf dem Beifahrersitz und klappert so sehr mit den Zähnen, dass sie klingt wie ein aus dem Takt geratenes Metronom.

Als würde sie das Casting nicht schon genug stressen, hört Dad nicht auf, uns anzurufen, obwohl unsere Mailboxen bereits voll sind. Irgendwann gibt Mom nach, nimmt das Gespräch an und stellt auf Lautsprecher.

»Hallo?«

»Warum gehst du nicht ran?«

»Wir sitzen im Auto.«

»Wohin fahrt ihr?«

Mom wirft die Arme in die Luft. »Ich habe dir doch geschrieben, dass wir heute beschäftigt sind. Es ist ja nicht so, als hätte ich heute irgendwelche Kurse.«

»Du solltest trotzdem hier sein.«

»Als ich das letzte Mal nachgesehen habe, hast du dir ungefähr fünfzigmal mehr freigenommen als ich.«

»Hier geht es aber nicht um mich. Es geht um Cara und dieses verdammte Video, das mich zum Gespött der gesamten Stadt gemacht hat.«

»Okay. Nun, Cara sitzt direkt neben mir. Warum sagst du nicht einfach, was du zu sagen hast?«

Dads Schnauben kommt knisternd aus dem Lautsprecher. »Na schön. Erstens ist es abso…«

Den Rest kann ich nicht hören, weil Mom die Lautstärke fast komplett herunterdreht. Sie deutet auf das aktivierte Mikrofon-Icon und legt den Zeigefinger an die Lippen. Ich nicke.

Nach ungefähr drei Minuten dreht sie die Lautstärke wieder auf, doch er zetert immer noch.

»Hey, Rick? Rick? Ich muss da jetzt mal reingrätschen. Sorry. Wir sind gleich da, aber Cara sagt, dass es ihr leidtut und sie das Video bereits von ihrer Seite gelöscht hat. Tschüss!«

Sie legt auf, bevor er auch nur eine weitere Silbe herausbringt. Ihr Smartphone klingelt erneut, doch sie wirft es in ihre Handtasche und zuckt mit den Schultern.

»Wenn das mit der Show nicht klappen sollte, könntest du vielleicht andere beraten, wie man seinem Ex-Mann aus dem Weg geht.«

Lachend verdreht sie die Augen. »Jetzt will ich erst recht, dass sie uns nehmen. Damit wir endlich von hier wegkommen und mal durchatmen können. Ist das denn zu fassen? Wie kann man nur so sein? Er kann von Glück reden, dass ich ihm nicht meine Mutter auf den Hals hetze.«

»Ist schon okay. Beruhige dich. Nicht Nana heraufbeschwören.« Das ist nur halb scherzhaft gemeint. Es wäre nicht das erste Mal, dass die erweiterte Familie in die Sache mit hineingezogen wird.

»Er sollte besser vorsichtig sein. Ich tue es.«

Das Lustigste daran, dass Mom adoptiert wurde, ist,

dass die Leute immer mit irgendwelchen koreanischen Klischees um die Ecke kommen oder fragen, ob irgendetwas Hundsgewöhnliches »typisch chinesisch« sei. Dabei ist meine Nana eine kleine deutsche Dame, die einem zwei Veilchen verpasst, ohne ihren Merlot zu verschütten.

Wäre ich eine Mahlzeit, wäre ich Kimchi mit Bratwurst, dazu ein Maiskolben. Okay, das klingt jetzt irgendwie ... eklig. *Bye-bye*, Appetit.

»Dad könnte sich rächen, indem er den Mommom heraufbeschwört.«

Es ist seltsam, dass ich meine einzigen lebenden Großeltern nur noch als Soldaten in einem Scheidungskrieg sehe, aber Mommom ist wirklich nicht zu unterschätzen. Sie versohlt einem den Hintern und schafft es rechtzeitig zurück in die Küche, um den Braten zu glasieren.

»Der Kampf der Großmütter«, murmelt Mom. »Davon könntest du noch ein Video machen. Aber mal ehrlich, ich glaube, selbst Ricks Mutter weiß, wie er manchmal sein kann, so ... von sich selbst eingenommen. Ich kann es nicht fassen, dass ich das nicht früher gemerkt habe.«

»Dein Blutdruck ist gleich bei achthundert, dabei sind wir noch nicht mal da.«

»Ich bin wohl ein bisschen gestresst«, stellt sie fest, nachdem sie ihren Puls auf dem Fitness-Tracker überprüft hat.

»Oh, nur ein bisschen? Auf einer Skala von eins bis Andy in *Der Teufel trägt Prada* bist du bei acht.«

»Ich bin nicht mal annähernd so schlimm. Noch nicht.«

Je näher wir Pittsburgh kommen, desto nervöser spielt sie mit ihren Fingern. Sie wirft einen Blick auf den Routenplaner und deutet nach rechts.

»Hier steht, dass wir den Fluss überqueren und weiter nach Osten fahren sollen.«

»Das hilft gerade kein bisschen!« Ich werfe die Hände in die Luft und halte das Lenkrad mit meinem Knie fest. Vom Highway aus sehe ich mindestens drei Flüsse. »Schmeiß einfach Google Maps an.«

Moms Routenplaner zu folgen war in Ordnung, solange wir noch in Ohio im Nirgendwo waren. Doch für die Stadt brauche ich ein paar mehr Details.

»Es ist direkt da.« Sie deutet auf irgendeinen Punkt auf der Karte, doch ich kann nicht hinsehen, weil ich gerade zwischen zwei Trucks stecke. Ein Kombi schneidet mich hupend und zieht auf die Überholspur.

»Nope«, sage ich, setze den Blinker und fahre auf den Standstreifen. »Du fährst jetzt, sonst baue ich noch einen Unfall. Zu viele Autos.«

»Bist du sicher?«

»MOM!«

Am Straßenrand tauschen wir die Plätze, und meine Mom versucht, den Motor zu starten, obwohl ich ihn gar nicht ausgemacht habe. Sie atmet zweimal tief durch, bevor wir uns wieder einfädeln. Ich navigiere mit meinem Handy und gebe Mom wesentlich präzisere Anweisungen als »Überquere den Fluss, und fahre in Richtung Osten«.

Nachdem wir auf der obersten Etage eines überteuerten Parkhauses geparkt haben, schaffen wir es, die richtige Straße zu finden. Mom kontrolliert noch mal die Adresse und beäugt ein kleines flaches Bürogebäude, das im Schatten der umstehenden Wolkenkratzer steckt wie ein Pilz im Moos zwischen zwei Bäumen.

»Das ist es.« Sie streicht sich das Haar glatt und zupft am Saum ihres Kleids. »Wie sehe ich aus?«

Ich verdrehe die Augen. »Wenn man bedenkt, dass das Video unter dem Titel *Heulsuses heiße Mom* viral gegangen ist, glaube ich nicht, dass du diese Frage überhaupt stellen musst.«

Wir betreten das Gebäude und werfen einen Blick auf den Übersichtsplan in der Lobby. Das Gebäude scheint voller Arztpraxen und Anwaltskanzleien zu sein, außerdem gibt es eine Immobilienfirma. An der Wand klebt ein Zettel mit der Aufschrift *Wingfield Productions*, der uns den Weg in den sechsten Stock weist.

Schweigend fahren wir mit dem Aufzug nach oben und betreten einen kahlen Flur. Achselzuckend begutachte ich die Plastikfolie, die über der Hälfte der Durchgänge hängt, und folge der Beschilderung zu dem einzigen fertigen Büroraum.

Die Dame am Empfangstresen blickt auf, als wir auf sie zukommen.

»Hi«, sagt Mom und reicht ihr die Unterlagen. »Wir sind wegen des Castings hier.«

»Bitte tragen Sie sich hier ein.« Die Frau deutet auf ein Klemmbrett auf dem Tresen. »Sie können sich ins Wartezimmer setzen, bis Sie aufgerufen werden.«

Ich mache mich schon mal vom Acker, während Mom noch mit dem Stift kämpft und auf ihre Hand kritzelt, um ihn zum Schreiben zu bringen. Im Wartezimmer sitzen bereits über ein Dutzend andere Kids, alle neben ihren Müttern.

Ich entscheide mich für einen der wenigen noch freien Plätze und weiche einem übergroßen Plastikfarn aus. Wenig später gesellt sich Mom zu mir und trinkt Wasser aus einem rechteckigen Pappbecher. Sie schüttet es herunter wie einen Kurzen, dann stellt sie den Becher umgedreht auf ihre Handfläche und spielt mit der Spitze.

»Ich bin nervös«, flüstert sie und sieht einer hübschen Brünetten mit ihrer Tochter hinterher, die gerade aufgerufen wurden. »Diese Frauen sind alle so schön und zurechtgemacht.«

Da ist was dran. Ich mustere die anderen Kinder. Manche sind ungefähr in meinem Alter, während andere bestimmt noch nicht mal in die Vorschule gehen. Nach außen wirken sie alle wie poliert. Als hätten sie ihr ganzes Leben nur darauf gewartet, vor die Kamera zu treten.

Ich konzentriere mich auf das Mädchen mir gegenüber, ihre spiralförmigen Locken und ihr schickes Outfit. Selbst die Accessoires sind perfekt. Die roségoldene Schnalle ihrer Handtasche passt zu ihrer Uhr und ihrer Chelsea-Halskette, die bis zum Schlüsselbein reicht.

»Ich glaube, du wirst nicht das Problem sein«, murmle ich und komme mir völlig fehl am Platz vor.

Chelsea merkt, dass ich sie mustere, und lehnt sich nach vorn.

»Hey, bist du nicht die von dem Video?«

Ich spüre, wie ich kreidebleich werde, und frage mich, ob ich diese Frage jetzt bis in alle Ewigkeit beantworten muss, unabhängig davon, ob wir für die Show ausgewählt werden oder nicht.

»Das sind wir!« In meinen Ohren klingt Moms Stimme viel zu schrill und viel zu laut in dem winzigen Raum. »Und wir freuen uns so, hier zu sein!«

»Welches Video?«, fragt Chelseas Mutter.

Chelsea hält ihr Handy so, dass ihre Mom das Display sehen kann. Obwohl sie den Ton fast ausgestellt hat, höre ich, wie ich über eins von Dads Fotos schimpfe, nachdem ich die Aufnahme gestartet habe. Dabei habe ich an jede Seite, die das Video veröffentlicht hat, eine böse E-Mail geschrieben und die Betreiber dazu aufgefordert, es zu löschen – leider ohne Erfolg.

»Das sollte eigentlich privat sein«, sage ich ein wenig zu bissig.

Chelsea blickt auf. »Deswegen ist es ja so lustig. Du hast bestimmt jede Menge Likes gekriegt. Ich wünschte, meine Videos würden so viral gehen.«

»Wenigstens ist etwas Gutes dabei herausgekommen«, sagt Mom und macht eine Handbewegung durch den Raum. »Machst du auch solche Videos? Auf Social Media?«

Chelsea lacht, wenn auch ein wenig abfällig. »Sie meinen, ob ich Influencerin bin? Ja, ich bin Schauspielerin. Ich habe schon jede Menge Werbespots gedreht, aber der beste war einer für Shampoo. Den habt ihr mit Sicherheit schon mal gesehen.«

»Oh, wow.« Mom rutscht nach vorne auf die Stuhlkante. »Dann warst du also schon bei Castings? Hast du vielleicht irgendwelche Tipps?«

»Normalerweis würde ich der Konkurrenz keine Tipps geben, aber ...«

Ich schicke Vanessa einen stirnrunzelnden Smiley, während ich mit halbem Ohr zuhöre, wie Chelsea Mom erklärt, dass ihr Outfit fürs Frühjahr zu dunkel ist und sie lieber etwas Helleres hätte anziehen sollen.

> **Cara Hawn Solo, 10:03:** Die eine hier ist dumm wie Brot. Kommt sich ja so toll vor. Wie gern ich ihr eine reinhauen würde. Das ist wie damals mit Jamie in Geschichte.

Sie muss ihr Smartphone in der Hand gehabt haben, denn sie antwortet sofort.

> **Va-Ness Monster, 10:03:** Beruhig dich, Andrew Jackson. Ignorier sie einfach, und zeig ihr, wo der Hammer hängt.

Ich beobachte, wie mein Handyakku auf dreißig Prozent runtergeht. Als das Symbol rot wird, schnappe ich mir lieber eine Zeitschrift, doch die scheint nur aus Werbeanzeigen zu bestehen. Ich rupfe die Parfümprobe heraus und halte sie Mom hin.

»Sieh mal, geschenkt.«

Verzückt schnuppert sie an der Plastikverpackung. »Und es ist sogar *Dior*. Gibt's noch mehr?«

Die nächsten zehn Minuten durchforsten wir die Zeitschriften, bis wir eine beachtliche Anzahl an Make-up- und Parfümproben zusammenhaben. Mom will gerade eine aufreißen, als Chelsea »tsss« macht.

»Kann ich Ihnen noch einen Rat geben?«, fragt sie.

> **Cara Hawn Solo, 10:29:** Jetzt will sie uns auch noch »einen Rat geben«.

> **Va-Ness Monster, 10:30:** Ist sie wirklich so schlimm, oder übertreibst du gerade?

»Klar«, erwidert Mom lachend. »Ich nehme jede Hilfe an, die ich kriegen kann.«

»Das ist ein Abendduft. Zu dieser Jahreszeit sollten Sie lieber das mit Zitrusnote tragen.« Während sich Mom durch die Proben in ihrem Schoß wühlt, ballt Chelsea kurz die Fäuste und öffnet sie wieder. »Das mit Zitrus ist das von Versace.«

> **Cara Hawn Solo, 10:30:** Ich weiß nicht. Sie tut so, als müsste Mom wissen, wie Versace-Parfüm riecht.

> **Va-Ness Monster, 10:30:** Okay, ich nehme es zurück. Du kannst sie zum Duell herausfordern, wenn du willst.

> **Cara Hawn Solo, 10:31:** Hoffentlich trifft sie so schlecht wie ein Stormtrooper.

> **Va-Ness Monster, 10:32:** Mädel, du willst ins Reality-TV. Hoffentlich treffen sie alle so schlecht wie Stormtrooper. Pass auf dich auf.

Zum Glück werden Chelsea und ihre Mutter als Nächstes aufgerufen. Nun haben Mom und ich unsere Ruhe – von dem nervigen Farn einmal abgesehen. Da wir als Letzte hinzugekommen sind, überrascht es mich nicht, dass sich der Raum um uns herum immer weiter leert.

Gerade als mein Magen mit einem Aufstand droht, ruft die Dame von der Rezeption den Namen meiner Mom auf. Ich ergreife ihre Hand und drücke sie.

»Bist du bereit?«

»Nein«, erwidert sie und fummelt abwechselnd an ihrem Haar und ihrem Kleid. »Tief durchatmen. Wir schaffen das.«

Die Empfangsdame führt uns in einen langen Raum mit einer ebenso langen Fensterfront. Die Vorhänge wurden zurückgezogen, um das Tageslicht hereinzulassen. Ich folge Mom zu den zwei freien Liegestühlen, die vor einem weißen Hintergrund stehen, der von der Decke herunterhängt.

Der Mann, der uns gegenüber an einem Tisch sitzt, winkt lächelnd.

»Ihr habt es geschafft!«, ruft er und deutet mit seinem Kugelschreiber zwischen Mom und mir hin und her. Er stößt seine Kollegen links und rechts neben sich mit den Ellbogen an. Die beiden scheinen von unserer Anwesenheit wesentlich weniger beeindruckt zu sein als er.

»Das ist Jon«, flüstere ich Mom zu. »Der Typ, der durch unser Fenster geglotzt hat.«

Mom nickt.

»Wie geht's euch?«, fragt er.

Ich muss pinkeln. Warum war ich nicht pinkeln?

»Wir freuen uns ja so, hier zu sein«, erwidert Mom und pult an ihrem abgeplatzten Nagellack herum. »Danke für die Einladung.«

Jon lacht schrill auf. »Aber natürlich, natürlich. Wie ihr

wisst, bin ich ein großer Fan von eurem Video. Heulsuse. Heiße Mom. So herzergreifend und lustig.« Er hebt die Hände, formt einen Rahmen und blickt hindurch. Zuerst begutachtet er Mom, dann mich. »Die Halbtotale gefällt mir schon mal sehr gut. Genau nach diesen Emotionen suchen wir für *Second Chance Romance*.« Er deutet nach links, wo zwei Frauen neben einem Kamerastativ stehen. »Wir nehmen alles auf, weil nicht alle Entscheider dabei sein können. Wir haben heute auch noch Castings in Houston und Los Angeles.«

Ich schlucke schwer. Das wusste ich nicht. Die Konkurrenz war so schon groß genug, aber wenn es jetzt auch noch mehrere Gruppen gibt?

»Den Fragebogen habt ihr ja bereits ausgefüllt. Danke dafür übrigens, einfach großartig! Doch ich hätte da noch ein paar Fragen. Nichts allzu Schmerzhaftes, aber vielleicht zwickt es hier und da ein bisschen.« Er kichert über seinen eigenen Witz. »Bereit?«

»Klingt super«, erwidert Mom und faltet die Hände im Schoß. Dabei steigt mir der Duft dieses blöden Versace-Parfüms in die Nase.

Die Fragen reichen von einfach bis absurd, von unverschämt bis lustig. Mom beantwortet alle mit Leichtigkeit und zögert kaum, während sie von ihrem Liebesleben und der fürchterlichen Scheidung erzählt. Als sie von ihren Problemen mit Dad erzählt, versuche ich, nicht hinzuhören, doch es tut weh, und mein Herz klopft wie verrückt. Es wäre ganz gut gewesen, wenn sie die Interviews getrennt geführt hätten.

»Wie lange seid ihr schon geschieden?«

»Offiziell? Neun Monate.«

»Bist du im Moment in einer Beziehung?«

»Nein.«

»Glaubst du an die wahre Liebe?«

»Immerhin habe ich einmal gedacht, ich hätte sie gefunden.«

Schließlich beendet Jon das Interview mit Mom und wendet sich mir zu. Er wirft einen Blick in seine Unterlagen und kringelt irgendetwas ein.

»Also, Cara. Lass uns mal über deinen Vater sprechen. Wie würdest du ihn in deinen eigenen Worten beschreiben?«

Mein vernebeltes Gehirn spuckt wahllos irgendwelche Wörter aus: *Groß. Manipulativ. Firmeninhaber. Glücklich. Dad. Chevrolet. Medium rare. Witzig. Marathonläufer. Braune Augen. Sodbrennen. Kontrollierend. Science-Fiction. Ehemaliger Vegetarier. Kleidergröße zwölf. Betrüger.* Es ist unmöglich, sie zu sortieren. Schweiß bildet sich auf meiner Stirn.

»Ich glaube, ich würde einfach sagen … Welchen meinen Sie?«

»Deinen Vater.« Jon wirft einen Blick auf das Blatt vor sich. »Rick Hawn.«

»Ja. Über welchen Rick wollen Sie sprechen?« Ich seufze. »Es gibt so viele von ihnen.«

Kapitel 7

Der restliche Bewerbungsprozess ist ein einziges Wirrwarr aus Telefonaten und nächtlichen E-Mails. In jeder Phase wird uns mitgeteilt, dass wir weitergekommen sind. Gerade müssen wir diesen absurden Test ausfüllen, während wir über die Webcam beobachtet werden. Er besteht aus dreihundert Fragen und ist vollkommener Blödsinn; Willy Wonka muss ihn entworfen haben.

Als wir fertig sind, kann ich gar nicht aufhören, Witze darüber zu reißen.

»Mommy, würdest du gern Saxofon spielen? Was ist deine Lieblingsfarbe? Was hältst du von Auberginen?«

»Ich glaube, das ist ein Psychotest«, sagt Mom, während sie den Ordner mit den Arztberichten durchblättert. »Die wollen auch noch alle möglichen anderen Sachen. Aber das ist bestimmt ein gutes Zeichen, oder?«

»Wahrscheinlich. Ich kann mir nicht vorstellen, dass sie jeden Einzelnen fragen, ob er Blumen mag oder Astronaut werden will.«

Als uns mitgeteilt wird, dass wir es unter die letzten fünf geschafft haben, fahren wir zum Supermarkt, um uns ein ganz besonderes Dessert zu gönnen. Moms Definition von Völlerei ist eine Schachtel mit Erdbeeren. Ich entscheide mich für den Zwei-Liter-Eimer Schoko-Minz-Eis und eine Flasche Schokoladensirup, die ich definitiv austrinken werde, wenn sie nicht da ist.

Abgesehen davon ist alles immer noch so ziemlich wie gehabt, nur ruhiger, da die Schule jetzt vorbei ist. Kurz vor den Sommerferien hat Vanessa entdeckt, dass die Tür zum Dach nicht abgesperrt ist, daher verbringen wir jetzt viel Zeit da oben. Sie beschäftigt sich mit den Bewerbungen für die Stipendien oder zockt auf ihrem Handy, während ich einfach ins Leere starre und mir vorstelle, wie es wäre, wenn wir den Anruf bekämen, dass sie uns ausgewählt haben. Irgendwie habe ich Angst, dass ich die Show in meinem Kopf schon zu sehr aufgebläht habe.

»Was, wenn sie uns nicht nehmen? Was machen wir dann?«

»Wir suchen auf der Arbeit gerade nach einem Koch, falls du dir Sorgen ums Geld machst.« Vanessa blickt von ihrem Notizblock auf und tippt mit ihrem Stift an eines der Klimageräte. »Ich könnte meinen Chef mal fragen. Er ist nur zu ungefähr dreißig Prozent ein Arschloch. Das geht ja noch. Und du kochst doch gern.«

»Ich esse gern«, stelle ich klar.

Vanessa legt den Kopf schief. »Hast du das gehört?«

Ich lausche und höre aus der Ferne ein Schreien.

»Ist das meine Mom?« Ich stürme zur Tür. Meine Knie blitzen immer wieder in meinem unteren Sichtfeld auf, während ich die Treppe zum zweiten Stock herunterrenne und die letzten drei Stufen herunterspringe. Ich rase um die Ecke und fummle meine Schlüssel hervor.

Noch während ich mit dem Knauf kämpfe, reißt Mom die Tür auf. Ich falle nach vorn und kralle mich an ihrer Schulter fest, um nicht umzukippen. Sie quietscht erschrocken auf, als wir nach hinten fallen und auf den Teppich knallen, der für eine weiche Landung viel zu dünn ist.

»Ist alles in Ordnung?«, erkundige ich mich und streiche mir die Haare aus den Augen. »Alles okay?«

Mom fängt an zu kichern, schlägt die Hände vor die Augen und rollt sich auf die Seite.

»Schmeiß mich ruhig um, ist mir egal! Sie haben uns genommen! Sie haben uns tatsächlich genommen! Wir sind die Stars der Sendung! Wir haben es geschafft!«

Ich rüttle sie. »Wirklich? Echt?«

Vanessa kommt schnaufend um die Ecke.

»Du solltest es mal mit Leichtathletik probieren.« Sie lehnt sich schnaufend an die Tür. »Dann wurdest du also nicht ermordet?«

»Ich bin sehr gerührt, dass du die Aufmerksamkeit auf dich lenkst, obwohl es sein könnte, dass wir hier gerade umgebracht werden«, erwidere ich, während wir Mom dabei zusehen, wie sie aufsteht, durchs Wohnzimmer tanzt und immer wieder mit ihren nackten Füßen in die Luft tritt.

»Dann haben sie euch also genommen«, stellt Vanessa fest.

»ICH FASSE ES NICHT!«, kreischt Mom und stolpert über die Kante des Couchtischs. »NIMM DAS, RICK, DU BETRÜGENDER BETRÜGER!«

***

Nach einer ziemlich schlaflosen Nacht ist Mom schon im Morgengrauen auf und macht einen solchen Radau mit dem Wasserkocher, dass sie mich, die Nachbarn und halb Kanada weckt. Ich krabble vom Sofa, lasse die Füße darauf liegen und strecke mich wie eine Katze.

»Es ist noch so früh«, krächze ich.

»Wir haben heute Morgen einen Videocall mit dem Produktionstypen. Ich dachte, wir setzen uns vorher zusammen und erstellen eine Liste mit Fragen.«

»Meine erste Frage lautet: Warum tust du mir das an?« Ich stehe auf und wische mir mit dem Saum meines Pyjamaoberteils über die verkrusteten Augenwinkel. Dann strecke ich die Arme aus und stapfe wie ein Zombie auf Mom zu. »Kafffeeeee. Kafffeeeee.«

Sie schenkt mir eine Tasse aus der Frenchpress ein und deutet mit dem Kinn zum Esstisch, auf dem die ganzen Unterlagen von der Sendung in einem unordentlichen Haufen neben ihrem Laptop liegen.

»Ich habe so unfassbar viele Fragen. Ich weiß gar nicht, wo ich anfangen soll! Und sieh dir das mal an: Sie nennen es ›Gage‹. Wir kriegen allein fürs Auftauchen hundert Riesen.« Sie fährt sich durch das Gesicht. »Ist das alles überhaupt real?«

Ihre Version von »Fragen vorbereiten« sieht so aus, dass sie komplett durchdreht und immer wieder dieselben Bedenken äußert, während ich mich bemühe, die Augen offen zu halten und in angemessenen Abständen zu grunzen.

Nach einer Stunde bettle ich darum, endlich duschen zu dürfen. Normalerweise schließe ich nie die Tür ab, aber heute schon, nur um sicherzustellen, dass ich für ein paar Minuten meine Ruhe habe. Nachdem ich angezogen bin und meine Haare nicht mehr so aussehen, als hätte ich gerade eine Runde *Jumanji* hinter mir, fühle ich mich schon viel lebendiger.

Da am Tisch nicht genug Platz ist, um sich für den Videocall nebeneinanderzusetzen, fläzen wir uns aufs Sofa und klappen den Bildschirm nach hinten, um den Winkel anzupassen. Mom umklammert einen Kugelschreiber und hinterlässt winzige blaue Punkte, während sie damit auf einem Notizblock herumtippt.

»Vielleicht hätte ich ihn anrufen sollen, statt darauf zu warten, dass er sich meldet«, sagt sie, als die vereinbarte Uhrzeit um eine Minute überschritten wird. »Was, wenn er denkt, ich wäre zu spät, und deshalb wütend wird?«

Bevor ich etwas erwidern kann, ploppt der Videochat mit einer fröhlichen Melodie auf, die nicht so recht zu Moms Anspannung passt. In dem krisseligen Bild erscheint ein Mann mittleren Alters, der auf einem Bürostuhl mit hoher Rückenlehne sitzt. Sein Gesicht ist von Falten durchzogen, und er lächelt nervös.

»Hi, ich bin Sam. Sam von der Show. Du bist Julia, richtig? Kannst du mich hören?«

»Ja«, erwidert Mom mit der professionellen steifen Stimme, die sie nur bei Telefonaten benutzt. »Schön, dich kennenzulernen. Das ist meine Tochter, Cara.«

Ich winke, und kurz friert das Bild ein, während unser uralter Computer versucht, die Daten schnell genug zu verarbeiten.

»Hi. Ihr habt heute einen vollen Terminkalender. Wollen wir zuerst den Zeitplan besprechen, oder habt ihr noch irgendwelche Fragen? Oh, ich sollte mich besser mal richtig vorstellen. Sorry. Ich bin Sam, euer Mittelsmann.«

»Mittelsmann?«, fragt Mom und wackelt mit den Schultern. »Wie aufregend. Jetzt komme ich mir vor wie eine Geheimagentin.«

Sam lacht und versucht, eine störrische sandfarbene

Haarsträhne zu bändigen, die aber sofort wieder hochspringt.

»Ähm, ja. Ich bin … Produktionsassistent. Ich koordiniere all eure Aktivitäten, Meetings, Reisen und Aktivitäten.«

Ich muss mir das Grinsen verkneifen, weil er sich verhaspelt hat. Anscheinend sind wir nicht die Einzigen, die nervös sind.

»Wir können zuerst den Zeitplan durchgehen«, erwidert Mom.

»Okay.« Er zieht ein Blatt Papier heran und überfliegt es. »Als Erstes habt ihr einen Termin bei eurem Hausarzt. Ihr habt eine Kopie von der Übersicht, oder?«

Mom wird bleich. »Ja. Irgendwo.«

»Vergesst nicht das Formular, das euer Arzt ausfüllen muss. Um halb zehn müsst ihr dann zum Fitting.« Inzwischen klingt seine Stimme ruhig und monoton. »Von eurem Budget könnt ihr euch kaufen, was ihr wollt, aber die ersten Kleider werden maßgeschneidert.«

»Gibt es eine Einkaufsliste?«

Sams Augen flitzen über den Bildschirm, während er auf seiner Maus herumklickt und sich irgendetwas durchliest.

»Es gibt, ähm, es gibt da eine Checkliste. Habt ihr die denn nicht bekommen?«

»Ich glaube nicht.«

»Die ist aber wichtig.« Seine Stimme wird schriller, und er spricht nun schneller. »Eigentlich hätten sie die Liste schon längst schicken sollen. Haben sie das denn nicht getan? Ich suche danach. Sie muss hier irgendwo sein.«

»Moment mal, das geht mir jetzt ein wenig zu schnell.«

Mom hält eine Hand in die Kamera. »Sollte ich die Checkliste nun bereits haben oder nicht?«

»Ich weiß es nicht«, erwidert er und dreht den Kopf, um jemandem etwas zuzuflüstern.

Mom wirft einen Blick in ihre Notizen mit der improvisierten Stenografie. »Ich kann mich nicht daran erinnern, die gesehen zu haben.«

»Sorry.« Sam legt die Fingerspitzen aneinander und atmet tief durch. »Manchmal rede ich ein bisschen zu schnell. Meine Schuld.«

Nachdem sie Moms lange Liste an Fragen durchgegangen sind, habe ich auch noch ein paar.

»Wie genau soll das mit mir funktionieren? Soll ich Mom dabei helfen, den richtigen Typen auszuwählen?«

»So in der Art«, erwidert Sam. »Die Kinder der Teilnehmer sind alle unterschiedlich alt und haben verschiedene familiäre Hintergründe. Du hilfst nicht nur deiner Mom, das perfekte Match zu finden, sondern du wirst dir auch eine neue Schwester oder einen neuen Bruder aussuchen.«

Zu meiner Verwunderung habe ich nach dem Gespräch ein besseres Gefühl dabei, dass wir bei der Show mitmachen. Sam hat mir versprochen, dass ich nicht den Rest meines Lebens mit einer Tüte über dem Kopf herumlaufen muss.

Jetzt bleibt nur noch der Arzttermin, um den ich mir Sorgen mache. Auf dem Weg zur Praxis löchere ich Mom mit Fragen.

»Was könnten sie denn sonst noch brauchen? Haben wir nicht schon geklärt, dass ich keine Blumen mag und keine Astronautin werden will?«

Mom zögert und rast ein wenig zu schnell um die Kurve. »Ehrlich gesagt habe ich keinen blassen Schimmer.«

Das Wartezimmer des Kinderarztes ruft alte Erinnerungen an Impfungen, Fieber und verstauchte Handgelenke wach. Der Raum ist wie eine Zeitkapsel mit abblätternden senfgelben Tapeten und Plastikkisten mit abgenutzten Kinderbüchern. Da ich in einem Jahr nicht mehr zum Kinderarzt gehen werde, bin ich für die meisten Möbel hier bereits zu groß, also knie ich mich vor den Tisch in der Raummitte und spiele mit den Tierfiguren, während wir warten.

»Cara?«, ruft Dr. Walsh und tritt aus der Tür neben der Rezeption.

»Hi.« Ich stehe auf und wische mir die Teppichfussel von meinen Jeans. »Lange nicht gesehen.«

Er wirft einen Blick auf das Klemmbrett in seiner Armbeuge.

»Du weißt ja, wie es abläuft«, sagt er und deutet auf die offene Tür am Ende des Flurs, die von einem Türstopper in Form einer Giraffe aufgehalten wird.

Ich hüpfe auf die Liege mit dem Krepppapier und lasse die Beine zu beiden Seiten des Tritts baumeln, den die kleineren Kinder benutzen. Dr. Walsh liest sich einen Zettel durch, zuckt mit den Achseln und legt ihn neben die Schale mit den Zungenspateln.

»Wir machen heute eine Standarduntersuchung. Hast du dich in einem Sportverein angemeldet?«

Nachdem ich mich den ganzen Morgen auf eine unangenehme Überraschung vorbereitet habe, lasse ich nun erleichtert die Schultern hängen.

»Nein, ich, ähm … Nein.« Ich weiß nicht, ob ich ihm

74

von der Show erzählen darf, also schweige ich lieber, was ihm sicher merkwürdig vorkommen muss.

Die Untersuchung dauert ganze vier Minuten. Als der Arzt sich bereits zum Gehen wendet, will er noch einmal in seine rechte Kitteltasche greifen, aber dann hält er inne, als hätte er es sich doch anders überlegt.

Ich runzle die Stirn wie ein Kind, das beobachtet, wie die Kralle eines Greifautomaten ohne Stofftier hochgezogen wird.

»Ähm, Dr. Walsh?«

Er steckt meine Akte in den Halter vor der Tür. »Ja?«

Ich starre auf meine Schuhe. Die eine Schleife ist ganz ungleichmäßig.

»Meinen Sie, ich könnte immer noch einen Luftballon bekommen?«

»Aber natürlich.« Mit geübter Fingerfertigkeit zieht er einen aus seiner Tasche und bläst ihn für mich auf. Grün mit einem Smiley drauf. Er kauft sie bestimmt kistenweise.

Ich nehme den Ballon an dem zusammengeknoteten Zipfel entgegen und schlage ihn gegen meinen Oberschenkel, während ich darauf warte, dass Mom an der Rezeption die Papiere fertig ausfüllt.

»Ich dachte, du wärst inzwischen vielleicht zu cool für einen Luftballon«, sagt sie grinsend, während wir zum Parkplatz gehen. »Mit vierzehn fandest du die doof.«

»Da war ich eine Diva. Aber was soll's?«

Im Auto schreibe ich Vanessa, dass wir jetzt losfahren. Mom bietet an, sie abzuholen, doch sie will lieber mit dem Rad fahren.

Ein paar Minuten später erreichen wir die Altstadt, die eigentlich nur aus ein paar Läden mit Backsteinfassaden besteht, die sich um einen Springbrunnen gruppieren. Neidisch begutachtet Mom die Shops mit ihren ordentlichen Blumenbeeten.

»Diese alten Gebäude habe ich schon immer geliebt. Ich wünschte, wir hätten das Fitnessstudio hier eröffnen können, aber zu der Zeit war nichts frei.«

Während Mom mich den Bürgersteig hinabführt, lässt sie ihre Handtasche schwingen und schwärmt von der Architektur.

»Da ist es«, verkündet sie schließlich und drückt eine schwere Glastür auf. Kühle Luft, die nach Potpourri riecht, schlägt uns entgegen. »Sam hat gemeint, dass wir hier am ehesten Klamotten für die Show finden. Wir sollen mit einer Stylistin videochatten.«

»Ein Brautmodengeschäft«, stelle ich fest und lese den eingravierten Namen in der Glasscheibe über dem Türbogen. »Das ist ja kein bisschen seltsam ...«

»Das ist doch nicht seltsam. In der Sendung geht es schließlich darum, die wahre Liebe zu finden. Ist doch logisch, dass sie wollen, dass ich in ein Brautmodengeschäft gehe. Außerdem verkaufen sie auch andere Sachen.«

Zögerlich folge ich Mom nach drinnen und überprüfe, ob ich Dreck an den Schuhsohlen kleben habe.

»Man kann sich überall vermessen lassen. Wahrscheinlich hätte ich dich sogar im Studio vermessen können.«

Sie schnaubt. »Ja, aber das wäre doch langweilig. Komm schon, *eine TV-Show* bezahlt uns eine komplett neue Ausstattung. Du solltest dich lieber freuen!«

»Ich würde mich mehr freuen, wenn ich mir Sachen aussuchen dürfte, die ich auch tatsächlich anziehen will.« Ich ziehe die Liste mit den Sachen, die ich mir kaufen darf, aus der Hosentasche. Mit finsterem Blick lese ich sie mir noch einmal durch und hoffe, dass ich heute Morgen solche Dinge wie »Schlafanzug« und »drei Jahre alte T-Shirts« überlesen habe. »Wie schön, dass ein Triangel-Bikini die einzige Bademode zu sein scheint, die akzeptiert wird.«

Mom streichelt sich über den flachen Bauch. »Ich weiß. Ist das nicht toll? So müssen wir uns wenigstens keine Gedanken um den Stil machen.«

»Du machst mich echt fertig. Für meine Figur gibt es keine Bikinis.«

»Blödsinn! Dein Vater hat an Halloween mal einen Kokosnuss-BH und einen Hula-Rock getragen, als wir noch auf dem College waren, und er hat umwerfend ausgesehen. Wir müssen einfach nur das Richtige für dich finden.«

»Großartig. Dieses Bild kriege ich nie wieder aus dem Kopf«, beschwere ich mich. Dabei stecke ich mir einen Finger ins Ohr und schüttle den Kopf, als würde ich versuchen, Wasser aus dem Ohr zu bekommen.

Während ich im Foyer herumlungere, begutachte ich das überbordende Dekor. Der Laden ist in verschiedene Bereiche unterteilt. Neben runden Podesten hängen Kleider, und mehrere Türen sind mit dem Schild »Umkleidekabine« versehen. Ein paar dicke Teppiche unter kleinen Tischen voller Kunstblumen und Zeitschriften sind die einzigen Farbkleckse. Alles ist so offen und hell und sauber.

Die Dame hinter der Theke eilt auf uns zu und heißt uns willkommen. Anschließend schickt sie uns in zwei separate Umkleidekabinen und sagt einer weiteren Mitarbeiterin, dass sie sich um Mom kümmern soll. Während sie meine Maße nimmt, muss ich mir die ganze Zeit auf die Lippe beißen, um nicht loszukichern, weil es so sehr kitzelt. Wie ich Mom kenne, geht es ihr genauso.

Als ich fertig bin, wartet Vanessa draußen im Foyer.

»Hey«, rufe ich, damit sie von ihrem Handy aufblickt. »Bist du schon lange hier?«

»Nee. Bin eben erst gekommen.«

»Danke, dass du mir hilfst. Du weißt, dass ich ein hoffnungsloser Fall bin, was das Shoppen angeht.«

Sie schnaubt und zupft an dem ausgefransten Saum ihres Pokémon-Sweatshirts.

»Ich weiß nicht, ob ich dir da wirklich eine Hilfe sein kann«, meint sie zweifelnd.

»Wir haben eine Stylistin, aber die kennt mich ja nicht. Du schon.«

Während Mom immer noch vermessen wird, streifen Vanessa und ich durch den Laden und bestaunen die Brautkleider an den Schaufensterpuppen. Ein Traum aus Tüll und Seide.

»Kannst du dir vorstellen, mal so eins zu tragen?«

Vanessa schüttelt den Kopf. »Bei einer so langen Schleppe würde ich stolpern und mir den Hals brechen.«

Nebenan geht es noch weiter mit einem ganzen Regenbogen aus formellen und etwas weniger formellen Abendkleidern, deren Perlen und Pailletten im künstlichen Licht der Deckenlampe glitzern. Weiter hinten hängt zwar ein Schild, auf dem »Casual« steht, aber die schicken Klamotten und extravaganten Schnitte entsprechen ganz bestimmt nicht meiner Definition von »Casual«.

Vanessa streicht über eine Schluppenbluse, und die Seide gleitet ihr wie flüssiges Silber durch die Finger. Sie sucht nach einem Preisschild, findet jedoch keins.

»Kein Preis. Das ist kein gutes Zeichen.«

»Was du nicht sagst«, murmle ich und bin froh, dass sie weiß, wie es ist, mit Rabattcoupons einkaufen zu gehen, auf Markennamen zu verzichten und jeden Morgen ein bisschen weniger Shampoo zu verwenden. »Ich kann es echt nicht glauben, dass uns jemand diese Sachen bezahlt.«

Sie seufzt. »Ist das etwa ein Traum?«

»Sorry, ich wollte jetzt nicht angeben oder so.«

»Nein, ich verstehe dich schon.« Sie winkt zwar ab, dennoch habe ich auf einmal ein schlechtes Gewissen. »Aber ich weiß nicht, wo du dieses Zeug noch mal tragen solltest. Es sei denn, du findest heraus, dass du eigentlich eine Prinzessin bist.«

Mom kommt mit ihrem Smartphone in der Hand auf uns zu.

»Cara, das ist Angela. Sie ist deine Stylistin.«

»Hi.« Ich winke und nähere mich dem Display, bis ich darauf eine junge Schwarze Frau mit einer großen babyblauen Brille hinter einem L-förmigen Schreibtisch sehe. »Das ist meine beste Freundin, Vanessa.«

»Hey. Schön, euch alle kennenzulernen. Ich werde euch jetzt beim Shoppen helfen.« Lächelnd hebt Angela eine Hand. »Nicht, dass ihr keinen guten Modegeschmack hättet. Ich gebe nur meinen Senf dazu.«

Wir lehnen Moms Handy an eine Vase, während wir uns die Klamotten ansehen. Mom begutachtet ein grünes Spitzenoberteil mit Glockenärmeln und hält es vor mich.

»Würdest du mir einen Gefallen tun und ihr sagen, dass das echt fürchterlich ist?«, bitte ich Vanessa. »Sie sucht mir immer alle möglichen Sachen aus und ist dann beleidigt, wenn sie mir nicht gefallen.«

Vanessa zögert. »Aus Gründen des Selbstschutzes möchte ich erwähnen, dass deine Mom einen Bizeps hat, der so groß ist wie mein Kopf, daher halte ich das für keine gute Idee.«

»Da sie immer Angst hat, nicht genug Proteine zu sich zu nehmen, würde sie dich wohl eher auffressen, als dich zu hauen.«

Zuerst versuche ich noch, nett zu sein, aber nachdem sie mir ein rosafarbenes, mit Pailletten besetztes Top und ein Paar flache Samtschuhe hinhält, fange ich an, Mom die Sachen aus den Händen zu reißen. Als ich sie Angela zeige, damit sie meine Meinung bestätigt, macht sie ein halb seufzendes, halb jammerndes Geräusch, das dafür sorgt, dass Mom ihre Aufmerksamkeit auf einen Kleider-ständer am anderen Ende des Ladens richtet.

Schließlich wählen wir über ein Dutzend Outfits und legen dazu haufenweise Accessoires auf die eingebaute Sitzbank in der Umkleidekabine.

»Bist du sicher, dass du genug hast?«, fragt Mom be-sorgt, und ich sperre sie in ihre Kabine. »Du hast doch ge-rade mal drei Outfits.«

»Ich habe zig Outfits!« Noch nie habe ich mich so abenteuerlich gefühlt. Ich kann mir sogar das Shirt kaufen, das mir in zwei Tagen vielleicht nicht mehr ganz so gut gefällt, oder die Schuhe, die vorn ein bisschen zu eng sind.

Vanessa hält Moms Smartphone und plaudert mit An-gela, während ich in die andere Kabine gehe, um mich umzuziehen. Normalerweise hasse ich es, Klamotten anzuprobieren, aber diese hier sind so fernab meines eigentlichen Stils, dass leider kein Weg daran vorbeiführt.

»Das ist ein bisschen zu warm für Florida«, merkt Angela an, als ich ihr ein langärmliges Babydoll-Oberteil zeige, das ein bisschen aussieht wie ein Nachthemd. »Auch wenn der Stoff relativ dünn wirkt.«

»Gut, dass du das sagst. Ich bin an den Sommer in Ohio gewöhnt, nicht an den in Florida.« Mit dieser neuen Erkenntnis sortiere ich ein paar dickere Shirts und eine schwere Jeans aus, die sich anfühlt, als bestände sie zumindest teilweise aus Pappkarton.

Angela und ich haben uns innerhalb weniger Minuten für ein paar Outfits entschieden, während Mom zwischen zwei Abendkleidern schwankt, weil sie nicht sicher ist, ob sie den Vorgaben entsprechen. Ich setze mich neben Vanessa auf eine Chaiselongue, die sich anfühlt, als wäre sie aus Beton, gespickt mit spitzen Knöpfen, die mir in die Pobacken piksen.

»Vielleicht ist der Schnitt nicht der richtige«, sagt Mom und deutet auf die Kleiderstange hinter mir. »Meinst du, das goldene würde besser aussehen?«

»Wenn wir Gold tragen, wirkt es, als wären wir nackt«, erwidere ich trocken und erinnere mich an Moms Entsetzen, nachdem sie das Brautjungfernkleid für die Hochzeit einer Freundin angezogen hat.

»Was meinst du, Angela?«

Sie lässt ihren Zeigefinger kreisen, und Mom dreht sich.

»Es ist irgendwie …« Sie hält sich die Hände vor die Brüste. »Ich glaube, das ist nicht der richtige Schnitt für dich.«

Als ich sehe, was sie meint, fällt mir vor lauter Entsetzen die Kinnlade herunter, und die vier Spiegelbilder um mich herum tun es mir gleich.

»Ich glaube, du hast recht«, sagt Mom und zupft an dem Saum an ihrem Dekolleté herum. »Es ist ein bisschen zu freizügig.«

»Du solltest einfach das lilafarbene Kleid nehmen, das du vorhin anhattest«, meint Vanessa und reibt mit ihrem Daumennagel an ihrem Vorderzahn, aus dem ein kleines Stück herausgebrochen ist. »Das war doch gut.«

Mom stimmt ihr zu und verschwindet in der Kabine, um wieder ihre normalen Klamotten anzuziehen.

»Ich wusste doch, dass du mitkommen musst«, sage ich und tätschle Vanessa das Knie. »Wärst du nicht dabei, würde das noch mindestens eine halbe Stunde lang so weitergehen, und sie wäre hinterher trotzdem nicht zufrieden.«

»Kein Problem. War cool, sich die ganzen Kleider anzuschauen.«

Am liebsten hätte ich mir mit der Hand vor die Stirn geschlagen, als mir eine Idee kommt. Ich gebe Mom ihr Handy zurück und ziehe Vanessa beiseite, bis wir außer Hörweite sind.

»Du solltest dir ein Kleid für den Schulball aussuchen. Dann haben wir beide neue Kleider!«

Ich glaube, keine von uns will zum dritten Mal dasselbe Abendkleid tragen. Beim letzten Mal haben wir noch Witze darüber gemacht, dass wir nun mal umweltfreundlich sind und recyceln, doch jetzt ist es nicht mehr lustig.

»Das ist das Geld von der Produktionsfirma«, widerspricht Vanessa. »Das kann ich nicht machen.«

»Du musst aber. Keiner wird es je erfahren. Wir haben doch fast dieselbe Größe. Ich kann sowieso unmöglich all diese Klamotten tragen.«

Sie lehnt zwar ab, aber ich glaube, sie dabei erwischt zu haben, wie sie das marineblaue Etuikleid über meinem Arm beäugt hat. Insgeheim beschließe ich, es nicht zu tragen, es sei denn, es muss unbedingt sein.

Ich trage meine Sachen zur Kasse. Das Strahlen der Verkäuferin kann nur bedeuten, dass sie auf Provisionsbasis bezahlt wird. Bei jedem Teil, das sie über ihren Scanner zieht, gerät sie ins Schwärmen.

»Wir haben bereits ein Konto eröffnet«, erklärt Angela. »Ihr solltet also nichts bezahlen müssen.«

Als sie das sagt, begreife ich allmählich, dass das hier gerade wirklich passiert. Wenn es wirklich klappt, müssen wir vielleicht nicht mehr jeden Cent zweimal umdrehen. Mom muss dann endlich nicht mehr jede Woche irgendwelche Rechnungssteller anlügen und behaupten, dass der Scheck, von dem wir wissen, dass er nie im Briefkasten gelandet ist, bereits bei der Post ist.

Wir verabschieden uns von Angela, die uns verspricht, dass wir uns nicht das letzte Mal gesehen haben, und verlassen den Laden.

»Tausendachthundert Dollar.« Lachend starrt Mom auf die Quittung. »Was für ein Schnäppchen.«

»Für das Geld haben wir ganz schön viel bekommen«, stelle ich fest und mustere die Tüten, die an meinen Armen hängen.

»Außerdem hält gute Qualität länger«, fügt Vanessa hinzu.

Mom faltet die Quittung und steckt sie in ihr Portemonnaie.

»Das stimmt.« Sie sieht mich an, und ihr Lächeln verebbt. »Wir sollten es deinem Dad sagen.«

»Okay. Jetzt?«

»Eigentlich hatte ich gehofft, du würdest es mir ausreden. Wir hätten es ihm sagen sollen, bevor wir das ganze Geld ausgegeben haben. Er könnte rechtliche Schritte dagegen einleiten.«

»Mach dir keine Sorgen«, erwidere ich, hauptsächlich, um mich selbst davon zu überzeugen. »Das ist nicht seine Entscheidung. Es ist ja nicht so, als wäre ich elf und du wolltest mit mir bei *Survivor* mitmachen.«

»Wahrscheinlich hast du recht. Was kann er schon tun? Im schlimmsten Fall lässt er sich von mir scheiden ...« Mein Herz schlägt im Takt mit ihrem verbitterten Lachen. »Bringen wir es einfach hinter uns.«

Kapitel 8

Es dauert weniger als drei Minuten, bis das Gezanke losgeht.

»Du kannst nicht einfach so hier aufkreuzen, um mit mir ›zu reden‹«, schimpft Dad und geht hinter der Saftbar auf und ab. »Ich bin beschäftigt.«

Mom reißt das Stromkabel heraus und killt die drei Mixer.

»Jake kann sich für eine halbe Stunde um das Studio kümmern, während wir über die Erziehung unserer Tochter sprechen. Es ist wichtig. Sehr wichtig.«

»Er ist noch ein Kind! Ich lasse ihn doch nicht mit dem Feierabendtrubel und der Saftbar allein.« Dad verschränkt die Arme vor der Brust und plustert sich auf wie ein wütender Gorilla. »Ist sie schwanger?«

»Ja«, faucht Mom, schnappt sich ein Stück Obst vom Tresen und steckt es unter mein Shirt. »Es ist eine Mandarine. Herzlichen Glückwunsch.«

»Ich habe gehört, dass irgendwas mit Cara ist?« LeAnne schwingt sich unter der Sicherheitsbarriere zum Kardio-Raum durch und landet neben Dad. Sie richtet das türkisfarbene Stirnband, das sie die ganze Zeit trägt, um die grauenvolle Achtziger-Sportkollektion zu bewerben, die wir neuerdings anbieten. »Findest du nicht, dass ich auch involviert werden sollte, Julia? Schließlich bin ich jetzt ihre Stiefmutter.«

Mom starrt sie an, ohne zu blinzeln. Ihr Auge zuckt.

»Ich weiß nicht, *LeAnne*. Irgendwann würde ich es vielleicht in Erwägung ziehen, eine *Außenstehende* mit einzubeziehen. Aber ich bin mir nicht sicher, ob jetzt der richtige Zeitpunkt dafür ist, wenn ich noch nicht mal mit Rick gesprochen habe.«

»Hey!«, brülle ich und wedle mit den Armen wie eins von diesen Aufblasmännchen bei einem Autohändler. Ein paar Kunden blicken erschreckt auf, widmen sich aber schnell wieder ihren Laufbändern und Gewichten, als Mom sie böse ansieht. Ich knalle die Mandarine so heftig auf den Tresen, dass die Schale aufplatzt und wir alle mit Saft bespritzt werden. »Jetzt mal im Ernst, was ist nur los mit euch? Müssen wir das hier in aller Öffentlichkeit ausdiskutieren? Uff. Warum bin ich hier gerade die einzige Erwachsene?«

Mom kneift sich so fest in die Nasenwurzel, dass ihre Fingernägel rote Einkerbungen hinterlassen.

»Tut mir leid«, entschuldigt sie sich. »Ich wollte einfach irgendwo reden. Ich dachte, ein gemeinsames Essen würde uns schon nicht umbringen.«

Dad seufzt. »Mit mir ist auch ein bisschen der Gaul durchgegangen. Ich schätze, wir können irgendwo einen Happen essen.« Er wendet sich LeAnne zu. »Ist es okay, wenn wir heute einen Cheatday einlegen, Schatz?«

»Ja. Na schön.«

Ich blicke zwischen den beiden hin und her und warte ab, ob sie die Ironie in den Worten erkennen, tun sie aber nicht.

Mom hingegen reißt die Augen ein bisschen weiter auf,

und ihr Turnschuh mit der Schaumsohle tippt ein wenig schneller gegen die Fliesen.

»Gehen wir einfach die Straße rauf«, schlägt sie vor. »Dann sind wir in der Nähe, falls die Stereoanlage wieder spinnt oder sonst irgendeine Katastrophe passiert.«

Wir verziehen alle das Gesicht, weil die Stereoanlage letzte Woche aus unerfindlichen Gründen von »kaum hörbar« auf »volle Lautstärke« gesprungen ist. Für einen Moment war es ganz lustig, aber unsere Kunden sind bestimmt nicht an einem Poltergeist-Zumba-Dauerabo interessiert.

Bevor wir gehen, droht Mom Jake mit lebenslangen Qualen und damit, dass sie ihn nach ihrem Tod als Geist heimsuchen wird, sollte er während unserer Abwesenheit nicht gut auf das Fitnessstudio aufpassen.

»Nicht den Thermostat anfassen. Und lass Henry nicht allein Gewichte heben. Und keine Coupons in die Kasse eingeben. Der ›Zwei für eins‹-Gutschein fürs Kickboxen ist abgelaufen.«

»Ich schaffe das schon«, verspricht Jake und klingt, als müsste er darum betteln, den ersten Abend allein zu Hause ohne Babysitter verbringen zu dürfen. »Ohne euch geht hier nicht sofort alles in Flammen auf.«

Mom klopft ihm auf die Schulter und lässt ihn ihre Handynummer aufsagen, bevor wir das Studio endlich verlassen können. Ich gehe ein wenig voraus, wie eine Art Puffer zwischen ihr und LeAnne. Unter anderen Umständen könnte ein gemeinsamer Spaziergang bei warmem Wetter und bedecktem Himmel entspannend sein, aber so ist das bei uns nicht. Was LeAnne angeht, haben wir nie versucht, eine Brücke zu bauen, die es wert wäre, niedergebrannt zu werden.

Das Restaurant ist rappelvoll, und der einzige freie Tisch für vier Personen steht in der Mitte des Raums. Ich ziehe die Ellbogen ein, um keinen von den Kellnern anzurempeln, die unentwegt zwischen dem Tresen und den Tischen hin und her flitzen. Die vielen Menschen scheinen zusätzlich zu LeAnnes Anspannung beizutragen.

»Worüber müsst ihr denn so dringend mit mir sprechen?«, fragt Dad, sobald wir sitzen.

Mom wedelt mit der Speisekarte. »Können wir vielleicht zuerst bestellen?«

»Ich habe nicht den ganzen Tag Zeit.«

Ich versuche, meine Wut im Zaum zu halten, indem ich das Bild von dem Wagyu-Cheeseburger mit Bacon und Trüffel-Aioli anstarre. Zum Glück ist die Speisekarte laminiert. Als hätten sie gewusst, dass ich jede Sekunde anfangen könnte zu sabbern.

Wir bestellen die Getränke und gleichzeitig auch das Essen, damit Dad so schnell wie möglich zu seiner dritten Frau zurückkann – der Saftbar. Mom fummelt in ihrem Schoß an ihren Fingern. Das hat sie sich angewöhnt, seit sie nicht mehr an ihrem Ehering herumdrehen kann.

»Es hat sich unerwartet eine Chance ergeben, die ich gern ergreifen würde, aber sie betrifft auch Cara.«

Dad und LeAnne wechseln einen Blick, den ich nicht richtig deuten kann.

»Ich habe doch schon gesagt, dass ich dich nicht ausbezahlen werde«, sagt er. »Wie oft muss ich noch Nein sagen?«

»Wie bitte? Ich rede doch gar nicht vom Fitnessstudio.«

»Es geht also nicht um die Vertragsänderung?«

Mom starrt ihn verwirrt an. »Welche Vertragsänderung?«

Mein Vater rutscht auf seinem Stuhl herum. Ich nestle an dem Papier von meinem Strohhalm und versuche, zu ignorieren, dass sich Dads Blick gerade in meinen Schädel bohrt.

»Ich habe Cara eine Kopie von der Eigentümervereinbarung mitgegeben, die du noch unterschreiben musst«, erwidert er. »Ich will LeAnne hinzufügen, weil ihr die Hälfte meiner Hälfte gehört.«

Mom blickt zwischen Dad und LeAnne hin und her, dann schließt sie für einen Moment die Augen.

»Könnte ich bitte noch eine Portion Pommes dazubekommen?«, flüstert sie dem vorbeigehenden Kellner zu. »Und einen Schokomilchshake.«

Ich lehne mich zu ihm und füge hinzu: »Die Pommes bitte mit Käse. Schön viel Cheddar.«

Mom ist zwar ein Gesundheitsfreak, doch wenn ihr der Kragen platzt, hat sie plötzlich den Appetit eines Weltmeisters im Wettessen. Ich spreche von einer ganzen Pizza, einer Schachtel Donuts und zwei Tüten Jelly Beans.

»Ich versuche gerade, dir mitzuteilen, dass wir bei einer TV-Show mitmachen!«, brüllt Mom über Dads ununterbrochenes Gemurmel hinweg. »Wir haben bei einem Casting mitgemacht, und sie haben uns genommen.«

Dad verdreht die Augen. »Und nun? Fährst du jetzt nach Cleveland und spielst für zwanzig Sekunden im Hintergrund eine Fußball-Mom? Nur zu. Warum sollte mich das jucken?«

Mom sieht aus, als könnte sie ihn jeden Moment mit

ihrer Gabel ermorden, also greife ich ein und erkläre Dad die Show. Mom und ich beantworten abwechselnd seine Fragen, die immer aggressiver werden. Bis uns der Kellner das Essen serviert, hat sich Dad bereits eine Meinung gebildet.

»Ich verstehe das einfach nicht«, sagt er. »Warum sollte man einer Horde erwachsener Männer dabei zusehen, wie sie um einen Verlobungsring kämpfen?«

»Sie kämpfen darum, Mom heiraten zu dürfen. Das ist romantisch. Und du lässt es wie *Der Herr der Ringe* klingen.«

»Romantisch?«, fragt Dad so laut, dass die Frau eine Sitzecke weiter genervt zu uns herübersieht. »Das ist doch absurd! Und bei so etwas wollt ihr wirklich mitmachen? Ich fasse es nicht, dass es Leute gibt, die sich so einen Dreck tatsächlich ansehen.«

»Und ich kann nicht verstehen, wie sich jemand *Der Herr der Ringe* ansehen kann«, murmelt LeAnne mit vollem Mund.

Die Welt bleibt für einen Moment stehen, während wir drei die Köpfe zu ihr drehen und sie anstarren. Mir stockt förmlich der Atem, und ich erinnere mich daran, wie die ganze Familie einmal nach Weihnachten die Grippe hatte. Während der Zeit haben wir uns den Director's Cut von allen drei Filmen angesehen und dabei abwechselnd Hustensaft in Schnapsgläser gegossen und den Pizzaboten bezahlt. Ich schüttle den Kopf, um nicht länger daran zu denken und die Erinnerung zurück in mein Unterbewusstsein zu schieben.

»Was denn?« LeAnne blickt zwischen uns hin und her.

»Das ist doch total langweilig. Ich mag dieses ganze Elfenzeugs nicht.«

»OKAY. ZURÜCK ZUM EIGENTLICHEN THEMA«, sage ich, bevor Mom begreifen kann, dass LeAnne gerade in ihrer Gegenwart Orlando Bloom beleidigt hat. »Wir müssen über die Show reden.«

»Das erlaube ich nicht.« Dad plustert sich auf und verschränkt die Arme vor der Brust. »Ich finde das einfach absurd, und für Cara ist es auch nicht gut.«

»Was soll das heißen, *du erlaubst es nicht?* Wenn ich mich recht entsinne, darf ich die Besuchszeiten ändern, solange ich dir genug Vorlauf lasse. Sie wird nicht allzu viele von deinen Wochenenden verpassen. Und zwei Tage bist du mir eh noch schuldig, weil sie dir bei den Hochzeitsvorbereitungen helfen musste.«

»Ist mir egal«, erwidert Dad. »Sie macht da nicht mit.«

Mom zerdrückt eine Pommes zwischen Daumen und Zeigefinger.

»Wir leben hier nicht in einer Dad-okratie. Ich mache das hier aus reiner Höflichkeit. Wir hätten das auch mit einem Mediator klären kö...«

»Wie wäre es, wenn mich mal jemand fragt, ob ich bei der Show mitmachen will?«

Sie sehen mich an, als hätte ich gerade vorgeschlagen, den Streit in einem Duell auszufechten.

»Ich bin siebzehn, nicht sieben. Ich kann meine eigenen Entscheidungen treffen, und ich habe beschlossen, dass ich da mitmachen will.« Ich spreche lauter als gewöhnlich, um selbstbewusster zu klingen. »Mom muss ja nicht unbedingt heiraten. Wenn sich herausstellt, dass sie keinen von den Typen mag, hatten wir wenigstens einen schönen kostenlosen Mutter-Tochter-Urlaub in Florida.«

Mom verpasst mir unter dem Tisch einen Tritt, was wohl heißen soll, dass ich die hunderttausend Dollar nicht erwähnen soll. Dad würde Mom in einen Sack stecken und auf eBay verticken, wenn er dadurch mehr Geld für die Renovierung des Fitnessstudios bekommen könnte.

»Du bist nicht alt genug, um zu wissen, was du willst«, erwidert Dad. »Du bist ein Teenager.«

»Ich werde in vier Monaten achtzehn, und ich will bei der Show mitmachen.« Um dem Ganzen Nachdruck zu verleihen, füge ich noch hinzu: »Das letzte Jahr war echt hart. Das wird es ein Stück weit wiedergutmachen.« Ausgesprochen klingt es wesentlich vorwurfsvoller als in meinem Kopf. »Und wenn ich erst mal achtzehn bin, kann ich sowieso entscheiden, was ich machen und mit wem ich mich treffen will.« Den Rest der Drohung lasse ich unausgesprochen.

Er seufzt. »Was soll's? Macht doch, was ihr wollt. Aber heult euch bloß nicht bei mir aus, wenn ihr dann das Gespött der ganzen Stadt seid.«

»Ist notiert«, murmelt Mom und leert den Rest ihres Milchshakes. »Das wäre echt schlimm, wenn die ganze Stadt über mein Liebesleben tratschen würde. Oh, Moment ...«

Der Kellner scheint die Feindseligkeit in der Luft zu spüren, denn er schleudert die Rechnung wie eine Granate auf den Tisch und ergreift die Flucht.

Dad wirft einen Blick darauf. »Neun Dollar für deine Käsepommes. Das ist ja Wucher! Das sollte ich vielleicht vom Unterhalt abziehen, hm?«

Moms Stuhl kratzt über den Boden, als sie ihn ruckartig nach hinten schiebt und Dad die Kunstledermappe mit der Rechnung darin aus der Hand reißt.

»Komm, Cara. Wir gehen.« An Dad gewandt fügt sie hinzu: »Euren Teil könnt ihr vorn an der Kasse zahlen.«

»Wie bitte?« Dad schnaubt. »Ach, komm schon, Julia. Das war ein Scherz. Warum verstehst du denn keinen Spaß?«

Kapitel 9

Tagelang murmelt Mom die Frage immer wieder vor sich hin, während sie Geschirr spült oder Gemüse schneidet, und wird dabei immer wütender.

»Warum verstehst du denn keinen Spaß?«

Irgendwann hört sie auf, die Worte laut auszusprechen, aber wenn sie auf bestimmte Weise mit dem Kopf wackelt, weiß ich genau, dass sie immer noch daran denkt.

Je näher das Abreisedatum rückt, desto gereizter wird sie. Jede wache Minute verbringt sie damit, Sam wegen Details zu unserer Reise zu löchern und Packlisten zu erstellen. Inzwischen habe ich es mir zur Gewohnheit gemacht, dass ich winke, wenn ich am Laptop vorbeigehe, denn eigentlich sitzt am anderen Ende immer Sam, der mit seiner tiefen, monotonen Stimme mal wieder irgendwelche Aspekte der Show erklärt.

Dann ist der Tag der Abreise gekommen, und Mom denkt nur daran, was wir alles vergessen könnten.

»Sie haben gemeint, wir müssen keine Hygieneartikel mitnehmen, aber was, wenn sie die Zahncreme vergessen?«

»Dann kaufen wir welche.«

Mom bindet sich das Haar zu einem unordentlichen Knoten zusammen, aus dem überall Strähnen heraushängen.

»Ich mache mir einfach nur Sorgen«, gesteht sie.

Wir müssen zweimal gehen, bis wir sämtliches Gepäck

im Auto verstaut haben. Ein ganzer Koffer ist nur gefüllt mit Schuhen und Handtaschen, die zu den Abendkleidern passen, die wir kaufen mussten. Ich glaube, wir haben noch nicht mal die Preisschilder abgeschnitten.

Als wir bereit sind, aufzubrechen, gehe ich noch mal hoch, um zu überprüfen, ob das Licht aus und die Tür abgeschlossen ist.

Vanessa kommt auf den Flur raus, um sich zu verabschieden.

»Komm her«, sagt sie und schlingt einen Arm um mich. »Du kannst doch nicht ohne eine Umarmung gehen.«

»Danke, dass du extra so früh aufgestanden bist«, sage ich in dem Wissen, dass Vanessa so ziemlich die gleichen Ruhezeiten hat wie Dracula. Wenn wir mit dem Bus zur Schule müssen, ist es während der ersten Hälfte der Fahrt nahezu unmöglich, sich mit ihr zu unterhalten.

Vanessa hebt die rechte Hand, in der sie einen Energydrink hält.

»Ich bin schon seit gestern wach. Ich bin total fertig, aber ich konnte dich nicht gehen lassen, ohne dir viel Glück zu wünschen.«

Ich drücke sie fester. »Ich werde dich vermissen, Va-Ness Monster.«

»Ich dich auch. Aber zum Glück ist es ja nicht so lange. Werde jetzt nicht zu rührselig.«

»Ich bin im Nullkommanichts wieder da.«

Sie lächelt. »Ich helfe euch beim Umzug in eure neue Villa, wenn ihr dann reich und berühmt seid.«

Während ich zum Auto gehe und mich anschnalle, wiederhole ich ihre Worte in meinem Kopf. Es ist zwar schwer, den ganzen Sommer über von ihr getrennt zu sein, aber es ist ja nicht für immer. Im Gegensatz zu den Freunden, die ich durch die Scheidung verloren habe, ist Vanessa mehr als nur das Nachbarskind, mit dem mich meine Eltern aus Bequemlichkeit zusammengesteckt haben, als wir noch Windeln getragen haben.

Während der Fahrt klammere ich mich an meinen halbherzigen Optimismus und bin plötzlich ganz aufgeregt, als ich den Flughafen entdecke, an dem ich schon eine Million Mal vorbeigefahren bin, ohne ihn zu betreten.

***

Für eine so große Stadt ist die Abflughalle leerer, als ich erwartet hätte. Manche checken sich an den Automaten selbst ein, während andere an den Schaltern in der Schlange stehen. Ich dachte, hier wäre es so voll und hektisch, wie man es aus Filmen kennt.

»Zu den Automaten?«, schlägt Mom vor. »Da ist die Schlange kürzer.«

Den ersten Schritt haben wir schon mal geschafft.

»Reservierungs- oder Kreditkartennummer eingeben«, liest Mom laut vor und scrollt durch ihre E-Mails. »Sam hat mir so viel Zeug geschickt. Gib mir einen kurzen Moment.«

»Vielleicht hätten wir doch besser an den Schalter gehen sollen.«

»Es muss hier irgendwo sein«, murmelt Mom, die sich immer noch auf ihr Handy konzentriert. Kurz darauf findet sie die richtige Nummer und tippt sie ein, sodass wir unsere Unterlagen ausdrucken können.

Die Maschine spuckt zwei glänzende Boardingpässe aus. Meinen Namen darauf zu lesen lässt plötzlich alles so real werden. Wir fliegen tatsächlich nach Florida! Ich atme tief durch und stecke die Tickets in die Bauchtasche meines Sweatshirts.

Obwohl ich nichts falsch mache, kriege ich schwitzige Hände, als wir uns der Security nähern. Die Angestellten wirken so ernst in ihren Uniformen! Ihre ausdruckslosen Gesichter sind entweder ein Zeichen ihrer Konzentration oder ihrer Langeweile. Zum Glück bleibt mir noch ein wenig Zeit, um mir die Anweisungen durchzulesen, sodass ich es ohne größere Vorkommnisse durch die Kontrolle schaffe. Nur meine Handcreme wird beschlagnahmt.

Nachdem sie unsere Sachen durchleuchtet haben, schnappen wir uns schnell die Plastikschalen und setzen uns auf die nächste freie Bank, um den ganzen Passagieren, die auf ihre Sachen warten, aus dem Weg zu gehen.

»Ich hätte nicht gedacht, dass ich meine Flipflops ausziehen muss«, sagt Mom und begutachtet ihre schmutzige Ferse. »Das ist ja ekelhaft. Ist es seltsam, wenn ich mir auf der Toilette die Füße wasche?«

»Bitte nicht.« Ich stelle mir vor, dass Mom wie ein verwirrter Flamingo dasteht und ihre Füße im selben Waschbecken wäscht, an dem sich andere vermutlich die Zähne putzen.

»Na gut.« Widerwillig schlüpft sie in ihre Flipflops, bevor wir wieder in die Menschenmenge eintauchen.

Mir fällt auf, dass es hier ziemlich eintönig ist. Die Läden sind alle so ähnlich, dass man das Gefühl bekommt, in einer Zeitschleife gefangen zu sein.

Als wir die Monitore mit den Ankunfts- und Abflugzeiten erreichen, sucht Mom nach unserer Flugnummer.

»Da steht, dass wir pünktlich abfliegen«, stellt sie fest. »Das Boarding ist in anderthalb Stunden.«

»Ich wusste doch, dass wir viel zu früh dran sind.«

Mom stellt sich mitten in den Durchgang, legt den Kopf in den Nacken und liest die ganzen weißen Schilder, die überall hängen.

»Ich habe nur das gemacht, was Sam gesagt hat«, rechtfertigt sie sich. »Ich hatte das Gefühl, dass er unsere Reise exakt durchgeplant hat.«

»Sam hat bestimmt auch seine eigene Geburt exakt durchgeplant.«

Lachend schüttelt sie den Kopf. »Es ist nichts daran auszusetzen, wenn jemand auf die Details achtet. Vor allem, da wir beide die unorganisiertesten Menschen auf diesem Planeten sind.«

Ich schnaube. »Du hast mich großgezogen. Das ist deine Schuld.«

Weil wir so früh dran sind, haben wir noch Zeit, uns einen Espresso mit Parfait zu holen, und können uns sogar die Plätze im Wartebereich aussuchen.

Ich setze mich neben eine Steckdose, um mein Handy aufzuladen.

»Ich fasse es einfach nicht, dass wir unsere ganzen technischen Geräte abgeben müssen.« Es erscheint mir fast grausam, dass ich endlich mal in den Urlaub fliege und ein richtiges Abenteuer erlebe, meinen Freunden aber nicht mal davon erzählen kann. »Vanessa dreht deshalb auch vollkommen durch.«

»Für mich wird das eine Erleichterung«, knurrt Mom

und hält ihr Smartphone fest umklammert, während sie eine Nachricht wegwischt. »Dein Dad hört einfach nicht auf, mich damit zu nerven, wie dumm das alles ist. Ständig prophezeit er mir, dass ich unsere Familie im Fernsehen blamieren werde.«

Sind wir denn noch eine Familie? Ich denke darüber nach, während sich um uns herum immer mehr verschlafene Menschen versammeln. Sie klammern sich an ihre Kaffeebecher und legen die Füße auf ihre ramponierten Koffer.

Ich bin auch müde. Ich schreibe mit Vanessa und versichere ihr, dass ich in den Wochen der erzwungenen Funkstille schon klarkommen werde. Ich bin gerührt, weil sie sich solche Sorgen um mich macht, dass sie nicht schlafen kann.

> **Cara Hawn Solo, 07:22:** Du wirst sowieso mit Collegekram beschäftigt sein.

Sie antwortet schneller, als ich es für möglich gehalten hätte. Ich stelle mir vor, wie sie auf dem Sofa hockt und die Nachricht in ihre Diktier-App einspricht.

> **Va-Ness Monster, 07:22:** Ich bin eher mit Extraschichten im Restaurant beschäftigt, um mir die Fahrten zu den Colleges überhaupt leisten zu können. Weißt du, dass allein das Busticket von hier nach Chicago 47 Dollar kostet? Und man muss viermal umsteigen!

Irgendwann während unserer Unterhaltung muss ich eingeschlafen sein, denn eine Stunde später rüttelt mich Mom

99

wach, damit wir uns für das Boarding in die Schlange stellen können. Da ich noch nie geflogen bin, folge ich Mom wie ein kleines Entlein die Gangway entlang und durch die schmale Flugzeugtür. Sie biegt nach rechts in den Gang ein und schlüpft auf den Fensterplatz in der dritten Reihe.

> **Cara Hawn Solo, 08:39:** Sind gerade ins Flugzeug gestiegen. Ich melde mich, wenn wir da sind!

Während alle anderen Passagiere dreinblicken wie gelangweilte Kühe, finde ich das ganze Prozedere ziemlich aufregend. Ich bin kurz davor abzuheben. Als die Sicherheitseinweisung beginnt, bin ich die Einzige, die sich die Plastikkarte schnappt und der Flugbegleiterin ihre Aufmerksamkeit schenkt.

»Das ist so cool«, sage ich zu Mom und deute auf die Cartoon-Figuren. »Ein Sitz, der einem im Notfall das Leben rettet? Das ist so cool. So cool.«

»Alles in Ordnung bei dir? Du wirkst ein wenig nervös.«

»Alles okay.« Ich nicke, während das Flugzeug über das Rollfeld brettert.

»Sicher?«

»Total sicher. Alles gut. Bin total entspannt.«

Ich stecke mir die Finger in die Ohren, als sie zufallen und ich so heftige Kopfschmerzen bekomme, dass mein Schädel im Takt meines panischen Herzens pocht. Mom legt ihre Hand auf meine – entweder um mich zu beruhigen oder damit ich nicht abhaue. Nicht, dass ich das könn-

100

te, denn *wir schießen durch den Himmel und werden von Dingen in der Luft gehalten, die ich nicht verstehe, weil ich in Physik nie aufpasse.*

Nachdem wir unsere Flughöhe erreicht haben, trinke ich so viel Ginger Ale, dass sich mein Magen in eine sich drehende Grube voller Säure verwandelt. Ich fange an, meine Lebensentscheidungen zu hinterfragen, und beginne bei dem Joghurt, den ich zum Frühstück gegessen habe.

»Heißes Tuch?«, fragt der Flugbegleiter und hält mir eins mit einer Zange hin.

Mom und ich nehmen jeweils eins entgegen, obwohl wir keine Ahnung haben, was wir damit machen sollen. Ich beäuge das Paar neben uns und runzle angewidert die Stirn, als sich die Frau damit über Gesicht und Hände wischt. Keine Ahnung, wie die Airline die Dinger wieder sauber bekommt, aber ich habe keine Lust, mir irgendetwas einzufangen, bevor ich ins Fernsehen komme.

Kurz darauf taucht der Flugbegleiter wieder auf, diesmal mit einem überquellenden Wagen voller Snacks. Zögerlich schwebt meine Hand über den Tüten mit den kleinen Brownies.

»Sind die umsonst?«

Er lächelt und rüttelt auffordernd an dem Korb. »Aber natürlich.«

Einerseits will ich nicht so gierig rüberkommen wie ein Kind an Halloween, andererseits will ich auch keine kostenlosen Snacks ablehnen. Also nehme ich mir eine Handvoll und lege sie in meinen Schoß. Vielleicht hilft feste Nahrung ja gegen die Übelkeit.

»Ich wusste gar nicht, dass man im Flugzeug so leckere

Snacks bekommt. Ich dachte, man kriegt nur Salzbrezeln oder so.«

»Normalerweise kriegt man so was auch nicht«, erwidert Mom und steckt sich zwei Mandeln in den Mund, die restlichen legt sie auf meinen Tisch. »Das ist ganz anders, als Economy zu fliegen. Jeder dieser Plätze muss über tausend Dollar gekostet haben.«

»Könntest du bitte etwas essen?« Ich gebe ihr die Mandeln zurück. »Ist mir egal, dass sie gesalzen sind. Du kannst zum Mittagessen keinen Wein trinken. Das wird dich umbringen.«

Sie grinst. »Ach, bist du jetzt Weinexpertin, oder was?«

»Du hast mir an Dads Hochzeit ein Glas gegeben.«

»Oh, stimmt. Na ja, da hat jeder einen Drink gebraucht.«

Es stimmt, dass das, was man fürchtet, schneller eintritt. Nur allzu schnell senkt sich die Nase des Flugzeugs beunruhigend weit nach unten. Ich werfe einen Blick aus dem Fenster und frage mich, wie schnell wir fliegen und was passiert, wenn so nah über dem Boden irgendein Problem auftritt.

»Ist es schon Zeit für die Landung?«

Mom nickt. »Was hochfliegt, muss auch wieder runter.«

Das ganze Blut steigt mir in den Kopf, während ich mich nach vorn lehne. Der dicke Gurt schneidet mir in den Bauch.

Mom reibt mir den Rücken. Sie bewegt ihre Hand zwischen meinen Schulterblättern hin und her, als wäre sie ein Skater auf einer Halfpipe. Die Geräusche des Flugzeugs übertönen mein wehleidiges Gejammer.

»Alles okay?«, fragt Mom. »Wir sind jetzt unten.«

»Mir ist gerade das Herz in die Hose gerutscht.«

Mom tut, als würde sie wählen, und hält sich das Smartphone ans Ohr.

»Ja, hallo, 911? Meiner Tochter ist gerade das Herz in die Hose gerutscht. Bitte schicken Sie so schnell wie möglich einen Krankenwagen.«

Mit der flachen Hand klatsche ich ihr gegen das Schienbein. »Das ist überhaupt nicht lustig.«

»Oh doch, du bist nur mürrisch. Auf einer Skala von null bis ›jede Nicolas-Cage-Rolle‹ bist du eine Sieben.«

Vielleicht ist da mehr dran, als ich zugeben möchte, vor allem jetzt, da mir bewusst wird, dass wir das ganze Spiel noch mal spielen müssen, um nach Key West zu kommen. Eigentlich hatte ich mich darauf gefreut, zweimal an nur einem Tag zu fliegen, doch nach dieser Tortur habe ich genug. Mom muss mir dreimal damit drohen, dass sie mich in Atlanta lässt, bevor ich aufhöre, sie anzubetteln, für den Rest des Weges ein Auto zu mieten.

Während des zweiten Flugs kneife ich ganz fest die Augen zu, während mir die kleine Düse über meinem Sitz eiskalte Luft auf den Kopf pustet.

»Du siehst nicht gut aus«, stellt Mom fest, als der Landeanflug beginnt. »Sag mir, wenn du dich übergeben musst.«

»Sag so was nicht, sonst landet es auf deinen Sandalen.«

Nachdem wir ausgestiegen sind, gehen mir die vollgestopften Gänge und ununterbrochenen Durchsagen gewaltig auf die Nerven. Die Lichter sind viel zu grell. Es fühlt sich an, als würde ich nach dem Kino hinaus in die Sonne treten.

Der nächste Kaffeestand ist ein absolutes Muss, bevor wir den Sicherheitsbereich verlassen. Ich folge Mom ein Stockwerk nach unten zum Gepäckband und stürze meinen Karamell-Espresso herunter wie eine der Figuren aus Vanessas nerdigen Videospielen ihren Zaubertrank. Langsam lassen der Schreck und die Erschöpfung nach und werden abgelöst von Aufregung. Nervös frage ich mich, was mich am Set wohl erwartet.

Als ich mit der Zunge über den süßlichen Film auf meinen Zähnen fahre, schmecke ich die Überreste von Schlagsahne und Salz.

»Ich glaube, jetzt funktioniere ich wieder.« Ich weiß, dass Vanessa gerade schläft, schreibe ihr aber trotzdem. Keine Ahnung, wie lange ich mein Handy noch behalten darf.

> **Cara Hawn Solo, 13:27:** Geschafft! Holen jetzt unsere Sachen.

Während wir uns dem Gepäckband nähern, deutet Mom auf einen Mann in einem zerknitterten weißen Hemd, der eine Khakihose und schmutzige Arbeitsstiefel trägt. In einer Hand baumelt ein Schild mit unserem Namen darauf, in der anderen hält er ein Tablet, auf dem er etwas liest.

»Ich glaube, das ist unser Fahrer.« Mom geht in die Knie und legt den Kopf schief, um das Schild zu lesen. »Ja, das ist er.«

Sie geht auf ihn zu, stellt sich vor ihn und wartet, bis er fertig ist.

»Sam? Bist du das? Oh mein Gott!«

Sam blickt auf und zuckt zusammen. »Ihr seid aber früh

da! Du musst Julia sein. Ihr habt's geschafft.« Er schiebt das Tablet in seine Tasche, ohne das Display auszuschalten. »Willkommen in Florida!«

Er breitet die Arme aus, als wollte er Mom umarmen, doch dann verschwindet sein linker Arm schnell hinter seinem Rücken. Er errötet und hält ihr stattdessen seine Hand hin.

Lachend schüttelt Mom ihm die Hand. »Ich wusste gar nicht, dass du uns höchstpersönlich abholst! Ich dachte, sie würden jemanden schicken.«

Sein Lachen klingt fast wie ein Bellen. »Ich bin der, den sie schicken. Lass dich nicht von meiner schicken E-Mail-Signatur täuschen. Ich bin hier nur eine kleine Nummer.« Er tätschelt sich das Bäuchlein. »Nun, zumindest im übertragenen Sinne.«

Ich weiß nicht, warum, aber diese kleine lässige Geste nimmt mir die Angst, nicht mit den anderen Kindern mithalten zu können. Wenn man so viel Zeit wie ich mit Fitnessfreaks verbringt, denkt man schnell, mit einem wäre irgendetwas nicht in Ordnung, wenn man nicht in Topform ist.

Trotz Moms beachtlichem Bizeps besteht Sam darauf, unsere Koffer zu tragen, nachdem er sie aus einem Haufen auf dem Gepäckband gerettet hat. Wir folgen ihm durch das Flughafenlabyrinth ins Erdgeschoss und verlassen das Gebäude. Auf der anderen Seite des Betonmittelstreifens wartet eine ganze Reihe von Taxis.

Die Luftfeuchtigkeit hier ist so hoch, dass es sich anfühlt, als würde man durch eine Autowaschanlage spazieren.

»Ich schwitze unter den Brüsten«, raune ich Mom zu

und wünsche mir, ich wäre so schlau gewesen, Shorts und ein Tanktop anzuziehen. Ich quäle mich aus meinem Sweatshirt und knülle es zusammen.

»Vor ein paar Monaten hast du dich noch über die Kälte beschwert.« Mit verstellter Stimme ahmt sie mein Gejammer nach. »*Meine Haut ist ganz rot. Die Leggings sind nicht warm genug. Die Heizung ist beschissen.*«

»Ähm, entschuldige mal. Das war ein Polarwirbel. Sogar meine *Augäpfel* waren gefroren.«

Sam joggt hinüber zu einem Mercedes, der in einem Bereich steht, der durch gelbe Linien gekennzeichnet ist. Er strafft die Schultern und reckt das Kinn.

»Ich sage jetzt nicht, dass ich einen von den Flughafenmitarbeitern bestochen habe, um hier stehen zu dürfen, aber ich streite es auch nicht ab.«

Ich und mein Spiegelbild in der glänzenden silbernen Wagentür wechseln einen ungläubigen Blick. Vorsichtig nähere ich mich und spähe durch die getönte Scheibe. Sieht aus, als wäre die Inneneinrichtung aus echtem Leder.

»Die scheuen wirklich keine Kosten und Mühen.«

Mom streckt den kleinen Finger aus und tut, als würde sie aus einer Teetasse trinken. Während Sam unser Gepäck im Kofferraum verstaut, lehnt sie sich zu mir und flüstert: »Sag bitte niemandem, dass wir immer auf Coupons warten, bevor wir Klopapier kaufen, okay?«

Kapitel 10

Sofort nachdem wir uns in Bewegung gesetzt haben, stellt Sam das Navigationsgerät auf volle Lautstärke, entweder um uns am Reden zu hindern oder um seine Nervosität zu kaschieren, weil er durch die vollgestopfte Abholzone fahren muss. Nach nur wenigen Metern tritt er auf die Bremse, als vor ihm ein Van einschert.

»Da vorn links«, murmelt er und lehnt sich vor, um die Schilder zu lesen. »Dann rechts.«

Nachdem wir das Gewimmel hinter uns gelassen haben, dreht er die Lautstärke wieder herunter.

»Sorry, das hier ist nicht mein Auto. Deshalb wollte ich nicht falsch abbiegen oder einen Unfall bauen.«

Ich bohre die Finger in meine Schläfen und versuche, die Kopfschmerzen von der Landung und meinem wahnsinnigen Koffeinkonsum wegzumassieren.

»Daran sind wir gewöhnt. Unsere Stereoanlage zu Hause ist verhext. Lange Geschichte.«

Wir fahren auf den Highway auf, der parallel zum Wasser verläuft, vorbei an Hochhäusern, Fast-Food-Restaurants und Autovermietungen. Selbst aus dieser Entfernung ist das Wasser so blau, wie ich es noch nie gesehen habe, auch wenn mein einziger Vergleich der mit Algen verseuchte Eriesee ist. Ich drücke das Gesicht gegen die warme Scheibe und drehe meine Beine so, dass sie nicht von der hereinfallenden Sonne verbrannt werden.

Cara Hawn Solo, 13:34: Sie haben einen Mercedes geschickt, um uns abzuholen. Es ist so cool hier!

Nach nur wenigen Blocks verwandelt sich das Industriegebiet in ein dichtes Geflecht aus Vorstadtstraßen. Wir fahren an Wohnbungalows vorbei, die jeweils durch einen Streifen Gras voneinander getrennt sind, der wie eine Zahnlücke wirkt. Palmen, die gezackte Schatten auf die Bürgersteige werfen, lösen das Bild ab.

»Wusstet ihr, dass Key West auch als Conch Republic bezeichnet wird?«, fragt Sam, um die Stille zu durchbrechen. »Irgendwann werdet ihr es bestimmt auf einem T-Shirt sehen.«

Ich lehne mich nach vorn, um ihn besser zu verstehen, und drehe das Gesicht so, dass ich die Luft aus der Klimaanlage voll abbekomme.

»Warum das denn?«

»In den Achtzigern haben sie so getan, als hätten sie sich von den Vereinigten Staaten abgespalten. Touristen scheinen so etwas zu lieben.«

»Du meinst, wie eine Art Streich?«, fragt Mom begeistert.

Ich klammere mich an ihren Sitz und ziehe mich näher an ihr Ohr.

»Komm jetzt bloß nicht auf dumme Gedanken«, flüstere ich.

Unser letzter Streichkrieg hat damit geendet, dass ich einen Notfallhaarschnitt gebraucht habe und Mom von Kopf bis Fuß in Gurkenwasser getränkt war.

»Sie liebt Streiche. Pass also lieber auf«, füge ich für Sam hinzu.

»Dann passt du perfekt hierher. Diese Stadt hat wirklich einen Sinn für Humor. Und dann natürlich der ganze historische Kram.« Er zählt noch ein paar Fakten zum Truman Little White House und der nahe gelegenen Militärbasis auf. »Zu schade, dass unser Zeitplan so eng getaktet ist, sonst würde ich euch noch ein paar Sehenswürdigkeiten zeigen.«

Als wir in eine Toreinfahrt einbiegen, erhasche ich einen Blick aufs Wasser. Die Rampe ist so kurz, dass das Auto kaum rangieren kann. Sam öffnet sein Fenster und winkt in eine Überwachungskamera, die an einem weißen Backsteinpfosten befestigt ist. Das Tor öffnet sich mit einem leisen Summen und dem Rasseln einer Kette.

»Später haben wir ein Meeting, um den Anfang der Show zu besprechen.« Während Sam aus dem Auto steigt, schiebt er sich das Tablet in den Hosenbund, dann öffnet er den Kofferraum. »Aber zuerst macht ihr euch mit dem Haus vertraut.«

Haus. Er nennt es tatsächlich *Haus!* Dabei sieht es eher aus wie ein Haus, das ein anderes Haus verspeist hat, das wiederum drei Villen und einen ganzen Gebäudekomplex vertilgt hat. Während ich im Schatten der gebogenen Fassade stehe, wird mir bewusst, dass ich links und rechts gar kein Ende sehen kann. Der erste Stock verfügt über einen riesigen Balkon mit einem weißen Geländer, das vor der hellen Steinfassade kaum zu sehen ist.

Ich gehe um die Ecke, um mir einen besseren Überblick zu verschaffen. Es ist unmöglich, dass dieses Gebäude ursprünglich als ein einziges Haus errichtet wurde. Der vordere Teil steht auf kurzen Pfählen und Backsteinen, der hintere erstreckt sich terrassenförmig über einen sanften Abhang, den man in dieser Gegend wahrscheinlich als Hügel bezeichnet.

»Das sieht aus, als wäre es aus Legosteinen gebaut. Oder aus allen möglichen Baumaterialien, die es im Schlussverkauf gab.«

Sam stellt sich mit unserem Gepäck neben mich und nickt.

»Stimmt«, bestätigt er.

»Was hat es damit auf sich?«

»Das war mal eine Wohnanlage. Und dieser runde Teil hier war mal ein Hotel. Als die anderen Grundstücke verkauft wurden, hat man es in diese Richtung ergänzt.« Er streckt den Arm in einer Diagonalen aus. »Und dann ging es sogar noch weiter den Hügel hinab, als sie den Pool gebaut haben.«

Mit so viel Information hätte ich nicht gerechnet. »Du weißt aber auch alles.«

»In einem der Aufenthaltsräume liegt ein Buch darüber ...«, erklärt er verlegen, und seine Wangen nehmen die Farbe eines fleckigen Pfirsichs an.

»Es gibt mehrere Aufenthaltsräume?« Wir gesellen uns zu Mom, die vor dem riesigen Bogen am Scheitelpunkt der hufeisenförmigen Einfahrt steht. »Ich werde mich in diesem Haus verirren und verhungern.«

»Sie werden uns Armbänder mit integrierten Trackern geben müssen«, meint Mom.

Wir stolpern beide, als wir die Schwelle zum Foyer übertreten. Es ist zwei Stockwerke hoch und ganz in dunklem Holz mit hellen Akzenten gehalten. Eine geschwungene Treppe mit schlichtem Metallgeländer führt in den ersten Stock hinauf. Mein Blick folgt den dazu passenden Wandleuchten hinauf zum Treppenabsatz, wo sich ein halbes Dutzend Schlitze befinden, die Fenster sein könnten. Über unseren Köpfen schwebt ein gigantischer Kronleuchter wie eine groteske schmiedeeiserne Spinne.

Dieses Haus gleicht einem Museum. Ich presse die Arme an den Körper, aus lauter Angst, ich könnte eins der makellosen Möbelstücke oder Teile der filigranen Dekoration kaputt machen, die man in den angrenzenden Räumen sieht. In beleuchteten Nischen stehen antike Porzellanfiguren. Kristall, das glänzt wie Eis. Vasen. Farne.

Mit zusammengekniffenen Augen begutachte ich die Wand gegenüber der Treppe und versuche, die sonst so geschmackvolle Einrichtung mit den hässlichen herzförmigen Medaillons, die dort hängen, in Einklang zu bringen. Sie sind mindestens sechzig Zentimeter groß. Würden ein Innenarchitekt für Spukhäuser und der Priester einer Hochzeitskapelle in Las Vegas zusammen ein Filmset gestalten, wäre das hier das Ergebnis.

Ich lasse meinen Koffer stehen und gehe hinüber, um die fürchterlichen Dinger genauer zu begutachten. Ich strecke die Hand nach einem aus und ziehe die Nase kraus, als mir der Gestank des Samts entgegenschlägt, der wohl zu lange der hohen Luftfeuchtigkeit ausgesetzt war.

»Nicht anfassen!«, brüllt Sam. »Die dürfen erst bei der ersten Sweetheart-Zeremonie geöffnet werden!«

Ich sehe Mom an, die genauso irritiert zu sein scheint wie ich. Auf der Spitze ihrer High Heels dreht sie sich zu Sam und schürzt die Lippen. Ihr grell pinker Lippenstift ist ein bisschen verschmiert.

Sam schrumpft unter ihrem Blick ein wenig zusammen und holt tief Luft. Ich weiß genau, wie schnell sein Herz schlägt, denn die Ader auf seiner Stirn pulsiert.

»Sorry, sorry, ich wollte nicht laut werden«, entschuldigt er sich. »Es ist nur so, dass die Sweetheart-Zeremonie das wichtigste Event ist. Ich bin hier nicht unbedingt das oberste Glied in der Nahrungskette. Sobald ich einen Fehler mache, wie zum Beispiel die Überraschung zu ruinieren, feuern sie mich innerhalb eines Herzschlags.«

»Eines Herzschlags?«, wiederholt Mom lang gezogen und hebt eine Augenbraue. »Ernsthaft?«

Ich fange zuerst an zu lachen, dann Mom, dann der arme Sam, der jetzt erst begreift, dass sie nur Spaß macht. Die Anspannung in seinem Kiefer verwandelt sich in ein schwaches, zögerliches Lächeln.

»Sorry, tut mir leid. Ich ...« Er lächelt erneut. »Die Führung, richtig. Ich muss euch das Haus zeigen. Gehen wir zuerst da lang.«

Ich quetsche mich neben Mom.

»Ich glaube, du hast ihn gebrochen«, flüstere ich hinter vorgehaltener Hand.

Es wäre nicht das erste Mal, dass sich ein Mann in ihrer Gegenwart in einen sabbernden Zombie verwandelt, aber für gewöhnlich passiert das aus anderen Gründen.

Sie verzieht übertrieben das Gesicht. »Ich sollte netter zu ihm sein. Immerhin hat er sich in den letzten fünf Minuten öfter bei mir entschuldigt als dein Vater in seinem ganzen Leben.«

Sam bleibt höflicherweise auf Abstand, bis wir uns fertig unterhalten haben. Dann führt er uns durchs Haus und zählt die Namen der Zimmer an seinen Fingern ab, als würde er die Räume in *Alle Mörder sind schon da* auflisten. Es gibt eine Lounge mit einem Bartresen, ein schickes Esszimmer, zwei Küchen und im Erdgeschoss ein Spielzimmer mit zwei Treppen, die zu den beiden Seiten des Hauses führen.

Aber »Spielzimmer« ist total untertrieben. Mir kommen alle möglichen Wörter in den Sinn, die im ersten Schuljahr im »Wort des Tages«-Kalender meiner Englischlehrerin standen. *Üppig. Opulent. Dekadent.* In dem Raum steht sogar ein kleiner Konzertflügel, und unter den plüschigen Kissen auf der Sitzbank ragen Notenblätter heraus.

Ich bin froh zu hören, dass die Teilnehmer voneinander getrennt bleiben, bis wir einander morgen Abend offiziell vorgestellt werden. Mir schwirrt der Kopf, während ich versuche, mich an meine neue Umgebung zu gewöhnen. Dazu kommen noch die ganzen fremden Menschen.

»Ich kann es immer noch nicht fassen, wie viele Leute hier mitmachen. Wie soll man die alle kennenlernen?«

»Nach der ersten Wahl wird es einfacher«, erwidert Sam. »In der ersten Runde fliegen acht Paare raus und danach eins bei jeder Zeremonie. Ist alles gar nicht so kompliziert, wie es klingt.«

»Wenn du das sagst ...«

Nachdem er uns durch alle Räume geführt hat, stellt Sam uns dem Team vor. Er nennt jeden Einzelnen beim Namen inklusive komplizierter Jobbezeichnungen. Ich begreife, dass die Produzenten die wichtigsten Menschen sind, obwohl ich sie mir ganz anders vorgestellt habe. Statt Anzug und Rolex tragen die drei Typen abgewetzte Schuhe und haben die Ärmel ihrer Shirts hochgekrempelt.

Sie schütteln uns die Hände und stellen sich vor.

»Da wir alle Mike heißen, nennt man uns beim Nachnamen«, erklärt einer von ihnen. »Für Michael ist keiner von uns seriös genug.«

Jeder von ihnen hält einen Kaffeebecher in der linken Hand. Keine Ahnung, ob es Absicht ist, aber die Größe der Becher scheint in Relation zu ihrer Körpergröße zu stehen.

»Ich nenne euch einfach Tall, Grande und Venti«, beschließe ich und deute darauf.

Lachend wirft Venti den Kopf in den Nacken. Die Geste, mit der er sich den Bauch hält, erinnert mich an Santa Claus. Oder an das Teigmännchen von Knack & Back.

»Ich bin von uns dreien der Größte. Das heißt, ich brauche mehr Koffein als diese zwei Stumpen. Das besagt die Regel.«

»Ich habe aufgehört zu wachsen, weil ich nicht genug Sonnenlicht abbekommen habe«, sagt Tall, was in Anbetracht des Sonnenbrands auf seiner sonst sehr blassen Haut ganz offensichtlich gelogen ist. »Ich habe zu viele Jahre in Schneideräumen verbracht.«

»Bei Sam seid ihr in guten Händen«, fügt Venti hinzu. »Er ist zwar neu im Team, aber er hat mehr Energie als wir alle zusammen.«

Bei dem Kompliment fängt Sam an zu strahlen. »Ich wollte ihnen gerade ihre Zimmer zeigen.«

Auf dem Weg begegnen wir einem dreiköpfigen Kamerateam, doch sie sind so sehr damit beschäftigt, uns zu filmen, dass wir abgesehen von unseren Namen und einem Händeschütteln keine Nettigkeiten austauschen. Der Ka-

114

meramann, Ian, trägt ein verwaschenes oranges T-Shirt, auf dem »*B-reel with me, Bro*« steht.

Im Vorbeigehen klopft Sam ihm auf die Schulter.

»Rate mal, was eben passiert ist«, flüstert er. »Mike Wistrand hat mich gelobt!«

»Hey, ich drehe gerade. Könntest du bitte den Mund halten?«, faucht Ian und scheucht ihn mit einer Handbewegung weg.

»Werden wir die ganze Zeit gefilmt?«, fragt Mom und lässt den Blick über den Rasen, den Pool und einen mit rötlichem Plastik überzogenen Streifen schweifen, der ein Shuffleboard-Spielfeld sein könnte.

Sam deutet auf Ian. »Euch wird immer wieder ein Kamerateam folgen, aber im Haus und auf dem Grundstück sind auch überall Kameras installiert. Die Produzenten können und werden alles, was ihr sagt, in der Show verwenden. Nur so als Vorwarnung.«

Ich frage mich, ob das rechtens ist.

»Und was ist mit dem Badezimmer?«, frage ich.

Mir ist schon klar, dass auf dem Klo keine Kameras hängen, aber ich will auch nicht, dass das ganze Land meine Fürze hört.

»Die Bäder sind für dich immer ausgenommen.« Er wendet sich Mom zu. »Für dich auch, es sei denn, du bist mit einem anderen Teilnehmer aus ... ähm ... Gründen darin. Dann können sich die Kameras jederzeit einschalten, weil ... aus Gründen eben.«

»Ich verstehe schon, was du meinst«, befreit Mom ihn aus seinem Elend.

Wir gehen an der Betonumrandung des Pools entlang und stehen nun vor einem Bungalow, der aussieht, als wäre er einem Designmagazin entsprungen. Die dem Pool zugewandte Glaswand besteht aus mehreren Türen, die Sam gerade aufschiebt. Vor der Schwelle bleibt er stehen und deutet nach drinnen.

»Ihr wohnt getrennt von den Teilnehmern. Es ist zwar nur ein Gästehaus, aber es verfügt über alle Annehmlichkeiten, die man sich vorstellen kann.«

Ich folge Mom in das rechteckige großzügige Gebäude. Wir ziehen unsere Schuhe aus und stellen sie in das hölzerne, mit gewebten Matten ausgelegte Regal. Ich wackle mit den Zehen und schlittere auf meinen Socken über den kalten Steinboden.

»Was sind diese Leute von Beruf, wenn das hier nur das *Gäste*haus ist?«, frage ich mich laut und streiche mit den Fingerspitzen über die Oberflächen aus Granit und glänzendem rostfreien Edelstahl.

»Viele von diesen Bungalows sind Ferienhäuser«, erklärt Sam. »Man hat dieses hier ausgewählt, weil der Vorbesitzer En-Suite-Bäder hat einbauen lassen, als es als Hochzeitslocation und Hotel genutzt wurde. Es verkürzt die Vorbereitungszeit, wenn sich die Teilnehmer nicht um die Dusche streiten müssen.«

»Was ist das denn für eine Vorrichtung?« Mom beugt sich herunter, um den silbernen Gitterrost zu begutachten, der in den Küchentresen unter einer Reihe von Knöpfen, Hähnen und Hebeln eingebracht ist. Sieht fast aus wie ein zahnärztliches Instrument.

Sam deutet auf ein Holzregal an der Wand, auf dem winzige weiße Tassen stehen. Im unteren Fach hängen Weingläser, kopfüber wie Fledermäuse.

»Eine Cappuccino-Maschine.«

Langsam bekomme ich den Eindruck, dass ich die nächsten fünfzig Jahre damit zubringen könnte, all die technischen Geräte hier kennenzulernen. Vielleicht komme ich ja wenigstens mit dem Toaster klar.

Die verschiedenen Wohnbereiche sind kaum merklich durch leichte Farbabstufungen in den Fliesen voneinander getrennt. Aus dem Umstand, dass drei Türen geschlossen sind, folgere ich, dass sich die Schlafzimmer gegenüberliegen und das Badezimmer mit der Master-Suite verbunden ist. Und da hängen Kameras. Überall. Ich dachte, sie hätten sie wenigstens an unauffälligen Stellen angebracht, aber nein.

»Ich sehe mir mal mein Zimmer an.« Es ist nicht so, als hätte ich hohe Erwartungen. Zu Hause schlafe ich auf dem Sofa. Und es ist nicht mal ein schönes Sofa.

Ich zerre meine Taschen zur Zimmertür an der Ostseite und öffne sie mit dem Ellbogen. Als ich mich umdrehe, stelle ich fest, dass einfach alles weiß ist. Nicht blass, nicht neutral, nicht schlicht. Weiß. Die einzigen Farbakzente bieten das elfenbeinfarbene Muster auf der Tapete hinter dem Bett und die Stängel der Lilien auf dem Tisch neben dem Fenster. Keine Ahnung, ob man das als Minimalismus bezeichnen kann oder ob hier irgendetwas gewaltig schiefgelaufen ist.

»Ist doch gemütlich«, sagt Mom über meine Schulter. »Schön und hell.«

Ich lege das Gepäck aufs Bett, passe aber auf, dass die schmutzigen Rollen des Koffers nicht den weißen Überwurf berühren.

»Ja. Hell. So stelle ich mir das Leben nach dem Tod vor.«

»Ich bin nervös«, gesteht Mom. »Und du?«

»Ich freue mich, dass es bald losgeht. Auf uns wartet ein komplett neues Leben, Mom. Du wirst sehen.«

Und wenn es doch fürchterlich wird, machen wir einfach das, was wir schon das ganze letzte Jahr gemacht haben: Wir halten es aus. Lächeln, bis unsere Wangen schmerzen. Lachen. Je lauter, desto besser.

Und wir tun so, als wüssten wir nicht, dass die jeweils andere lügt.

***

Nachdem wir uns eingerichtet und das Haus ausgiebig erkundet haben, besteht Sam darauf, dass wir uns eine Einführung ansehen. Er legt sein Tablet auf die Küchenzeile und startet eine Diashow.

Ich kichere leise. »Hast du wirklich extra für uns zwei eine Präsentation vorbereitet?«

»Nein«, erwidert Sam und beendet die Diashow schnell wieder. Jetzt wird er ein bisschen rot. »Das wäre ja albern.«

»Ist schon okay, zeig sie uns ruhig.« Mom tätschelt ihm die Schulter. Wir lachen auch nicht. »Zumindest nicht allzu sehr.«

Sam blickt zwischen uns hin und her, seufzt und startet die Präsentation von vorn. Sie beginnt mit einem Kalender voller Events. Da die Show kein Drehbuch hat, sind die meisten Blöcke nur vage beschriftet statt mit konkreten Ansagen: *GRUPPE/KINDER, GRUPPE/BEWERBER, GRUPPE/GEMISCHT, NUR NACH AUFFORDE-RUNG.* Manche Tage enden mit *SWEETHEART-ZE-*

REMONIE, allerdings sind nirgends Pausenzeiten einge-
tragen.

»So, nun folgt eure offizielle Bekanntmachung mit den
Regeln.« Sam klimpert mit den Fingern auf dem Rand seines Tablets herum, als würde er ein unsichtbares Akkorde-
on spielen. »Ihr musstet ja einen Fragebogen ausfüllen.
Darin solltet ihr unter anderem ein paar Aktivitäten angeben, die ihr gern mit den Bewerbern unternehmen würdet.
Die verteilen wir auf die gesamte Show. Solltet ihr irgendetwas tun wollen, das nicht im ... ähm, Zeitplan steht,
könnt ihr mit den Produzenten besprechen, ob sich das irgendwie bewerkstelligen lässt.«

Die nächsten Folien erklären den Eliminierungspro-
zess, der eher wie der Spielplan einer Fantasy-Football-
Liga als wie das Rezept für die Liebe aussieht.

»Das wirkt auf den ersten Blick alles sehr kompliziert«,
gesteht Mom und äußert damit auch meine Bedenken.

Doch das wirft Sam nicht aus der Bahn. Stattdessen
fährt er unbeirrt fort und formuliert den Satz ganz unten
einfach anders.

»Alles wird so natürlich und organisch passieren, dass
ihr es gar nicht merken werdet.«

»Hörst du, Mom?« Ich stoße sie mit dem Ellbogen an.
»Natürlich und organisch. Deine zwei Lieblingswörter.«

»Höre ich da etwa jugendlichen Sarkasmus heraus?«,
fragt sie lang gezogen.

»Nun, das Nächste gilt zwar nicht für die erste Runde,
in der acht Bewerberteams rausfliegen, aber danach könnt
ihr ... ein bisschen schummeln.« Sam übergeht unser Gezanke einfach und öffnet ein Video, auf dem ein leeres
Sofa zu sehen ist. »Am Anfang jeder Folge müssen die

Teilnehmer eine Art Beichte ablegen, aber mit einem gewissen Twist. Während der Sweetheart-Zeremonie, bei der ihr entscheidet, wer nach Hause geht, könnt ihr jederzeit verlangen, die Beichte eines Teilnehmers aus eurer eigenen Gruppe zu sehen. Cara, das bedeutet, dass du nur ein anderes Kind ›ausspionieren‹ kannst. Und du nur die Erwachsenen, Julia.«

»Und sie wissen nicht, dass wir uns ihre Beichten ansehen können?«, fragt Mom.

»Nein«, erwidert Sam. »Das ist nur für dich und Cara. Das ist euer Privileg, damit ihr erkennen könnt, ob wirklich Gefühle im Spiel sind.«

»Wenigstens muss ich mir nicht anhören, wie diese Typen über meine Mom lästern. Davon kriege ich im Fitnessstudio schon genug zu hören.«

Zehn Sekunden lang kratzt sich Sam an der Wange, während wir alle schweigen. Dann wendet er sich an Mom.

»Nun, im Zeitplan ist deutlich markiert, wann ihr voneinander getrennt werdet. Dann kannst du mit einem der Teilnehmer Zeit zu zweit verbringen. Daher würde ich mir nicht allzu große Sorgen machen, denn …«

Wieder tätschelt Mom seine Schulter. »Ich glaube, damit machst du es nur noch schlimmer.«

»Definitiv«, bestätige ich.

»Dann höre ich jetzt einfach auf zu reden.«

Ich blicke Sam finster an. »Müssen wir auch Beichten ablegen?« Vermutlich dürfte ich mich nicht allzu sehr darüber aufregen, nachdem ich mein Tagebuch im Internet veröffentlicht habe.

»Die Produzenten werden mit euch solche Sitzungen

einschieben. Sie werden euch immer mal wieder Fragen stellen oder wissen wollen, wie ihr euch fühlt. Das läuft nicht so strukturiert ab wie die Beichten.«

Als mein Handy vibriert, weil der Akku gleich leer ist, greife ich danach.

Plötzlich schlägt sich Sam so fest gegen die Stirn, dass seine Hand einen leichten Abdruck hinterlässt.

»Das mit den technischen Geräten habe ich ganz vergessen. Ich hoffe, es hat keiner gemerkt. Was ist nur los mit mir?« Er hört auf, sich selbst zu hauen, streckt die Hand aus und blickt hoch in die nächste Kamera. »Würdet ihr mir bitte eure Handys und alle Kommunikationsgeräte inklusive Smartwatches geben? Bis die Show beendet ist, dürft ihr keinerlei Kontakt zur Außenwelt haben.«

Ich hatte gehofft, dieser Teil würde ihm erst später wieder einfallen.

> **Cara Hawn Solo, 16:03:** Ich vermisse dich jetzt schon. Hab dich lieb. Muss jetzt mein Handy abgeben. Du rockst das mit den Stipendien und den Collegebesuchen. Wünsch mir Glück. Und bitte pass auf, dass Mrs. Abernathy nicht unsere Bude abfackelt.

Widerwillig gebe ich Sam mein Smartphone und beobachte, wie er es zusammen mit Moms Handy und ihrem Fitnesstracker in seine Laptoptasche steckt.

Finster dreinblickend reibt sie den hellen Abdruck an ihrem Handgelenk.

»Und wie soll ich jetzt wissen, ob ich genug Schritte gemacht habe?«

»Apropos Schritte … Müssen wir sonst noch irgendwohin?«, frage ich Sam und hoffe, dass er Nein sagt. Es war ein langer Tag, und ich könnte wirklich ein Nickerchen gebrauchen. Oder noch besser: richtigen Schlaf.

Er wirft einen Blick auf sein Tablet. »Sieht nicht so aus. Für heute seid ihr fertig.«

»Super. Dann gehe ich jetzt ins Bett.«

»Willst du nicht was essen?«, ruft mir Mom hinterher.

»Auf keinen Fall. Mein Magen hat sich immer noch nicht vom Flug erholt.«

Ich erledige meine Abendroutine im Schnelldurchgang und kämme nicht mal die Knoten aus meinen Haaren. Das Umziehen verlege ich ins Badezimmer, denn ich weiß, dass ab jetzt jede meiner Bewegungen aufgezeichnet wird. Ich bin so müde, dass es mir egal ist, ob mich irgendjemand in meinem rosa karierten Schlafanzug sieht, dessen Stoff für das tropische Klima viel zu warm ist.

Die feste Matratze und die dicken Kissen sind so ganz anders als das klumpige Sofa zu Hause. Meine Gedanken wandern weiter in die Vergangenheit. Ich erinnere mich an das Gewicht der selbst genähten Steppdecke und daran, wie warm es war, zwischen meinen Eltern zu liegen, während wir gemeinsam durch die Seiten einer Gutenachtgeschichte blätterten.

Ich kuschle mich in diese Erinnerung, klammere mich an sie wie an einen lange vergessenen Freund, während ich in einen unruhigen, traumlosen Schlaf sinke.

Kapitel 11

Plötzlich reißt mich ein gleißendes Licht aus dem Schlaf. Ich schlage um mich und falle bei dem Versuch, meine Augen abzuschirmen, fast aus dem Bett. Nach ein paar Sekunden spicke ich durch meine Finger und entdecke das bläuliche Licht über mir.

Ich suche in der Nachttischschublade nach einer Fernbedienung, doch darin befindet sich lediglich ein zerknitterter Flyer für eine geführte Tour durch die Innenstadt. Dann stelle ich mich aufs Bett und taste nach einem Schalter, kann jedoch keinen finden. Die Suche nach einem Stromkabel, das ich aus der Wand reißen kann, verläuft genauso erfolglos.

Ich springe herunter und lege den Schalter neben der Tür um, doch es tut sich nichts. Ich lausche, ob ein Ventilator oder sonst irgendwas angeht, aber nichts.

Vielleicht wurde dieser Raum so gestaltet, dass sein Bewohner sofort wieder abhauen will.

Drei Minuten lang sehe ich unter allen Möbelstücken nach und taste die Wände ab, bis ich schließlich im Schrank, unter einer weißen Abdeckung versteckt, einen kleinen Monitor entdecke. Auf dem Display sind die Temperatur, die Luftfeuchtigkeit und noch einige andere Umweltfaktoren zu sehen, die die Stimmung beeinflussen sollen. Ich schalte alles aus und drücke den Zeigefinger so fest auf den Bildschirm, dass die Pixel verschwimmen.

»Guten Morgen«, ruft Mom sofort, als ich die Zimmertür aufmache und das Wohnzimmer betrete. »Du siehst gestresst aus.«

»Du wärst auch gestresst, wenn du gedacht hättest, du wärst von Aliens entführt worden.« Ich erzähle ihr, wie ich aus dem Schlaf gerissen wurde, und von der Odyssee, das Teil zu finden, bevor am Ende noch Batman aufkreuzt. »Das war wie in einem dieser Serienkiller-Filme, in denen das Opfer verzweifelt versucht, einen Ausweg zu finden.«

Sam kichert. »Das Gerät hat durchaus einen Zweck, falls es dir damit besser geht.«

»Was meinst du?«

»Blaulicht senkt den Melatoninspiegel und sorgt dafür, dass man sich wacher fühlt«, erklärt Sam. Er tippt auf seinem Tablet herum und hält es mir hin, um mir die merkwürdige gelbliche Farbe zu zeigen. »Deshalb kann man seine Geräte so einstellen, dass sie Blaulicht herausfiltern, wenn man nachts im Internet surft, verstehst du?«

»Das muss ich mal ausprobieren, wenn ich mein Handy wiederhabe.«

Mom blickt nach vorn und starrt das verblasste Rechteck an der Wand an, wo wohl mal ein Fernseher hing. Anscheinend ist der auch nicht erlaubt.

»Ich habe übrigens schon gefrühstückt«, verkündet sie über ihre Schulter hinweg. »Ich war am Verhungern. Sorry.«

»Schon okay. Ich kann für mich selbst sorgen.« Ich durchsuche die Küche von links nach rechts, bis ich in einem der unteren Schränke ein paar Trockenprodukte finde. Alles ist frisch und ungeöffnet, was das Gefühl, dass wir uns nicht in einem »richtigen« Zuhause befinden, nur noch verstärkt. Ich nehme eine Packung Bioleinsamen heraus und halte sie über den Tresen.

»Mom, ernsthaft?«, kreische ich, und meine Stimme wird vor lauter Panik ganz brüchig.

Ich höre, wie ihre nackten Füße über den Steinboden patschen, als sie zu mir herüberkommt.

»Was? Was ist? Was ist los?«

»Sind wir wirklich durchs ganze Land gereist, um zum Frühstück *Bio-Leinsamen* zu essen?« Ich richte den Zeigefinger auf Sam. »*Was hast du getan?*«

Seine aufrichtige Verwunderung ist das Einzige, was mich davon abhält, ihn mit einer Packung Rote-Beete-Pulver zu verdreschen.

»Das stand in eurem Fragebogen zu euren Essgewohnheiten! Ich habe den ganzen Bioladen aufgekauft!«

»Deinen Teil habe ich auch ausgefüllt«, gesteht Mom. »Ansonsten würden wir uns nur von Avocado-Toast und Fisch-Tacos ernähren.«

Ich lasse mich auf den Boden plumpsen und schließe die Faust um die blöden Leinsamen.

»Genau, es ist meine Schuld, dass ich nun mal Essen mit Geschmack bevorzuge.« Ich drehe mich zu der Kamera über meinem Kopf. »Diese Frau versucht, mich umzubringen.«

»Ach, komm schon. So schlimm ist das jetzt auch wieder nicht. Sieh mal.« Sam öffnet in einer übertriebenen Geste eine Tüte mit getrockneten Algen und legt sich ein winziges Stück davon auf die Zunge. Als er den Mund schließt, blähen sich seine Nasenflügel, und er legt leicht den Kopf in den Nacken wie ein Kind, das sich weigert, eine Tablette zu schlucken.

»Berühmte letzte Worte«, murmle ich, während ich seinen inneren Kampf beobachte.

»Algen sind gut für die Schilddrüse.« Er leckt sich zweimal über die Lippen und liest sich die Nährwertangaben durch. »Aber ein bisschen Salz wäre vielleicht nicht schlecht gewesen.«

Mom kniet sich neben mich, um den restlichen Schrank zu durchsuchen.

»Wie wäre es mit Reiswaffeln?« Sie stellt die Schachtel auf den Fußboden. »Im Kühlschrank ist noch Hummus.«

»Gibt's auch irgendwas, das nicht aus irgendeiner Paste hergestellt ist?«

Ich will ja nicht jammern, aber das ist doch nicht zu viel verlangt. Ich wäre schon mit Eiern zufrieden.

»Oh! Ich habe eine Idee!«

Mom springt auf und eilt so schnell, wie es die rutschigen Fliesen zulassen, in ihr Schlafzimmer. Es knallt ein paarmal, und ich höre das Geräusch einer zufallenden Schublade, bevor das verdächtige Knistern einer Fast-Food-Verpackung zu hören ist.

Mom kommt zurück in die Küche und legt ihre Schätze auf die Theke. Es sind nur ein paar Trockenfrüchte und die Biscotti, die ich im Flugzeug nicht gegessen habe, aber ich will mich nicht beschweren.

»Du bist meine Heldin«, sage ich sarkastisch und drücke mir die Handballen auf die Augen. Ich vertilge die Biscotti in drei Bissen und ignoriere das protestierende Magengrummeln. »Danke. Dann liebst du mich also doch.«

»Sorry«, flüstert Mom lachend und hinter vorgehaltener

Hand. »Mir war nicht bewusst, dass ich dich mit den Algen so traumatisiere.«

»Ich bin einfach nur gestresst von der langen Reise«, erwidere ich und kämme mein Haar mit den Fingern zurück. »Du solltest sie alle zwingen, drei gesunde Mahlzeiten am Tag zu essen. Die Hälfte der Typen würde freiwillig gehen, nur um einen Cheeseburger zu kriegen.«

Eine Stunde später kommt Angela mit ihrem Team an. Sie rollen schwarze Container und eine abgedeckte Kleiderstange herein. Routiniert bewegen sie sich durch das Haus und verwandeln das Wohnzimmer in eine Garderobe.

Eine gestresste Frau, die wohl Make-up-Artist sein muss, kämpft mit einer Box voller Kosmetikartikel und stellt sie auf einen Ständer mit stelzenartigen Roboterbeinen. Obendrauf kommen noch ein Spiegel und zwei Lampen.

»Hast du ein Verlängerungskabel?«, fragt sie jemanden von der Crew. »Warum haben diese Häuser nie genug Steckdosen?«

Sie stellt sich als Val vor und deutet dann auf mich.

»Du. Tochter. Setzen.«

»Darf ich die Farben selbst aussuchen?«, frage ich und beobachte, wie sie ihre Pinselsammlung ausrollt.

Val lacht, als wäre die Frage total lächerlich. »Schätzchen, Ange und ich haben Stunden damit zugebracht, dein Gesicht und deine Hautfarbe zu studieren. Wir haben deine Farbpalette schon längst ausgewählt.«

»Okay.« Ich muss ein Niesen unterdrücken, während sie an mir arbeitet, meinen Kopf hin und her dreht und an meinem Kinn herumtupft. In dem grellen Licht sehe ich

127

total pummelig und mitgenommen aus. Mein Gesicht ist voller dunkler Striche, die sie wohl noch verwischen wird.

Von meinem Platz aus kann ich beobachten, wie Mom frisiert wird. Als der Stylist einen lockeren Zopf mit unzähligen Klammern an ihrem Hinterkopf feststeckt, verzieht sie das Gesicht. In der Mitte sitzt eine Spange mit rosafarbenen und roten Blüten, darunter quellen schwarze Locken hervor.

Als ich mich nur einen Millimeter bewege, um Moms Fortschritt zu beobachten, zieht Val die dünnen blonden Augenbrauen zusammen und schnalzt mit der Zunge.

»Du bewegst dich zu viel, Mädchen.« Sie pikst mich mit ihrem Pinsel in den Arm.

»Sorry.«

Angela beobachtet alles aus einiger Entfernung, während sie sich mit Sam und den Produzenten unterhält, die abwechselnd herumgehen, um uns zu begutachten. Venti stellt Mom ein Tablett mit Mimosas hin, und sie greift nur allzu gern zu.

Als wir fertig sind, tauschen wir die Plätze. Die Visagistin folgt mir hinüber, um den Stylisten zu instruieren, und stemmt eine Hand in die Hüfte.

»Hör mal zu, Haarmann. Du übertreibst es besser nicht mit der Hitze, sonst fängt sie an zu schwitzen, und das Make-up ist ruiniert. Ich habe keine Zeit für fünfzig Nachbesserungen.«

Er sieht sie über den Rand seiner schmalen, randlosen Brille hinweg an. »Und *du* ruinierst besser nicht die Frisur der Mutter, denn *ich* habe auch keine Zeit für fünfzig Nachbesserungen.«

»Zwingt mich nicht rüberzukommen«, warnt Angela lachend.

»Na schön«, sagt der Hairstylist. »Dann haben wir ja einen Deal.«

Er hält Wort und übertreibt es nicht mit dem Lockenstab und dem Herausputzen. Ich kriege den gleichen Zopf wie Mom. Die restlichen Haare werden hochgesteckt, aber als ich aufstehe, kitzeln mich die Spitzen immer noch im Nacken.

Ich bedanke mich bei ihm, bevor ich zu der Kleiderstange gehe, um zu sehen, was ich heute Abend tragen werde. Als sie uns gesagt haben, dass die Kleider für die Eröffnungszeremonie maßgeschneidert werden, war ich nervös, doch jetzt mache ich mir richtig Sorgen, denn für eventuelle Änderungen bleibt keine Zeit mehr, bevor die Dreharbeiten beginnen.

»Und? Wie findest du es?«, fragt Angela und hält das Kleid so hoch, dass der Saum nicht den Boden berührt.

»Ich bin es nicht würdig, dieses Kleid zu tragen«, erwidere ich trocken und mache einen Schritt rückwärts. Die schwarze Seide des Oberteils geht nach unten in ein Dunkelrot über. Um die Taille verläuft ein breites Band mit Strass. »Sicher, dass das nicht für meine Mom ist?«

Angela rafft das Kleid zusammen und legt es mir über den Arm.

»Es ist ähnlich«, erklärt sie. »Ihr tragt Komplementärfarben.«

Ich gehe auf das winzige Badezimmer zu, doch sie legt sanft die Hand auf meine Schulter, um mich aufzuhalten.

»Da drüben steht ein Raumteiler, hinter dem du dich

ungestört umziehen kannst, ohne dass dich die Kameras sehen.«

»Sehr gut. Ich habe mich schon gefragt, wie ich dieses Kleid anziehen soll, ohne ins Klo zu fallen.«

Sie verschwindet hinter dem Raumteiler und stellt mir ein Paar schwarze High Heels hin, bevor sie mich allein lässt. Das Kleid anzuziehen ist ganz leicht, aber ich komme nicht an den Reißverschluss. Als ich nach Mom rufe, ruft Sam zurück, dass sie immer noch in der Maske sitzt.

»Na schön«, murmle ich, raffe mein Kleid und trete hinter dem Paravent hervor. »Kann mir jemand den Reißverschluss zumachen?«

Der Hairstylist erklärt sich bereit und schließt ihn mit geübten Fingern, während ich die Luft anhalte.

»Und? Wie passt es dir?«, fragt Angela und blickt besorgt drein. »Ich habe eine Schneiderin, die auf Abruf bereitsteht, und es ist auch was von dem Stoff da. Ein bisschen Zeit haben wir noch für Änderungen.«

Ich gebe mir einen Moment, um mich an das Kleid zu gewöhnen. Wie bei Teig, der noch aufgehen muss. Ich bewege mich ein bisschen, um zu testen, wie dehnbar der Stoff ist. Ein paar Minuten später fühle ich mich nicht mehr ganz so eingeengt.

»Ich glaube, es ist in Ordnung. Kurz davor, ein bisschen zu eng zu sein.«

»Perfekt.« Sie klatscht einmal in die Hände und eilt dann zu Mom hinüber, um ihr zu helfen. In der Mitte des Raums bleibt sie so abrupt stehen, dass sie ein wenig über den Boden schlittert. »Kann mal jemand ...« Sie deutet auf den Rollcontainer zu meiner Rechten. »Accessoires für Cara?«

Angelas Assistentin hat eine Kleiderhülle überm Arm, zwei Schuhe unter der linken Achsel und ein Blatt Papier zwischen den Lippen. Sie macht ein hilfloses, quakendes Geräusch.

»Ich übernehme das«, sagt Sam und beugt sich herunter, um die oberste Schublade zu durchwühlen. Kurz darauf vervollständigt er mein Outfit, indem er mir tropfenförmige Ohrringe und eine Halskette in die Hand drückt.

Als es Zeit wird, dass Mom ihr Kleid präsentiert, bildet die Crew einen Halbkreis in der Mitte des Raums, um zuzusehen. Ich stelle mich an die Seite und wünsche mir zum millionsten Mal, ich hätte auch eine Kamera.

Zuerst erscheinen ihre Zehenspitzen, dann ihre Wade, dann ihr Oberschenkel. Kurz befürchte ich, dass sie nackt ist. Doch dann sehe ich den dunkelroten Stoff mit dem hohen Beinschlitz. Das herzförmige Oberteil und der eine lange Ärmel sind mit schwarzen Perlen besetzt.

Mom streicht sich das Haar über die nackte Schulter und dreht sich kokett.

»Ich liebe das Kleid jetzt schon. Es ist überraschend bequem.«

»Aber ...«, stammle ich. »Aber dein Bein.«

»Was meinst du?«

»Wenn du eine falsche Bewegung machst, sieht jeder deine ... deine ...« Sam errötet immer mehr, während ich nach dem richtigen Wort suche. »Deine KÖRPERÖFF-NUNGEN.«

»Meine *Körperöffnungen?*« Mom schlägt mit der flachen Hand auf den Schminktisch und krümmt sich vor Lachen. »Was Besseres ist dir nicht eingefallen? Ich trage doch Unterwäsche!«

»Du weißt genau, was ich meine!«

Mom verdreht die Augen in Richtung Zimmerdecke und tätschelt sich das Gesicht.

»Hör auf, mich so zum Lachen zu bringen. Meine Augen fangen gleich an zu tränen.«

»Es ist schick und elegant«, geht Angela mit ihrer sachlichen Art dazwischen. »Nichts, worüber man sich Sorgen machen müsste. Mein Team hat dieses Kleid extra für dich entworfen.«

Sam hält Mom einen Arm hin, damit sie sich festhalten kann, während sie sich an ihre neuen Schuhe gewöhnt.

»Wir müssen jetzt zum Werbeshooting, und ich glaube, sie wollen auch ein kurzes Interview führen. Ich weiß nicht genau, in welcher Reihenfolge.« Er sieht sich fragend um, doch niemand scheint den genauen Ablauf zu kennen. »Nun, na ja, irgendjemand wird es uns schon sagen, wenn wir falsch sind.«

Den restlichen Nachmittag werden wir von einem Ort zum nächsten gescheucht, machen Fotos und posieren an allen möglichen Stellen mit dem Showmaster. Danny Romano ist älter, als ich es von einem Fernsehmoderator erwartet hätte, hat grau meliertes Haar und eine dünne Statur. Er scheint die Kamera gewöhnt zu sein. Während Einzelaufnahmen von Mom gemacht werden, überlege ich, ob ich ihn aus irgendwelchen anderen Sendungen kenne, doch schließlich gebe ich auf.

»Haben Sie schon mal bei einer anderen Show mitgemacht?«

Er lacht. »Die Frage höre ich oft. Ich habe *The Gavel* moderiert. Das ist …«

Ich unterbreche ihn, indem ich die Titelmelodie singe.
»Judge O'Malley – die Scheidungsrichterin!«

Als ich es Mom erzähle, kann sie es auch nicht fassen.
Sie reißt ein paar Witze über die Scheidung von Dad, bevor wir losziehen, um Fotos vor dem Sonnenuntergang zu machen. Tall und Grande folgen uns überallhin und geben ununterbrochen ihren Senf dazu.

»Nennt Danny Romano immer beim vollen Namen. Das ist seine Marke.«

»Nicht direkt in die Kamera schauen.«

»Hör auf, an deinem Mikro herumzufummeln.«

Ich bin kurz davor, in Ohnmacht zu fallen, da drückt mir Sam einen Müsliriegel in die Hand und verkündet, dass wir vor der Sweetheart-Zeremonie noch mal in die Maske sollen.

»Ich muss zugeben, nach den ganzen Strapazen fühle ich mich nicht mehr gerade wie das blühende Leben.« Mom setzt sich aufs Sofa und massiert sich die Fersen, während wir darauf warten, dass das Stylingteam zurückkommt. »Ich könnte jetzt eher ein Nickerchen vertragen.«

»Die anderen Tage werden nicht so lang«, versichert Sam und verzieht das Gesicht. »Ist alles okay? Brauchst du eine Schmerztablette?«

Danny Romano kommt auf uns zu und setzt sich rechts neben Mom. Ian nimmt mit seiner Kamera eine bessere Position ein.

»Weißt du, was noch besser ist als Schmerzmittel?«, fragt der Moderator und wirft Sam einen Blick zu, während er Mom irgendein Getränk reicht. »Alkohol.«

Mom schiebt die Garnierung beiseite und trinkt einen großen Schluck. Dabei hinterlässt sie auf dem Glas einen leichten Lippenstiftrand. Da sie vorhin schon zwei Mimosas getrunken hat, mache ich mir ein wenig Sorgen.

Lächelnd lehnt sich Danny Romano zu ihr. »Und? Wie fühlst du dich jetzt, Julia? Stehst du sehr unter Druck? Bist du aufgeregt?«

»Der Druck ist schon ziemlich hoch, aber ich freue mich sehr, hier zu sein. Ich kann es gar nicht erwarten, die Männer endlich kennenzulernen. Ich fasse es immer noch nicht, dass das wirklich passiert.«

Mom ist nicht die Beste darin, Situationen zu deuten. Ich könnte wetten, dass das eine von diesen Beichten ist, von denen uns Sam erzählt hat, und nicht nur Danny – Danny *Romano* –, der nett nachfragt.

»Hey, Mom?«, versuche ich dazwischenzugehen, doch Sam und Angela führen mich weg, als Val zurückkommt, um mein Make-up aufzufrischen.

Ich bin ganz still und versuche angestrengt, der Unterhaltung zu lauschen.

»Was erhoffst du dir von deiner neuen Liebe?«, will Danny Romano wissen. »Suchst du vielleicht jemanden, der dich an deinen Ex-Mann erinnert?«

Mom schnaubt. »Ich suche genau das *Gegenteil* von Rick. Und das meine ich todernst.« Sie leert den Rest ihres Glases.

»Und wie stellst du dir deinen Traummann vor? Was erhoffst du dir von deiner Teilnahme?«

»Ich will einfach jemanden finden, der mich so behandelt, wie ich es verdient habe. Jemanden, der witzig, klug und nett ist. Er muss nicht der Attraktivste oder der Reichste oder so was sein. Ich will einfach etwas Echtes.«

Danny Romano tätschelt Mom den Arm. »Nun, Julia,

das klingt, als wärst du genau aus den richtigen Gründen
hier.«

Kapitel 12

Als wir das Foyer betreten, kommt sofort Venti mit Danny Romano auf uns zu, um uns zu erklären, wie die Sweetheart-Zeremonie abläuft. Ich versuche, aufmerksam zuzuhören, doch heute ist so viel passiert, dass ich schon jetzt total erschöpft bin.

»Könnte ich vielleicht einen Kaffee bekommen?«, frage ich.

Sam macht einen Schritt auf mich zu. »Ich hole dir einen. Wie trinkst du ihn denn?«

»Mit viel Milch und ...«

»Entschuldige mal«, sagt Venti schnippisch. »Die junge Dame war schon in der Maske. Sie kann jetzt keinen Kaffee trinken. Das ruiniert ihren Lippenstift, und ihr Gesicht wird dann ganz rot.«

Sam murmelt etliche Entschuldigungen vor sich hin und blickt drein, als hätte seine Seele gerade seinen Körper verlassen und wäre in den Reality-TV-Himmel aufgestiegen.

»An solche Sachen musst du denken«, rügt Venti ihn. »Das ist dein Job.«

Vielleicht liegt es am Fernsehen, aber ich finde es äußerst irritierend, von so angespannten Leuten umgeben zu sein. Ich weiß nie genau, ob sie wütend oder einfach nur genervt, belehrend und herablassend sind. Kurz frage ich mich, ob es in der Berufswelt überall so zugeht.

Ich trete in den Hintergrund und beobachte, wie die Produzenten die letzten Vorkehrungen treffen. Tall und Venti bewegen sich durch den Raum, richten hier und da irgendetwas und sprechen mit den Crewmitgliedern, während die ihr Equipment aufbauen. Venti stellt sich in die Ecke und observiert, lehnt sich an die Wand und lässt den Blick über den gesamten Raum schweifen.

Nach ein paar Minuten löst sich Grande aus der Gruppe und kommt zu uns herüber.

»Tolles Farbschema.« Mit dem Kinn deutet er auf unsere Kleider, dann zeigt er zu der geschwungenen Treppe zu unserer Rechten. »Danny Romano wird die Show eröffnen, indem er das Publikum willkommen heißt und euch beide vorstellt. Danach stellt er die Bewerber vor. Währenddessen müsst ihr eigentlich gar nichts tun, außer ganz normal mit den anderen zu interagieren. So, wie ihr es sonst auch tun würdet.«

Das kann er nicht ernst meinen, denn meine natürliche Reaktion wäre gerade, davonzurennen und mich in einem Schrank zu verstecken.

Mom stellt ihm ein paar Fragen, und ich merke, dass sie ebenfalls nervös ist.

»Wir schaffen das«, versichert sie ihm. »Mach dir um uns keine Sorgen.«

Angela führt uns in die Lounge nebenan und lässt uns üben, wie wir auftreten sollen, wenn unsere Namen aufgerufen werden. Ich präge mir die Anzahl der Schritte ein, damit ich nicht aus Versehen zu weit nach vorn gehe und der Abstand zwischen uns und den Bewerbern nicht mehr stimmt.

»Hey, du trägst jetzt eine gelbe Brille«, bemerke ich. »War die nicht eben noch grün?«

»Mir war ein bisschen kalt«, erwidert sie und hebt den Aufschlag einer Jacke, die sie innerhalb der letzten zehn Minuten aus dem Nichts herbeigezaubert haben muss. »Gelb passt nicht dazu.«

»Oh.« Dass alles bis ins Letzte aufeinander abgestimmt sein muss, bringt meinen Kopf zum Schwirren. Kann sich bitte mal drei Sekunden lang nichts verändern?

»Was denn?« Angela macht eine Pose. »Ich bin Stylistin. Ich spiele nun mal gern mit Accessoires. Aber danke, dass es dir aufgefallen ist.«

Sam kommt mit Klebebandrollen an jedem Unterarm auf uns zu.

»Für den Fall, dass ihr durcheinandergeratet, sind eure Stellen auf dem Boden markiert. Versucht bitte einfach, nicht zu offensichtlich nach unten zu schauen.«

»Es passiert also wirklich.« Ich rutsche in meinen Schuhen herum und streiche eine Falte in meinem Kleid glatt. Was, wenn ich zu heftig lachen muss und mir in die Hose mache? Nun, ins Kleid. Vor laufender Kamera. Ich denke an die paar TV-Skandale, die ich bisher gesehen habe. Wie der kleinste Fehler zur Todsünde werden kann. Ich würde Sam ja fragen, ob peinliche Szenen herausgeschnitten werden, aber so naiv bin ich nun auch wieder nicht.

Die nächsten Minuten sind ein einziges Wirrwarr, das ich gar nicht richtig registriere, weil ich plötzlich nicht mal mehr die einfachsten Dinge hinkriege. Atmen. Blinzeln. Nicht kotzen.

Fast zucke ich vor Schreck zusammen, als Danny Romano das Wort ergreift.

138

»Guten Abend. Schön, dass Sie zur ersten Folge von *Second Chance Romance* eingeschaltet haben. Ich werde Ihnen gleich eine Frau vorstellen, die so schön und so furchtlos ist, dass sie nicht nur die Herzen der Bewerber erobern wird, sondern auch Ihres – und zwar ab dem ersten Moment. Nachdem sie sich von ihrer tragischen Vergangenheit und einer fürchterlichen Scheidung erholt hat, sucht sie nun die wahre Liebe. Ich freue mich sehr, Ihnen jetzt die mutige Julia Hawn vorstellen zu dürfen.«

Mom drückt meine Hand und schwebt förmlich in die Lobby. Sie sieht aus wie ein richtiger Star. Nervös frage ich mich, was Danny Romano wohl über mich sagen wird, immerhin hat er Moms Vergangenheit erwähnt. Klar, Dad ist ein Idiot, aber ich weiß nicht, ob man das als tragisch bezeichnen kann. Vielleicht sein Chili-Rezept.

»Als Nächstes freue ich mich, Ihnen eine tolle junge Frau vorstellen zu dürfen, die seit langer Zeit Julias Fels in der Brandung ist«, fährt Danny Romano fort. »Wir wissen bereits von ihren nächtlichen Videoblogs und ihrem geheimen Wunsch, Gourmetköchin zu werden, und nun können wir es gar nicht erwarten, noch mehr über die mysteriöse junge Dame zu erfahren, die kein Blatt vor den Mund nimmt. Hier kommt Cara Hawn.«

Ich mag Essen. Das heißt aber nicht, dass ich mir insgeheim wünsche, Gourmetköchin zu werden.

Wortlos und mit beiden Händen scheucht mich Sam hinaus. Ich weiß nicht, was ich mit meinem Gesicht machen soll. Schließlich setze ich ein so breites Lächeln auf, dass ich es sogar in den Muskeln meiner Augenbrauen und in den Ohrenspitzen spüre. Ich betrete das Foyer und gehe ganz vorsichtig, um nicht auf Moms Kleid zu treten.

»Julia«, sagt Danny Romano und legt eine Hand auf Moms Arm. »Wie fühlst du dich gerade? Freust du dich darauf, die Bewerber kennenzulernen?«

»Ich freue mich so sehr, hier zu sein, und kann es gar nicht erwarten, alle kennenzulernen!«, sprudelt es aus Mom heraus.

»Und du, Cara?«

Ich denke an das Geld und daran, dass wir dann hinziehen können, wohin wir wollen. Ich stelle mir vor, wie Mom in unserem neuen Fitnessstudio steht – dem Studio, das nur ihr allein gehört, vollkommen bedingungslos.

»Ich freue mich auch sehr. Ich kann mir gerade keinen anderen Ort vorstellen, an dem ich lieber sein möchte.«

»Und wir freuen uns, dass ihr bei uns seid.« Seine Stimme hat den perfekten Singsang eines Fernsehmoderators oder Motivationstrainers.

Ich bin so sehr an Fernsehshows gewöhnt, die so wirken, als wären sie in einer Einstellung gedreht worden, dass mich die erste Unterbrechung vollkommen unvorbereitet erwischt. Wenigstens kann ich mir die Nase putzen und mein Make-up überprüfen, bevor es mit dem nächsten Teil weitergeht.

Danny Romano stellt die ersten Bewerber vor, die wie Höflinge bei einem königlichen Ball die Treppe herunterkommen. Ich hatte gehofft, etwas über ihre Lebensgeschichte zu erfahren, aber wir kriegen nur Namen und Heimatstaaten.

AJ und Ella Benton. Kalifornien.

Ein großer Schwarzer Mann kommt heraus. Seine Krawatte ist bunt und auf das zartrosa Kleid seiner Tochter abgestimmt. Als sie auf halber Treppe ankommen, befürchte ich, dass Ella hinfällt, doch stattdessen legt sie einen Überschlag und noch alle möglichen anderen Gymnastikübungen hin. In einem Abendkleid. Und High Heels. AJ rutscht das Treppengeländer herunter und fängt sie gerade rechtzeitig auf.

Ich bin ein bisschen erleichtert, dass noch ein Mädchen in meinem Alter dabei ist. Andererseits schäme ich mich jetzt wieder, dass mein einziges Talent darin besteht, unsere Toilette mit einer Büroklammer und zwei Gummibändern zu reparieren.

Und sie sind nicht die Einzigen, die eine Show vorbereitet haben. Cole Sherwin und sein Sohn im Grundschulalter legen in ihren bestickten Cowboystiefeln einen Squaredance hin, was Mom ein wenig zum Kichern bringt. Es wundert mich nicht zu hören, dass sie aus dem sonnigen Mississippi kommen, denn Cole hat um die Augen einen weißen Abdruck von seiner Sonnenbrille, und Grady scheint kein Problem damit zu haben, bei dieser Hitze eine dicke Jacke zu tragen.

Ray Ortega kommt mit großem Tamtam die Treppe herunter und trägt die Schleppe des gigantischen Kleids seiner Tochter. Sabrina kann nicht älter sein als sechs, was das Ganze so niedlich macht, dass sich Mom doch tatsächlich seufzend die Hand aufs Herz legt. Ray dreht die Kleine einmal im Kreis, dann verbeugt er sich, und sie macht synchron dazu einen Knicks. Es ist so süß, dass ich glatt sterben könnte.

Nachdem die Bewerber den Fuß der Treppe erreicht haben, teilen sich die Erwachsenen und die Kinder in zwei separate Gruppen auf, von denen sich jede auf einer Seite positioniert. Für einen kurzen Moment stehen die Neuankömmlinge noch im Fokus, nur dass sie jetzt so nahe sind, dass wir sie hören können. Manche rufen uns Grußworte zu oder winken.

Ab Paar Nummer vierzehn komme ich mit den Namen nicht mehr hinterher.

Danny Romano wartet kurz, bevor er das nächste Bewerberpaar aufruft.

»Als Nächstes haben wir Charles und Connor Dingeldein aus New Jersey.«

Als ich aufblicke, sehe ich einen dunkelhaarigen breitschultrigen Mann, der einen leichten Schatten auf seinen Sohn wirft, die Treppe herunterkommen. Ich will gerade meine Position ein wenig verändern, um besser sehen zu können, als Mom in Gelächter ausbricht. Venti, der sich die ganze Zeit im Hintergrund gehalten hat, will nach vorn treten, doch Mom winkt ab.

»Tut mir leid. Sorry. Können wir das noch mal machen?«

Charles und Connor gehen wieder nach oben, und Danny Romano kündigt sie erneut an. Diesmal schaffen sie es bis zur dritten Stufe, bevor Mom wieder anfängt zu lachen.

»Tut mir leid, das ist so unhöflich von mir«, entschuldigt sie sich. »Ich habe nur nicht mit *Dingeldein* gerechnet.«

»Sie haben ihr Alkohol gegeben«, sage ich zu Danny Romano, bevor er sich über die zweite Unterbrechung aufregen kann. »Sehen Sie nur, was Sie angerichtet haben.«

Wir probieren es ein drittes Mal, doch diesmal fangen AJ und Ray auf der anderen Seite des Raums an zu lachen.

Grande und Venti beschließen, dass es Zeit wird, eine Pause einzulegen.

Ich beobachte, wie sich Connor auf die oberste Stufe setzt. Als er nach unten schaut und sich unsere Blicke treffen, kann ich endlich sein Gesicht sehen. Es ist sanfter als das seines Vaters, nicht nur was die Form angeht. Er hebt die rechte Hand und winkt. Erst jetzt fällt mir auf, dass sein linker Arm in einer großen schwarzen Schlinge hängt. Ich frage mich, was wohl passiert ist.

Kurz darauf versammeln wir uns wieder und probieren es erneut, diesmal ohne Unterbrechung.

Ich beobachte möglichst unauffällig, wie Connor die Treppe herunterkommt, aber ich sehe nur noch sein dichtes braunes Haar und seine schmale Nase. Seine Augen, aus denen er mich bestimmt genauso neugierig mustert wie ich ihn.

Plötzlich werde ich mir einer Million Fakten auf einmal bewusst: Das hier ist eine Datingshow für meine Mom, nicht für mich. Er könnte mein Stiefbruder werden, sollten unsere Eltern irgendwann heiraten.

Ich schwitze unter den Achseln. Mit einem Mal bin ich nervös. Außerdem habe ich mir nach der Scheidung geschworen, dass meine einzige große Liebe Räucherlachs und Bagels mit Frischkäse sein werden.

Venti hat wohl telepathische Fähigkeiten. Das ist die einzige Erklärung dafür, dass er den Dreh unterbricht, mich in die Lounge zieht und die Tür hinter Ian schließt, der mir die Kamera ins Gesicht hält.

»Cara, was für eine Wendung! Das war gerade eine überraschende Reaktion. Warum erzählst du uns nicht davon?«

»Ich weiß nicht, was du meinst«, behaupte ich und setze mich in einen plüschigen Sessel.

»Ach, komm schon. Ich weiß genau, was du gerade fühlst. Man hat es dir total angemerkt.«

»Was denn?«

»Als du Connor gesehen hast, hast du sofort angefangen zu strahlen. Findest du ihn süß?«

Ich hätte vorhin auf die Tasse Kaffee bestehen sollen.

»Ich … ich finde ihn nicht *nicht* süß. Er ist süß. Aber das heißt nicht, dass ich ihn mag.« Oh Gott, ist Sam deshalb immer so nervös? Was sind noch mal Wörter? »Mir fallen einfach die Kids in meinem Alter auf.«

»Glaubst du denn nicht an Liebe auf den ersten Blick?«

Keine Ahnung, warum er mich jetzt so in die Enge treibt. Schließlich bin nicht ich diejenige, die hier nach der Liebe suchen soll.

»Ich weiß nicht. Ich schätze, so etwas kann es schon geben.«

»Dann würdest du also sagen, dass das zwischen dir und Connor möglicherweise Liebe auf den ersten Blick ist?«

»Nein, das ist doch lächerlich. Ich habe mich ja noch nicht mal mit ihm unterhalten.«

Venti löchert mich gefühlte fünfzehn Minuten lang und dreht die ganze Zeit Kreise um mich. Ich bin so müde, und ich kann nicht in diesem Sessel sitzen, ohne meine Frisur zu zerdrücken und mein Kleid zu zerknittern. Doch er ist unnachgiebig.

»Cara, wir lieben es, dass du in deinem Video so offen deine Gefühle gezeigt hast. Deshalb haben wir dich ausgesucht. Davon brauchen wir mehr. Es ist in Ordnung, wenn du zugibst, dass du schon jetzt Gefühle für Connor hast.«

Ich weiß genau, was er da tut, aber mir fällt einfach nichts ein, wie ich da rauskomme. Wenn wir Erfolg haben und mehr bekommen wollen als nur eine Aufwandsentschädigung, muss ich die Internet-Cara sein, nicht die echte. Als mir Venti die nächste Frage stellt, sage ich deshalb das, was ich muss, um die Kamera am Laufen zu halten:

Beichte: Connor Dingeldein ist süß, aber ich darf mich nicht in den Sohn eines Bewerbers verlieben. Das wäre seltsam. Doch ich hätte niemals erwartet, jemandem wie Connor zu begegnen. Das könnte alles viel komplizierter machen.

Nun ist Venti zufrieden und lässt mich in den Saal zurückkehren. Dort wird noch kurz an meinem Make-up herumgefummelt, bevor wir weitermachen.

Die letzten Bewerber sind Brad und Chelsea aus New York, doch die beiden tauchen nicht oben an der Treppe auf, als ihre Namen aufgerufen werden. Laute Stimmen sind zu hören, also gehen die Produzenten hoch, um nachzusehen, was da los ist.

Als Tall wenig später zurückkommt, wirkt er verärgert. Aber obwohl wir ihn neugierig ansehen, verrät er keine Details. Ich bin es nicht gewohnt, in so einer Blase zu leben. Es nervt mich, dass ich den anderen nicht in die Karten schauen kann.

»Vielleicht haben sie ja kalte Füße bekommen«, flüstert

Mom aus dem Mundwinkel, während sie all die Fremden anlächelt, die uns anstarren.

Es erstaunt mich, wie gelassen sie in all dem Chaos bleibt. Wir sind hier ganz sicher nicht beim monatlichen Blumenkohl-Pizza-Treffen im Fitnessstudio, aber an ihrem Gesichtsausdruck kann ich keinen Unterschied erkennen.

Im Gegensatz dazu werde ich einfach das Gefühl nicht los, dass ich nicht hierhergehöre. Egal, wohin ich mich auch wende – überall sehe ich schöne Menschen, die auf den Laufsteg oder in eine Zahnpastawerbung gehören. Die Gesichter der Bewerber wirken beinahe unecht, mit scharfen Zügen und hohen Wangenknochen; und die Kinder erinnern mich an meine Unzulänglichkeiten. Die jüngsten sind süß, während ich in dem Alter total tollpatschig war, die mittleren benehmen sich hervorragend, während ich schon längst eine Szene gemacht hätte.

Und die älteren Mädchen? Über die will ich erst gar nicht sprechen. Jede von ihnen könnte eine Schönheitskönigin sein, während ich die Hälfte der Zeit Probleme habe, mir eine richtige Hose anzuziehen. Als ich ihr süßes Parfüm rieche, gemischt mit dem beißenden Gestank von Haarspray, ziehe ich die Nase kraus. Sie stehen regungslos da wie Vögel, wie Reiher auf ihren nadeldünnen Absätzen, bereit zum Angriff.

Das bin nicht ich. Ich bin … gewöhnlich.

Würde es in dieser Show um mich gehen, hätte Connor sowieso kein Interesse an mir. Dieser Gedanke macht es einfacher, ihn anzusehen. Er erwidert meinen Blick, aber ich weiß, dass er es nur tut, weil er muss. Schließlich bin ich der Star, richtig?

Endlich erscheint Brad oben an der Treppe, den Arm nach seiner Tochter ausgestreckt. Selbst aus der Ferne erkenne ich, dass sie genauso schön sind wie ihre Konkurrenten. Sie bewegen sich mit einer gelassenen Eleganz. Kinn raus, Schultern nach hinten. Ihr Haar hat den gleichen Goldton, und ihre Augen sind strahlend blau. Kalt und arrogant und *wunderschön.*

Brad wirbelt seine Tochter in Richtung der anderen Kinder. Dabei hält er den Blick die ganze Zeit auf Mom gerichtet, wie eines von diesen gruseligen Porträts, die einen unentwegt anstarren. Sicheren Schrittes geht er auf sie zu und ergreift ihre Hand. Er ist der erste Bewerber, der sich traut, sie zu berühren.

»Schön, dich kennenzulernen, Julia«, sagt er und drückt ihre Hand. »Ich kann es gar nicht erwarten, mehr Zeit mit dir zu verbringen.«

Mom verschlägt es so lange die Sprache, dass er ihr irgendwann zunickt und an seinen vorgesehenen Platz zurückgeht. Erst jetzt stößt sie laut die Luft aus. Ich wende mich ihr zu, um einen Witz zu reißen, doch sie ist schon jetzt hin und weg.

Kapitel 13

Sobald die Eröffnungszeremonie vorbei ist, verschwindet Danny Romanos fröhlicher Gesichtsausdruck. Mit den Fingerknöcheln reibt er sich übers Auge. Ich frage mich, wie er das macht. Wie er so charmant und zugänglich rüberkommen kann, ohne fake zu wirken. Er zieht seine Krawatte aus und wirft sie über seine Schulter wie eine verhasste, aber notwendige Last.

Während wir darauf warten, dass uns jemand sagt, wie es weitergeht, rücke ich näher an Mom heran.

»Und?«, flüstere ich. »Dein erster Eindruck?«

Schon so früh welche auszuschließen, ist total unfair. Ich kann mich ja nicht mal an ihre Namen erinnern.

Mom atmet tief ein und hält die Luft an, während sie nachdenkt.

»Bisher kann ich ja nur ihr Aussehen beurteilen.« Ihr Blick wandert zu Brad. »Ein paar von ihnen sind nicht so mein Typ.«

Wenn ich die einzelnen Wörter in meinem Kopf hin und her schiebe, will meine Mom damit wohl sagen, dass sie nur ein *paar* der Typen heiß findet. Ich kneife so fest die Augen zu, dass ich spüre, wie meine mit Mascara verklebten Wimpern zusammengedrückt werden.

»Die Details muss ich nicht unbedingt wissen.«

Sam eilt auf uns zu, reibt sich die Hände und wirft immer wieder nervöse Blicke auf seine Armbanduhr. Ich würde ihm ja gern sagen, dass sein Hemd hinten heraushängt, aber dann verliert er bestimmt komplett die Nerven.

»Wir hinken ein bisschen hinterher«, teilt er uns mit. »Die Crew bereitet gerade das nächste Event vor.«

»Und das wäre?«, fragt Mom.

»Jeder Bewerber stellt sich kurz bei dir vor, und ihr lernt euch ein bisschen besser kennen.«

Mom nickt. »Speeddating.«

Ich zähle die Menschen, die sich in diesem vollgestopften Raum aufhalten. Allein die Vorstellung, jeden Einzelnen von ihnen kennenlernen zu müssen, erschöpft mich.

»Bei so vielen Bewerbern solltest du lieber besonders schnell sein.«

Als die Produzenten ein Zeichen geben, schiebt Sam Mom in ein Nebenzimmer, während ich von einer anderen Assistentin zur Vordertür hinausgeleitet werde. Sie führt mich den Mosaik-Steinweg entlang, biegt links um die Hausecke, geht den »Hügel« hinab und bleibt auf der untersten Terrasse vor einer Tür stehen.

»Wir schicken einen nach dem anderen raus«, erklärt sie und wirft einen Blick nach hinten. Dort steht das Kamerateam, das gerade die tragbaren Lampen einrichtet. »Mit jedem hast du zwei Minuten.«

»Danke.«

Statt mich an den Tisch zu setzen, entscheide ich mich für die Bank in einer gemütliche Mauernische. Mit den Wänden links und rechts fühle ich mich weniger entblößt, was ein bisschen lächerlich ist, wenn man bedenkt, von wie vielen Menschen ich umringt bin.

Schlagartig wird mir bewusst, dass ich gleich Connor begegnen werde.

Kurz darauf erscheint die erste Kandidatin, die sich als Madyson vorstellt.

»M-A-D-Y-S-O-N«, buchstabiert sie. »Ich hasse es, wenn die Leute meinen Namen falsch schreiben.«

»Ich weiß genau, was du meinst. Bei mir schreiben sie ständig den Nachnamen falsch.«

Alle glauben, ich würde »Han« heißen, und dann ist es ihnen furchtbar peinlich, wenn ich ihnen erkläre, dass Dad weiß und Moms Mädchennamen Werner ist.

Als mir bewusst wird, dass ich gar kein Drehbuch und noch nicht mal eine Liste mit Fragen habe, blicke ich mich hilflos um. Ich fühle mich wie am ersten Tag an der Highschool, an dem sich jeder ein Urteil darüber bildet, ob man eine beschissene Sitznachbarin ist oder nicht.

Am liebsten würde ich sie nach ihrem Alter fragen, doch ich weiß nicht, ob ich sie damit nicht vielleicht beleidige. Ich schätze sie auf ungefähr zwölf. Bei ihr ist es relativ einfach zu schätzen, denn sie hat jegliches Make-up oder Haarstyling verweigert.

»Mir gefällt dein Kleid.«

Sie lächelt breit und tätschelt die Vorderseite ihres marineblauen Kleids. »Man sieht sofort, welcher Mann mein Dad ist, denn er trägt Gold mit marineblauen Akzenten. Wir dachten, es wäre schön, wenn wir zusammenpassen, dabei sind wir das komplette Gegenteil voneinander. Und natürlich sind das die Michigan-Farben.«

»Ich passe auch farblich zu meiner Mom.«

Madyson mustert mein Kleid. Mich nervt es, dass ich vorn überall Glitzer habe. Wahrscheinlich habe ich das Zeug im ganzen Haus verteilt, ohne es zu merken. Sobald der Glitzer einmal da ist, entkommt man ihm nicht mehr.

150

»Ich verstehe.« Sie nickt, als würden wir ein Geheimnis teilen. »Scharlachrot. Ohio State. Ergibt Sinn.«

»Ich glaube nicht, dass das irgendwas damit zu tun hat. Wir interessieren uns nicht für ... ähm, Ballsport.«

Madyson zuckt mit den Schultern. Das ist immerhin besser als der Vortrag, den ich eigentlich erwartet hätte – darüber, wie bedeutungslos unser Leben ohne Football doch ist. LeAnne kommt immer mit solchen missionierenden Argumenten.

»Vielleicht würde dich Sport ja mehr interessieren, wenn du mal zu einem Spiel gehen würdest«, meint Madyson. »Bei uns zu Hause fiebern immer alle total mit.«

Wenn man es so formuliert, klingt es gar nicht so schrecklich. Kurz stelle ich mir vor, wie wir nebeneinander in einem Stadion sitzen, mit Limonade in den Getränkehaltern und Corn Dogs in den Händen.

»Ja, vielleicht wäre das ganz cool. Die meisten Regeln kenne ich von irgendwelchen Videospielen.«

»Ich glaub's nicht!« Sie richtet sich kerzengerade auf und schlägt mit der flachen Hand auf die Bank. »Spielst du *Madden*? *FIFA*?«

»Ja. Tatsächlich sogar beides.« Ich würde öfter spielen, wenn ich meine eigene Konsole hätte. Leider kann ich immer nur Dads benutzen, wenn ich an den Wochenenden bei ihm bin. Wenigstens kann ich so tun, als würde ich ihn nicht hören, wenn ich das Headset aufhabe. »Aber ich bin nicht sonderlich gut.«

»Wie aufregend!« Sie hüpft so heftig auf der Bank auf und ab, dass ihre Einfädler-Ohrringe klimpern. »Ich hatte schon Angst, dass wir gar nichts gemeinsam haben und dass es total komisch und schrecklich wird und du mich nicht magst.«

Schade, dass Madyson schon gehen muss, vor allem, da die nächsten Gespräche so langweilig sind, dass sich die zwei Minuten ziehen wie Kaugummi. Wie die zwei Minuten vor Feierabend im Fitnessstudio.

Nach dem vierten Gespräch blicke ich auf und sehe Venti auf mich zukommen. Als er aus der Dunkelheit ins Scheinwerferlicht tritt, kneift er die Augen zusammen.

»Hey.« Er lässt sich auf die Bank plumpsen und rutscht ein Stück von mir weg, damit er mich nicht so überragt. »Du machst das super, aber ich kann deine Gefühle nicht so ganz deuten.«

»Oh, sorry. Sie geben mir hier nur leider nicht viel, womit ich arbeiten kann.«

»Könntest du vielleicht ein wenig ausdrucksstärker sein? Du hast diesen Gesichtsausdruck.«

Ja, das nennt man »Ich will schon seit drei Stunden im Bett liegen«.

Dann fängt er wieder von Connor an und fragt, ob ich mich schon darauf freue, ihn zu treffen, und was ich von ihm wissen will. Obwohl es offensichtlich ist, dass er nur versucht, mich zu manipulieren, denke ich über seine Fragen nach. Die nächsten ein, zwei Minuten genieße ich die Ruhe und stelle mir vor, was Connor wohl in seiner Freizeit macht. Wie sein Alltag wohl aussieht?

Chelsea ist die Nächste. Die Art, wie sie vor die Kamera tritt, kann man nur als Staksen bezeichnen. Vorsichtig setzt sie sich auf die Bank, schlägt die Beine übereinander und wirft das blonde Haar nach hinten, das in natürlichen Ringellöckchen über ihren Rücken fällt.

»Hallo noch mal.«

Während ich überlege, ob ich mich vielleicht verhört habe, wird mir bewusst, dass das *Chelsea* ist, das Mädchen von dem Casting in Pittsburgh. Mit der neuen Frisur, dem Kleid und dem ganzen Make-up habe ich sie überhaupt nicht erkannt.

»Oh, hey. Schön, dich wiederzusehen.«

»Ich habe das Gefühl, dich viel besser zu kennen als du mich«, entgegnet sie. »Sie reden seit *Tagen* nur von dir und deiner Mom.«

Ich weiß nicht genau, was ich darauf erwidern soll.

»Kann ich dir einen kleinen Rat geben?«

Schon wieder. Miss Ratschlag. »Klar.«

»Du lässt immer die Schultern hängen. Dadurch wirkt dein Gang merkwürdig. Du kannst in den hochhackigen Schuhen besser das Gleichgewicht halten, wenn du die Schultern zurücknimmst. Das habe ich im Schauspielunterricht gelernt. Es hat mir geholfen, die ganzen Werbespots zu bekommen.«

»Danke.«

Ich beobachte, wie sie davonschlendert, während ich versuche, meine Nerven zu beruhigen.

»Kann ich dir einen kleinen Rat geben?«, äffe ich sie leise nach. Es ist nie gut, wenn mein Blutdruck deutlich höher ist als mein IQ.

Ich bemerke Venti, der knapp außerhalb des Lichtkegels steht. Grinsend sieht er den rotgesichtigen Kameramann an, der sich auf den Knöchel seines Zeigefingers beißt, um nicht in Gelächter auszubrechen.

Sie so zu sehen, löst meine Wut ein wenig auf. Jetzt bin ich zwar nicht mehr auf hundertachtzig, aber es dauert trotzdem noch ein paar Minuten, bis ich mich endgültig beruhigt habe.

Ich gebe mir größte Mühe, Small Talk zu halten, aber mit den jüngeren Kindern kann ich einfach nicht so viel anfangen. Ich habe mich nie als große Schwester gesehen. Nun, vielleicht werde ich mich daran gewöhnen müssen. Immer wieder erinnere ich mich daran, dass das wirklich passieren könnte. Eine neue Familie. Ein Stiefvater. Eine Schwester oder ein Bruder.

Und egal, wie sehr mich Venti auch aufzieht, Connor wird höchstens als Stiefbruder Teil meines Lebens sein. Später, wenn ich nicht mehr die ganzen Lichter und das Geflüster um mich herum habe, wird es einfacher sein, mir das ins Gedächtnis zu rufen. Nachdem ich miterlebt habe, wie sich Mom wegen Dad in ein Häufchen Elend verwandelt hat, bin ich überzeugt, dass die Liebe ein Verfallsdatum hat. Das muss ich mir immer wieder klarmachen, bevor ich Mom die ganze Sache wegen eines Jungen ruiniere.

Ich wünschte nur, ich wüsste, warum die Produzenten so darauf herumhacken. Heute ist der erste Abend, und ich höre schon jetzt nur noch Connor, Connor, Connor.

Doch als er um die Ecke biegt, muss ich automatisch lächeln – und das hat überhaupt nichts mit Venti zu tun. Es liegt einzig und allein an dem warmen Kribbeln in meiner Brust. Aus irgendeinem Grund wäre ich beinah aufgestanden, doch ich halte mich gerade noch rechtzeitig zurück und lehne mich nach hinten.

»Hi, ich bin Connor.« Er setzt sich neben mich. »Ich würde ja auch meinen Nachnamen nennen, aber ich habe Angst, dass der Kameramann mich umbringt, wenn er meine Szenen immer wieder neu drehen muss.«

»Bitte nicht über die Kamera sprechen!«, ruft Venti.

Connor sinkt in sich zusammen und blickt verlegen drein.

»Hi, ich bin Connor«, wiederholt er. »Ich würde ja auch meinen Nachnamen nennen, aber ich habe Angst, dass du wieder anfängst zu lachen.«

»Tut mir leid.« Ich weiß nicht genau, ob ihn das wirklich verletzt hat oder nicht. »Das war echt unhöflich, aber ich konnte einfach nicht anders.«

Er schnaubt. »Ich bitte dich. Ich habe mit diesem Nachnamen sogar die Mittelstufe überlebt. Wenn dir auch nur ein origineller Dingeldein-Witz einfällt, steige ich sofort aus.«

»So schlimm?«

»Es war fürchterlich. Mein Dad findet den Namen gar nicht so lustig, aber er findet sowieso nicht viel lustig.«

»Was für ein Zufall. Mein Dad findet auch nichts lustig.«

Connor amtet tief ein und lange aus, dann holt er erneut Luft.

»Eigentlich wollte ich es nicht ansprechen, aber du scheinst Humor zu haben. Ich habe dein Video gesehen.«

Ich seufze. »Bitte nicht das Video.«

Als die zwei Minuten um sind und das Signal ertönt, steht er auf.

»Hey, könnte schlimmer sein. Du könntest mit Nachnamen auch Dingeldein heißen«, fügt er noch hinzu, bevor er sich zum Gehen wendet.

Als er weg ist, bombardieren mich die Produzenten sofort erneut mit Fragen.

155

Beichte: Jetzt, da wir uns unterhalten haben, finde ich Connor sogar noch toller. Ich mag seinen Humor. Irgendwie habe ich das Gefühl, wir sind auf einer Wellenlänge, versteht ihr?

Ventis Gesichtsausdruck verrät mir, dass ihm das, was ich sage, immer besser gefällt. Inzwischen bin ich so müde, dass es mir schwerfällt, meine wahren Gefühle und Gedanken von dem, was ich vor der Kamera sage, zu trennen. Ich finde Connor tatsächlich nett, aber »nett« reicht nicht für eine TV-Show.

Fast schnaube ich, als ich mir vorstelle, wie Danny Romano mit seiner Moderatorenstimme seine Interpretation zum Besten gibt.

Hört ihr das, Amerika? Sie findet ihn nett! Schalten Sie auch nächste Woche wieder ein, um dabei zu sein, wenn Cara zwanzig Minuten lang eine Wand anstarrt!

Als es Zeit für die letzte Kandidatin wird, habe ich Mühe, die Augen noch länger offen zu halten. Zum Glück ist es Ella, die Turnerin. Auf sie habe ich mich tatsächlich gefreut.

Ich richte mich gerader auf und kämpfe gegen die Müdigkeit an, die meine Sinne trübt.

»Was du da vorhin gemacht hast, war echt unglaublich. Ein Wunder, dass du dir nicht irgendwas gebrochen hast.«

»Wir dachten, das wäre für einen ersten Eindruck ganz gut«, erklärt sie achselzuckend und schlüpft mit den Fersen aus ihren Schuhen. »Ich hatte ein bisschen Angst, weil die Treppe geschwungen ist und ich kopfüber nicht so gut sehen kann.«

»Aber es hat funktioniert.« Es folgt ein weiterer Moment des Schweigens, doch es ist nicht unangenehm. Die Verspannung in meinen Schultern lockert sich ein wenig.

»Und warum macht ihr bei der Show mit?«

»Ich ...« Sie zögert, als würde sie ihre Antwort abwägen. »Ich wollte eigentlich nicht, aber mein Dad. Ich bin der Grund, warum er kein Liebesleben hat.«

»Wie meinst du das?«

»Er ist zu sehr damit beschäftigt, mich zu meinen Turnieren zu fahren oder in meiner Truppe auszuhelfen.«

»Nun, ich kann es dir nicht verübeln, dass du mir die Wahrheit sagst.«

»Es ist nicht so, als fände ich dich und deine Mom nicht nett«, sagt Ella und verzieht das Gesicht. »Ich will auch nicht rausfliegen. Ich dachte nur, ich könnte mich noch öfter mit meinen Freunden treffen, bevor die Schule wieder losgeht. Das, und außerdem verpasse ich eine Menge Training.«

»Verstehe. Zumindest das mit den Freunden.«

Plötzlich vermisse ich Vanessa. So dringend wir das Geld auch brauchen, um so weit wie möglich von Dad wegzukommen, hoffe ich doch, dass ich es nicht irgendwann bereuen werde, in unserem letzten gemeinsamen Sommer gegangen zu sein. Nächstes Jahr beginnt für sie das College, während ich nicht mal weiß, ob ich überhaupt aufs College will.

Aber vor allem will ich nicht, dass wir uns auseinanderleben und uns nur noch ab und zu schreiben. Was, wenn wir beide total weit wegziehen? Vanessa würde zum Lichterfest nach Hause kommen und sich lautstark mit ihren Eltern darüber streiten, dass Latkes mit Apfelmus besser schmecken als mit Sour Cream. Und ich würde vielleicht an Thanksgiving vorbeikommen, um mich mit Dad darüber zu streiten, dass er ein fürchterlicher Mensch ist. Was, wenn wir uns nie wieder über den Weg laufen?

»Was machst du in deiner Freizeit?«, fragt Ella. »Außer kochen. Dass du gern kochst, haben sie uns schon gesagt.«

Die Frage trifft mich unerwartet hart. Das vergangene Jahr ist ein einziger Nebel aus Gerichtssaal, Klassenzimmer, Fitnessstudio und Umzugswagen. Wanderungen mit der Familie und Plaudereien im Café sind passé, und wie ein Zombie vor dem Fernseher abzuhängen kann man wohl kaum als Hobby bezeichnen.

»Ich weiß nicht …«

Es ist merkwürdig, Menschen auszusortieren wie Klamotten, die man zurück auf den Ständer hängt, weil sie einem nicht passen. Ich kann mich an die Hälfte ihrer Namen nicht mehr erinnern, aber irgendjemand hat mitgedacht und Spickzettel auf den Fußboden geklebt. Es ist wie bei einer polizeilichen Gegenüberstellung.

Ich mustere die Gesichter der Kinder, die ich gerade kennengelernt habe, und kombiniere sie im Kopf mit ihren Vätern. Dabei versuche ich, nicht zu lange über Connor nachzudenken. Ich weiß nicht, ob es daran liegt, dass mich Venti alle dreißig Sekunden nach ihm fragt, oder ob ich tatsächlich an ihm interessiert bin. Jedenfalls hätte ich niemals gedacht, dass ich mich mal nach der direkten Art sehnen würde, wie Liebesbeziehungen bei uns an der Schule zustande kommen, wo ich all meine Klassenkameraden kenne und es keine Überraschungen gibt wie … nun ja, Connor.

Da Mom nicht an ihren Gelnägeln herumkauen kann,

klimpert sie mit ihnen auf ihren Zähnen herum, als würde sie Klavier spielen, während sie die Kandidaten begutachtet.

»Das wird eine schwierige Entscheidung. Sie sind alle so verschieden.«

»Wie meinst du das?«, frage ich.

Da ich mit jedem nur wenige Minuten verbracht habe, kann ich noch gar nicht alle voneinander unterscheiden. Ein paar von ihnen sind für mich zu einem einzigen Knäuel aus lustigen Fakten und Small Talk verschmolzen.

»Manche sind von der Westküste, manche aus dem tiefsten Süden. Sie sehen alle unterschiedlich aus und haben verschiedene Persönlichkeiten.« Sie deutet auf die beiden Männer, die am nächsten bei uns stehen. »Ich glaube, die will ich beide behalten. Der links ist Ray. Er ist Englischlehrer. Und das ist Cole. Er ist Nuklear-Irgendwas.«

»Wow, ein Nuklear-Irgendwas. Wie cool. Muss man dafür lange studieren?«

Mom will einen Blick auf ihre Armbanduhr werfen, merkt dann aber, dass sie gar keine trägt.

»Ich will mir nicht zu viel Zeit lassen. Wir müssen uns einfach entscheiden. Ich fange an.« Sie sieht sich die Bewerberpaare auf dem Spickzettel an. »Steve und Elias würde ich gern loswerden. Mit denen konnte ich mich nur übers Wetter unterhalten.«

Dann fange ich eben auch mit den Einfachen an. »Chelsea mag ich nicht so. Weißt du, dass das die ist, die auch in Pittsburgh beim Casting war?«

»Nein«, erwidert Mom und blickt mit zusammengekniffenen Augen in Chelseas Richtung. »Von so weit weg habe ich sie nicht erkannt.«

»José und Bobby stechen auch nicht so heraus.«

Mom notiert sich die Namen. Dann hält sie mit der Spitze des Stifts über dem Notizblock inne.

»Hast du was dagegen, wenn Chelsea noch eine Weile bleibt? Ihr Vater, Brad, steht bei mir momentan ganz oben, auch wenn er zu spät rausgekommen ist, als er vorgestellt wurde.«

Mittlerweile bin ich viel zu müde, als dass es mich sonderlich kümmern würde – es sei denn, sie will Connor rauswerfen.

»Okay. Und was ist mit Sabrina?«, frage ich und erinnere mich an ein zurückhaltendes Mädchen, das vor der Kamera kaum einen Ton herausgebracht hat. »Sie ist süß, aber so schüchtern, dass ich nicht weiß, ob sie je mit mir reden wird.« Erneut werfe ich einen Blick auf die Bewerberliste. »Oh, Moment, sie ist Rays Tochter. Den wolltest du ja behalten.«

»Sorry, ich will dir nicht ständig widersprechen.«

»Nein, schon okay.« Ich balle die Hände zu Fäusten und versuche, sie in Taschen zu schieben, die an diesem kratzigen Ballkleid nicht existieren. »Such dir einfach die Restlichen aus.«

Wenn ich zu sehr auf Connor und seinen Dad bestehe, wird Mom den Braten sofort riechen. Aber zum Glück kommt das Thema gar nicht auf.

Als wir mit unserer Liste fertig sind, geben wir sie Danny Romano, der sie in beiden Händen hält, als hätten wir ihm gerade die Geheimnisse des Universums auf einem schmutzigen Blatt Papier überreicht. Kurz diskutiert er mit Tall und Venti, bis sie zu einem Entschluss kommen.

160

»Das ist großartig«, sagt er zu uns. »Die Produzenten haben nichts gegen eure Entscheidung einzuwenden.«

»Sie können sich in unsere Entscheidung einmischen?«, frage ich und wechsle mit Mom einen Blick. An diese Vereinbarung kann ich mich nicht erinnern – es sei denn, das fällt unter die Regel, dass die Produzenten sowieso alle Regeln aufstellen.

Danny Romano blickt sich Hilfe suchend um und fährt sich über das gestylte Haar.

»›Einmischen‹ ist vielleicht ein wenig übertrieben. Sie machen eher Vorschläge, damit die Sendung interessant bleibt.«

Bevor ich darüber nachdenken kann, was das bedeuten soll, werden wir wieder auf unsere Positionen gescheucht, und es werden letzte Lichtanpassungen vorgenommen. Danny Romano stellt sich neben uns, kaut auf seiner Unterlippe und fummelt an seinem Einstecktuch mit dem Monogramm herum.

»Ihr finalisiert eure Wahl, indem ihr das entsprechende Bild der Bewerber an der Wall of Hearts schließt. Das erkläre ich gleich noch mal für die Zuschauer.«

Mom nickt und beäugt die schrecklichen übergroßen Medaillons, in denen jeweils das Foto von einem der Bewerber mit seinem Kind steckt. Ich frage mich, was die Hausbesitzer dazu sagen, dass ihr schickes Foyer jetzt so viele Löcher in der Wand hat.

Ich weiß, dass wir ohnehin die ganze Zeit angestarrt werden, aber einen Blick spüre ich dennoch ganz besonders. Am liebsten würde ich nachsehen, ob Connor mich beobachtet, aber wenn ich falschliege, komme ich sicherlich ein wenig *zu* interessiert rüber.

Dann geht der Dreh weiter, und wie bereits angekündigt, erklärt Danny Romano kurz das Prozedere.

»Da dies heute unsere erste Sweetheart-Zeremonie ist, werden Julia und Cara jeweils vier Bewerberpaare ausschließen. Fangen wir mit Julia an.« Er legt eine Hand auf ihren Rücken. »Welche vier Kandidaten hast du ausgewählt, die uns heute Abend verlassen müssen?«

Die Spannung im Raum ist förmlich greifbar, als Mom zur Wand geht und das Herz von Elias und Becky zuklappt. Danny Romano nennt ihre Namen und bittet sie zu sich nach vorn. Becky bricht sofort in Tränen aus und sieht mich so böse an, als hätte ich ihr Leben zerstört. Wir verabschieden uns kurz und umarmen uns, obwohl ich mich kein bisschen an unser Gespräch erinnern kann.

Als ich an der Reihe bin, schiebt mich Danny Romano in die Mitte des Foyers.

»Cara, gegen welche vier Kandidaten hast du dich heute entschieden?«

Ich bin so nervös, dass ich beinahe vergessen habe, wen wir rauswählen wollten. Es dauert kurz, bis ich das Paar an der Wand gefunden habe: Steve und seine Tochter. Das hier ist wie Glücksrad spielen. Nur mit Menschen statt mit Buchstaben.

Ich bin froh, dass wir in den folgenden Runden immer nur ein Paar eliminieren müssen. Ich glaube, so viele Umarmungen und Tränen halte ich auf Dauer nicht aus.

Während ich beobachte, wie die eliminierten Paare gehen und Väter ihre Kinder trösten, die liebevolle Art bemerke, wie sie miteinander flüstern, breitet sich ein stechender Schmerz in meiner Brust aus. Es ist nicht das schlechte Gewissen, weil ich sie zum Weinen gebracht habe, und es ist auch keine Reue, weil ich sie jetzt nicht besser kennenlerne; und für Reiseübelkeit ist es bereits zu spät.

Als wir zurück zum Gästehaus gehen, wird mir endlich bewusst, was es ist ...

Neid.

Kapitel 14

Der nächste Morgen beginnt mit einem verpflichtenden Gruppenfrühstück. Laut Sam wollen die Produzenten auf diese Weise sicherstellen, dass wir jeden Tag Zeit miteinander verbringen, egal, was sonst noch auf dem Programm steht. Mir persönlich ist es total egal, ob wir etwas mit den Kandidaten zu tun haben oder nicht. Ich will lediglich meine Kohlenhydrate.

Die Regeln besagen, dass wir nicht vor laufender Kamera essen dürfen, aber anscheinend ist das hier eine Ausnahme, weil es keine »offizielle Aktivität« ist. Ich folge meiner Nase in den Speisesaal, wo das Essen aus den unzähligen Wärmebehältern quillt. Die Flügeltüren wurden weit geöffnet, und auf der Terrasse stehen Klapptische unter einem weißen Pavillon.

»Wie schön«, sagt Mom und legt den Kopf in den Nacken, um das Efeu zu bewundern, das sich um die Säulen rankt.

»Nicht wahr?«, erwidere ich, aber ich meine vielmehr die Pfannkuchen und die kleinen Packungen mit allen möglichen Sorten von Sirup in dem Weidenkorb daneben. Ich mache einen Schritt nach vorn, um Connor durchzulassen, und versuche zu ignorieren, dass mein Blick ihm automatisch folgt.

»*Du* bist schön«, ruft Brad aus dem Flur herein, noch bevor er in den Saal geschlendert kommt und Mom einen

Arm um die Taille legt. Er gibt ihr einen Kuss auf die Wange und verweilt mit den Lippen auf ihrer Haut. »Guten Morgen, du Hübsche.«

Mom zieht die Schultern hoch und erstarrt zur Salzsäule. Zuerst schnappt sie erschrocken nach Luft, doch dann verwandelt sich das Geräusch in ein überraschtes Lachen, als sie zu Brad hochsieht und errötet.

»Oh … ähm, guten Morgen.«

Chelsea umrundet die beiden auf dem Weg zum Tellerstapel.

»Dad, du solltest andere nicht einfach ohne ihre Zustimmung anfassen.«

Nickend weicht er zurück. »Da hat meine Tochter vollkommen recht. Tut mir leid. Ich habe mich nicht unbedingt wie ein Gentleman verhalten, was?«

»Ach, alles gut«, erwidert Mom, doch sie wirkt immer noch ein wenig verlegen.

»Hier.« Im Vorbeigehen reicht Chelsea ihr eine rosafarbene Tube. »Ich dachte, das könntest du vielleicht gebrauchen.«

»Das ist sehr süß von dir, aber unsere Lippenstifte wurden schon alle ausgewählt.«

Chelsea legt den Kopf schief und presst sich eine Hand aufs Herz.

»Hach, das ist doch kein Lippenstift; das ist Augencreme. Mir ist nur aufgefallen, dass deine Haut eventuell ein bisschen Unterstützung gebrauchen könnte.« Mit dem kleinen Finger deutet sie auf ihren Augenwinkel. »Ich habe mich total in dieses Zeug verliebt, als ich den Werbespot dafür gedreht habe. Ich war ihre erste Wahl, wisst ihr?«

»Ich habe dir ja gesagt, dass die sich schrecklich aufführen«, zische ich Mom ins Ohr, als wir wieder allein sind. »Chelsea weiß immer alles besser, und Brad hat dich gerade vollgesabbert, ohne dich vorher zu fragen.«

Mom beäugt Chelseas Puppengesicht, die blonden Locken und den Jeansstrampler.

»Sei doch nicht so. Sie will doch nur nett sein.«

»Wenn du meinst ...«

»Ist auch egal. Komm, lass uns einfach frühstücken.«

»Das musst du mir nicht zweimal sagen.«

Ich beginne mit einer Lage Kartoffelpuffer. Dann baue ich aus Speckstreifen ein kleines Nest, damit die Würstchen nicht auf dem Teller herumrollen. Nachdem ich mir noch eine zweite Schippe Rührei mit Käse draufgeladen habe, wird es eng für die Pfannkuchen, doch ich kriege es irgendwie hin, indem ich sie mit dem Servierlöffel einmal umklappe. Das Ganze tränke ich dann in Apfel-Zimt-Sirup, bis sich in der Tellermitte ein kleiner Teich bildet.

Mom greift mit einer Zange zu mir herüber und versucht, ein paar von den Würstchen zurück auf die Platte zu schubsen.

»Das ist zu viel. Die Leute werden denken, dass ich dich verhungern lasse.«

»Hey, hör auf.« Ich schlage ihre Hand von meinem heiligen Schrein weg. »Lass mir doch wenigstens diesen einen Moment.«

Madyson schiebt sich neben mich und drückt mir einen Brotteller mit zwei dicken Schinkenscheiben darauf in die Hand.

»Hier. Du hast den Schinken vergessen.«

166

Allein vom Duft läuft mir das Wasser im Mund zusammen. Jetzt ist das Frühstücksfleischensemble perfekt.

»Danke. Ich fasse es nicht, dass mir der entgangen ist.« Sie lächelt und entblößt dabei die Plastikzahnspange auf ihrer oberen Zahnreihe. »Denk bei der nächsten Wahl daran, dass dich sonst niemand auf das gute Zeug hingewiesen hat.«

Ich weiß, dass sie nur Spaß macht, aber wahrscheinlich werde ich beim nächsten Mal tatsächlich daran denken.

Ich finde es ziemlich nervenaufreibend, morgens so viele Menschen um mich zu haben, da ich sonst mit Mom allein bin. Es ist noch viel zu früh für irgendwelche Spiele und Strategien, aber Tall und Grande sind auch schon da und drängen die Leute dazu, sich Mimosas zu schnappen, obwohl sie immer wieder betonen, dass es *nur* ein Frühstück ist. Als gäbe es etwas so Unschuldiges in einem Raum, in dem überall Kameras hängen.

Connors Dad, Charles, taucht gegenüber von Mom am Büfett auf und nickt ihr knapp zu. Dann stellt er den ersten Teller weg und nimmt sich einen sauberen. Er und Mom bewegen sich so synchron, als würden sie einen geheimen Line Dance aufführen. Als sie gleichzeitig nach den Servietten greifen, geben sie sich aus Versehen eine Gettofaust.

»Oh, tut mir leid!« Mom zieht die Hand zurück. »Du zuerst.«

Charles zieht ebenfalls die Hand zurück. »Nein, ist schon okay. Du zuerst.«

»Wirklich, ist schon in Ordnung.«

»Ich bestehe darauf.«

Es ist irgendwie süß. Ich stelle die Teller auf meinen

167

Unterarm, schnappe mir meinen Orangensaft und watschle zu dem Tisch, der am weitesten von Connor entfernt ist, denn ich will überhaupt nicht neben Connor sitzen – und ich lasse mich auch nicht von Venti vom Gegenteil überzeugen.

Leider hat das zur Folge, dass wir jetzt direkt neben Brad und Chelsea sitzen. Mom folgt mir und stellt ihren Obstteller und die Schale mit Joghurt ab.

Bevor mir irgendjemand Fragen stellen kann, falte ich den Spickzettel auseinander, den mir die Produzenten gegeben haben, und überfliege die Tabelle, um mich daran zu erinnern, wer wer ist. Dann lege ich ihn auf Moms Knie und pikse sie, um ihre Aufmerksamkeit zu bekommen. Manche Namen sagen mir immer noch nichts, aber ich gehe im Kopf noch mal alles durch, woran ich mich von den Gesprächen gestern Abend erinnern kann.

Brad + Chelsea = Besserwisser
  Cole + Grady = Mississippi und Cowboystiefel
  AJ + Ella = Gymnastik und volle Zeitpläne
  Ray + Sabrina = Englischlehrer und kleines Mädchen mit großem Kleid
  Edgar + Madyson = Detroit und Football
  Charles + Connor = Nichts außer einem einprägsamen Nachnamen. Nope. Die auf keinen Fall.

»Bist du Vegetarierin?«, fragt Ella und deutet mit dem Kinn auf Moms Frühstücksauswahl.

»Nein, aber ich ernähre mich gern gesund.«

Ella strahlt. »Ich mich auch. Meine Gymnastiktrainerin sagt immer, dass Ernährung total wichtig ist.«

»Und der Gymnastiktrainerin darf man niemals widersprechen«, flüstert ihr Dad übertrieben. »Sie weiß und sieht einfach alles.«

»Mir soll's recht sein.« Ich spieße einen Streifen Bacon auf die Gabel und beobachte, wie der Sirup und das Fett heruntertropfen. »So bleibt mehr für mich.« Ich schiebe mir den Bacon am Stück in den Mund und kaue genüsslich.

»Wusstest du«, setzt Chelsea an, lehnt sich nach vorn und hält ihren Löffel in die Höhe, »dass der naturbelassene griechische Joghurt mehr Proteine hat als der mit Geschmack?«

Mom gibt ein überraschtes *Hm* von sich. »Das wusste ich nicht.« Sie dreht ihren Becher um, liest sich die Nährwertangaben durch und vergleicht sie mit Chelseas. »Wow, sieh mal einer an. Danke. Dann esse ich ab jetzt auch nur noch den naturbelassenen.«

Ich schicke ein Stoßgebet gen Himmel und bitte den lieben Gott darum, dass Vanessa sofort eine Teleportationsmaschine erfindet und herkommt, damit ich mich bei jemand anderem außer den Kameras über Chelsea beschweren kann.

»Miss Julia, wo bist du?«, ruft in dem Moment jemand von drinnen.

»Draußen auf der Veranda!«, erwidert Mom.

Als plötzlich das Gewummer von Discomusik ertönt, schnellt mein Kopf herum. Cole erscheint im Türrahmen. Er balanciert eine Servierplatte auf einem Arm und trägt dabei nichts außer einer blauen Unterhose, auf deren Bund *Ole Miss Athletics* steht.

»Brauchst du Nachschub?«, erkundigt er sich.

Madyson quietscht, während sich ihr Vater, Edgar, eine Serviette vor die Augen hält.

»Die Kinder sind auch da?« Cole fährt, überrascht kreischend, zusammen und verschwindet wieder in dem relativ dunklen Esszimmer.

Für den Bruchteil einer Sekunde schwebt die Platte wie eine Zeichentrickfigur, die über eine Klippe gerannt ist, in der Luft. Ella versucht noch, danach zu greifen, doch sie ist zu weit weg und kann nur mit ansehen, wie die Teller auf dem Fußboden zerbersten.

Ich beäuge das hart gekochte Ei, das über den Terrassenboden kullert. Da liegt eine komplette Mahlzeit, ganz zu schweigen von dem zerbrochenen Geschirr.

»Was für eine Lebensmittelverschwendung.«

Cole steckt wieder den Kopf zur Tür heraus und bedeckt seinen Unterkörper mit einer auseinandergefalteten Papierserviette.

»Hey, hat einer von euch meinen Jungen gesehen? Im Zimmer war er nicht. Glaube ich.«

Edgar und Madyson bieten an, ihm bei der Suche nach Grady zu helfen, aber ich bezweifle, dass es lange dauern wird, bis sie ihn gefunden haben, schließlich ist das komplette Gelände überwacht.

»Ich wäre ja gern sauer«, sagt Mom und schlägt sich lachend die Hand vor den Mund. »Wirklich. Aber es war einfach zu süß.«

Charles beginnt, das Essen vom Fußboden aufzusammeln, und winkt Connor zu sich, damit er ihm hilft. Als mich Connor dabei erwischt, wie ich ihn beobachte, grinst er.

»Man muss es positiv sehen: Wenigstens ist er nicht nackt in den Pool gesprungen.«

Ich erwidere sein Lächeln.

Als ich aufblicke, lächelt Venti ebenfalls. Vielleicht … ein bisschen zu breit.

Was Sport angeht, ist Mom die ultimative Planerin. Trotz der ganzen Produzenten und Assistenten, die hier herumwuseln, findet sie eine kleine Lücke im Zeitplan.

»Ich laufe nicht allzu weit weg«, sagt sie zu Sam, während sie ihre Laufschuhe bindet. »Ich muss nur den Kopf freikriegen.«

»Wenn Mom sagt, dass sie nicht allzu weit wegläuft, ist das in etwa so, wie wenn der Arzt zu dir sagt, dass es ein bisschen wehtun wird, bevor er dir den ganzen Arm abschneidet.«

»Ist notiert.« Sam wirft einen Blick auf die Mikrowellen-Uhr. »Jedenfalls haben wir noch ein paar Minuten, bevor das nächste Event startet.«

Er lehnt sich zur Tür hinaus und winkt dem Kamerateam zu, das oben auf dem Hügel sitzt, ganz in der Nähe von der Stelle, wo wir eben unser verhängnisvolles Frühstück eingenommen haben. Alle blicken gleichzeitig auf ihre Armbanduhren und Handys, und einer von ihnen legt die Hände an den Mund.

»Was denn?«, ruft er. »Wir haben Pause!«

»Kommt einfach her!«, ruft Sam zurück.

Doch stattdessen rufen sie an, und Sam erklärt ihnen die Planänderung. Mom hüpft schon von einer Fliese zur nächsten und joggt auf der Stelle. Ich weiche ihrem peitschenden Pferdeschwanz aus und rücke einen Beistelltisch mit einer filigranen braunen Lampe darauf zur Seite.

Wenig später ist der Kameramann so genervt, dass er doch den Hügel herunterstapft, um persönlich mit Sam zu sprechen. Wie ein Pantomime klatscht er mit den Händen gegen die Glaswand.

»Wie öffnet man denn diese bescheuerte Tür?«

»Oh, großartig«, murmelt Sam und schiebt die Einzelteile auseinander. »Jetzt geht's los.«

Während sich der Kerl durch den Spalt schiebt, hebt und senkt sich seine Brust. Er richtet den Zeigefinger auf Sam.

»Erstens war das kein Scherz mit der Pause. Die Pausen sind heilig, Freundchen. Wenn man die stört, passieren schlimme Dinge. Und zweitens hast du nichts davon gesagt, dass wir heute außerhalb drehen sollen.«

Sam weicht so schnell zurück, dass ich mich zwischen ihn und die gerade erst umgestellte Lampe werfen muss. Ich schiebe den Tisch noch weiter in die Ecke und schüttle mit dem Kopf, denn die Lampe scheint heute dem Untergang geweiht zu sein.

»Ich wollte es euch nur wissen lassen, falls ihr filmen möchtet«, wehrt sich Sam mit erhobenen Händen. »Sie hat gemeint, dass sie jetzt joggen geht. Die Regeln erlauben das.«

»Und wie soll ich bitte mit ihr mithalten?« Er tut, als würde er beim Drehen jemandem hinterherhechten. »So schnell kann ich mit der Kamera nicht rennen. Das sieht dann aus wie bei *Blair Witch Project*.«

»Wir könnten mit dem Auto nebenherfahren.«

Dieser Vorschlag scheint den Kameramann nur noch mehr aufzuregen.

»Warte, ich hole bloß kurz meinen unsichtbaren Kamerawagen.« Er stürmt davon und ruft und winkt seinem Team zu. »Na schön! Na schön! Ich lasse mir etwas einfallen! Für diesen Scheiß werde ich echt nicht gut genug bezahlt!«

Sam winkt ab. »So ist Ian nun mal. Eigentlich sind wir Freunde, ob ihr es glaubt oder nicht. Er mag nur keine Überraschungen, weil er Angst hat, dass man ihm die Schuld an irgendwelchen Verspätungen gibt.«

»Ich kann mich schon mal in der Einfahrt aufwärmen«, bietet Mom an und tritt ins Freie. Dort streckt sie die Arme in die Luft und biegt sich nach links und rechts. »Das spart ein paar Minuten Zeit.«

Wir blicken in dem Moment auf, in dem Ray in Laufshorts und einem rosafarbenen Shirt den Hügel herunterkommt und sich eine Sportsonnenbrille auf die Nase schiebt. Auf einer Wange hat er einen Streifen Sonnencreme. Es sieht aus wie bei einem Football-Spieler, der sich schwarze Streifen unter die Augen malt.

»Ich habe dich eben durchs Fenster gesehen.« Er deutet über seine Schulter auf eins der Fenster im ersten Stock. »Hast du was dagegen, wenn ich dich begleite? Ich wusste nicht, dass wir das Gelände verlassen dürfen.«

Mom ist höflich genug, um ein wenig verlegen dreinzublicken.

»Ich wollte kein Chaos verursachen.« Sie lächelt Sam an. »Tut mir leid.«

»Nein, nein, nein. Mach dir keinen Kopf. Dir ist das wichtig. Verständlich.«

»Sprich gefälligst für dich selbst«, knurrt Ian, als er mit einem Arm voller Gurte und Ratschen an uns vorbeigeht. »Öffne den Kofferraum, Sam.«

Sam entleert seine Hosentaschen und holt ein Klappmesser, einen unparfümierten Lippenpflegestift sowie eine Münze mit irgendetwas Klebrigem daran hervor. Als Nächstes kramt er den Autoschlüssel heraus, drückt auf die Fernbedienung und öffnet die Heckklappe.

Ian tut, als würde er ins Schwärmen geraten.

»Automatik. Wie *fan-cy*.«

Dem Ganzen fügt er noch einen falschen französischen Akzent hinzu. Er und ein weiterer Mitarbeiter hüpfen in den Kofferraum und befestigen die Gurte so, dass sie im offenen Auto sicher mitfahren können.

Währenddessen macht Mom ihr Stretching und zählt tonlos die Wiederholungen mit. Ray tut es ihr gleich, wenn auch nicht mal halb so elegant. Seine Körperstatur ist eher geeignet, um schwere Sachen zu heben, als für Ausdauertraining.

»Wo ist deine ... ähm, Sabrina?«, frage ich und hoffe, ich habe den richtigen Namen erwischt.

»Charles hat angeboten, auf sie aufzupassen.«

»Oh, wie nett von ihm«, sagt Mom schwer atmend. »Sag es ihm bitte nicht, aber wer war Charles noch mal?«

»Der große Kerl mit dem dunklen Haar.« Ray zeichnet mit den Händen einen Umriss mit breiten Schultern in die Luft. »Ziemlich ruhig.«

Man merkt, dass er versucht, nett zu sein und nicht das Dingeldein-Fiasko zu erwähnen.

»Er stand dir vorhin am Büfett gegenüber«, eile ich Ray zu Hilfe.

»Stimmt, richtig.« Mom nickt einmal, und ihre Mundwinkel biegen sich ein wenig nach oben, doch es ist kein richtiges Lächeln. »Ich wollte mich noch bei ihm dafür bedanken, dass er das ganze Essen aufgehoben hat, das Cole hingefallen ist. Du weißt ja, wie sehr ich Lebensmittelverschwendung hasse.«

»Connor hat auch geholfen.« Mein Blick wandert hoch zum Haus, und ich frage mich, was er wohl gerade macht.

»Wir wären dann so weit«, ruft Ian ein paar Minuten später. Er sucht eine bequeme Position, und seine Füße schweben gefährlich nahe über dem Betonboden der Einfahrt. Wie er da sitzt, muss ich an eine von diesen Schaukeln für Kleinkinder auf dem Spielplatz denken, aber das würde ich ihm niemals sagen. Er hebt die Kamera hoch, um sie zu positionieren, und flucht, als er beinahe den Halt verliert. »Dafür schuldest du mir ein Bier, Sam!«

Sam setzt sich hinters Lenkrad und schaltet das Radio aus. Ich knie mich auf den Rücksitz und sehe zum Kofferraum hinaus, um Mom und Ray im Blick zu behalten.

»Du kannst losfahren«, rufe ich Sam zu. »Ihre Geschwindigkeit beträgt für gewöhnlich zehn Meilen pro Stunde.«

»Und wie lange kann sie laufen?«, fragt er, während wir langsam durch das Tor und auf die Straße hinaus rollen.

Ich überprüfe, ob irgendwelche Autos kommen, doch die Straße ist größtenteils frei. Das ist das Gute daran, wenn man unter der Woche dreht.

»Wenn sie wollte, könnte sie bestimmt vierzig oder fünfzig Meilen laufen. Meinen Dad hat sie an der Ziellinie von diesem doofen Ultratriathlon in Hawaii geheiratet.«

»Fünfzig Meilen?« Sam kichert leise. »An manchen Ta-

175

gen muss ich mich sogar zwingen, aufzustehen, um die Pizzareste in den Kühlschrank zu stellen. Fünfzig Meilen? Unvorstellbar.«

»Ja, sie übertreibt es gern.«

Ian boxt mit der Faust gegen die Decke. »Könnt ihr jetzt ruhig sein? Ich versuche gerade zu drehen.« Obwohl er genervt klingt, grinst er ein wenig.

Sam und ich wechseln über den Rückspiegel einen schuldbewussten Blick.

»Nimmst du auch an Wettrennen teil? Oder läufst du in einer Gruppe?«, fragt Mom, während sie ihren Rhythmus findet und mit einer Hand das tragbare Mikrofon an ihrem Taillengurt festhält.

»Nein, nur allein in meinem Wohnviertel.« Rays Stimme klingt wesentlich abgehackter als die von Mom. Nach jedem Wort muss er Luft holen. »Und du?«

»Ich bin Personal Trainerin, daher gehe ich oft mit meinen Kunden laufen. Aber die längeren Läufe mache ich meistens allein. Dann habe ich Zeit zum Nachdenken.«

Mom merkt, dass ihr Laufpartner nicht mitkommt, und passt sich Rays Tempo an statt umgekehrt. Nach einer weiteren Viertelmeile hat auch er seinen Rhythmus gefunden und schwingt seine Arme regelmäßig vor und zurück. Ich weiß, wie ein guter Laufstil aussieht, auch wenn ich nicht selbst laufe. Ich bin eher diejenige, die die anderen von der Seitenlinie aus anfeuert, die Medaillen hält und am Ende eines Rennens die Startnummern abknibbelt.

Sam deutet auf den Fußraum hinter seinem Sitz. Ich schiebe ein Sweatshirt und einen zerdrückten Pappbecher beiseite. Darunter befindet sich ein halb voller Kasten Wasser.

Ich lehne mich zum Fenster hinaus und halte eine Flasche auf Moms Augenhöhe. Ich würde sie ja zum Kofferraum hinauswerfen, aber ich habe Angst, Ian und seinen Assistenten zu stören.

Mom streckt eine Hand aus und fängt die Flasche wenige Zentimeter vor dem Boden auf.

»Sorry!«, rufe ich. »Schlechter Wurf!«

Ians Unterkörper bewegt sich keinen Millimeter, während sein Kopf zu mir herumschnellt. Er sagt kein Wort, reißt nur weit die Augen auf, bis ganz viel Weiß zu sehen ist. An seinem Hals zeichnet sich eine Ader ab, die aussieht wie ein wühlender Wurm. Er hebt den Zeigefinger und schlägt ihn gegen die Lippen.

Ich presse die Handflächen zusammen und hebe entschuldigend die Hände. Aus irgendeinem Grund vergesse ich ständig, dass ich ein Mikro trage, obwohl mich der kleine Clip immer in den Rücken pikst, wenn ich falsch sitze. Aber wenn der Clip das Einzige bleibt, was mir während des Drehs in den Rücken fällt, muss ich irgendetwas richtig machen.

Mom trinkt einen Schluck Wasser und reicht Ray die Flasche. Trotz der Hitze ist sie noch nicht in Schweiß ausgebrochen.

»Warum hast du mit dem Laufen angefangen?«

»Meine Frau wollte, dass ich Sport mache und mich gesünder ernähre«, erwidert er und schüttet mehr Wasser auf sein Shirt als in seinen Mund. »Ignorier mich einfach. Ich kann beim Laufen nicht trinken.«

»Du meinst deine Ex-Frau?«, bohrt Mom mit einem

nervösen Lachen nach. »Ich hoffe, du bist nicht immer noch verheiratet. Falls doch, sollten wir vielleicht darüber reden.«

Ray schweigt, und die Flasche knistert in seiner Faust. Seine Schritte werden immer schwerer.

»Meine verstorbene Frau. Brustkrebs. Sabrina war … Meine Tochter, Sabrina, war damals zwei.«

»Das tut mir leid«, flüstert Mom und geht nun normal weiter. »Das wusste ich nicht.«

Ray tut so, als würde er sich nur den Schweiß von der Stirn wischen, erwischt dabei aber auch eine Träne.

»Nein, *mir* tut es leid. Ich wollte nicht, dass es so ernst zwischen uns wird.« Wieder stockt ihm der Atem. »Ich dachte, ich könnte darüber reden.« Wütend schüttelt er den Kopf. »Eigentlich sollte ich mittlerweile darüber sprechen können.«

»Das musst du nicht, wenn es zu schwer ist.«

»Ich will aber, dass du es weißt«, sagt er. »Es ist Teil unseres Lebens. Mit Sabrina spreche ich oft über ihre Mutter. Wir helfen beim *Hispanic Breast Cancer Program* in Boston aus, damit sie es verstehen kann. Ich bin zwar Witwer, aber meine verstorbene Frau soll trotzdem ihren Platz in meinem Leben behalten. Und das wollte ich dich einfach wissen lassen.«

Statt weiterzulaufen, gehen sie den Rest der geplanten Runde. Erst bei den Palmen auf halber Strecke fangen sie wieder an zu joggen. Ich sehe Mom an, dass sie ein schlechtes Gewissen hat, ihre Bewegungen sind roboterartig geworden.

Ich weiß nicht, was Ray zu Mom sagt, als wir das Haus erreichen, aber es beruhigt sie. Das Unbehagen weicht ei-

178

nem fröhlichen Lachen. Als sie sich umarmen, muss Sam auf die Bremse treten, um sie nicht allein auf der Straße zurückzulassen.

»Ihr könnt jetzt wieder reden«, knurrt Ian, während wir über das Bodengitter und auf das Grundstück fahren. »Nicht, dass euch das vorhin davon abgehalten hätte.«

Ich packe einen der Gurte, die ihn festhalten, und ziehe so fest daran, dass sich automatisch eins seiner Beine hebt.

»Vorsicht, sonst bleibst du hier im Kofferraum gefesselt.«

»Sehr witzig.«

Es bleibt gerade so viel Zeit, dass Mom kurz duschen und ein paar Stangen Sellerie knabbern kann, bevor wir uns wieder mit den Kandidaten treffen.

Ich greife nach dem Plan auf dem Couchtisch und fahre die Uhrzeiten mit dem Zeigefinger ab.

»Sieht aus, als würden wir jetzt getrennt. Du trinkst Cocktails in der Lounge, und ich esse Softeis auf der Veranda.« Ich drehe das Blatt um. »Wer hat sich das einfallen lassen? Brettspiele? Ich bitte dich! Wir sind ungefähr neunzig Leute. Wie sollen wir bitte ein Brettspiel spielen?«

Gemeinsam gehen wir den gewundenen Weg zum Haus entlang. Mir fällt auf, dass wir bisher keine Strategie haben. Einen Plan zu haben wäre vielleicht nicht schlecht, bevor alles gegen Ende immer komplizierter wird.

»Hey, wie wäre es, wenn wir uns aufschreiben, wen wir behalten wollen, statt eine Liste mit Leuten zu machen, die wir rauswerfen wollen?« Ich erinnere mich daran, wie Ella erzählt hat, dass sie bei der Vorstellung ihre Turnübungen eingebaut hat, damit wir uns an sie erinnern. An manche Kandidaten habe ich überhaupt keine Erinnerungen mehr. Anscheinend sind sie nicht besonders genug, um sie zu behalten. »Wenn uns beiden eins der Kandidatenpaare egal ist, kommt es auf die Liste mit denen, die gehen. Und wenn wir uns bei welchen nicht einig sind, entscheiden wir eben später. Wie klingt das?«

»Klingt ganz gut«, meint Mom achselzuckend und bleibt auf der Kreuzung zwischen Hügel und unterer Ebene stehen. Die Veranda befindet sich direkt über uns, ein weißes Strahlen in meinem Augenwinkel. »Es hat sowieso keinen Zweck, dass wir uns schon am Anfang streiten.«

Außerdem kann ich so meine Lieblingskandidaten behalten, ohne mir Sorgen darüber zu machen, dass Mom sie wegen ihrer Väter rauswirft. Ich weiß, dass das auch bedeutet, dass ich Chelsea mit ihrem Ego weiter an der Backe habe, aber wenn ich dafür Connor behalten kann, ist es das wert. Und Ella! Und Madyson!

»Nur noch eine Sache«, flüstere ich, als Sam mit einem Assistenten auf uns zukommt. »Ich habe mit Madyson heute Morgen beim Frühstück eine Vereinbarung getroffen. Es hat etwas mit Schinken zu tun. Sie bleibt, ganz egal, was auch passiert.«

Kapitel 15

Seit wir heute Morgen für Moms Laufrunde losgefahren sind, kommt aus der Nähe des Gästehauses ein fürchterliches Getöse. Baulärm und Gebrüll dringen auf die Veranda, wo Mom und ich sitzen und unseren Nachmittagskaffee trinken. Nach Moms Cocktails und meinem Eis ist das vielleicht eine merkwürdige Kombination, aber da wir vor laufender Kamera nichts zu uns nehmen dürfen und der Essensplan äußerst seltsam ist, nehme ich, was ich kriegen kann. Manche der Bewerber sind bei uns geblieben, essen etwas oder unterhalten sich mit uns, während wir so tun, als wären wir fit genug, um uns für sie zu interessieren.

Hinterm Haus laufen wir Sam in die Arme – zumindest glaube ich, dass es Sam ist. Alles, was ich von ihm sehe, ist ein hellbraunes Haarbüschel, das über einem aufblasbaren Donut und einem dreifarbigen Wasserball herausragt. In seinen ausgestreckten Armen liegen sechs Poolnudeln, die ihn wie einen Seiltänzer wirken lassen.

»Brauchst du Hilfe?«, fragt Mom.

Er zuckt vor Schreck zusammen und lässt den Wasserball fallen.

»Ach du meine Güte! Euch habe ich gar nicht gesehen.«

Ich renne dem Ball hinterher und entdecke die neue

Strandbar, die neben dem Pool errichtet wurde. Missmutig starre ich sie an.

»Bitte sag mir, dass das keine …«

»Es wird eine Poolparty«, bestätigt Sam meine Befürchtungen und klingt dabei nicht mal, als würde es ihm leidtun.

»Ich weigere mich«, sage ich zu Mom und schmettere den Ball ins Wasser. »Du weißt, was ich von Pools, Poolpartys, Schwimmbädern und Wasserbomben halte.«

»Du musst aber mitmachen. Wir sind die Stars der Show!«

»Aber ich hasse Wasser.« Ich seufze, um das Gesagte zu unterstreichen. »Ich bin ein Drinnenmensch.«

Ich hätte wissen müssen, dass Wasser involviert sein würde, als ich auf der Packliste gesehen habe, dass wir einen Bikini mitbringen müssen. Ich beeile mich und ziehe mich um, bevor Mom das Badezimmer blockiert. Anschließend wickle ich mir ein dickes Handtuch um, das von der Brust bis zu den Knien reicht.

Kurz darauf kommt Mom in einem blau-weiß gestreiften Bikini heraus und fummelt an den Schleifen an den Seiten ihres Höschens herum.

»Ich glaube, der andere gefällt mir besser.« Sie tauscht ihn gegen einen mit verschiedenen Grautönen und einem weißen geometrischen Aufdruck. Das Design und die Farben sind sehr schmeichelnd und betonen ihr schwarzes Haar. »Und, was meint ihr?«

»Der ist definitiv besser«, erwidere ich.

»Ich … ähm, ich …« Sam hustet in seine Armbeuge. Zuerst wird er kreidebleich, dann rot. »Er ist sehr geschmackvoll und modern. Eine sehr gute Wahl.«

Als die ersten Kandidaten eintrudeln und sich an der Strandbar Kokosnussschalen schnappen, gesellen wir uns zu ihnen nach draußen. Ich hänge mein Handtuch über einen Stuhl und bekomme trotz der Hitze Gänsehaut.

Anscheinend hat sonst niemand eine Aversion gegen Wasser. Chelsea setzt sich auf den Beckenrand und steckt die Beine in das klare blaue Nass. Cole und Grady waten, ohne zu zögern, hinein und lassen ihre Sachen einfach auf einem Tisch liegen.

Edgar und Madyson erscheinen wieder in aufeinander abgestimmten Outfits. Passend zu seinen blau-roten Pistons-Badeshorts hat sie sich für einen blau-roten Einteiler entschieden. Er trägt Sandalen von den Tigers, sie von den Lions. Es ist, als hätte sich Detroit auf ihnen übergeben.

»Ihr ... mögt Michigan wirklich«, bemerke ich, als sie stehen bleiben, um Sonnencreme aufzutragen. »Sehr.«

»Bin dort geboren, aufgewachsen und werde niemals gehen«, erklärt Edgar lachend und streift sich eine Taucherbrille über den Kopf.

Die kleine Info archiviere ich für später, um mit Mom darüber zu diskutieren. Wir haben so lange darüber gesprochen, *wie* wir von Dad, dem Fitnessstudio und unserem fürchterlichen Apartment wegkommen, dass wir nie überlegt haben, *wohin* wir eigentlich wollen.

Als ich am Rand des Pools eine Bewegung wahrnehme, blicke ich auf. Madyson nimmt Anlauf, springt in die Luft, umklammert die Knie und landet mit einem lauten »Platsch« im Wasser.

Chelsea kreischt und wischt so viel Wasser wie nur möglich von ihrem Körper. Dann funkelt sie Madyson böse an.

»Was zur Hölle ist dein Problem? Ich habe den ganzen Morgen damit verbracht, meine Haare zu glätten!«

»Sorry.« Mit dem Kinn deutet Madyson auf die hölzernen Liegen, die den Pool umringen. »Vielleicht wirst du schneller trocken, wenn du dich in die Sonne setzt.«

»Ist jetzt eh egal, meine Frisur ist ruiniert.« Sie sieht aus, als würde sie gleich anfangen zu weinen. Als Madyson aus dem Wasser steigt und ihr ein Handtuch hinhält, schlägt sie es weg. »*Du* kannst vielleicht aussehen, wie du willst, aber ich spiele in drei Shampoo-Werbespots mit. Ich muss mein Haar ins beste Licht rücken! Meine Güte, ein Handtuch hilft da jetzt auch nicht mehr! Lass mich einfach in Ruhe!«

»Ich habe mich doch schon entschuldigt«, murmelt Madyson.

Mir fällt es eh schwer, Mitleid für Chelsea zu empfinden – und das gilt besonders, wenn sie an einem Pool ein bisschen nass gespritzt wird. Sie hätte sich ja weiter wegsetzen oder sich für eine andere Frisur entscheiden können.

Ich blicke mich in der Runde um. Sabrina trägt eine Enten-Schwimmkappe mit Schnabel, was das Süßeste ist, was die Welt je gesehen hat. Mom trägt hoch auf ihrem Kopf einen Messy Bun, Ella hat ihr Haar zu zwei flachen Zöpfen geflochten.

Chelsea ist die Einzige, die sich beschwert, was natürlich bedeutet, dass Ian sofort mit der Kamera zu ihr stürmt, was wahrscheinlich genau das ist, was sie wollte.

Venti kreuzt trotz der Hitze in einem leicht zerknitterten langärmligen Hemd auf und setzt sich mir gegenüber.

Ich beäuge ihn misstrauisch, denn ich will nicht schon wieder ausgefragt werden.

»Mir ist aufgefallen, dass du noch gar nicht im Wasser warst«, sagt er. »Wie kommt's?«

»Ich bin nicht gern im Wasser.«

»Weißt du, wer auch noch nicht im Wasser war?« Er schaut nach hinten, und ich folge seinem Blick. In der Ferne entdecke ich Connors unverwechselbares dunkles Haar. Er kommt gerade mit seinem Dad, Charles, aus dem Haus. »Nur, damit du's weißt.«

Venti steht auf und tut vollkommen gelassen, doch da sehe ich auch schon Ian auf mich zukommen. Er ist gerade bei Mom fertig, die aussieht, als würden Tall und Grande mit ihr das Gleiche machen wie Venti eben mit mir.

Beichte: Ich bin nicht wirklich daran interessiert, schwimmen zu gehen, und ich merke, dass es Connor genauso geht. Vielleicht ist dieses Event doch nicht so schlimm, wenn wir so ein bisschen mehr Zeit miteinander verbringen können.

Und es stimmt. Zuerst zögert er, doch nach einem Schubs von Grande kommt er zu mir herüber. Ich frage mich, ob irgendetwas davon echt ist oder ob wir nur wie Objekte hin und her geschoben werden, um Drama zu verursachen. Nun, darauf haben wir uns schließlich eingelassen, sage ich mir. Doch als ich zu Mom hinübersehe, steht sie neben Brad, den sie tatsächlich zu mögen scheint – sehr zu meinem Missfallen.

»Hey«, sagt Connor und deutet auf den Lounge-Sessel neben mir, während Charles in das seichte Ende des Pools

185

steigt und Mom ihm überraschenderweise enthusiastisch zuwinkt. »Darf ich mich setzen?«

Fast hätte ich gelacht, weil er so fragt.

Darf ich mich setzen? Ernsthaft? Ich bin ziemlich sicher, Venti dreht komplett durch, wenn du es nicht tust.

»Klar. Du bist also auch kein großer Poolfan?«

»Der Verband darf nicht nass werden«, antwortet er und kratzt mit dem Daumennagel am Klettverschluss seiner Armschlinge. »Aber ist nicht schlimm. Ich mag es sowieso nicht. Das Wasser, meine ich.«

»Was ist denn passiert?« Die Schlinge ist größer als die, die ich bisher gesehen habe, mit einem kleinen Kissen, das seinen Arm von seinem Körper weghält. »Hast du gegen einen Bären gekämpft? Zu ehrgeiziges Armdrücken?«

»Ich habe einhändig den Mount Everest bestiegen. Nachdem ich gegen einen Bären gekämpft habe. Einen *Eis*bären. Den ich auch zum Armdrücken herausgefordert habe.«

»Wusste ich es doch.« Ich nicke grinsend. »Du siehst auch aus wie ein Weltmeister im Eisbär-Armdrücken.«

Mich interessiert wirklich, was passiert ist, aber wahrscheinlich ist er es leid, ständig danach gefragt zu werden, also bohre ich nicht weiter nach.

Obwohl ich zu Beginn der Show ziemlich grummelig und auch erschöpft war, erkenne ich durch Connor langsam die Freiheiten, die das Ganze mit sich bringt. Ich kann meine Späße machen und mit süßen Jungs flirten, ohne Angst haben zu müssen, dass ich mich blamiere, weil mein erster und bisher einziger Kuss auf der Einschulungsfeier eine ziemlich feuchte Angelegenheit war. Das hier ist alles so flüchtig, auch Connor. Schon jetzt glaube ich nicht, dass es sein Dad bis zum Ende schaffen wird, was bedeutet, dass Connor irgendwann nach Hause gehen wird. Aus uns wird nie etwas werden, und aus irgendeinem Grund macht diese Erkenntnis alles einfacher.

Ein paar Minuten später treten Madyson und Ella mit Grady und Sabrina auf ihren Schultern im Hahnenkampf gegeneinander an. Die jüngeren Kids kämpfen mit Poolnudeln. Sie hauen sich gegenseitig und alle anderen, die sich in einem Radius von drei Metern um sie herum aufhalten.

Als Mom vorbeischwimmt, packt Brad sie an den Hüften und setzt sie sich auf die Schultern. Ihr entweicht ein überraschter Schrei.

»Halt dich fest, Julia! Wir zeigen ihnen, wie man das macht.«

Bis er das seichte Wasser erreicht hat, hat er Mühe, nicht unterzugehen. Dort entbrennt nun auch unter den Erwachsenen der Poolnudel-Kampf.

»Erhöhen wir den Einsatz!«, ruft Mom und stößt die Faust in die Luft. »Der Gewinner schützt sich vor der nächsten Rauswurf-Runde!«

Nach dieser Verkündung versammeln sich die Vater-Kind-Paare eilig. Über das Getöse und Geplansche hinweg höre ich, wie Ray Sabrina anbettelt, doch bitte mitzumachen. Aber sie schiebt ihren Vater von sich, und ich werfe Brad einen bösen Blick zu, weil er den Kampf zwischen den Kids unterbrochen hat.

»Ich mag deine Mom«, erwähnt Connor beiläufig, aber es klingt vollkommen aufrichtig. »Sie wirkt ... als könnte man mit ihr Spaß haben.«

»Stimmt, sie ist total albern. Sie ist echt die Beste.«

Plötzlich bin ich sehr dankbar dafür, dass wir überhaupt hier sein und darum kämpfen können, endlich von Dad wegzukommen. »Wie ist dein Dad denn so? Keine Sorge, ich will dich nicht ausquetschen oder so. Nur aus Interesse.«

Connor wiegt den Kopf hin und her. Ich weiß nicht, ob er bloß nach den richtigen Worten sucht oder ob ich ihn irgendwie verärgert habe. Schließlich zuckt er mit der rechten Schulter.

»Wir haben einfach nicht denselben Humor. Und wir mögen verschiedene Dinge. Er steht total auf Lesen und Staubsaugen, außerdem ist er nicht sehr abenteuerlustig. Aber wahrscheinlich sollte ich dir das gar nicht erzählen.«

»Ist schon okay. Ich würde euch sowieso nicht rauswerfen.« Das klang jetzt ernster als beabsichtigt.

Ich tue so, als würde ich den Hahnenkampf beobachten, während ich innerlich schreie. Was mache ich hier? Ist das Flirten?

Mom, warum hast du mir nicht beigebracht, nicht merkwürdig zu sein?

»Echt jetzt?«

»Natürlich. Du, Ella und Chelsea seid die Einzigen in meinem Alter.« Die Worte purzeln aus mir heraus, bevor ich ihre Bedeutung voll und ganz begriffen habe.

Connor nickt und dreht den Oberkörper zum Pool, um den anderen zuzusehen.

»Richtig. Stimmt.«

Kein Wunder, dass die Jungs zu Hause nicht mit mir reden wollen.

Cole treibt auf einem rosafarbenen Einhorn vorbei, das

unter seinem Gewicht kläglich auf und ab schaukelt, die Arme hat er um den Hals des Gummitiers geschlungen.

»Ray! Ey! Hier drüben. Du willst unbedingt gewinnen? Mein Kind will auch nicht mehr mitmachen.«

Als Cole unelegant von dem Einhorn rutscht und sich mit einem Fuß im Haltegriff verfängt, kichere ich leise vor mich hin. Ray ist ein bisschen stämmiger, während Cole spindeldürr und schlaksig ist, also steigt Cole auf Rays Schultern. Dann streckt er die Arme aus und schlägt die Finger gegen die Handflächen.

»Los, kommt schon. Zeigt, was ihr draufhabt.«

Ich bewundere sein Selbstbewusstsein, aber Ella mit ihrer Fähigkeit, den eigenen Körper in alle möglichen Richtungen zu verbiegen, und Ray mit seiner enormen Größe sind die klaren Favoriten.

Connor verschwindet kurz. Als er wieder auftaucht, hält er irgendetwas hinter seinem Rücken versteckt.

»Gibt es jemand Bestimmtes, den du gern loswerden würdest?«, fragt er, während wir den Wettkampf beobachten. »Ich habe da eine Geheimwaffe.« Er dreht sich so, dass ich den nassen Nylonball in seiner Hand sehen kann.

Zum Glück scheint ihn mein nur wenig schmeichelhafter Kommentar nicht allzu sehr verärgert zu haben.

»Wir bewerfen meine Mom. Das wird lustig.«

Das erscheint mir diplomatischer, als einfach offen zuzugeben, dass ich Brad nicht mag. Da wir nicht im Haupthaus wohnen, ist es schwer zu erkennen, ob sich bereits die einen oder anderen Bewerber zusammengeschlossen haben.

Ray und Cole staksen auf Mom und Brad zu. Cole formt seine Hände zu Klauen, greift nach Mom und lacht, als sie seine Hände wegschlägt. Fast schafft sie es, ihn herunter zu schubsen, doch Ray kann das Gleichgewicht wiederherstellen.

»Ich kümmere mich darum.« Connor schleicht um den Pool und tut so, als würde er nur den Wettkampf beobachten. Dann holt er weit aus und wirft den vollgesogenen Ball direkt in Brads Gesicht. Dieser gerät ins Straucheln, und Mom droht, auf seinen Schultern die Balance zu verlieren. Mit beiden Händen klammert sie sich an ihn, doch Ray ergreift die Chance und wirft sich gegen Brad. Schreiend fällt Mom rückwärts ins Wasser und reißt Brad mit sich.

»Das war geschummelt!« Als sie wiederauftaucht, schnappt sie nach Luft und richtet anklagend den Zeigefinger auf Connor. »Oh, du bist ein Schlingel.«

Jetzt, da ich sie zusammen lachen sehe, wird mir bewusst, was ich an Connor – und vermutlich auch an seinem Dad – so mag: Sie sind echt. Sie tauchen nicht in zusammenpassenden Outfits hier auf, nicht mit vorbereiteten Witzen. Und sie versuchen auch nicht, ständig die Aufmerksamkeit auf sich zu ziehen, um noch mehr Shampoo-Werbespots an Land zu ziehen. Bei ihnen muss ich mich nicht fragen, ob die Menschen, die ich sehe, nur fiktive Charaktere sind.

»In der Liebe und im Fernsehen ist alles erlaubt«, rufe ich, während Ella und AJ einen neuen Angriff auf Cole starten.

Ray taucht ab, um unter Wasser anzugreifen, aber schon bald fällt auch Cole herunter.

Wir versammeln uns am tiefen Ende, um dem Finale

nicht in die Quere zu kommen, während sich Ella und Madyson bereit machen.

»Mission erfolgreich ausgeführt«, sagt Connor, als er sich wieder zu mir gesellt.

Plötzlich fängt Madyson an zu schreien, reißt den Kopf zur Seite und fasst sich ins Haar. Chelsea grinst und begutachtet mit übertriebener Gelassenheit ihre Fingernägel.

»Das hat wehgetan!«, brüllt Madyson sie an und senkt den Kopf, um es ihrem Vater zu sagen. »Dad! Sie hat mich an den Haaren gezogen!«

Venti – der zu Ians Füßen kniet, um nicht im Bild zu sein – raunt Madyson irgendetwas zu und deutet auf Chelsea. Nur Sekunden später fangen die beiden an, sich anzukeifen.

»Was ist denn da los?«, fragt Connor stirnrunzelnd, als er den Stuhl neben meinem erreicht.

»Vorhin gab es auch schon Drama, weil Madyson eine Arschbombe ins Wasser gemacht hat und Chelseas Haar dadurch nass geworden ist.«

Meine Erklärung scheint seine Verwirrung nicht aufzulösen.

»Aber das ist doch ein Pool ...«

»Mir musst du das nicht erklären. Das ist der einzige Grund, warum hier ein Loch im Boden ist: um es mit Wasser zu füllen.«

Ella wartet zwar mit ihrem Angriff, bis Madysons und Chelseas Gezanke vorbei ist, doch es ist offensichtlich, dass Madyson mit dem Kopf nicht mehr bei der Sache ist. Nicht, dass es vorher ein ebenbürtiges Match gewesen wäre, denn Ella ist bestimmt ein paar Jahre älter.

Madyson streckt die Arme zu weit aus, sodass Ella sie am Handgelenk packen und herunterzerren kann.

»Muahaha!«, kichert Ella und macht alberne Bodybuilder-Posen. »Die ungeschlagene Hahnenkampf-Weltmeisterin!«

Ich drehe mich gerade rechtzeitig zur Treppe mit dem bereitliegenden Stapel fluffiger weißer Handtücher um, um zu sehen, wie sich Madyson mit der Seite ihrer Faust eine Träne wegwischt. Sie nimmt sich ein Handtuch, wickelt es um ihr Haar und drückt die Längen aus, bis ihre Unterarme zittern. Es ist nicht schwer, die angespannten Schultern und die pochenden Kiefermuskeln zu interpretieren.

Ich nicke ihr zu.

Ihr funkelnder Blick fällt auf Chelsea, dann erwidert sie mein Nicken. Die Fronten sind geklärt.

Kapitel 16

Jetzt, da Chelsea gemerkt hat, dass die Produzenten auf sie aufmerksam geworden sind, setzt sie ihre Sabotageakte gegen Madyson die ganze Woche fort. Während der Gruppenevents tue ich mein Bestes, um mich zwischen die beiden zu stellen, doch als Madyson morgens mit geröteten Augen und einer tief in die Stirn gezogenen *University-of-Michigan*-Baseballmütze zum Frühstück kommt, fühle ich mich einfach nur hilflos.

»Was ist passiert?«, frage ich und stelle mich in der Schlange neben sie.

Sie schnieft. »Ich will nicht darüber reden.«

Als ich noch einmal nachfrage, macht sie auf dem Absatz kehrt und schnappt sich im Vorbeigehen zwei Waffeln aus der letzten Büfettschale. Ihr Dad, Edgar, stellt seinen Teller ab und folgt ihr mit geballten Fäusten.

Als Nächstes frage ich Ella. Vielleicht weiß sie ja, was los ist.

»Was ist mit Madyson passiert?«

Ella zieht die Luft durch die Zähne. »Irgendjemand hat Enthaarungscreme in ihr Shampoo getan, und jetzt fallen ihr die Haare aus.«

»Aber sie ist doch noch so ... klein. Wie alt ist sie? Zwölf?« Mir fällt die Kinnlade herunter. Ich hätte vielleicht mit einem Kaugummi in den Haaren oder einer Verfärbung gerechnet. Mein Gehirn geht die möglichen

Verdächtigen durch. »Und mit ›irgendjemand‹ meinst du wahrscheinlich Chelsea.«

Ella verlagert das Gewicht von einem Fuß auf den anderen. »Ich weiß, was du meinst, aber das ist kein Beweis.«

»Wer soll es denn sonst gewesen sein?«

Sie erwidert nichts.

Irgendetwas in mir zerbricht. Ich erinnere mich an all die Grausamkeiten, die mir meine sogenannten Freunde aus Kindheitstagen, die es gar nicht erwarten konnten, Mom schlechtzumachen, angetan haben. Die Mobber, die aus irgendeinem Grund nie zur Rechenschaft gezogen wurden.

Dann sehe ich Vanessa vor mir, wie sie letztes Jahr auf der Schultoilette geweint hat, weil irgendjemand einen Kugelschreiber durch den Stoff ihres Pokémon-Rucksacks gesteckt hat, einfach nur, weil er es lustig fand.

Hey, hey, seht alle her. Ich habe Pikachu ermordet! Voll in die Stirn!

Ich stürme aus dem Esszimmer und stapfe von Raum zu Raum, bis ich Sam mit einem Tablett voller Kaffeetassen finde.

»Hey, warte kurz.« Eilig verteilt er die Getränke, dazu Servietten und Zucker aus einer Plastiktüte an seinem Handgelenk. Die Tüte dreht sich und schneidet ihm in die Haut, doch er scheint es gar nicht wahrzunehmen. Kurz darauf kommt er, an einem Muffin kauend, zurück. »Was ist los?«

»Chelsea hat Madyson Enthaarungscreme ins Shampoo getan, und jetzt fallen ihr die Haare aus. Ich brauche Hilfe, um es zu beweisen. Hast du Zugang zu den Kameraaufnahmen von oben?«

Er sieht mich an, als hätte ich ihn gerade darum gebeten, eine Bank auszurauben.

»Ich darf mich da nicht einmischen, aber das klingt … ähm, das klingt …« Er winkt Venti zu uns. »Hier. Sie hat eine Frage zu dem Enthaarungscremevorfall.«

»Ihr wisst davon?«

Venti lacht schallend. »Ja, wir wissen es. Wir haben Kameras. Wenn du meinst, dass jemandem unrecht getan wurde, solltest du etwas dagegen unternehmen.«

Fast fange ich an zu schreien, als ich merke, dass mich Ian von der Seite filmt.

»Was soll ich denn machen? Ich kann sie damit doch nicht durchkommen lassen!« Tränen der Wut brennen mir in den Augen. Ich fühle mich so schrecklich hilflos, ein Gefühl, das ganz tief in mir verwurzelt ist. »Madyson ist ein guter Mensch. So etwas hat sie nicht verdient.«

»Du könntest versuchen, Nachforschungen anzustellen«, schlägt Venti vor. »Warum bittest du nicht Connor, dir zu helfen? Du brauchst jemanden, auf den du zählen und dem du vertrauen kannst.«

»Das stimmt«, murmle ich und schüttle den Kopf, als mir bewusst wird, dass er schon wieder versucht, mir zu sagen, was ich zu tun habe, ohne es direkt auszusprechen.

Ich wünschte, ich könnte mit Mom reden, doch entweder ist sie die ganze Zeit von den Kandidaten umringt, oder die Produzenten finden andere Wege, um uns voneinander fernzuhalten. Ich frage mich, ob das Absicht ist.

Venti deutet zur Kamera und drängt mich, die Situation in eigenen Worten zu erklären.

Beichte: Chelsea hat Enthaarungscreme in Madysons

Shampoo getan. Ich weiß es einfach. Aber ich muss herausfinden, wie ich es Mom beweisen kann. Ich glaube, ich werde Connor und Ella bitten, mir zu helfen. Vielleicht ist es falsch, aber mir fällt es leichter, eine Verbindung aufzubauen, wenn die Leute in meinem Alter sind.

»Dir sind keine Grenzen gesetzt«, sagt Venti, als ich ihm gegeben habe, was er hören wollte. »Du kannst machen, was du willst. Gehen, wohin du willst. Und wenn das, was du vorhast, ausdrücklich verboten ist, wird dich schon jemand davon abhalten. Viel Spaß.«

Auf dem Weg nach unten ins Spielzimmer, wo ich nun eine Stunde lang die Bindung zu meinen potenziellen Stiefgeschwistern stärken soll, lasse ich das Gespräch Revue passieren. Statt einer bestimmten Aktivität nachgehen zu müssen, scheint es, als könnten wir tun und lassen, was wir wollen. Die meisten haben sich um den Billard- oder am Airhockey-Tisch versammelt. Ein paar Nachzügler kommen die Treppe auf der gegenüberliegenden Seite herunter, aber Madyson kann ich nirgendwo sehen.

»Hey, willst du was spielen?«, fragt Grady vom Sofa aus und deutet auf die beachtliche Videospielesammlung an der Wand. »Im Autorennen bin ich ziemlich gut.«

»Wir haben keinen Fernseher. Und die Konsolen haben sie bestimmt auch eingesammelt.«

Er blickt traurig drein. »Wie kommt's, dass wir mit niemandem draußen reden dürfen?«

»Das ist nun mal Teil der Show«, erwidere ich und wünschte, ich hätte mehr Erfahrung darin, mich mit kleineren Kindern zu unterhalten. »Sie wollen aus dem Ganzen eben ein großes Geheimnis machen.«

Ich kann nicht behaupten, dass ich es sonderlich schlimm finde, keinen Fernseher zu haben. Mit so vielen Leuten auf so engem Raum ist es auch so die komplette Reizüberflutung. Alle Gespräche vermischen sich zu einem einzigen Summen, durchzogen vom Aufeinanderschlagen der Billardkugeln und dem wummernden Bass aus den riesigen Lautsprechern der Stereoanlage. Die Luft ist viel zu warm. Sie riecht nach Stylingprodukten und Bodyspray.

»Hast du Connor gesehen?«, frage ich.

Grady deutet hinaus in den Garten. »Die meisten sind rausgegangen.«

»Danke.«

Ich beobachte, wie Klein Sabrina die Terrassentür aufschiebt und hinausschlüpft. Ich folge ihr und höre das leise Summen eines Rasierapparats. Als ich um die Ecke biege, sitzt dort Madyson auf einem Metallklappstuhl, während Ray versucht zu retten, was noch zu retten ist.

Ian umkreist sie, um jeden Blickwinkel zu erwischen.

Ich muss wohl überrascht dreinblicken, denn sie verzieht sofort das Gesicht.

»Sieht es okay aus?«, fragt sie.

»Ehrlich gesagt sieht es super aus.«

Connor steht mit einem Spiegel daneben und umkreist Madyson vorsichtig, um nicht mit Ian oder Ray zusammenzustoßen. Es sieht aus, als würden sie versuchen, ein Atom darzustellen.

Madyson seufzt. »Das sagst du jetzt nur so.«

Ich weiche den abrasierten Haarsträhnen aus, die von

197

der leichten Brise über den Terrassenboden geweht werden.

»Nein, wirklich. Du siehst hübsch aus«, bestätigt nun auch Connor. Dann bemerkt er Sabrina, die sich langsam nähert. »Wie findest du es, Sabrina?«

»Mir gefällt es!«

Connor hält den Spiegel in die Höhe und stellt sich vor Madyson.

»Sieh es dir an. Warte nur, bis Chelsea deine geile neue Frisur sieht.«

Ray haut Connor im Vorbeigehen mit dem Rasierapparat auf den Kopf, ohne den Blick von Madyson abzuwenden.

»Pass auf, wie du in Sabrinas Gegenwart redest«, sagt er, doch sein Tonfall klingt gelassen.

Connor hebt den Spiegel und tut, als würde er sich an derselben Stelle damit schlagen.

»Ups. Sorry.«

Wieder muss ich darüber nachdenken, was ich bereits über ihn weiß. Mir gefällt die Art, wie er lässig über sich selbst lacht. Ständig hält er anderen die Tür auf und stellt sicher, dass sich Sabrina und Grady nicht ausgeschlossen fühlen. Diese ungezwungene Freundlichkeit ... Ist sie echt? Wie soll ich das wissen, wenn Venti im Hintergrund die Fäden zieht?

Ray geht tiefer in die Knie, die Nase nur noch Zentimeter von Madysons Kopf entfernt, während er weiter an der Frisur feilt. Er richtet eine Haarklammer und schiebt die längeren Strähnen aus dem Weg, damit sie nicht unter den Rasierer geraten.

»Du hast Glück, dass es nur an der Seite ist«, murmelt

er. »Es ist doch gerade in, sich den halben Kopf zu rasieren. Aber den ganzen? Nicht wirklich.«

Doch Madyson wirkt nicht überzeugt. »Ich habe nur nicht mehr von dem Shampoo draufgemacht, weil es so gebrannt hat.«

»Du kannst von Glück reden, dass meine Mom einen Friseursalon hat«, meint Ray. »Sie hat mir das eine oder andere beigebracht. Und fünf Schwestern zu haben hat auch geholfen.« Er nimmt die Klammern heraus und bürstet die langen Haare durch. »So. Fertig. Du siehst super aus.«

»Habt ihr denn keine persönlichen Stylisten?«, frage ich.

Connor schüttelt den Kopf. »Wir sind auf uns allein gestellt.«

Madyson tätschelt sich den abrasierten Teil ihres Schädels.

»Ich habe immer noch das Gefühl, dass es hässlich aussieht.« Tränen steigen in ihr auf. »Ich will nicht, dass man mich so im Fernsehen sieht.«

»Es sieht aber nicht hässlich aus.« Ray schlägt die Hände an die Wangen und kreischt: »Seht mal alle her! Ist das etwa ein Supermodel? Billie Eilish?« Er tut, als würde er ein Foto von ihr machen. »T-Swift? Kriege ich ein Autogramm?«

Madysons Lachen klingt eher wie ein kehliges Seufzen. »Okay, okay. Ich glaube dir.«

Sabrina strahlt ihren Dad an, der das Lächeln erwidert.

»Ich kann es gar nicht erwarten, Grammy zu erzählen, dass du Haare geschnitten hast!«

Madyson atmet tief durch, steht auf und umarmt Ray mit einem Arm, ihr Gesicht gegen seinen Bauch gedrückt.

»Danke, dass du mir geholfen hast. Du hast deine Sache bestimmt gut gemacht.« An mich gewandt fügt sie hinzu: »Sag deiner Mom, dass Ray ein toller Typ ist.«

Ich stelle mir vor, wie Mom und Ray in angenehmer Stille nebeneinanderher joggen, sich eine Wasserflasche teilen und sich gegenseitig motivieren. Auch wenn Sam und Ian nicht erlauben, dass sie das Gelände verlassen, erwische ich die beiden immer wieder dabei, wie sie früh morgens ihre Runden durch den Garten drehen.

»Ich glaube, das weiß sie bereits.«

Plötzlich fällt mir ein, dass ich Sabrina am ersten Abend rauswählen wollte, weil ich sie zu introvertiert fand, und ich habe ein schlechtes Gewissen.

Connor legt den Spiegel auf einen der Tische. Ich gehe zu ihm und drehe der Kamera den Rücken zu, was Quatsch ist, da wir beide ein Mikro tragen.

»Ich vermute, du weißt alles über den Vorfall mit der Enthaarungscreme«, murmle ich.

»Wir dachten heute Morgen echt, es wäre etwas Schreckliches passiert«, erwidert er. »Madyson hat wie am Spieß geschrien. Sie hat uns drei Zimmer weiter aufgeweckt.«

»Das war definitiv Chelsea.«

Eigentlich hätte ich erwartet, dass er – ebenso wie Ella – widerspricht oder zumindest ein bisschen diplomatisch ist, doch er nickt.

»Das habe ich mir auch schon gedacht.«

Da ist sie wieder – diese Aufrichtigkeit. Irgendwie erinnert er mich ein bisschen an Sam, dem man seine Aufgeschlossenheit auch dann noch anmerkt, wenn andere schon längst die Krallen ausgefahren haben.

Er scharrt mit der Schuhspitze über den Betonboden, bevor er mich ansieht.

»Hast du Lust zu kickern?«

»Klar.« Ich deute auf seine Schlinge. »Geht das denn mit deinem Arm?«

»Na, na.« Connor wedelt mit dem Zeigefinger. »Wer weiß, vielleicht bin ich ja der einarmige Kicker-Weltmeister.«

Ich muss laut lachen. »Das stimmt natürlich. Ich habe ganz vergessen, dass ich es hier mit einem den Mount Everest erklimmenden Weltmeister im Eisbär-Armdrücken zu tun habe.«

»Ganz genau.« Er schnalzt mit der Zunge, senkt die Stimme und fügt mit gespieltem Ernst hinzu: »Vergiss das bloß nicht.«

Als wir wieder hineingehen, um die letzten Minuten mit der Gruppe zu verbringen, wird mir bewusst, dass Ray seine Zeit mit Mom geopfert hat, um hier bei uns zu sein. Dabei könnte er genauso gut oben bei den anderen Bewerbern sitzen, trinken und Party machen – oder was auch immer sie da in der Lounge so treiben.

Ich weiß nicht, ob er es aus reiner Nettigkeit getan hat oder weil er in dem ganzen Enthaarungscreme-Debakel nicht an Relevanz verlieren will. Ich hoffe, es ist Ersteres. Es muss doch jemand dabei sein, der nicht nur aus egoistischen Gründen hier ist. Jemand, der an die wahre Liebe glaubt. Manche Menschen sind leichter zu durchschauen als andere, zum Beispiel Chelsea, die ständig von ihrer

Karriere als Schauspielerin redet. Aber andere sind nicht so leicht zu entziffern.

Ich kann nur hoffen, dass wir nicht alle bloß hier sind, um berühmt zu werden. Dann wären wir nicht mehr als bezahlte Schauspieler, Schachfiguren der Produzenten. Doch sosehr ich auch versuche, mich davon zu überzeugen, dass ich meine eigenen Entscheidungen treffe – wenn ich Connor ansehe, frage ich mich, ob ich nicht genau das tue, was sie wollen.

Und sobald es langweilig wird, mischen sie die Karten neu. Alle reden nur noch über Chelsea und die Enthaarungscreme.

Beichte: Sollte Chelsea meine Stiefschwester werden, könnte ich ihr trotzdem niemals verzeihen, was sie Madyson angetan hat. Und ich würde ihr ganz sicher nicht mit meinen Sachen trauen. Ich weiß, es ist bestimmt schwer, bei so vielen Teilnehmenden herauszustechen, aber so macht man das nicht.

Als es Nachmittag geworden ist, bin ich schließlich so weit, dass ich Chelsea am liebsten in einen Sack stopfen und im Golf von Mexiko versenken würde. Mom und ich sitzen an der Küchentheke im Gästehaus, um uns zu besprechen. Ich bin müde und merke, dass sie auch erschöpft ist.

»Zu viel Wein«, murmelt sie und drückt sich die Handballen gegen die Stirn. »Die Männer haben mich ständig gefragt, ob ich noch einen Drink möchte. Ich glaube, sie denken, sie könnten damit das Eis brechen.«

Ich stehe auf und hole ihr ein Glas Wasser. Im Badezimmer finde ich eine kleine Dose mit Schmerztabletten. Ich schüttle sie wie eine pharmazeutische Rassel.

»Willst du eine?«

»Ich will vier.«

Mit zusammengekniffenen Augen lese ich die Dosierungsanleitung und gebe ihr zwei. Ihre Leber leidet auch so schon genug.

»Du kannst auch Nein sagen, wenn du keinen Wein mehr willst.«

»Ich wollte nicht unhöflich sein.«

»Es ist deine Show, Mom.«

Sie gibt nur ein Grunzen von sich, das mich nicht unbedingt mit Mut erfüllt. Wir sind nicht hergekommen, damit sie in die nächste beschissene Beziehung schlittert. Am liebsten würde ich ihr das sagen, aber sie bekommt ohnehin täglich Kopfschmerzen, wenn sie das Wort »Scheidung« hört – und ganz besonders, wenn es ihr sowieso schon nicht gut geht.

»Wir sollten uns überlegen, wen wir heute Abend rauswerfen«, erinnere ich sie stattdessen.

»Gute Idee.«

Ich hole einen Stift und eine Kopie von der Bewerberliste. Mom kreuzt die Gesichter und Namen derjenigen durch, die schon raus sind.

»›Brad und Chelsea‹, ›Ray und Sabrina‹ und ›Cole und Grady‹ sind meine Topfavoriten.« Sie malt Sterne um die jeweiligen Fotos und fügt ›Edgar und Madyson‹ und ›AJ und Ella‹ hinzu, als ich ihr meine Wahl nenne.

»Was hältst du von Charles?«, frage ich so gelassen wie möglich. »Bei der Poolparty hat es so gewirkt, als hättest du dich gefreut, ihn zu sehen.«

»Oh.« Sie tippt sich mit dem Zeigefinger an die rechte Schläfe und überlegt. »Ähm, ja, er wirkt … stabil. Er ist nicht so übertrieben wie manch anderer. Wenn du willst, behalten wir ihn.«

»Es wäre auch viel zu einfach, wenn wir die gleichen Leute mögen würden, oder?« Wenn ich mir die Liste anschaue, sind Ray und Sabrina die einzige Überschneidung, auch wenn ich nichts gegen Cole und Grady einzuwenden habe.

»Ich bin kein großer Fan von Madyson«, gesteht Mom. »Brad hat gemeint, sie habe einen Streit angefangen und Chelseas Haare ruiniert.«

»Das stimmt überhaupt nicht. Ich war dabei.«

Mom blickt verdutzt drein und zuckt mit den Achseln. »Vielleicht meinte er etwas anderes. Ich glaube einfach nicht, dass dieses Mädchen etwas Gemeines in sich hat. Bisher war sie nur nett und hilfsbereit. Außerdem hat sie mir schon jede Menge Tipps gegeben.«

Ich schmiege mich an sie und mache meinen besten Schmollmund.

»Du solltest dir lieber Gedanken um die Väter machen, die Kinder übernehme ich. Und ich sage dir, Chelsea ist böse.«

»Das glaube ich einfach nicht«, erwidert sie nun lauter. »Und ich … ich mag Brad. Er versteht, dass ich nicht für immer und ewig ohne Entwicklungschancen im Fitnessstudio festhängen will.«

»Aber dass sie dir ständig Tipps gibt, weil sie sich für etwas Besseres hält, hat nichts mit Nettigkeit zu tun.«

»Es war deine Idee, dass wir zuerst die Leute rauswählen, die wir beide nicht wollen, bevor wir über den Rest diskutieren«, erinnert mich Mom. »Ich will Chelsea und Brad behalten. Punkt.«

Ich winke in die Kamera, unser inoffizielles Zeichen dafür, dass wir mit Sam oder einem der Produzenten sprechen wollen.

»Hör mal, ich würde mir gern vor der Sweetheart-Zeremonie die Beichten von Brad und Chelsea ansehen. Bitte, Mom. Für mich. Ich sage dir, sie ist hinterlistig.«

Mom seufzt übertrieben. »Na schön.«

Wenige Minuten später erscheint Sam mit einem hellgelben Smoothie, der mich an Dads lächerliche Kreationen an seiner Saftbar erinnert. Er schiebt ihn Mom über die Küchentheke zu.

»Was ist das?«, fragt sie und beäugt misstrauisch den Strohhalm.

»Ich habe dir ein … ähm, Bananending gemacht. Kalium soll bei einem Kater helfen. Ich dachte, das würde dir vielleicht guttun.« Er deutet auf das Mikrofon, das an ihrem Hüftgurt baumelt. »Sorry. Ich war gerade bei den Produzenten, als ihr euch unterhalten habt.«

Vorsichtig nimmt sie einen Schluck, bevor sie beschließt, dass es schmeckt.

»Danke. Normalerweise trinke ich nicht so viel. Ist wohl ein bisschen ausgeufert.«

Bevor sie noch einschläft oder umfällt, stoße ich Sam an, damit er uns die Beichten zeigt. Zuerst zeigt er Mom die von Brad im Schlafzimmer, dann kriege ich die von Chelsea an der Küchentheke zu sehen.

»Ihr dürft sie aber nicht alle sehen, nur die von dieser Episode«, erklärt er.

»Okay.«

Beichte, Chelsea 2: Ich bin nicht böse wegen der Sache bei der Poolparty. Ich war nur wütend, weil ich so viel Zeit und Mühe in mein Aussehen investiert habe. Wie ihr wisst, bin ich Schauspielerin. Ich kann nicht zulassen, dass mein Haar grundlos nass wird. Es ist sehr empfindlich. Ich benutze jede Menge Produkte, aber keine Enthaarungscreme. Das ist echt mutig. Nur zu, Madyson. Ein Punkt für dich für Einfallsreichtum.

Ich atme tief ein, lasse frustriert quietschend die Luft raus und klinge dabei wie ein Tier vom Bauernhof. Als ich die Faust auf den Tresen donnere, zieht Sam schnell sein Tablet weg.

»Ich habe dir doch gesagt, dass da nichts ist«, bekräftigt Mom, nachdem wir uns wieder zusammengefunden haben, um die wichtigsten Punkte auszutauschen. »Brads Beichte war noch ganz frisch, und er hat keine Ahnung, was es mit dieser ganzen Enthaarungscremegeschichte auf sich hat.«

»Chelsea hat quasi gestanden! Sie war total schadenfroh.« Ich winke Sam herbei. »Zeig es ihr!«

»Das geht nicht«, erwidert er und drückt das Tablet an seine Brust, als könnte ich es ihm klauen. »Chelseas Beichte darf ich nur dir zeigen. So sind die Regeln.«

Mom setzt sich wieder auf ihren Stuhl. Dann stützt sie einen Ellbogen auf die Küchentheke und legt die Stirn in eine Handfläche.

»Hat Chelsea denn offen zugegeben, dass sie es getan hat, oder ist das nur deine Interpretation?«

»Sie hat es nicht gesagt, aber …«

»Dann hast du sie vielleicht falsch verstanden. Ich will jetzt nicht mehr darüber reden, Cara.«

Ich wünschte, ich könnte das Video später Connor zeigen, aber im Gegensatz zu Mom wird er mir wahrscheinlich auch so glauben. Das mulmige Gefühl, das sich in meinem Magen ausbreitet, hat nichts mit den unregelmäßigen Mahlzeiten hier zu tun. Es kommt eher daher, dass ich mich frage, seit wann mein Wort bei Mom nicht mehr zählt.

»Na schön. Dann bleiben sie eben. Aber ich habe trotzdem das Recht, mich darüber zu beschweren.«

Meine Hasstirade zieht sich durch Haare und Makeup, über das Ankleiden bis zu unserem Fußmarsch zum Haupthaus. Ich schimpfe so lange vor mich hin, bis Danny Romano auftaucht, um sich für die Sweetheart-Zeremonie vorzubereiten.

Wir müssen unsere Entscheidung noch mit den Produzenten besprechen, aber bisher scheinen sie mit unserer Intuition zufrieden zu sein. Heute muss Nicolas gehen, der von sich selbst immer in der dritten Person spricht und sich nur über Politik unterhalten will. Er ist eine rauere Version von Brad, der wenigstens so tut, als würde er sich dafür interessieren, was Mom zu sagen hat. Es ist mir ein wenig peinlich zuzugeben, dass ich über Nicolas' Tochter rein gar nichts weiß.

Inzwischen habe ich mich so sehr daran gewöhnt, ständig von Kameras umzingelt zu sein, dass ich mich schon fast langweile, als Danny Romano seinen auswendig gelernten Text herunterrattert.

»Julia und Cara, wen habt ihr heute ausgewählt? Wer muss heute gehen?«

Nicht Brad und Chelsea, das ist die Antwort. Nicht Brad und Chelsea.

Kapitel 17

Nach unserer letzten Diskussion ist mir klar geworden: Ich kann Mom ohne konkrete Beweise nicht davon überzeugen, dass die beiden zwielichtig sind. Also warte ich ab und hoffe, dass ich Connor demnächst allein erwische, um ihm zu erzählen, was ich seit unserem letzten Gespräch herausgefunden habe. Das ist mit so vielen Kandidaten im Haus aber leichter gesagt als getan.

Als er sich entschuldigt, um zur Toilette zu gehen, fange ich ihn ab. Mit einem Handzeichen gebe ich ihm zu verstehen, dass er mir folgen soll, und führe ihn zu irgendeiner Tür auf der anderen Seite des Hauses. Wir betreten eine kleine Bibliothek mit in die Wand eingelassenen Regalen, in denen muffige Enzyklopädien stehen.

Ich versuche, nicht darüber nachzudenken, dass ich gerade zum ersten Mal mit Connor allein bin. Dass er direkt vor mir steht.

Er niest, zieht die Nase kraus und niest drei weitere Male schnell hintereinander.

»Sorry, das ist meine Allergie. Ich bin wohl nicht besonders gut im Herumschleichen.« Er wirft einen Blick in Richtung Esszimmer, in dem die Kandidaten wild umherlaufen, dann sieht er zur nächsten Kamera. »Das haben sie jetzt bestimmt gehört.«

Missmutig beäuge ich die dicke Staubschicht und die toten Käfer auf den Fensterbänken.

»Ich mache es kurz.« Ich fasse Chelseas Beichte für ihn zusammen. »Ich glaube, ich habe auch schon eine Idee, wie ich beweisen kann, dass sie schuldig ist.«

»Ich bin dabei«, sagt er wie vermutet. »Ich will nicht mit jemandem im selben Haus leben, der Enthaarungscreme in Shampooflaschen füllt.«

»Heute stehen Aktivitäten auf dem Plan, bei denen wir uns aussuchen dürfen, mit wem wir Zeit verbringen wollen. Ich lade dich ein, und ich weiß, dass Mom Brad einladen wird.« Ich reibe mir die Hände. »Ich versuche schon die ganze Zeit, Mom davon zu überzeugen, dass sie die beiden rauswirft, aber sie mag Brad. Ich muss sie irgendwie dazu kriegen, ihre Meinung zu ändern. Wenn wir doch nur in Brads und Chelseas Zimmer kämen, dann könnten wir ein wenig herumschnüffeln.«

»Wie sollen wir da reinkommen, wenn die Türen abgeschlossen sind? Und was, wenn Chelsea im Zimmer ist? Wir brauchen ein Ablenkungsmanöver.« Connor klopft mit dem Fingernagel auf der Plastikschnalle seiner Armschlinge herum. »Ich bezweifle ja nicht, dass du gut bist im Pläneschmieden …«

»Das solltest du auch nicht«, unterbreche ich ihn. »Ich bin nämlich Skorpion.«

»Aber gibt es nicht zu viele bewegliche Teile für uns beide alleine?«

»Da ist was dran.« Ich erinnere mich, dass Venti gesagt hat, ich könne tun und lassen, was ich wolle, also gehe ich davon aus, dass ich auch ein Türschloss aufbrechen darf. Aber vielleicht muss ich das gar nicht. »Lass mich zuerst eine Theorie prüfen. Die Aktivitäten beginnen in zwei Stunden. Treffen wir uns unten?«

Ich überkreuze die Finger, denn mir ist klar, dass der Plan auf eine Million Arten schieflaufen könnte. Aber ich kann nicht einfach tatenlos zusehen, wie Mom weiter auf Brad und Chelsea hereinfällt.

Während ich auf der Suche nach Venti den Flur entlangeile, wird mir immer mehr bewusst, dass das hier kein Spiel mehr ist.

Cara Hawns Geheimplan, der bestimmt nach hinten losgeht

Schritt 1: Süßen Verbündeten rekrutieren.

Schritt 2: Die Produzenten davon überzeugen, dass ich etwas richtig Tolles vorhabe, das Einbruch, Herumschnüffeln und Revanche beinhaltet.

Schritt 3: Venti bitten, Chelsea abzulenken.

Schritt 4: Von Venti den Schlüssel zu Brads und Chelseas Zimmer bekommen.

Schritt 5: Einbrechen.

Schritt 6: Vernichtendes Beweismaterial finden.

Schritt 7: Es Mom zeigen und lachen, wenn Chelsea endlich rausfliegt.

Ich war mir nicht mal sicher, ob ich überhaupt Schritt eins schaffen würde, aber Venti war entzückt zu hören, dass ich die Sache nicht ruhen lassen will. Allerdings muss ich zugeben, dass ich nicht weiß, ob ich mich tatsächlich trauen würde, Brad und Chelsea auszuspionieren, wenn Connor mich nicht begleiten würde. Er hat irgendetwas an sich, das mir ein sicheres Gefühl gibt.

Beichte: Chelsea hält sich ja für so klug. Mal sehen, wie sie es findet, wenn jemand anderes anfängt, unfair zu spielen.

Zehn Minuten bevor ich mich mit Connor treffen soll, versuche ich, Mom so unauffällig wie möglich aus dem Gästehaus zu kriegen. Nachdem ich sicher weiß, dass sie sich mit Brad trifft, befülle ich ihr eine Wasserflasche und stelle sie auf die Küchentheke.

»Viel Spaß!«

Ich warte, bis sie die Hälfte des Wegs erreicht hat, bevor ich ebenfalls zum Haus gehe und durch die Terrassentüren in das Esszimmer schlüpfe, in dem wir immer frühstücken. Von hier aus biege ich scharf ab und gehe die Treppe zum Spielzimmer hinunter, wo Connor bereits in einem Sessel sitzt.

»Hey«, sage ich und lasse mich aufs Sofa plumpsen. »Danke, dass du gekommen bist.«

»Und? Was hast du dir nach dem Frühstück einfallen lassen?«

»Ich habe mit Venti gesprochen und …«

»Warte mal«, unterbricht mich Connor. »Wer ist Venti?«

»Oh, ähm … Der Produzent. Ich habe ihnen Spitznamen gegeben, weil sie alle Mike heißen. Und er ist der größte Mike. Daher der Name Venti.« Ich schüttle den Kopf, bevor ich zu sehr vom Thema abkomme. »Jedenfalls hat er gemeint, er würde dafür sorgen, dass Chelsea beschäftigt ist, während wir herumschnüffeln.«

»Gut gemacht. Hätte ich mir besser einen schwarzen Rollkragenpullover anziehen und eine Augenbinde umlegen sollen?«, fragt Connor und summt die ausgedachte Titelmelodie einer Geheimagentenserie. »Die Enthaarungscremespione in geheimer Mission.«

Ich lache. »Ich stelle mir gerade vor, wie du eine Bank oder so ausraubst, während du diese Melodie summst, und dabei erwischt wirst.«

»Ja, und wer weiß? Vielleicht hast du meine Albernheiten ja für immer an der Backe.«

Mein Lachen verwandelt sich in ein panisches Kichern, doch dann wird mir bewusst, dass er davon redet, dass unsere Eltern vielleicht heiraten könnten. Nicht von uns. Er meint doch unsere Eltern, oder?

»Mom und ich sind quasi die Königinnen der Albernheiten.«

»Damit kann ich leben.«

Plötzlich wird mir bewusst, dass wir wieder allein sind. Die verschiedensten Gedanken schießen mir ungeordnet durch den Kopf und zeichnen ein Mengendiagramm von Connor Dingeldein. Sein Haar ist frisch gekämmt – weil wir uns verabredet haben? Hat er sich für den Sessel entschieden, um nicht neben mir sitzen zu müssen? Tut er nur, was Venti von ihm verlangt? Oder mag er mich tatsächlich?

Ich atme tief durch, um mich besser konzentrieren zu können.

»Okay. Wir haben ein bisschen Zeitdruck. Hier ist die Kurzversion.« Ich fasse alles so gut wie möglich zusammen. »Moms Yogadate dauert eine Stunde, was bedeutet, dass wir mindestens zwanzig Minuten haben sollten, um in Brads und Chelseas Zimmer herumzuschnüffeln und unsere Spuren anschließend wieder zu verwischen.«

»Klingt gut. Bereit, wenn du es bist.« Connor steht auf und hält mir seine Hand hin, um mir aufzuhelfen. Meine Finger drücken sich in seine weiche Handfläche, und unsere Zehen sind nur noch wenige Zentimeter voneinander entfernt. »Damit hätte ich nicht gerechnet, als mein Dad gemeint hat, wir würden bei der Show mitmachen.«

Er hält immer noch meine Hand, als würde er darüber nachdenken, mir einen Handkuss zu geben. Oder einen richtigen Kuss. Vielleicht. Aber ich will nicht, dass er mich küsst, wenn alles nur gespielt ist.

»Ist es besser oder schlimmer als erwartet?«

»Besser. Ich hatte Angst, dass ich nichts mit dir gemeinsam habe. Sie haben uns alles über euch erzählt, aber es wirkte nie real, bis … ich dich am ersten Abend gesehen habe.«

»Und dann?«, frage ich gespannt. Dabei hoffe ich inständig, ich klinge ein wenig verführerisch und er hört nicht, wie schwer ich atme.

»Du hast wunderschön und perfekt ausgesehen. Genau so, wie ich es mir vorgestellt habe. Aber ich wusste nicht, ob irgendetwas davon echt ist. Ich hatte Angst, dass du nur eine erfundene Figur sein könntest.«

Ich seufze vor Erleichterung. »Ich habe genau das Gleiche gedacht. Wie viel davon ist echt, wenn sich die Produzenten so viel einmischen? Manchmal weiß ich nicht mal mehr, was meine eigenen Gedanken sind, weil sie immer Öl ins Feuer gießen.«

»Genau!« Connor drückt meine Hand ein wenig fester. »Geht mir genauso. Ständig fragen sie mich nach dir.«

»Schön zu wissen, dass es dir genauso geht, doch nun zurück zu dem Thema, dass ich schön und perfekt bin.« Ich lache aufgesetzt, um klarzustellen, dass ich nur Spaß mache. Zumindest ein bisschen. »Aber wir sollten jetzt wirklich los, bevor wir noch mehr Zeit verlieren.«

»Sie war aber nicht verloren«, erwidert er und hakt für einen Herzschlag seinen kleinen Finger in meinen, als sich unsere Hände voneinander lösen. »Ich bin froh zu wissen, dass nicht alles nur Show ist, auch wenn sie langsam anfangen, unsere Gehirne zu manipulieren.«

Ich beiße mir auf die Unterlippe und deute vage in Richtung oberer Stock.

»Manchmal wünsche ich mir, ich könnte alles und jeden um mich herum ausblenden.«

»Du kannst nichts dafür.«

Ich bin froh, dass Connor versteht, wie es ist, wenn sich die Produzenten ständig einmischen, und dass es einen ganz schön verwirren kann. Vielleicht ist das alles geplant. Aber vielleicht ist es auch echt. Vielleicht ist es egal. Ich weiß nur, dass ich mich durch Connor wie eine Prinzessin, eine Marionette und eine Närrin zugleich fühle. Und verdammt, ich liebe es!

Kapitel 18

Kurz darauf erreichen wir das obere Stockwerk und versuchen, uns so normal wie möglich zu verhalten. Als klar wird, dass sonst niemand hier ist, steigen wir weiter die Haupttreppe hinauf und biegen in den kürzeren Teil des Flurs ein. Überall hängen Kameras, aber ich muss gestehen, es überrascht mich, dass Ian und seine Crew nicht schon längst hier sind, um uns zu folgen. Nun, ich will mich nicht beschweren. Nichts in diesem Haus zieht so viel Aufmerksamkeit auf sich wie Ian, der gerade die Person filmt, die im Rampenlicht steht.

An der Ecke bleibe ich stehen und blicke mich um, bevor ich weitergehe. Ich klopfe an die dritte Tür von links und warte. Keine Antwort.

»Das ist es.«

Ich erinnere mich daran, wie Sam erzählt hat, dass das Haus mal ein kleines Hotel war, daher ergibt der Grundriss Sinn. Ich wünschte nur, das Zimmer wäre ein bisschen abgelegener. Ich strecke die Hand aus, um die Karte durchzuziehen, doch in dem Moment erklingen auf der Treppe Stimmen.

Venti hat mir versichert, dass die anderen Kandidaten draußen am Pool sind oder in der Lounge Cocktails trinken, aber vielleicht hat sich jemand davongeschlichen. Es gibt keine Fluchtmöglichkeit. Wir sind hier in einer Sackgasse.

»Hey«, ruft Ella, als sie um die Ecke biegt. »Was macht ihr denn hier oben?«

Kurz darauf taucht Sabrina neben ihr auf. In einer Hand hält sie einen kaputten Flipflop, der andere ist immer noch an ihrem rechten Fuß.

»Wir, ähm, wir …« Ich finde Sabrina echt niedlich, aber ich weiß, dass kleine Kinder auch gern mal etwas ausplaudern. Ich deute mit dem Kopf auf Brads Tür und werfe Ella einen durchdringenden Blick zu. »Wir überprüfen … Situationen.«

»Oh!« Ella nickt und schiebt Sabrina an uns vorbei zum Nachbarzimmer. Während Sabrina hineingeht, um sich ein anderes Paar Schuhe zu holen, bleibt Ella im Türrahmen stehen. »Ich habe Chelsea eben draußen gesehen. Sollen wir Wache stehen? Wir können für eine Weile hier oben bleiben.«

Kurz verschlägt es mir die Sprache. Ich habe Ella schon immer gemocht, aber als wir uns vorhin darüber unterhalten haben, hatte ich nicht unbedingt den Eindruck, dass sie auf Madysons Seite ist.

Sie scheint meine Verwirrung zu bemerken, denn sie fügt hinzu: »Sorry, dass ich dich so habe abblitzen lassen; ich wollte nur nicht in das Drama hineingezogen werden. Aber inzwischen verstehe ich genau, was du mit Chelsea meinst.«

Kurz denke ich darüber nach.

»Ja, ehrlich gesagt wäre es schon eine große Hilfe, wenn jemand Wache stehen würde«, sage ich dann und sehe Connor an, um zu überprüfen, ob er Einwände hat. Doch er zuckt nur mit den Achseln. »Wir beeilen uns.«

Connor und ich schlüpfen in das Zimmer. Die Tür lasse ich einen Spaltbreit offen, für den Fall, dass Ella oder Sabrina uns warnen müssen.

Der Raum ist ziemlich groß, aber nichts im Vergleich zu meiner Unterkunft im Gästehaus. Ich beginne mit der Kommode und ziehe die Schubladen voller gefalteter Klamotten auf. Allerdings beäuge ich sie nur aus sicherer Entfernung, denn ich will nicht in Chelseas Unterwäsche wühlen.

»Wenn Chelsea die ganze Kommode blockiert, hat Brad bestimmt den Kleiderschrank«, raunt Connor und schiebt eine der Spiegeltüren auf. »Ich fange hier an.«

Ich gehe in die Hocke, um unter den Möbeln nachzusehen, doch die Bettrahmen liegen direkt auf dem Fußboden auf. Brads Seite des Zimmers ist so fein säuberlich geordnet, wie es wahrscheinlich nur seine Tochter vermag. Seine Schuhe sind an der Wand nach Farben sortiert, die Münzen auf dem Nachttisch nach ihrem Wert gestapelt. Als ich die Schublade öffne, überrascht es mich nicht, darin einen Kulturbeutel und den sorgfältig gefalteten Reiseplan zu entdecken.

»Bisher habe ich nichts gefunden«, flüstere ich Connor über die Schulter zu.

»Ich auch nicht«, wispert er zurück. »Hier drin ist überhaupt nichts Persönliches. Nur Klamotten.«

Als Nächstes geht er ins Bad und kniet sich hin, um die Sachen auf der Badewannenablage zu begutachten. Ich höre, wie er das Wasser am Waschbecken aufdreht.

Ich taste Chelseas Bettdecke ab und schüttle ihre Schuhe aus, doch nichts.

»Ich weiß nicht mal, wie Enthaarungscreme überhaupt aussieht«, gesteht Connor, als er kurz darauf aus dem Badezimmer kommt. »Ich habe nur normales Shampoo gefunden. Ich habe es sogar auf meiner Haut getestet und alles.«

»Das war wohl ein Reinfall.« Ich weiß nicht, was ich eigentlich finden wollte, als ich den Plan geschmiedet habe. Vielleicht ein verräterisches Foto oder einen Tagebucheintrag, irgendeinen Beweis, um Mom von Brad wegzulocken und Chelsea als die Täterin im Enthaarungscremedebakel zu entlarven. Das wäre vielleicht einfacher, wenn Brads Handy nicht zusammen mit allen anderen elektronischen Geräten weggesperrt wäre.

Das plötzliche Knarzen des Fußbodens draußen ist der einzige Hinweis, dass sich jemand nähert. Kurz darauf stürmen Sabrina und Ella zur Tür herein und winken panisch.

»Sie kommen!«

Die beiden versuchen, wieder hinauszurennen, doch es ist zu spät. Sabrina quetscht sich durch einen Spalt in den Kleiderschrank, obwohl sie gar nicht weiß, worauf sie landen wird.

Der Rest von uns starrt sich entsetzt und mit weit aufgerissenen Augen an. Wir stürmen in Richtung Badezimmer, doch ich komme nur zwei Schritte weit, bevor Brad hereinkommt und verwirrt dreinblickt.

»Was macht ihr denn hier?«, fragt er, als er uns entdeckt.

Ich höre ein Kichern hinter ihm. »Mit wem redest du da?« Zwei schlanke Hände legen sich um Brads Nacken und drücken seine Schultern.

Als Brad einen Schritt nach vorn macht, wird die Horrorstory nur noch schlimmer. Die Hände verschwinden, und Mom tritt in Erscheinung.

»Mom? Was machst *du* denn hier?«

»Cara?«

»Das ist Brads Zimmer!«

Sie packt den Ärmel seines feuchtigkeitsabweisenden Poloshirts und schüttelt ihn. *»Und das ist Brad.«*

»Und warum bist du hier?«, frage ich mit immer schriller werdender Stimme. »Will ich überhaupt wissen, was du hier zu suchen hast?« Ich wende mich Connor zu, schließe die Augen und murmle: »Oh Gott, wie ekelhaft. Bitte, bringt mich einfach um. Das passiert gerade nicht wirklich.«

Obwohl wir schon zu sechst im Zimmer sind, schafft es Ian irgendwie, sich durch die Tür zu quetschen. Er kniet sich auf Chelseas Bett, während der Rest der Crew versucht, ein Mikrofon ins Zimmer zu halten, ohne einem von uns ein Auge auszustechen.

Mom macht einen Schritt nach vorn. An der Art, wie sie den Mund verzieht, erkenne ich, dass sie in mütterlicher Rage ist. Wären wir zu Hause, würde ich jetzt zu Vanessa flüchten.

»Cara Laraine Hawn. Ich hoffe doch sehr, dass du nicht in seine Privatsphäre eingedrungen bist und seine persönlichen Sachen durchwühlt hast, um einen Beweis für deine Verschwörungstheorien zu finden!«

»Welche Verschwörungstheorien?«, fragt Brad.

»Sie glaubt, dass Chelsea dem anderen Mädchen Enthaarungscreme ins Shampoo getan hat. Wir können später darüber reden.« Im Gegensatz zu Dad habe ich nie Angst vor Mom, aber ich fühle mich, als wäre ich nur noch maximal fünf Zentimeter groß. Sie streckt mir den Zeigefinger entgegen, sodass er fast meine Nase berührt, und richtet ihn dann auf Brad. »Du ... entschuldigst ... dich ... gefälligst. UND ZWAR SOFORT, JUNGE DAME. UND ICH HOFFE, DAS WIRD IM FERNSEHEN AUSGESTRAHLT, DAMIT JEDER SIEHT, WIE GEMEIN DU BIST!«

»Ihr dürft nicht übers Fernsehen reden!«, ruft jemand aus dem Flur.

Ich lehne mich nach links und sehe Tall und Grande, die gerade die Haupttreppe hochgekommen sind und exakt gleich grinsen.

Da dämmert es mir. Mom und Brad. Auf seinem Zimmer. Ian, der sofort da war. Tall und Grande, die so arrogant grinsen. Sogar Sam ist da und sieht überallhin, nur nicht zu mir.

Venti hat das alles eingefädelt.

Connor muss denselben Schluss gezogen haben. Oder er hat einfach nur fürchterliche Angst vor Mom, denn er tritt hinter mich und flüstert: »Oh Scheiße.«

Mom wirbelt zu Tall und Grande herum. Ihre Nasenflügel blähen sich wie bei einem feuerspeienden Drachen.

»ICH BRAUCHE VON EUCH KEINE ERZIEHUNGSTIPPS. VIELEN DANK, MIKE UND ANDERER MIKE.«

»Sorry!«

»Ebenfalls sorry!«

Ich versuche, einen Schritt nach vorn zu machen, doch Connor packt mich hinten am Shirt und zieht mich zurück. Dann legt er die Finger um mein Handgelenk, und ich bekomme Gänsehaut – entweder von der Wärme seiner Hand oder aus Todesangst. Oder wegen beidem.

»Warte«, presst er so leise durch die Zähne, dass ich es mir auch eingebildet haben könnte. Doch das habe ich nicht.

Denn nur einen Moment später sehe ich, was er schon längst gesehen hat: Sabrinas Kopf, der sich durch den Spalt im Schrank drückt.

»Warum schreien denn alle so?« Sie fängt an zu weinen, und die Tränen laufen wie dicke Sommerregentropfen über ihre Wangen. »Ist das Spiel vorbei?«

»Welches Spiel?«, fragt Mom und dreht sich im Kreis.

»Wir haben ein Spiel gespielt«, platzt Ella, die Klügste von uns, heraus. »Verstecken.«

Mom richtet ihren allwissenden, telepathischen, gedankenlesenden Mutterblick auf mich.

»Stimmt das?«, fragt sie.

Ich habe keine Zeit, darüber nachzudenken, was dieser Moment hier bedeutet. Ich kann nur meinem Bauchgefühl folgen. Und mein Bauchgefühl sagt: »Ja.«

»Wie seid ihr hier reingekommen?«, fragt Brad, der nicht sehr überzeugt wirkt.

Ich halte die Schlüsselkarte in die Höhe, bedecke aber den Großteil mit der Hand, damit keiner sieht, dass sie nicht beschriftet ist.

»Ich habe den Generalschlüssel aus dem Produktionsbüro geklaut, als sie die Tür offen gelassen haben.« Innerlich verziehe ich das Gesicht, denn das ist eine wirklich schlechte Ausrede.

Alle erstarren zu Salzsäulen und wissen nicht, was sie

als Nächstes tun sollen. Ian quetscht sich zwischen uns. Mom funkelt mich immer noch böse an.

»In dem Fall tut es mir leid, dass ich dich wegen Chelsea angeschrien habe. Aber du kannst trotzdem nicht einfach in die Zimmer anderer Leute einbrechen.«

Das Einzige, was jetzt zählt, ist, dass Tall und Grande nichts sagen. Sie wissen, dass sie mich nicht verpetzen können, ohne sich selbst zu verraten.

Endlich beschließt Mom, mich nicht aufzufressen. Ich hebe Sabrina hoch und tue so, als würde ich sie trösten, obwohl sie viel zu schwer ist, um sie sonderlich lange zu tragen.

Als ich an Brad vorbeigehe, lehnt er sich so nahe zu mir, dass ich das Wintergrün in seinem Aftershave riechen kann. Seine blauen Augen funkeln mich misstrauisch an.

»Wenn du das nächste Mal beschließt, in meinen Sachen herumzuwühlen«, zischt er mir ins Ohr, »vergiss nicht, die Nachttischschublade richtig zuzumachen.«

Mein Kopf schnellt herum, um zu überprüfen, was mir trotz aller Vorsicht entgangen ist. Die Schublade ist zu. Aber ich habe hingesehen.

Ich habe hingesehen.

Kapitel 19

Als wäre der heutige Tag nicht sowieso schon eine Vollkatastrophe, müssen wir auch langsam über die Sweetheart-Zeremonie morgen sprechen. Brad und Chelsea will ich in meinem ganzen Leben niemals wiedersehen, aber Mom betont immer wieder, dass es noch einige andere Bewerber gibt, die uns überhaupt nicht interessieren und deshalb zuerst gehen sollten.

Selbst nachdem sich Angela, Val und die anderen Stylisten verabschiedet haben und die Hälfte der Teilnehmer nach oben gegangen ist, kann ich immer noch nicht ins Bett, weil Venti reden will. Als er mich nach meinen Gefühlen fragt, muss ich nicht lange überlegen, um genau zu wissen, was ich sagen will.

Beichte: Die Produzenten dieser Show sind hinterhältige Verräter. Ich sage heute nichts mehr. Versuch's also erst gar nicht.

Beichte: Ich bin so froh, dass Connor dabei war. Und hätten Sabrina und Ella nicht so schnell reagiert, wäre auf jeden Fall herausgekommen, dass ich Brad und Chelsea tatsächlich ausspioniert habe. Es nervt mich, dass ich keinen Beweis dafür gefunden habe, dass Chelsea die Enthaarungscreme in Madysons Shampooflasche gefüllt hat, aber ich weiß, dass es irgendwo einen

geben muss. Ich traue ihr nicht. Und Brad traut mir nicht. Das wird mir langsam alles zu viel. Aber dann wiederum hat Connor heute meine Hand gehalten, von daher war es keine Vollkatastrophe.

Als ich zurückkomme, herrscht in meinem Zimmer das absolute Chaos. Die Dekokissen liegen überall auf dem Boden zerstreut, die Bezüge sind offen und umgestülpt. Meine Kommode ist kurz davor, nach vorn zu kippen, weil alle Schubladen aufgezogen sind. Der Rest des Gästehauses ist unberührt, die Aktion war also eindeutig gegen mich gerichtet.

»Wie lange bist du schon hier?«, frage ich Mom, als ich das Wohnzimmer betrete. Mein Kopf hämmert so heftig, dass ich das Gefühl habe, mir fallen gleich die Augen raus.

Sie blickt von ihrer Zeitschrift auf, die sie am Flughafen gekauft und bestimmt schon sechshundertmal gelesen hat, da sie das einzige Medium ist, das wir behalten durften.

»Ungefähr seit einer halben Stunde. Ich habe mich noch in der Lounge mit Cole und Edgar auf einen Drink getroffen, und dann hatten wir noch ein Interview mit Danny Romano. Warum?«

»Waren Brad und Chelsea hier?«

»Weiß ich nicht. Warum? Was ist los?«

Ich drehe mich zur Küchentheke um, an der Sam sitzt und versucht, etwas mit einem Eingabestift, der nicht mitzuspielen scheint, auf seinem Tablet zu notieren.

»Was ist mit dir, Sam?«

Mehrmals öffnet und schließt er den Mund. »Ich kann nicht, ähm, ich kann nicht … Ich bin gar nicht hier. Ich meine, doch, bin ich, aber ich bin nicht *hier*.«

Am liebsten wäre ich sauer auf ihn, weil er mir nicht gesagt hat, dass Venti mir eine Falle stellen will, aber ich weiß, dass er sowieso nicht viel zu melden hat. Ist ja klar, dass einer der wenigen Menschen, denen ich noch traue, die halbe Zeit nicht offen mit mir sprechen darf.

»Sieh es dir selbst an.« Ich deute in Richtung meines Zimmers und folge Mom, während sie die Zerstörung begutachtet. Sie kann den Raum nicht einmal betreten, ohne auf irgendetwas draufzutreten. Es sieht aus wie nach einer wilden Hausparty.

»Oh mein Gott, sieh sich einer dieses Chaos an! Was ist passiert?«

Ich gehe in die Hocke, nehme das Bügeleisen aus dem Schrank und wickle das Stromkabel herum.

»Brad und Chelsea sind passiert! Sie sind wütend auf mich. Ich sag's dir!«

Mom zieht eine Augenbraue hoch. »Klingt, als würde mehr hinter der Geschichte stecken. Willst du mir vielleicht verraten, was heute wirklich los war?«

Ich seufze. Es gibt kein Entrinnen mehr. Wenn Mom erst mal Witterung aufgenommen hat, ist sie eine Meisterin des Verhörs.

»Ich bin in ihr Zimmer eingebrochen, okay? Ich wollte irgendeinen Beweis dafür finden, dass sie nicht so perfekt sind, wie du denkst.«

»Nun, dann ist das eben die gerechte Strafe«, erwidert Mom bissig und richtet schnell meine Duschablage, bevor das Duschgel ausläuft. »Wenn sie das wirklich waren, hast du nur das bekommen, was du verdient hast.«

»Wie meinst du das? Spionieren ist Teil der Show. Deswegen dürfen wir auch ihre Beichten sehen!«

»Dann müssen wir uns eben anhören, was sie zu sagen haben, nicht wahr?«

Sie stapft in die Küche und reißt Sam förmlich das Tablet aus der Hand.

»Ich würde gern Brads Beichte sehen! Und Cara kannst du sie auch zeigen!«

»Das geht nicht«, erinnert uns Sam zum fünften Mal. »Das verstößt gegen die Regeln. Ich darf sie nur dir zeigen. Für ein ... ähm, Kind könnte der Inhalt unangemessen sein.«

Mom verdreht so weit die Augen, dass sie aussieht wie eine Dämonin, die gekommen ist, um mich ihren mütterlichen Zorn spüren zu lassen.

Als sie sich im Nebenzimmer das Video fertig angesehen hat, kommt sie mit einem Zettel in der Hand heraus.

»Da du es dir nicht selbst ansehen darfst, lese ich dir vor, was er gesagt hat.«

Beichte, Brad 5: Ich muss zugeben, dass es mich schon schockiert hat, dass Cara ohne meine Erlaubnis in meinen persönlichen Sachen gewühlt hat. Ich würde nicht wollen, dass sich meine Stieftochter so benimmt. Das wirft für mich die Frage auf, ob Julia wirklich die richtige Frau für mich ist. Ich halte sehr viel von ihr, aber würde sie es zulassen, dass ich ihrer Tochter Vorschriften mache? So ein Verhalten kann ich einfach nicht dulden. Chelsea würde so etwas niemals tun.

»VON WEGEN!« Ich schwinge beide Arme und einen Fuß in Richtung meines Zimmers. »GENAU DAS HAT SIE DOCH GETAN!«

Als die Schiebetüren aufgleiten und alle drei Produzenten gemeinsam mit Ian und seiner Crew hereinschlüpfen, halten wir inne.

Mom springt auf, ihre Brust hebt und senkt sich. Sie durchbohrt mich mit ihrem »*Ich mache keine Scherze, ich lasse Weihnachten ausfallen*«-Blick.

»Dreh es jetzt nicht so hin! Sie haben nichts falsch gemacht. Du bist mit deinen kleinen Freunden bei ihnen eingebrochen! Ich sollte sie alle rauswerfen!«

»Die Entscheidung liegt nicht allein bei dir!« Wenn sie denkt, sie könnte Connor, Ella und Sabrina einfach so rausschmeißen, hat sie sich geschnitten. Außerdem weiß ich, dass sie nur blufft, zumindest, was Sabrina angeht. Ich sehe doch, wie oft sie mit Ray trainiert. »Würdest du mich jetzt bitte meine Beichte anschauen lassen?«

Mom geht zurück in ihr Schlafzimmer, während Sam auf seinem Tablet Chelseas Beichte aufruft.

»Das will ich nicht sehen«, schnauze ich ihn an. »Ich will Connors Beichte sehen.«

Seufzend tut Sam wie ihm geheißen.

Ich drücke mir die Handballen auf die Augen, denn am liebsten würde ich jetzt losheulen. Der Druck ist einfach zu groß.

»Tut mir leid, Sam. Du kannst nichts dafür.«

»Ist schon okay. Alles gut. Ich verstehe das.«

Ich muss einfach wissen, ob Connor sauer auf mich ist, weil mein Plan so nach hinten losgegangen ist. Er weiß noch nicht, dass ich Mom die Wahrheit gesagt habe, aber es war klar, dass sie die Ausrede mit dem Versteckspiel nicht glaubt.

Beichte, Connor 4: Ich habe meinem Dad die Wahrheit erzählt. Er ist nicht wütend oder so. Ich würde mir fast wünschen, er wäre mehr wie Caras Mom. Sie sagt immer offen, was sie fühlt. Das mag ich. Und ich mag auch Cara. Ihre Mom hasst mich jetzt bestimmt.

Eine Minute später taucht Mom auf. »Was hat sie gesagt?«

Ich zucke mit den Achseln. »Ich habe mir die Beichte von jemand anderem angesehen.«

»Statt dass du wenigstens versuchst zu verstehen, wie Chelsea sich fühlt?« Mom beißt sich auf die Unterlippe, und ihre Nasenflügel blähen sich. »Ich fasse es nicht, dass du nicht erkennst, wie falsch es ist, was du da tust.«

»Ich versuche nur, dir zu zeigen, dass sie nicht die Richtigen für uns sind.«

»Dieses Urteil kannst du dir nicht bilden, wenn du noch gar keine Zeit mit ihnen verbracht hast, vor allem mit Brad. Warum kannst du mir nicht einfach vertrauen?«

»Sie sind verdammte Besserwisser!« Ich schwinge die Hüften und lasse meine Hände über meinen Oberkörper gleiten. »Brad klebt die ganze Zeit an dir. Das ist so ekelhaft und ...«

»WAS, WENN ICH ES WILL?«, brüllt Mom. »ER IST CHARMANT UND ATTRAKTIV, UND ER WILL, DASS ICH GRÖSSERE TRÄUME HABE. WAS, WENN ICH ES SATTHABE, STINKNORMAL ZU SEIN? WAS, WENN ICH EINSAM BIN, WEIL ICH MICH NIE MIT JEMANDEM VERABREDEN KANN, WEIL ICH MICH STATTDESSEN UM DICH KÜMMERN MUSS?«

Ich taumle rückwärts, und die Tränen lassen meine Sicht verschwimmen.

»Nun«, erwidere ich mit brüchiger Stimme, »wenn ich so eine Bürde bin, gehe ich einfach. Dann kannst du mit deiner neuen Familie abhängen. Dad hat das schon gemacht. Warum solltest du es also nicht auch tun? Auf einen mehr kommt es nicht mehr an.«

Ich renne aus dem Haus, ignoriere ihre Rufe und das Mikrofon, das schmerzhaft gegen meine Hüfte schlägt.

Und wieder bin ich das Mädchen, das zurückgelassen wurde. Ich schaffe es kaum ins Haupthaus, bevor ich zu schluchzen beginne. Es schmerzt in meiner Brust. Ich taumle in die Lounge und erschrecke einige Teilnehmer, die hastig mit ihrem Drink in der Hand das Weite suchen. Hinter dem Bartresen sinke ich zu Boden, ziehe die Knie an die Brust und weine in den Stoff meiner viel zu teuren Hose, die ich nur für diese fürchterliche Show gekauft habe.

So, wie ich in die Ecke gequetscht bin, glaube ich nicht, dass mich die Kameras sehen können. Bisher habe ich nur Bier getrunken, aber jetzt greife ich blind nach einer Flasche mit braunem Inhalt. Bevor mich jemand aufhalten kann, öffne ich den Deckel und schütte mir die Hälfte in den Mund, die andere Hälfte landet auf meinem Shirt. Ist mir egal.

»Cara? Ist alles in Ordnung? Mein Dad hat gemeint, du weinst.«

Ich wische mir die Tränen weg und blicke zu Connor hoch. Ich schüttle den Kopf. Es ist zu spät, um so zu tun, als wäre alles in Ordnung.

»Ich habe mich mit meiner Mom gestritten.«

Er nimmt neben mir Platz und wischt seine Sporthose ab, weil er sich aus Versehen in den verschütteten Alkohol gesetzt hat.

»Willst du darüber reden?«

Die Frage ist die reinste Wohltat, nachdem ich die ganze Zeit gezwungen wurde, über meine Gefühle zu sprechen.

»Ich weiß nicht.« Ich trinke einen weiteren Schluck und verziehe das Gesicht. Das Zeug schmeckt fürchterlich, aber in meinem Körper breitet sich eine beruhigende Wärme aus. Ich war so auf die Abwesenheit irgendwelcher Kameras konzentriert, dass ich das Mikro ganz vergessen habe. »Willst du was von … der Limo?«

»Nein, danke.« Connor nimmt mir die Flasche ab und schraubt den Deckel drauf.

»Sei kein Spielverderber.«

»Ich muss meine Medizin nehmen, daher darf ich keinen … Zucker zu mir nehmen. Aber du solltest das Zeug auch nicht trinken. Danach geht es dir nur noch schlechter.«

Ich strecke beide Mittelfinger in die Höhe, obwohl ich weiß, dass mich niemand sehen kann.

»Ja, wahrscheinlich hast du recht«, sage ich laut.

»Warte kurz.« Er stellt die Flasche außer Reichweite, als wären da nicht noch ein Dutzend andere, die ich mir einfach nehmen könnte. »Ich habe etwas, was dich aufmuntern wird.«

Kapitel 20

Connor kommt mit einem prall gefüllten Müllbeutel zurück, der oben zugebunden ist.

»Du hast mir Müll mitgebracht?«

»Wart's nur ab.« Er tritt durch die saloonartigen Türen in die kleine Küche neben der Lounge. Es ist ein bisschen lustig, denn ich sehe, wie er auf Zehenspitzen steht, und oben ragt sein halbes Gesicht heraus, doch in der Mitte ist nichts. »Ich weiß ja, dass du gern Köchin wärst und so, aber ...«

»Das stimmt überhaupt nicht!«, schreie ich, doch das ist eher für die Produzenten gedacht, die uns belauschen. »Das haben sie sich ausgedacht. Ich esse einfach gern. Ich koche, um zu essen.«

Die Kühlschranktür öffnet und schließt sich.

»Okay, dann habe ich weniger Druck.«

Ich lasse das Gespräch im Kopf Revue passieren und versuche, das Klappern und Fluchen aus der Küche auszublenden. Keine Ahnung, wie schwer es ist, mit nur einem Arm zu kochen.

»Brauchst du da drin vielleicht Hilfe?«

»Ich schaffe das schon!«, versichert er, aber der beißende Gestank nach Verbranntem sagt etwas anderes.

Ich suche die Zimmerdecke nach Rauchmeldern ab und bin froh, dass sie weit genug weg sind, als Rauchschwaden aus der Küche quellen. Wenige Minuten später erscheint

Connor mit Servietten und Tellern, die er auf den Tresen stellt. Dann verschwindet er wieder, um Becher mit Orangensaft und – wie mir meine Nase verrät – die traurigsten Grilled-Cheese-Sandwiches aller Zeiten zu holen.

Statt mich zu bitten, aufzustehen, platziert er einfach alles auf dem Fußboden, als wäre es vollkommen normal, hinter einer Bar ein Picknick zu veranstalten, während man mit Whisky besudelt ist. Ich wünschte, ich könnte ihm sagen, dass ich weiß, was er von der Aktion vorhin hält, aber dann müsste ich ihm gestehen, dass ich seine Beichte gesehen habe.

»Was hast du mir denn gezaubert?«

Grinsend pikst er seinen kleinen Finger in meine Wange. »Etwas, was deine Tränen gestoppt hat.«

»Nur, weil ich Angst hatte, dass du das ganze Haus in Brand steckst. Ich meine, so, wie das gestunken hat ...« Ich greife nach dem Sandwich. »Aber danke. Mir geht's tatsächlich schon besser.«

»Man sollte ein Sandwich niemals nach seinem Geruch beurteilen.«

Es überrascht mich, dass das Brot goldbraun ist und nicht kohlrabenschwarz. Vorsichtig beiße ich hinein und erlaube dem Geschmack, sich auf meiner Zunge zu entfalten. Es schmeckt interessant, aber nicht schlecht. Und der verbrannte Geruch muss von dem Bacon in der Mitte gekommen sein.

»Das ist lecker. Was ist das für ein Käse?«

»Gru... Gru...«

»Gruyère? Eine ungewöhnliche Wahl.«

»Schon ein bisschen merkwürdig.« Connor kichert und beißt in sein Sandwich. »Keine Ahnung. Ich bin nicht der größte Koch. Ich habe einfach in den Kühlschrank geschaut und das herausgenommen, was am besten klang.«

»Tut mir leid, dass ich an deinen Kochkünsten gezweifelt habe.« Ich stoße mit ihm an. »Aber warum Orangensaft?«

»Beim Frühstück trinkst du auch immer Orangensaft.« Er nimmt zwei Bissen direkt hintereinander und kaut länger als unbedingt nötig. »Nicht, dass ich dich beobachten würde oder so.«

»Voll der Stalker. Du weißt bestimmt auch, welches Besteck ich benutze.«

»Heute Morgen habe ich dich mit einer Gabel gesehen. *Und* einem Messer. Skandalös.«

Ich bewerfe ihn mit meiner Brotkruste und treffe ihn unterhalb des Kehlkopfes.

»Siehst du? Ich wusste doch, dass du ein Stalker bist.«

Ich hasse es, dass ich ihn mit meinen Sprüchen und Scherzen auf Abstand halte, weil ich Angst habe, dass es zu sehr wehtut, wenn ich es zulasse, dass er für mich da ist.

»Erzähl mir was.« Das klang jetzt total verzweifelt, selbst in meinen eigenen Ohren. »Irgendwas Echtes. Ich habe das Gefühl, in einer Fantasiewelt zu leben, in der es keiner ehrlich meint. Alles ist voller Tricks und Spiele und … Ich will einfach irgendwas. Ganz egal. Bitte.«

Connor senkt ein wenig den Kopf und denkt nach.

»Als Kind hatte ich dieses kleine Holzspielzeug in Form eines Hundes. Es hatte Räder, und man konnte es an einer Schnur hinter sich herziehen. Ich habe es Pup Pup genannt und überallhin mitgenommen.« Er lacht, aber nur einmal. »Okay, das stimmt so nicht ganz. Ich habe nie aufgehört, Pup Pup überallhin mitzunehmen. Er

234

ist oben. Er ist mein Glücksbringer. Denk jetzt aber nicht schlecht von mir.«

»Hast du ihn wirklich dabei? Wie süß. Irgendwann muss ich den berühmt-berüchtigten Pup Pup kennenlernen.«

Ich rechne damit, dass er mich jetzt schubst, aber stattdessen legt er mir für einen Herzschlag eine Hand auf die Schulter.

»Jetzt bist du dran. Erzähl mir etwas Echtes.«

»Okay.« Ich überspringe die düsteren Erinnerungen und versuche, etwas in der Kategorie von Connors Geschichte zu finden. »Meine Familie liebt *Der Herr der Ringe*. Wir haben die Filme schon eine Million Mal gesehen. An Halloween habe ich einmal beschlossen, einen Kürbis zu schnitzen, der aussieht wie Gollum. Aber ich bin künstlerisch nicht sonderlich begabt. Als mein Großvater zu Besuch kam, hat er gedacht, das solle ihn darstellen. Und er war so stolz auf mich. Wir mussten sogar ein Foto von ihm und dem Kürbis machen.«

»Hast du ihm die Wahrheit gesagt?«

»Nein! Das hätte ihm das Herz gebrochen.«

Wir tauschen noch lange Geschichten aus, obwohl ich weiß, dass ich schon längst hätte zurückgehen sollen, um mich mit Mom zu vertragen. Aber ich kann mich nicht von Connor losreißen, davon, wie einfach es mit ihm ist. Ich erzähle ihm von meiner Kindheit und meinem Leben, und ehe ich mich versehe, sprechen wir nicht länger über Kindersachen.

»Als mein Vater gegangen ist, dachte meine Mom die ganze Zeit, er würde irgendwann zurückkommen, weil er nur einen Koffer und eine Kiste voller Sachen mitgenommen hat.« Ich weiß sogar noch, welche Kiste das war, denn ich habe versucht, sie wegzuschmeißen. Aber er meinte, er wolle sie aufheben. Ich habe nicht gefragt, warum. »Sie hat einfach nicht gemerkt, dass er alles mitgenommen hat, was er noch wollte. Und es hat alles in diese eine Kiste gepasst.«

Connor nickt und tupft mit dem Zeigefinger ein paar Krümel von seinem Teller. »Ich weiß nicht mal, ob sich meine Eltern je geliebt haben. Sie haben einander einfach akzeptiert, als müsste es so sein. Ich wünschte, sie würden sich hassen. Ich ertrage es nicht, wie nett sie zueinander sind.«

Sechs Wahrheiten über Connor Dingeldein:

Pup Pup liegt oben auf seiner Kommode.

Seine Familie hängt an Weihnachten immer eine Kugel in Form einer Gurke an den Baum, um sie zu suchen.

Er will mal Architekt werden. Hut ab, mir wäre das zu anstrengend.

Seine Wüstenrennmaus, die ganz gewiss nicht gegangen ist, um bei Santa zu leben, möge in Frieden ruhen.

Doritos sind kein Lieblingsessen, aber das sehe ich ihm nach, weil er so süß ist.

Seine Eltern sind viel zu nett zueinander.

Ich erzähle ihm von meiner Highschool und von Vanessa, davon, wie mir meine alten Freunde in den Rücken gefallen sind, von LeAnne. Ich erzähle, wie sich meine Eltern auf dem College kennengelernt und ineinander verliebt haben. Und von ihrer Hochzeit auf Hawaii, über die sich meine Tante noch heute beschwert. Ich habe noch nie mit jemandem über all diese Dinge gesprochen. Es ist, als würden wir Puzzleteile austauschen und hoffen, dass der jeweils andere sich die Mühe macht, sie zusammenzusetzen.

Ich will ihm gerade die nächste Geschichte erzählen, da steckt Ray mit Sabrina auf seinen Schultern den Kopf zur Hintertür herein.

»Ist alles in Ordnung? Ich würde ja sagen, dass es hier drin gut riecht, aber meine Eltern haben mir beigebracht, nicht zu lügen.«

Connor fällt die Kinnlade herunter. »So schlimm ist es nun auch wieder nicht. Ich habe uns etwas zu essen gemacht.«

»Es riecht verbrannt. Und nach Alkohol.« Ray sieht uns durchdringend an. »Vielleicht wäre jetzt der richtige Zeitpunkt, das Gespräch zu beenden.«

Wir stimmen ihm murmelnd zu. Er nimmt Sabrina herunter und hält sie an den Füßen, sodass sie kopfüber baumelt, während er zurück in den Flur joggt und ihr Quietschen durch das ganze Haus schallt.

Ich stehe auf und fange an, die Sachen einzusammeln, staple die Becher ineinander und werfe die benutzten Servietten auf die schmutzigen Teller. Connor will ebenfalls aufstehen, doch plötzlich gibt sein Knie nach. In letzter Sekunde kann er sich noch am Tresen festhalten und seufzt erleichtert auf.

»Alles okay?«

»Ja«, murmelt er und massiert sich das Knie. »Ich hab nur das Gleichgewicht verloren.«

»Oh. Das passiert mir ständig.« Ich drücke einen Zeigefinger auf meine Brust. »Ich bin Expertin im Beistelltische zerstören. Ich schlafe auf dem Sofa, daher ist es jedes Mal ein Hindernisparcours, wenn ich nachts aufs Klo muss.«

Ich sammle die Teller ein und gehe in Richtung Küche. Ich vermute mal, dass es dort eine Spülmaschine gibt.

Doch Connor legt mir die Hand auf die Schulter und hält mich zurück.

»Warte. Ich will dich nicht anlügen.« Sein Blick wandert nach oben zu den Kameras. »Wenn ich dir jetzt etwas verrate, versprichst du mir dann, dass du ... daran denkst, wer ich bin? Du weißt schon. Die Sachen, die ich dir eben erzählt habe. Pup Pup und die Weihnachtsgurke und das Architekturstudium. Ich will nicht, dass du dein Bild von mir gegen eins austauschst, das du aus Filmen kennst.«

»Ja?«, erwidere ich, ohne zu wissen, worauf er hinauswill oder was das damit zu tun hat, dass er sein Gleichgewicht verloren hat. Doch daran, wie seine Augenbrauen zucken, erkenne ich, dass es etwas Wichtiges ist, vielleicht sogar noch wichtiger als alles andere, was er mir bisher erzählt hat. »Versprochen.«

Er holt tief Luft. »Ich habe eine Behinderung. Ich habe etwas, was sich Ehlers-Danlos-Syndrom nennt. Das bedeutet im Großen und Ganzen, dass das Zeug, das meinen Körper zusammenhält, nicht sonderlich gut funktioniert.«

Ich weiß nicht genau, was ich jetzt sagen soll. »Das tut mir leid. Trägst du deshalb eine Schlinge?«

»Es muss dir nicht leidtun. So bin ich nun mal. Und ja, ich habe mir nach dem Casting einen Bänderriss zugezogen. Pech.« Er wackelt mit den Fingern seiner linken Hand, deren Fingerspitzen unter dem Verband hervorragen. »Weißt du, was lustig ist? Früher habe ich mich immer über die ganze Physiotherapie beklagt, und erst vor Kurzem ist mir bewusst geworden, dass ich nur Architekt werden will, weil in der Praxis immer irgendwelche Architektursendungen laufen.«

»Und jetzt bist du selbst in einer Fernsehsendung.«

Nachdenklich legt Connor den Kopf schief. »Das stimmt. So habe ich es noch gar nicht gesehen.«

»Ich bin froh, dass du mitmachst.«

Mir wird bewusst, dass es mir inzwischen viel besser geht, obwohl wir gar nicht im Detail über meinen Streit mit Mom gesprochen haben. Es hat gereicht, einfach hier zusammenzusitzen. Das Gefühl zu haben, dass ich wichtig bin.

Bevor ich es mir anders überlegen kann, schlinge ich die Arme um seinen Hals, vorsichtig, damit ich ihm nicht wehtue. Er legt seinen Kopf auf meinen. Fast reiße ich einen Witz, doch ich will den Moment nicht ruinieren.

Bevor wir in Brads Zimmer eingebrochen sind, habe ich mich gefragt, wie es wohl wäre, Connor zu küssen, aber all diese Gedanken sind jetzt weg. Ich habe schon mal einen Jungen geküsst – und es hat überhaupt nichts bedeutet. Doch so wie jetzt habe ich noch nie dagestanden. Ich habe noch nie den Herzschlag von jemandem an meiner Wange gespürt.

Connor wickelt sich eine meiner Haarsträhnen um den Finger.

»Ich bin auch froh, dass ich mitmache.«

Kapitel 21

Ich stapfe direkt in mein Zimmer. Obwohl meine Mom versucht, meine Aufmerksamkeit auf sich zu ziehen, ignoriere ich sie komplett.

Nach einer Dusche, die ich echt nötig hatte, mache ich mich daran, mein Zimmer aufzuräumen, und bin froh, dass ich einen Grund habe, nicht mit ihr reden zu müssen. Zum Glück sind keinerlei Habseligkeiten der Hausbesitzer kaputtgegangen. Das Einzige, was fehlt, ist einer von den Kniestrümpfen, die mir Vanessa letztes Jahr zum Geburtstag geschenkt hat. Ich lege die verwaiste Socke erst einmal beiseite.

Draußen wird es bereits dunkel, als Mom an die Tür klopft. Kurz kriege ich Panik und denke, ich hätte vergessen, mein Outfit für die Sweetheart-Zeremonie auszusuchen, aber dann fällt mir ein, dass die ja erst morgen ist.

»Was ist?«, frage ich spitzer als beabsichtigt.

Sie öffnet die Tür und zieht leicht die Augenbrauen hoch, als sie sieht, wie viel ich schon aufgeräumt habe.

»Tut mir leid, was ich vorhin gesagt habe. Ich war furchtbar wütend, und ich habe es nicht so gemeint.«

Das weiß ich, aber es hat dennoch wehgetan. »Okay.«

»Ich will nicht, dass die Stimmung so feindselig ist. Ich habe gerade mit den Produzenten gesprochen, und sie haben zugestimmt, dass ich mein Einzeldate, das von eurem

Versteckspiel unterbrochen wurde, wiederholen darf. Und du kommst auch mit. Wir essen in zwanzig Minuten.«

»Ich habe vorhin erst ein Sandwich gegessen. Was gibt's denn?«

»Zitronenhühnchen mit Beilagen. Da wir nur zu viert sind, bestellen sie etwas.«

»Zu viert?«

»Ich habe Brad und Chelsea eingeladen. Ich will, dass ihr euch vertragt. So macht es echt keinen Spaß mehr.«

»Auf keinen Fall.« Ich schüttle den Kopf, und all die Ruhe, die ich seit dem Gespräch mit Connor empfunden habe, löst sich schlagartig in Luft auf. »Lieber mache ich einen Spa-Tag mit LeAnne, einem Balrog und Satan, bevor ich mit den beiden, die mein Zimmer verwüstet haben, zu Abend esse.«

Wütend stürmt Mom zu meinem Schrank, reißt ein Sommerkleid mit Paisley-Muster vom Kleiderbügel und schmeißt es aufs Bett.

»Zieh das an. Wir werden mit ihnen zu Abend essen.« Ihre Vorderzähne schlagen aufeinander. »Und hör auf zu diskutieren.«

»Warum bist du nur so besessen von Brad? Liegt es an den Produzenten? Treiben sie euch zusammen?«, frage ich jammernd, wahrscheinlich, weil ich insgeheim hoffe, dass es so ist. Wenn Venti Mom dazu bringt, Zeit mit Brad zu verbringen, ist wenigstens nicht alles echt. Dann besteht immer noch die Hoffnung, dass ich zu ihr durchdringen kann.

»Warum tust du so, als würde hinter allem ein Plan stecken? Ich mag ihn einfach. Er ist ehrgeizig und klug, und er interessiert sich für meine Träume.«

»Na schön.«

Ich stapfe ins Badezimmer, werfe die Klamotten auf den Fußboden und fange an, mich umzuziehen. Anschließend reiße ich die Bürste durch meine Haare und steche mir fast ein Auge aus, als ich versuche, mich mit zitternden Fingern zu schminken.

So hätte das nicht laufen sollen. Wir sollten ein Team sein. Und jetzt? Ich kann sie nicht mal mehr ansehen. Ich würde viel lieber Zeit mit Connor verbringen als mit meiner eigenen Mutter. Was passiert nur mit uns? Und was kann ich tun, damit es aufhört?

Ich versuche, mich zu beruhigen, und bedecke mein fleckiges Gesicht mit noch mehr Make-up. Als ich aus dem Badezimmer komme, ist Mom bereits fertig und geht in ihren Peeptoe-Pumps im Wohnzimmer auf und ab. Ich laufe einfach an ihr vorbei und den blöden Hügel zum Haus hinauf, ohne nachzusehen, ob sie mir folgt. Ist mir egal.

Wenige Minuten später stolpert Sam durch das Foyer, die Arme voller Tüten mit Essen. Er hat Mühe, die Hand zu einem Winken zu heben.

»Hey, Cara. Ist deine Mom schon fertig?«

»Weiß ich nicht. Ist mir auch egal.«

Wie ein erschrockener T-Rex schlägt er beide Hände vor die Brust. »Ich … ähm, ich dachte, zwischen euch wäre es jetzt besser.«

»Wir haben uns schon wieder gestritten. Aber ich will nicht darüber reden.«

Ian und seine Crew scheinen zu merken, dass ich es ernst meine, denn sie bleiben auf Abstand und beobachten, wie Brad und Chelsea die Treppe herunterkommen.

Natürlich sehen sie mal wieder umwerfend aus. Wie zwei giftige Frösche. Ich funkle Brad mit seinem goldenen Haar, den blauen Augen und der perfekt sitzenden Weste mit Taschenuhr böse an. Und Chelsea ist mit ihrem grauen Etuikleid, den ganzen Accessoires und den makellosen Puppenlocken auch nicht besser.

Die Begrüßung fällt sehr knapp aus. »Chelsea.«

»Cara.«

»Brad.«

»Cara.«

Da kommt Mom herein und tut beschwingt.

»Ich bin ja so froh, dass ihr kommen konntet«, sagt sie mit aufgesetzter Fröhlichkeit, als gäbe es unzählige Möglichkeiten, wenn man aufgrund einer Fernsehshow unter Hausarrest steht. »Ich dachte, wir könnten vielleicht im Speisesaal essen.«

Brad setzt sich an das Kopfende des Tischs, Mom zu seiner Linken, Chelsea zu seiner Rechten. Die fehlende Symmetrie macht mich wütend. Ich setze mich auf den Stuhl neben Mom, ein unbequemes Teil aus Walnussholz mit Latten am Rücken.

Ian und seine Crew kommen wieder von der Veranda herein und stellen sich wie Wachposten neben die Flügeltüren. Kurz flüstern sie miteinander und fummeln an ihren Ohrhörern herum. Ihre T-Shirts und Cargohosen bilden einen starken Kontrast zu unseren spießigen Outfits.

»Danke für die Einladung«, säuselt Brad. »Es geht doch nichts über eine gemeinsame Mahlzeit mit der Familie.«

Nun, Brad, für mich klingt »Familie« im Moment eher nach einem Schimpfwort.

Ich atme tief durch, um mich zu beruhigen, während

man uns das Essen serviert. Die erste Dame bringt Wein und Wasser, die zweite das Besteck und Servietten. Als Letztes kommt Sam mit einer Servierplatte herein, die er so fest umklammert, dass seine Fingerknöchel weiß hervortreten. Konzentriert starrt er darauf und setzt vorsichtig einen Fuß vor den anderen.

Nachdem er die Platte klirrend auf dem Tisch abgestellt hat, ist ihm die Erleichterung deutlich anzusehen. Während er uns kleine Teller mit Brötchen und Butter in Blumenform hinstellt, lehne ich mich auf meinem Stuhl zurück. Das Hauptgericht ist irgendwas mit Hühnchen und heller Soße, zusammen mit gedämpftem Brokkoli und Kartoffelbrei mit Knoblauch.

»Braucht ihr sonst noch etwas?«, fragt Sam und begutachtet den gedeckten Tisch.

Mom lächelt ihn an. »Nein, vielen Dank, Sam.«

Ian tut, als würde er im Vorbeigehen sein Lachen hinter vorgehaltener Hand verstecken. Sam tritt ihm leicht gegen die Stahlkappe seines Schuhs und öffnet die Verandatüren, um die kühle Luft hereinzulassen.

»Oh.« Brad hebt die rechte Hand und schnippt mit den Fingern. »Wir haben keinen Pfeffer.«

Bevor ich mich zusammenreißen kann, hämmere ich mit der Faust auf den Tisch. Moms Wein schwappt auf das weiße Tischtuch und bildet eine Pfütze auf dem Holztisch.

»Genau das meine ich! Schnipp nicht so mit den Fingern. Er ist doch kein Hund.«

Brad legt sich eine Hand aufs Herz und wendet sich Sam zu, der die nun leere Platte an sich drückt, als würde er darüber nachdenken, wie er sie als Waffe benutzen kann.

»Ich hoffe, du hast das nicht als Beleidigung aufgefasst.«

»Natürlich nicht.« Sam verschwindet in der Küche und kommt kurz darauf mit einer hölzernen Pfeffermühle zurück. Hoffentlich hat er hineingepinkelt. »Guten Appetit.« Ich kaue meinen Brokkoli so lange, bis er sich in Brei verwandelt hat, und starre Chelsea über den Tisch hinweg an.

»Wer hat das Menü ausgesucht?«, fragt sie und schnüffelt angewidert an einem Stück Hühnchen.

»Ich«, erwidert Mom. »Tut mir leid, wenn es nicht so viel Geschmack hat, aber ich esse normalerweise kein rotes Fleisch.«

Brad winkt ab. »Mach dir keinen Kopf. Wir essen eigentlich alles.«

»Was mögt ihr am liebsten?«

»Französisch«, antwortet Chelsea und lässt die letzte Silbe wie ein Zischen klingen. Dann sieht sie mich an und wackelt mit den Augenbrauen. »Das mag Daddy auch am liebsten. Und ihr?«, fragt sie herausfordernd.

Mom lächelt. Entweder merkt sie nicht, dass ich innerlich koche, oder sie ignoriert es einfach.

»Nichts so Exotisches. Wenn wir es uns mal gut gehen lassen, besuchen wir eigentlich immer das kleine Restaurant in der Nähe unseres Fitnessstudios. Da gibt's Burger und Pommes. Ganz klassisch. Es ist wirklich gut.«

»Ach, Julia.« Brad lacht herablassend. »Du musst mal deinen Horizont erweitern. Griechisch. Thai. Äthiopisch.« Er legt eine Hand auf ihre. »Es gibt nichts Schöneres, als ein fremdes Land zu bereisen und dort die traditionelle Küche zu erkunden. Du kannst dir aussuchen, wo es in unseren Flitterwochen hingehen soll.«

»Das klingt wundervoll!« Mom himmelt ihn an wie ein Welpe, der zum ersten Mal in seinem Leben Schnee sieht. »Ich wollte schon immer mal nach Südamerika. Meine Schwester hat früher in Peru studiert. Ich war so neidisch auf sie.«

Venti steckt seinen Kopf zwischen der Filmcrew hindurch. »Nur eine kurze Bemerkung. Wir können euch nicht verstehen, wenn ihr esst, also schneidet einfach das Essen klein und schiebt es auf euren Tellern ein bisschen hin und her. Tut einfach so als ob.«

»Wir dürfen nicht mal etwas essen?« Das wird mir jetzt doch zu viel. Ich habe meine Belastungsgrenze erreicht.

»Tu einfach so«, wiederholt Venti und macht mit einer Hand eine kreisende Bewegung. »Und bitte redet auch nicht übers Essen. Ihr seid hier, um euch über den Einbruch zu unterhalten – und natürlich darüber, was mit der Enthaarungscreme und Madyson passiert ist. Die Gerüchte. Chelsea, warum erzählst du nicht, wie es dir mit der ganzen Situation geht?«

Ich starre auf mein Essen. Es ist eine Schande, dass sich irgendjemand so viel Mühe gegeben hat, ich mich aber am liebsten übergeben würde.

»Ehrlich gesagt habe ich ein Problem mit allem, was mit der Enthaarungscreme und Madyson zu tun hat«, sagt Chelsea. »Es ist total kindisch und highschool-mäßig von dir, solche Gerüchte über mich in die Welt zu setzen.«

»Na ja, ich bin ja auch in der Highschool.«

Mom grunzt.

Brad lehnt sich von ihr weg und kneift die Augen zusammen. »Siehst du, Julia, genau das gibt mir zu denken. Deine Tochter ist unverschämt und kein bisschen damenhaft, und du findest es auch noch lustig. Du bist ihr kein gutes Vorbild. So einem Einfluss will ich Chelsea nicht aussetzen.«

Chelsea lächelt unschuldig, und ich beginne mich ernsthaft zu fragen, ob mir ein orangefarbener Jumpsuit doch ganz gut stehen würde.

»Du warst auch nicht unbedingt das beste Vorbild, als du mein Zimmer verwüstet hast«, werfe ich ein, da es Mom anscheinend die Sprache verschlagen hat.

Brad schürzt die Lippen. »Damit hatte ich nichts zu tun.«

»Oh, wie praktisch. Ich soll mich hier für alles entschuldigen, und die geben nicht mal zu, dass sie genau das Gleiche gemacht haben! Sie sind Heuchler.« Mom will nach mir greifen, als ich meinen Stuhl zurückschiebe und aufstehe. »Ich werde mich nicht entschuldigen. Ich bin fertig.«

Ich stürme aus dem Zimmer und zurück ins Gästehaus, wo ich auf die nächste Sweetheart-Zeremonie warten werde – bei der ich diese Leute wieder nicht loswerde.

Beichte: Ich wollte an dieser Show teilnehmen, um mit Mom ein neues Leben zu beginnen, aber langsam glaube ich, ich mag das Leben nicht, das sie sich vorstellt.

Kapitel 22

Die meisten Menschen würden Panik kriegen, wenn mitten in der Nacht Schreie ertönen, vor allem nach einem so angespannten Tag. Aber ich bin nicht wie die meisten Menschen. Als Mom zum zweiten Mal laut aufjault, gehe ich drei mögliche Szenarien durch: eine Spinne, irgendein anderes Tier im Haus oder tatsächlich ein Notfall.

Auf dem Weg in ihr Schlafzimmer schnappe ich mir aus der Küche ein paar Servietten und schlittere über die Fliesen.

»Wo ist sie?«, frage ich, den Blick zur Zimmerdecke gerichtet. »Wolfsspinne? Zitterspinne?«

»Hier drin«, ruft sie aus dem Badezimmer.

Ich folge ihrer Stimme und fahre vor Schreck zusammen, als ich die Beule in der Wand hinter der Toilette entdecke. Fieberhaft versucht Mom, mit all unseren Handtüchern das Wasser aufzuwischen, ihre Schlafanzughose ist bis zu den Knien vollgesogen.

»Was ist passiert?«, frage ich panisch.

»Ich weiß es nicht!« Sie wirft die Hände in die Luft. »Ich habe ein Geräusch gehört, also bin ich aufgestanden, um nachzusehen, und dann war alles nass.«

»Was soll ich tun?« In meiner geistigen Umnachtung taste ich meine nicht vorhandenen Taschen nach meinem Handy ab, um den Hausmeister anzurufen. Es dauert kurz, bis ich begriffen habe, wo ich eigentlich bin. »Du solltest besser nicht hier stehen, Mom. Wenn die Wand durchbricht, wirst du pitschnass. Ich hole Sam.«

Aber leider ist auch das kompliziert ohne ein Mobiltelefon. Ich schlüpfe in Moms Schuhe, ohne mich darum zu scheren, dass sie mir eine Nummer zu groß sind, und schlurfe hoch zum Haupthaus. Dort klopfe ich an die Tür, hinter der die Produzenten oft verschwinden, doch niemand antwortet. Als Nächstes winke ich in die Kameras und springe wie verrückt auf und ab.

»Kommt schon, ihr Spanner. Ich brauche Hilfe!«

Endlich bekomme ich einen Produktionsmitarbeiter zu fassen, doch der hat keine Ahnung, wo er um diese Uhrzeit einen Handwerker herkriegen soll. Ich bleibe vor dem Büro stehen und belausche sein Telefonat mit jemandem von der Tagschicht. Als er merkt, dass ich ihn beobachte, legt er auf.

»Das war Mike Wistrand«, erklärt er. »Sie versuchen, einen Klempner zu erreichen, und sie kommen jetzt zu euch runter, um sich darum zu kümmern.«

»Ich bin ja keine Expertin, aber die Wand sieht aus, als könnte sie jederzeit explodieren. Könntet ihr also vielleicht das Wasser abdrehen, oder so?«

Alles, was ich kriege, sind ein Blinzeln und ein verwirrter Blick, keine Sicherheit, dass meine ganzen Sachen nicht gleich in Abwasser getränkt werden. Hier muss doch irgendjemand sein, der *jetzt* etwas tun kann. Ich renne die Treppe hoch und beginne, mit der Faust gegen die Türen zu trommeln.

»Hallo? Hier ist Cara.« Ich stürme weiter den Flur hinab und klopfe überall. »Irgendjemand?«

Endlich öffnet sich eine Tür, und Cole tritt in den Flur.

Er trägt einen schwarz-goldenen Anorak mit einer Lilienblüte auf jedem Ärmel.

»Was ist los?«, krächzt er und streicht sich das Haar aus den Augen.

»Unser Badezimmer steht unter Wasser, und es ist niemand hier, der es reparieren kann.«

»Ähm, ich kann das reparieren.« Kurz verschwindet er in seinem Zimmer und kommt mit Turnschuhen an den Füßen zurück. Er hat sich nicht mal die Zeit genommen, die Schnürsenkel zu binden. »Nach dir.«

Auf dem Weg zum Nebeneingang hinaus bittet Cole den Kerl von der Produktion, Grady im Blick zu behalten. Dann durchforstet er das Lager, findet aber nur eine magere Auswahl an Werkzeug und einen traurigen Wischmopp. Ich nehme den Mopp, während er in der Werkzeugkiste wühlt.

»Weißt du denn, was du da tust?«, frage ich, ohne beleidigend klingen zu wollen. »Nicht, dass es eine Rolle spielen würde.«

»Miss Cara«, sagt Cole und muss aufstoßen. Zum Glück hält er die Faust vor den Mund. »Ich sehe vielleicht noch ziemlich jung aus, und vielleicht bin ich auch noch ein wenig betrunken, und vielleicht musste ich die neunte Klasse wiederholen, aber ich arbeite in einem Kernkraftwerk. Da werde ich doch wohl mit einer Toilette zurechtkommen.«

Wir sind dem Untergang geweiht.

Ich bringe Cole ins Badezimmer.

»Sollten wir nicht lieber auf einen Profi warten?«, fragt Mom, die meine Skepsis zu teilen scheint. »Das hier ist nicht unser Haus. Ich weiß nicht, wie das mit der Versicherung ist.«

»Da oben ist ein Typ. Nachtschicht-Mike oder so. Und er hat keine Ahnung, außer dass Tagschicht-Mike jetzt vorbeikommt und sie versuchen, einen Klempner zu organisieren«, fasse ich die Lage zusammen.

»Ich schaffe das schon«, wirft Cole ein. Er werkelt eine Weile im Badezimmer herum, geht einmal ums Haus und kommt dann wieder herein. »Ich habe das Wasser erst mal abgedreht. Sieht ganz so aus, als wäre in der Wand eine Leitung geplatzt, aber schwer zu sagen. Habt ihr irgendwas gemacht, bevor das passiert ist?«

Mom wiederholt ihre Story, wie sie von dem Geräusch geweckt wurde.

»Wir müssen wohl doch abwarten, bis die Profis da sind.« Cole öffnet die Schränke und holt auch noch die restlichen Handtücher heraus.

»Der Eistee wird mich heute Nacht foltern«, murmle ich, während ich darüber nachdenke, wie lange es dauern wird, uns anzuziehen und zum Haupthaus zu latschen, wenn wir aufs Klo müssen.

Mom greift zum Handtuchstapel und schnappt sich einen Waschlappen, doch Cole reißt ihn ihr aus der Hand.

»Miss Julia, du machst jetzt nicht sauber. Es ist zwei Uhr nachts, und eine so hübsche Dame wie du braucht ihren Schönheitsschlaf.« Er gibt ihr einen Kuss auf die Wange und achtet dabei darauf, seine schmutzigen Hände von ihr fernzuhalten. »Du gehst jetzt schlafen, und ich wische das hier weg.«

»Nein, nein, das geht nicht. Es ist ja nicht deine Sauerei.«

»Geh«, fordert er erneut und schiebt sie mit dem Ellbogen weg. »Los. Raus hier.«

Sie gibt lächelnd nach. »Danke. Vielen Dank. Ich hätte nicht gewusst, was wir tun sollen. Inzwischen wäre wahrscheinlich das ganze Haus überflutet. Ich komme mit so etwas besser zurecht, wenn ich Internetzugang habe.«

Wir müssen beide lachen, doch dann fällt mir ein, dass ich Mom immer noch die kalte Schulter zeigen muss. Ich warte, bis sie ins Bett gegangen ist, bevor ich mir den Wischmopp schnappe und aus dem Küchenschrank unter der Spüle ein Ökoreinigungsmittel herausnehme.

»Den Rest kann ich bestimmt aufwischen«, sage ich zu Cole.

Er richtet sich zu seiner vollen Größe auf – was nicht besonders viel ist – und stemmt die Hände in die Hüften.

»Du lässt bitte auch die Finger davon. Geh ins Bett. Der Klempner wird schon irgendwann auftauchen.«

»Ich kann jetzt sowieso nicht schlafen.«

Cole reißt mir den Mopp aus der Hand, schaltet den Deckenlüfter ein und schiebt mich zur Tür hinaus.

»Mein Gott, wie stur ihr doch seid.«

Dann schließt er von innen die Tür ab.

Vielleicht war es doch falsch von mir, an ihm zu zweifeln.

***

Im Morgengrauen reißt mich das Geräusch von Elektrowerkzeugen aus dem Schlaf. Eine Gruppe von Handwerkern steht mit Mom, Sam, Venti und noch ein paar anderen Crewmitgliedern, deren Funktionen ich noch nicht so recht begriffen habe, vor dem Badezimmer. Sie beratschlagen, was zu tun ist.

Ich wähle ein Outfit aus meiner Kommode aus und staple die Sachen auf meinem Arm. Da das Badezimmer außer Betrieb ist, ziehe ich mich im Schrank um, damit mich die Kameras nicht sehen. Ich trage ein wenig Makeup auf und überprüfe mein Spiegelbild in der Spiegeltür. Ich sehe fürchterlich aus, aber ist schon okay. Es ist ja nicht so, als würde man mich landesweit im TV sehen oder so.

»Wissen sie schon, wie lange die Reparatur dauern wird?«, frage ich, als ich das Zimmer betrete, und richte die Frage absichtlich nur an Sam. »Gestern Nacht hat das echt schlimm ausgesehen.«

»Die Leitung ist geplatzt, daher wird es eine Weile dauern. Die geplanten Dreharbeiten heute wurden erst mal verschoben. Im Garten schießt auch das Abwasser in die Höhe.«

Das erklärt die blauen Sandsäcke hinter dem Pool.

»Dann hänge ich mal ein wenig mit Ella und Sabrina ab.« Connor erwähne ich absichtlich nicht, denn Mom scheint immer noch nicht begriffen zu haben, dass da etwas zwischen uns ist. »Denen ist bestimmt auch langweilig.«

»M-m«, erwidert Venti und lässt seinen Zeigefinger hin und her wackeln. »Nur, weil sie nichts zu tun haben, heißt das nicht, dass *ihr beide* nichts zu tun habt. Das ist eine großartige Gelegenheit, um noch ein paar Schnittbilder zu drehen.«

Ich sehe Sam an, denn mir graut davor, den ganzen

Tag mit Mom zu verbringen, wenn es zwischen uns gerade so merkwürdig ist.

»Bitte sag mir, dass es nicht das ist, was ich glaube.«

»Sam, würdest du sie bitte dabei begleiten?«, fragt Venti. »Ich muss mich hier um die Handwerker kümmern.«

Sam zittert so heftig am ganzen Körper, dass es aussieht, als würde er gleich eine neue Daseinsebene betreten.

»Aber natürlich. Das ... das ist überhaupt kein Problem. Das mache ich. Wir ... ähm, machen einfach das Beste daraus! Aus dem Tag!«

Ian wirkt nicht einmal annähernd so enthusiastisch. »Schnittbilder? Die stehen doch erst nächste Woche an. In meinem Vertrag steht, dass ...«

Sam packt Ian an den Schultern und geht mit dem Gesicht so nahe an seines heran, dass sie sich beinahe küssen.

»Mike. Wistrand. Hat. Mich. Gebeten. Den. Dreh. Der. Schnittbilder. Zu. Betreuen.« Er rüttelt Ian. »Lass. Mir. Diesen. Einen. Moment.«

Ian beißt sich auf die Unterlippe, und kurz befürchte ich, dass er gleich laut anfängt zu fluchen.

»Na schön, du Schleimer. Für *dich* ist es einfach, dich über Schnittbilder zu freuen. Du musst dich nicht um die ganze Ausrüstung kümmern und dich von den Touristen nerven lassen.«

»Ich halte dir den Rücken frei.«

»So wie in Denver?«

»Was sind denn Schnittbilder?«, wirft Mom ein, bevor die Zankereien zwischen Sam und Ian noch ausufern.

»Zeugs neben der Hauptstory«, erklärt Ian. »Das Material wird zum Beispiel für die Eröffnungsszenen verwendet oder für eure Hintergrundkommentare. Genau genommen filmen wir einfach einen Haufen Müll, von dem sie sich dann etwas aussuchen können. Und da wir hier in einem Urlaubsort sind, können wir ein bisschen was vom Strand zeigen, von den Highlights.«

Vielleicht wird der Tag ja doch noch ganz gut. »Wir gehen an den Strand?«

»In die Nähe«, erwidert Ian, vorsichtig wie immer. »Für die Schnittbilder, nicht zum Spaß.«

Angela hilft uns, zwei lässige Outfits auszusuchen, bevor sie noch Wechselklamotten, Make-up und Stylingprodukte einpackt. Anschließend überreicht sie den Rucksack an Sam, der uns zur Vorderseite des Hauses führt.

»Schade, dass wir nicht zu Fuß gehen können«, sinniert er. »Es ist so schön heute.«

»Schön« ist gar kein Ausdruck. Am Himmel stehen nur so viele Wolken, wie es braucht, um in der Sonne nicht komplett zu verbrennen. Heute bin ich glücklicher, fühle mich lebendiger. Es ist so anders als die düsteren Sommer im Norden, die ich gewohnt bin. Die Sonne ist dort wie ein unzuverlässiger Großcousin, der einmal im Jahr vorbeikommt und dann auch noch Geld will.

Obwohl der erste Stopp direkt um die Ecke ist, besteht Sam darauf, dass wir mit dem Auto fahren, damit wir nicht rot im Gesicht sind oder verschwitzt aussehen.

»Herrlich.« Seufzend überquere ich die Straße, lasse meine Arme schwingen und halte das Gesicht in die tropische Brise. »Keine Kameras außer die von Ian. Ich kann mir in der Nase bohren, mich am Hintern kratzen …«

»Ich weiß nicht, wie ihr das aushaltet«, gesteht Sam. »Natürlich werde ich auch von den Kameras im Haus aufgezeichnet, aber das ist etwas anderes, als auf Schritt und

Tritt von Ian verfolgt zu werden. Mich schneiden sie einfach raus.«

Innerhalb der nächsten Stunden finden wir einen gemeinsamen Rhythmus. Wir gehen übertrieben am Strand auf und ab oder setzen uns auf Bänke unter Palmen und blicken versonnen drein. Danach ziehen wir uns für zehn Minuten ins klimatisierte Auto zurück, wechseln die Klamotten, und dann folgt noch mehr übertriebenes Gehen.

Sobald Sam seine Nervosität ein wenig abgelegt hat und sogar anfängt, ein bisschen Spaß bei der Sache zu haben, ist es gar nicht mehr so schlimm. Es gibt einen Moment, da muss uns Sam in der Innenstadt von einer neugierigen Menschentraube abschirmen, aber ansonsten ist es schön, mal einen Tag zu haben, der emotional nicht ganz so aufgeladen ist.

Allerdings wünschte ich, Connor wäre dabei und könnte das Meer sehen. Ich hasse diesen »Friss oder stirb«-Zeitplan. Ich hoffe, er weiß, dass ich ihm nicht aus dem Weg gehe.

Auf dem Rückweg kaut Sam an seinem Daumennagel herum, während er mit der anderen Hand lenkt. Plötzlich zieht er in eine Parklücke und wendet sich Ian auf dem Beifahrersitz zu.

»Wir sind ein bisschen früh fertig. Rastest du aus, wenn ich mit ihnen zum Friedhof fahre?«

Ian stöhnt. »Mann, warum muss die Zusammenarbeit mit dir immer einen Haken haben?«

»Sie sind in Key West, und bisher haben sie überhaupt nichts davon gesehen. Hier gibt es so viel Geschichte. Es dauert nur zwanzig Minuten. Sieh es als deine wohlverdiente Pause an.«

Ian wirft einen Blick auf die Uhrzeit auf seinem Handy. »Weißt du, was? Das stimmt sogar. Laut Zeitplan hätte ich schon vor siebenundzwanzig Minuten in die Pause gehen sollen.«

»Siehst du? Du könntest ja ein Nickerchen machen«, schlägt Sam vor.

»Na schön. Aber mach fünfzehn Minuten daraus.«

Genau wie Sam freue ich mich darauf, endlich mal rauszukommen und etwas zu unternehmen, aber jetzt muss ich doch noch mal nachfragen.

»Du willst mit uns auf einen Friedhof gehen?«, wiederhole ich, um sicherzugehen, dass ich mich eben nicht verhört habe. »Mit toten Menschen?«

»Nein, nein, nein, das hier ist ein *lustiger* Friedhof.«

»Und du willst, dass wir lachen?«, frage ich entrüstet. »Danach werden wir dann von einem Geist heimgesucht!«

Mom schnaubt. »Das werden wir doch sowieso schon.«

Ich gehe voraus, während sie Sam von der kaputten Stereoanlage erzählt, die all unsere Sportkurse in Poltergeist-Zumba verwandelt. Obwohl ich immer noch sauer auf sie bin, bin ich froh, dass sie sich auch mal einen Tag lang entspannen kann, ohne sich Gedanken darüber zu machen, welches Urteil sich die Teilnehmer anhand der wenigen Dinge, die sie bisher von unserem Leben zu Hause erzählt hat, über sie gebildet haben.

»Der Friedhof ist dort oben«, ruft Sam und biegt nach links ab, wo der Bürgersteig endet und in einen Grasstreifen mündet.

Wir gehen noch ein paar Minuten, bevor ich in der Ferne die wehende US-Flagge und ein schwarzes historisches Schild entdecke. Der Eingangsbereich des Friedhofs ist ganz offensichtlich auch der älteste, mit verwitterten Grabsteinen und moosbewachsenen Mausoleen. Wir treten durch das Tor und begutachten diverse Gedenktafeln.

»Du meintest doch, es wäre lustig«, bemerke ich irritiert.

»Seht euch die Inschriften mal genauer an«, erwidert Sam und deutet mit dem Fuß auf eine. »Die zum Beispiel. ›Macht's gut, und danke für den Fisch.‹ Das ist aus ...«

Mir fällt die Kinnlade herunter. Ich habe einen Seelenverwandten gefunden. Einen richtigen Seelenverwandten.

»*PER ANHALTER DURCH DIE GALAXIS!*«

Sam ist sichtlich überrascht. »Du kennst den Spruch?«

»Ich habe einen Science-Fiction-Nerd großgezogen.« Mom reckt das Kinn. »Und ich bin auch einer.«

Ich schlendere durch die zugewucherten Reihen, wobei ich einen Bogen um die zahlreichen oberirdischen Gräber mache. Das ist wirklich eine außergewöhnliche Gedenkstätte. Am Ende einer Reihe liegt eine riesige Muschel, und überall stehen lebensgroße Heiligenstatuen, die über ihre jeweiligen Gräber wachen.

Ich geselle mich wieder zu Sam, der noch einen besonderen Grabstein gefunden hat. Auf diesem hier steht geschrieben: *Ich habe euch ja gesagt, dass ich krank bin.*

»Ich fühle mich schlecht, darüber zu lachen«, gestehe ich und frage mich, was Connor zu alledem sagen würde. »Ist das nicht respektlos?«

Seine Augen funkeln frech. »Ich glaube, die, die hier liegen, sind auch der Meinung, dass ein wenig Humor nicht schadet.«

Als rechts neben mir ein Huhn aus dem Gebüsch schießt, schreie ich auf.

»Tut mir leid.« Das Sonnenlicht ist so grell, dass ich die Augen zusammenkneifen muss, um dem fetten Vogel hinterherzuschauen, der gerade über eines der Gräber rennt und wild mit den Flügeln schlägt. »Ist das ein Huhn?«

Mom bricht in Gelächter aus und drückt eine Hand auf ihre Brust. Dann wirft sie die Hände in die Luft, rennt im Kreis und ruft: »Der Himmel stürzt ein! Der Himmel stürzt ein!«

Doch selbst das Zitat aus *Himmel und Huhn*, meinem Lieblingskinderfilm, kann die Kluft zwischen uns nicht schließen. Ich habe meinen Schutzwall heute ein bisschen heruntergelassen, aber Mom soll bloß nicht denken, sie könnte alles wiedergutmachen, indem sie ein paar Witze reißt. Ich verziehe keine Miene. Stattdessen sehe ich Sam mit hochgezogenen Augenbrauen an und warte auf eine Erklärung.

Als er merkt, dass ich nicht auf Moms Mätzchen reagiere, errötet er.

»In Key West gibt es überall wilde Hühner. Sie sind vor langer Zeit ausgebüxt oder wurden ausgesetzt, und jetzt sind sie einfach Teil der Insel. Wie Wildkatzen.«

»Haben sie irgendwelche Krankheiten?«

»Na ja, ich würde zumindest keins von ihnen essen.« Er tätschelt sich den Bauch. »Da wir gerade davon sprechen … Habt ihr Hunger?«

»Ich habe immer Hunger«, erwidere ich achselzuckend.

»Mir nach. Das wird euer Leben verändern!«

Sam verlässt den Friedhof durch den Südausgang, überquert die Straße und geht zu einer kleinen Tankstelle. Es ist die erste, die ich hier auf der Insel sehe. Ich gehe davon aus, dass er irgendetwas zu essen kaufen will, doch er geht an den Zapfsäulen vorbei und winkt uns zu sich.

Ich rieche den Taco-Truck, bevor ich ihn sehe. Die Seiten sind in leuchtenden Gelb- und Orangetönen gestrichen. Unten ist eine Graffiti-Eidechse aufgesprüht und auf der Seite der angebauten kleinen Veranda ein Huhn, das eine Margarita hält.

»Ich habe hier bestimmt schon achtmal zu Abend gegessen«, beichtet Sam. »Ich muss Ian etwas mitbringen, ansonsten wird er mich für immer und ewig hassen.«

Er gibt seine Bestellung auf, während ich mir die Speisekarte an der Innenseite des Fensters durchlese. Die Auswahl ist riesig, aber leider habe ich nur einen Magen. Ich weiche dem Mitarbeiter aus, der mit einem schweren Halbmond aus frittiertem Teig herauskommt. Die abgerundete Ecke ragt aus dem Papier heraus.

Sam greift nach seiner Empanada, als wäre sie mit Ambrosia gefüllt. Er beißt hinein und seufzt zufrieden. Dann kaut er bedächtig und mit halb geschlossenen Lidern.

»Das. Das ist ... oh mein Gott. Das wird jedes Mal besser.«

»Lass mich mal beißen«, fordere ich und reiße sie ihm förmlich aus der Hand. Ein Taco-Truck ist mir allemal lieber als Brads schicke französische Küche.

Sam bohrt die Finger in die Alufolie und legt die Empanada wie einen Football in seine Armbeuge, um sie vor mir zu beschützen.

»Hol dir deine eigene.« Als ich versuche, sie ihm zu entreißen, und dabei den »Hot Potato«-Song singe, bricht er in mädchenhaftes Gekicher aus. »Ein Bissen wird dir nicht reichen!«

»Dann halt nicht«, erwidere ich und strecke ihm die Zunge raus. »Gute Verteidigung.«

»Ähm, wir haben gar kein Geld dabei«, sagt Mom und verzieht das Gesicht. »Ich habe mein Portemonnaie nicht mitgenommen. Ich dachte, wir würden zum Mittagessen zurückfahren.«

»Keine Sorge. Hier. Hier.« Sam legt jede Menge kleine Scheine und Münzen auf den Tresen. Dann beginnt er, seine Empanada mit kleinen schnellen Bissen zu vertilgen. »Das müsst ihr unbedingt selbst erleben.«

»Ich nehme das Gleiche wie er«, sage ich.

Der Mitarbeiter schüttelt amüsiert den Kopf und reicht Sam ein paar Servietten, denn das Fett tropft von seiner Unterlippe, während er wie ein Wachhund über seinem Essen kauert.

Sam wischt sich den Mund ab und fährt sich über die nicht sehr dichten Bartstoppeln.

»Ausgezeichnete Wahl.«

Zu meiner Überraschung schiebt Mom etwas von meinem Wechselgeld wieder über den Tresen und bestellt sich ebenfalls eine Empanada. Ich dachte, sie würde einen Taco ohne Käse nehmen oder einfach eine Portion Pintobohnen. Als sie auch noch einen Churro ordert, kippe ich fast aus den Latschen.

Nachdem wir alle unsere Bestellungen bekommen haben, gehen wir zurück zum Friedhof und setzen uns auf eine alte Bank mit abblätternder weißer Farbe, die vor einem Eisenzaun steht. Ich wende mich Sam zu.

»Ich hätte nie gedacht, dass ich mal von mir sagen würde, dass ich einen Taco auf einem Friedhof gegessen habe.«

»Ich habe euch ja gesagt, dass das hier eine schräge kleine Stadt ist. Wie schmeckt es euch?«

»Lebensverändernd«, erwidere ich und nehme noch einen Bissen. »Es ist jeden einzelnen von deinen Pennys wert. Danke übrigens.«

»Gern geschehen.«

Mom hält mir ihren Churro hin. Der Duft von Butter, Zimt und Zucker steigt mir in die Nase. Fast spüre ich, wie sich die Süße auf meiner Zunge ausbreitet.

»Willst du was davon?«, fragt sie.

»Nein«, entgegne ich schnippisch und verschränke die Arme vor der Brust.

So lange war ich noch nie sauer auf Mom, aber so leicht kriegt sie mich nicht. Meine Würde ist mindestens *drei* Churros wert, vielen Dank.

Ian ist so in sein Essen vertieft, dass wir es uns erlauben können, auf dem Rückweg noch einen Abstecher bei einem Leuchtturm zu machen, den ich immer wieder aus der Ferne gesehen habe. Irgendwie seltsam, dass er so weit im Landesinneren steht.

Ich will nicht, dass dieser Nachmittag zu Ende geht, die willkommene Abwechslung zu dem ganzen Drama. Niemand versucht, meine Aufmerksamkeit auf sich zu ziehen oder sich gegen mich zu verschwören. Ich bin einfach ein ganz normales Mädchen im Urlaub, das aufhören sollte, so stur zu sein, und sich endlich mit seiner Mom vertragen sollte. Aber das tue ich nicht, denn diese Freiheit ist nur flüchtig. Ich bin kein normales Mädchen. Nicht mehr. Vielleicht werde ich das nie wieder sein, sobald das ganze Land mein Gesicht kennt.

Als wir zurückkommen, wartet neben dem Pool ein

Klempner. Aus dem Wohnzimmer dringt das Brummen einer Pumpe, deren orangefarbenes Verlängerungskabel sich durch die Haustür ins Freie schlängelt.

»Wir haben den Übeltäter gefunden. Die Toilette war verstopft.« Er hält einen babyblauen Kniestrumpf in die Höhe, auf dem ich Eiswaffeln und Katzen mit albernen Sonnenbrillen erkenne. »Gehört das dir?«

Kapitel 23

Auch wenn ich hin und wieder Heimweh habe, mag ich es, eine feste Routine zu haben. Morgens gibt es Frühstück, nachmittags stehen irgendwelche Aktivitäten an. An den Abenden, an denen wir Kandidaten rausschmeißen müssen, ziehen Mom und ich uns ins Gästehaus zurück und debattieren darüber, wer seine Sachen packen soll. Dass nur noch sechs Paare übrig sind, macht es einfacher, zu entscheiden, was wir anziehen oder tun.

Doch als Tall, Grande und Venti am nächsten Morgen wegen des Sockenvorfalls eine Notfallsitzung einberufen, mache ich gern eine Ausnahme von meiner Routine, um Chelseas Gesicht zu sehen. So wie Ella, Connor und Madyson dastehen, wissen sie bereits, worum es geht, auch wenn ihre Eltern noch vollkommen ahnungslos sind.

»Wir sind hier nur zu Gast, und egal, was passiert – wir müssen mit dem Grundstück respektvoll umgehen.« Venti geht im Foyer auf und ab. Sein Gesicht ist, abgesehen von den dunklen Augenringen, ganz fahl. »Ich glaube, wir alle sind Cole Sherwin ein großes Dankeschön schuldig, dass er so beherzt eingegriffen hat. Das hat uns vor noch größerem Schaden bewahrt.«

Klein Grady fängt an zu klatschen, dann applaudiert auch der Rest. Cole strahlt und macht ein paar kleine Verbeugungen.

Ich warte darauf, dass Venti Chelsea als die Übeltäterin

outet, doch er tut es nicht – wahrscheinlich, weil er weiß, dass ich mich immer noch mit Mom darüber streite.

Selbst wenn sie die Socke in die Toilette gesteckt hat, hat sie damit bestimmt nichts Böses bezweckt, meinte Mom, als wären wir keinen halb betrunkenen Kernkraftwerkmitarbeiter davon entfernt gewesen, ein Millionenanwesen zu fluten.

Als ich Connor beim Frühstück wiedersehe, wirkt er, als sei er ebenfalls genervt von der Situation.

»Du hast recht. Sie will es echt nicht wahrhaben.«

»Es ist, als würde sie auf einem anderen Planeten leben. Planet Brad, auf dem alles maßgeschneidert ist. Und wehe, deine Unterwäsche ist nicht aus handgewebtem Lama-Arsch-Fell.«

Statt mich wie gewöhnlich zu Mom, Brad und Chelsea zu setzen, bleibe ich bei Connor, was ihr offenbar nicht entgeht, denn sie sieht immer wieder traurig zu mir herüber.

»Hast du irgendeine Idee, wie du zu ihr durchdringen kannst? Ich könnte meinen Dad bitten, vielleicht mal ein paar Dinge zu erwähnen.«

»Das wäre super«, erwidere ich und stelle fest, dass sich Mom und Charles sowieso schon unterhalten, aber vielleicht fragt sie ihn auch nur nach Connor und mir. »Sie hält deinen Dad für ziemlich sensibel.«

»Das ist er auch. Er ist nicht unbedingt der Lustigste oder Extrovertierteste. Soviel ich weiß, lässt sich deine Mom oft bei ihm über die anderen aus. Er ist ein guter Zuhörer.«

Es schmerzt ein wenig, dass sie mit solchen Sachen nicht mehr zu mir kommt, auch wenn mir natürlich bewusst ist, dass sich unser Verhältnis in letzter Zeit drastisch verschlechtert hat. Ich will nicht ersetzt werden, aber ich kann ihr einfach nicht zuhören, wenn sie so tut, als wäre Chelseas Verhalten vollkommen in Ordnung.

Vielleicht steht ja irgendetwas an, das uns wieder näher zusammenbringt.

»Was ist für heute geplant?«, frage ich Sam, als ich, immer noch an einem Pfannkuchen kauend, das Haupthaus verlassen will, um kurz duschen zu gehen.

Er sieht auf seinem Tablet nach, scrollt durch seine E-Mails und schnappt sich einen Blaubeermuffin aus dem Korb.

»Anscheinend steht Rollschuhfahren auf dem Programm.«

Ich richte mich auf. »Wie konnte das denn passieren?«

»Du hast uns eine Liste mit deinen Hobbys geschickt, und die Produzenten versuchen, das in die Show zu integrieren. Das gibt uns einen kleinen Einblick in deine Persönlichkeit.«

Bisher haben wir noch kein einziges Mal in der Gruppe das Grundstück verlassen. Das ist der Vorteil, wenn nur noch so wenige Teilnehmer dabei sind, im Vergleich zu der Masse an Leuten am Anfang. Trotzdem braucht es zwei riesige Vans, um uns alle mit dem Kamerateam zur Rollschuhbahn zu kutschieren.

»Aktivitäten außerhalb sind logistisch gesehen immer der reinste Albtraum«, meint Ian, als ich ihm gegenüber den Aufwand erwähne. »Vor ungefähr einem Jahr habe ich bei einer Show über Konditoren mitgearbeitet, und einer der Stars ist einfach verschwunden. Eine Stunde später haben wir ihn gefunden – er war dabei, eine Hochzeit zu crashen.« Er lehnt sich vor und tippt Sam auf die Schulter.

»Hey, Sam, erinnerst du dich noch an diesen Tortenty-pen?«

»Der in Colorado, der sich besoffen und von Kopf bis Fuß mit Tomatensoße übergossen hat?«

»Genau der.«

»*Meint ihr, das gibt Flecken?*«, zitieren sie ihn gleichzeitig und kichern.

Die Fahrt dauert nur kurz und endet auf einem rechteckigen, mit Kieselsteinen bedeckten und von Palmen gesäumten Parkplatz. Die Metallwand des Gebäudes ist in Primärfarben gestrichen und mit comichaften Tierfiguren verziert. Die Teilnehmer klettern hinter uns aus dem Van und warten wie Kinder auf Anweisungen von Ian und Sam.

Als ich das Gebäude betrete, überkommt mich ein Anflug von Nostalgie. Hier sieht es fast so aus wie auf der Rollschuhbahn, die ich als Kind oft besucht habe. Rechts steht ein gläsernes Kassenhäuschen, daneben eine erbärmliche Auswahl an Videospielautomaten. Der Imbissstand ist total klebrig von der verschütteten Limo, und auf dem Tresen stapeln sich kleine Schachteln mit Süßigkeiten. Ich liebe es!

»Außer uns ist niemand hier«, stellt Madyson fest.

Ich wechsle verwirrte Blicke mit ihr und Ella. »Sie müssen die ganze Bahn gemietet haben. Umso besser.«

Ich folge dem blauen Teppichstreifen zur Ausleihe und erreiche sie vor allen anderen. Der junge Kerl hinter der Theke beobachtet, wie ich auf ihn zukomme, und greift nach einem Paar Low-Top-Rollschuhe, deren Rollen aussehen wie Augäpfel.

»Hi«, sagt er und starrt, ohne zu blinzeln, in die Kamera. »Ticket?«

Ich runzle die Stirn und werfe einen Blick über die Schulter, um Sam ausfindig zu machen. »Wir haben keine Tickets bekommen.«

»Ach ja, richtig. Ihr seid die vom Fernsehen. Ähm, welche Größe?«

»Sieben. Männergröße«, erwidere ich. »Inliner, falls ihr welche habt.«

Er reicht mir ein Paar abgewetzte Skates mit ausgefransten Schnürsenkeln. Als ich mich umdrehe, um mich zu setzen, platzt er heraus: »Bin ich dann auch im Fernsehen?«

Ian seufzt so übertrieben, dass mir die Luft, die er ausstößt, das Haar zerzaust.

»Ja, du bist schon jetzt ein heißer Emmy-Anwärter.«

Ich setze mich auf eine der Bänke an der Wand und schließe die drei Schnallen. Kurz darauf gesellen sich Ella und Madyson zu mir, beide mit klassischen Rollschuhen in den Händen.

»Ich kann nicht Rollschuh fahren«, gesteht Madyson. »Ich weiß nicht, wie man mit den Dingern bremst.«

»Klammere dich einfach an mich«, biete ich ihr an. »Als Kind bin ich ständig Rollschuh gefahren. Mein Dad hat früher Hallenhockey gespielt.«

Meine Stimme wird brüchig, als ich mich daran erinnere, wie er mir einen Schläger, der doppelt so groß war wie ich, in die Hand gedrückt hat. Damals habe ich Schüsse abgefeuert, bis ich Blasen an den Fingern hatte.

»Fahr bloß nicht die kleinen Kinder über den Haufen«, sagt Ella.

Mir wird bewusst, dass ich die ganze Zeit so viel über Chelsea gegrübelt habe, dass ich seit der Eröffnungszeremonie keinen Gedanken mehr daran verschwendet habe, ich könnte die Show mit einer Stiefschwester oder einem Stiefbruder verlassen. Bisher hat es sich eher angefühlt, als würde ich neue Freundschaften schließen, dabei wird eins von den anderen Kindern wahrscheinlich für immer Teil meines Lebens bleiben.

Bei Ella und Madyson ist die Vorstellung weniger beängstigend, da wir alle schon etwas älter sind – oder in Madysons Fall zumindest im Mittelstufenalter. Aber wenn ich mir die kleineren Kinder ansehe, wie zum Beispiel Sabrina, fällt es mir schwer, nicht in Panik zu geraten. Ich habe mein ganzes Leben als Einzelkind verbracht. Ich kann mir gar nicht vorstellen, eine Stiefschwester zu haben, die zehn Jahre jünger ist als ich. Was, wenn sie in der Schule gehänselt wird? Was, wenn sie unglücklich ist und ich nicht weiß, warum? Der Druck ist echt hoch.

Schon darüber nachzudenken stresst mich, daher lasse ich alle anderen vorangehen und warte auf Connor, der im zweiten Van mitgefahren ist. Er nimmt sich ein paar Rollschuhe, wechselt sie noch mal und tauscht dann das neue Paar gegen das erste.

»Ich hasse es, wenn es keine halben Größen gibt.«

»Ich trage einfach zwei Paar Socken.«

Er nickt beeindruckt. »Das ist schlau.«

Ich rücke, um ihm Platz zu machen. Er steckt seinen Fuß in den ersten Schuh, wickelt die Schnürsenkel um seine Faust und streckt das Bein, um sie festzuziehen.

»Brauchst du Hilfe?«, frage ich.

»Ich schaffe das schon.« Er zieht den Fuß so weit nach

oben, bis er die Schnürsenkel mit beiden Händen binden kann, ohne seine Schulter bewegen zu müssen.

»Kannst du überhaupt fahren?« Ich beäuge seine Schlinge. »Was, wenn du hinfällst?«

Connor setzt den einen Fuß ab und widmet sich dem zweiten Rollschuh.

»Ich weiß, du willst mir nur helfen, aber genau das meinte ich, als ich gesagt habe, dass ich nicht anders behandelt werden möchte, weil ... Du weißt schon.« Lächelnd dreht er an einer der Rollen. »Ich verspreche dir, dass ich mir nicht das Genick brechen werde.«

»Tut mir leid.« Ich verziehe das Gesicht und krümme mich, als würde mein Körper versuchen, sich in einen kleinen Ball der Scham zu verwandeln. »Tut mir echt leid. Ich wollte dich nicht bemuttern oder so.«

»Ist schon in Ordnung. Wirklich. Das passiert mir ständig.« Er zuckt mit einer Schulter. »Mein Orthopäde wäre wahrscheinlich auch nicht begeistert, wenn er davon wüsste, aber ich passe auf. Ich kann ganz gut Rollschuh fahren. Und ich habe auch meine Knie und alles getapt.«

»Was heißt das?«

»Es nennt sich Kinesio-Tape. Ist so was wie Klebeband, um die Gelenke zu schonen. Ich werd's dir zeigen.« Lächelnd stupst er seine gesunde Schulter gegen meine und bindet auch noch seinen zweiten Schuh zu. »Moment! Damit meinte ich nicht, dass ich es dir *zeigen werde*. Das klang jetzt vielleicht ein bisschen merkwürdig.«

Meine Wangen fangen an zu glühen. Während ich die anderen um uns herum beobachte, wird mir bewusst, dass Connor wahrscheinlich bald gehen muss. Ich hoffe, Mom gibt Ray eine faire Chance, aber alles dreht sich nur um

Brad, Brad, Brad. Und sollte sich zwischen ihr und Charles doch noch etwas entwickeln, werde ich ihr wohl oder übel meine Gefühle für Connor gestehen müssen.

Mom ist unberechenbar, und ich habe keine Ahnung, was die Produzenten ihr die ganze Zeit zuflüstern. Die wegen des Abwassers verschobene Sweetheart-Zeremonie findet nun morgen Abend statt. Es könnte also durchaus sein, dass Connor und ich heute zum letzten Mal Zeit miteinander verbringen.

Mein echtes Ich in meinem echten Leben würde das niemals tun, diese Show muss also irgendetwas Magisches an sich haben. Ich wende mich Connor zu, ohne mich darum zu scheren, dass ich ein Mikrofon trage und vielleicht ganz Amerika mitbekommt, was ich zu sagen habe. Es ist mein Leben – und es gibt auch ein Leben nach dieser Show.

»Hör mal, Connor. Ich mag dich, sehr sogar. Wahrscheinlich weißt du das schon längst, aber ich wollte ... es dir einfach sagen.«

»So viele Likes«, erwidert er und tut, als würde er ins Schwärmen geraten, bevor er wieder ernst wird. »Ich mache nur Spaß.« Er lächelt. »Ich mag dich auch.«

»Ich glaube, ich habe mich schon im ersten Moment ein bisschen ... ähm, in dich verknallt.«

»Fragen mich die Produzenten deshalb die ganze Zeit, ob ich dich hübsch finde? Ich will nicht lügen. Am Anfang, als ich dich noch als potenzielle Stiefschwester gesehen habe, fand ich das ganz schon merkwürdig.«

Ich lache und erinnere mich daran, dass ich mal die gleichen Vorbehalte hatte.

»Ja, das habe ich schon hinter mir. Außerdem hatte ich

nach der Scheidung meiner Eltern der Liebe eigentlich für alle Zeiten abgeschworen.« Okay, vielleicht nicht für *alle* Zeiten. Es ist ja nicht so, als wäre die Magie der Liebe verflogen. Doch seit ich miterlebt habe, wie fertig Mom nach Dads Affäre war, kenne ich den Unterschied zwischen »verzaubert« und »verhext«. »Aber anscheinend sorgt es für Spannung, denn Venti hat bei der Vorstellung, dass ich dich mögen könnte, förmlich gesabbert.«

»Dann sind wir also die verbotene Romanze?«

»Ja.« Ich drücke seine Hand. »Aber Dingeldein klingt lange nicht so melodisch wie Montague. Bilde dir also ja nicht zu viel darauf ein, Romeo.«

»Sollten wir es unseren Eltern sagen?«, fragt Connor.

»Ich glaube nicht. Sonst flippt Mom noch aus und schickt euch in der nächsten Runde nach Hause.«

»Aber wir können nicht zulassen, dass sich zwischen den beiden etwas entwickelt. Das wäre echt seltsam. Meinst du, mein Dad hat eine Chance?«

Ich schüttle den Kopf. »Ich weiß es nicht mehr. Zwischen meiner Mom und mir ist es immer noch total komisch. Wir müssen also so tun, als wäre nichts, bis es nicht mehr anders geht.«

»Du bist hier das böse Superhirn«, scherzt er. »Du entscheidest, wie wir es machen.«

Gemeinsam steigen wir über die gummierte Schwelle auf die Bahn und gewöhnen uns erst einmal an unsere Rollschuhe.

Ein paar Meter entfernt wackelt Madyson an uns vorbei. Beim kleinsten Anflug von Gefahr geht sie in die Knie und wirft die Arme in die Luft. Ihr steht bereits der Schweiß auf der Stirn.

»Ich schaffe das«, murmelt sie mantraartig vor sich hin. »Ich schaffe das.«

»Vielleicht sollten wir uns jetzt besser trennen«, merkt Connor an. »Die anderen fragen sich bestimmt schon, warum du dich nicht unter die Leute mischst. Schließlich bist du der Star.«

»Da ist was dran. Dann ignoriere ich dich jetzt also besser?«

»Klingt nach einem guten Plan. Ich sollte eh lieber schnell zu meinem Dad. Er ist ja schon in normalen Schuhen eine Katastrophe, von welchen mit Rollen ganz zu schweigen.«

Ich skate weg, genervt, dass wir uns voneinander fernhalten müssen, damit die anderen nicht eifersüchtig werden und wir nicht das soziale Gefüge zerstören, das die Produzenten im Sinn hatten. Ich will ihnen auf keinen Fall einen Grund liefern, Mom gegen Connor und Charles aufzuhetzen.

Ich versuche, mich die ganze Zeit sehen zu lassen und mich unters Volk zu mischen, drehe eine Runde nach der nächsten. Nachdem sie mich ein paar Minuten lang gejagt haben, fahren Ella und ihr Dad, AJ, zur Wand. Ich bleibe in der Mitte des äußeren Rings und beobachte, wie sich die Discokugel über uns dreht. Mom und ein paar der Kandidaten stehen auf der gegenüberliegenden Seite beieinander und machen sich über Cole und Charles lustig, die keine fünf Zentimeter weit kommen, ohne sich auf die Nase zu legen oder aber aneinander festzuklammern.

Connor hilft Grady, der für sein Alter einen erstaunlich festen Stand hat. Gradys Lachen, während er beobachtet, wie sein Dad über die Bahn schlittert, ist die reinste Freude.

»Daddy! Du bist SCHON WIEDER hingefallen!«

Sehr zu meinem Missfallen halten sich Brad und Chelsea ziemlich gut auf ihren Skates, wenn auch lange nicht so gut wie ich. Wenn ich an ihnen vorbeifahre, grinse ich ihnen zu, fahre rückwärts oder tanze zur Musik. Für meinen Geschmack laufen viel zu viele langsame Lieder und Balladen, aber schließlich geht es in der Show ja um Romantik.

»Ich glaube, langsam habe ich den Dreh raus!«, ruft Madyson staksend. Eigentlich läuft sie eher auf den Stoppern, statt richtig zu fahren, aber es ist schon ein Fortschritt.

»Soll ich dich mal drehen?«

»Nein! Ja! Tu es einfach, bevor ich es mir anders überlege!«

Ich ergreife ihre Hände, ziehe sie zu mir und beginne mich zu drehen. Kreischend zerquetscht sie meine Hände und kneift die Augen zu.

Währenddessen versucht Ian, unser Gespräch einzufangen, ohne uns beim Fahren zu stören. Inzwischen hat er die Bahn verlassen und taucht immer wieder hinter der Wand auf, wie ein verrücktes Erdmännchen.

Da Sabrina die Jüngste und auch die Unsicherste auf Rollschuhen ist, schnappe ich sie mir im Vorbeifahren und drehe eine halbe Runde mit ihr, bevor ich sie wieder absetze.

»Ich habe dir noch gar nicht gesagt, wie genial deine Ausrede mit dem Versteckspiel war, als wir erwischt wurden.«

274

»Ich wollte nicht, dass du von deiner Mom Ärger bekommst.«

Fast frage ich sie nach ihrer Mutter, doch da fällt mir wieder ein, dass Ray Mom beim Joggen erzählt hat, dass er Witwer sei.

»Danke. Du hast mir echt den Hintern gerettet.«

»Das stimmt.« Sie nickt, als würden wir gerade eine sehr ernste Unterhaltung führen. »Aber das habe ich nur gemacht, weil du so nett bist.«

Ich lege wieder einen Zahn zu und folge Ella, die sich inzwischen eingegroovt hat. Nun, eigentlich sollte es mich nicht überraschen, dass sie als Turnerin gut das Gleichgewicht halten kann. Wenn es an einer Stelle besonders voll wird, meide ich absichtlich Connors Blick, damit niemand etwas merkt.

Außerdem genieße ich einfach die Geschwindigkeit. Mir war nie bewusst, wie sehr ich das Rollschuhfahren vermisst habe. Nach Dads Hockeyspielen durften wir damals immer die Bahn benutzen. Wir jagten dem Ball hinterher, spielten Fangen und forderten einander zu Wettrennen heraus.

Ich beobachte, wie Mom mühelos eine Kurve nimmt und sich ihre Füße überkreuzen, und frage mich, ob sie auch an früher denkt. Doch plötzlich verfängt sich ihr rechter Knöchel an ihrem linken Schuh. Sie gerät ins Straucheln und kommt zuerst mit dem Knie auf dem Boden auf, dann mit dem Ellbogen. Sie rollt sich ab und landet vor dem Glashäuschen des Ansagers in der Ecke. Mir wäre es lieber, sie würde einfach weinen, doch stattdessen entweicht ihr ein klägliches, schmerzerfülltes Wimmern.

Ich eile zu ihr hinüber, habe aber Angst, sie anzufassen und es dadurch nur noch schlimmer zu machen.

»Wo tut es am meisten weh?«

Sie antwortet nicht.

»Mommy? Mommy?«

»Ich dachte, du wärst sauer auf mich«, krächzt sie und schluckt schwer, während ihr die Tränen über die Wangen kullern. Ihr Atem geht schnell und flach, und ihre Finger krallen sich wie Klauen in den Stoff ihrer Jeans. »Ist das Karma?«

Ich ringe mir ein Lachen ab, das in Anbetracht der Situation viel zu fröhlich klingt.

»Ich bin nicht mehr sauer auf dich. Ich kann nicht böse auf dich sein, wenn du verletzt bist.« Ich beuge mich über sie und mustere ihr bleiches Gesicht mit den zusammengepressten Lippen.

Ian ist der Erste, der bei uns ist. Er stellt die Kamera – die natürlich immer noch läuft – auf den Boden und schlittert auf Knien zu uns herüber.

»Soll ich einen Krankenwagen rufen?« Er zückt sein Smartphone, und sein Daumen schwebt bereits über dem roten Notfallknopf.

»Nein!«, schreit Mom, und er weicht zurück. »Kein Krankenwagen. Kein Krankenhaus. Mir geht's gut. Ich muss einfach nur diese Skates ausziehen und mich für den Rest des Tages ausruhen.«

Sams Füße klatschen über den Holzboden, als er auf uns zurennt, und seine Arme schwingen unkoordiniert vor und zurück. Dann schmeißt er sich so schwungvoll neben Mom, dass er dabei Ian umwirft.

»Julia, oh mein Gott, ist alles in Ordnung? Du bist umgefallen wie ein Sandsack.«

Ich beuge mich weiter zu ihr herunter und lege die Hand an den Mund.

»Mom, wenn es darum geht, dass du keine Versicherung hast ... Die Show wird die Kosten decken. Bist du sicher, dass du keinen Arzt brauchst? Das war echt ein heftiger Sturz.«

»Es ist alles okay«, bekräftigt Mom und reckt die Arme in die Luft wie ein Kleinkind. »Mir muss nur jemand ... aufhelfen.«

Keine Ahnung, wo Tall und Grande sind, doch Venti eilt mit dem Handy am Ohr zu uns herüber und gibt gerade den Rest einer Adresse durch. Es ist das erste Mal, dass er sich genauso schnell bewegt wie alle anderen.

»Sehr gut.« Dann fügt er an uns gewandt hinzu: »Der Krankenwagen ist schon auf dem Weg.«

Mom entweicht ein weiterer Schrei, doch ich weiß nicht, ob es wegen der Schmerzen oder wegen des Krankenwagens ist.

»Ich brauche keinen Krankenwagen. Das ist nicht nötig.«

»Du wirst jetzt untersucht«, sagt Venti bestimmt. Ausnahmsweise stimme ich ihm zu. »Kann jemand draußen auf den Krankenwagen warten?«

Madyson und Edgar erklären sich bereit, während Ella und AJ den Mitarbeitern dabei helfen, die Türen festzustellen, für den Fall, dass die Sanitäter mit einer Trage hereinkommen. Charles zieht Mom die Skates aus, während Connor ihre Schuhe vom Ausleihtresen holt.

»Ich glaube wirklich, dass ich mich einfach nur hinsetzen muss«, wiederholt Mom.

Connor stellt ihr die Schuhe hin und sucht meinen Blick. Dabei überlässt er es mir, ob ich näher kommen will. Zentimeter um Zentimeter bewege ich mich auf ihn zu, bis wir uns beinahe berühren. Ich muss nicht mit ihm reden. Ich brauche ihn nur bei mir.

Ray ist der größte von den verbliebenen Teilnehmern. Er hebt Mom hoch, und als er sie richtig in seinen Armen positioniert, fällt ihr Kopf auf seine Brust.

Sie stupst ihn an. »Du hättest mir nicht gleich das Bein brechen müssen, um mit mir zu kuscheln.«

»Es ist gebrochen?« Ich schnappe nach Luft und beiße mir auf die Fingerknöchel. Ich denke an all die Wettläufe im Herbst, die sie jetzt verpassen wird. Der alljährliche Spooky-Sprint-Marathon und die Kostümparty. Der Zehn-Kilometer-Kürbislauf. »Oh Mann, das ist schlimm. Du brauchst *wirklich* einen Arzt.«

»Nein, ich glaube nicht«, erwidert Mom schwer atmend, während Ray sie auf der nächsten Bank absetzt. »Ich habe nur übertrieben.«

Sam – der arme unsportliche Sam – rennt zum Imbissstand, und seine Arme flattern wie die einer Vogelscheuche im Wind. Er schnappt sich eine Packung Zuckerwatte vom Regal und reißt sie mit den Zähnen auf. Das rosafarbene Zeug explodiert förmlich, als er es aus der Tüte holt, um sie mit Eis aus dem Eiswürfelbereiter zu füllen.

»Hier«, sagt Sam keuchend, als er wieder bei uns ist, und drückt mir den improvisierten Kühlakku in die Hand. »Im Handschuhfach des Vans sind auch noch Schmerztabletten!«

Während er zur Tür hinauseilt, fummelt er an den Schlüsseln an seinem Gürtel.

Ich beobachte die Szene mit einer Mischung aus Faszination und Mitleid. Ein bisschen erinnert er mich an das aufgekratzte Huhn auf dem Friedhof.

»Ich glaube, Sam kann nicht sonderlich gut mit Druck umgehen.«

Mom schnaubt. »Wie kommst du denn auf die Idee?«

Kapitel 24

Mom ist eine fürchterliche Patientin. Wenn ich krank oder verletzt bin, macht sie immer so einen Aufstand, dass ich angefangen habe, sie »Smother Mother« zu nennen, als ich einmal die Grippe hatte. Aber jetzt, da ihr Knie lila und auf die Größe eines Baseballs angeschwollen ist, unterstellt sie mir, ich würde mir zu viele Sorgen machen.

»Beim Arzt machen sie auch nichts anderes als das, was ich eh schon getan habe«, sagt sie, schüttelt ihren Eisbeutel und lässt sich tiefer in die Kissen sinken. »Ich habe Wasser. Ich habe Ibuprofen. Und der Sanitäter hat gemeint, es sei alles in Ordnung.«

Ich unterdrücke das Bedürfnis, ihre Decken zu richten und ihre Temperatur zu messen. Ihr ist doch bestimmt kalt von dem ganzen Eis.

»Auf einer Skala von eins bis ›das eine Mal, als du in eine Nähnadel getreten bist‹, wie sehr tut es weh?«

»Zwei Komma fünf«, erwidert sie. »Ich habe eine Geburt hinter mir, weißt du? Ich glaube, da werde ich ein geprelltes Knie überleben.« Ein wenig sanfter fügt sie hinzu: »Geh jetzt ins Bett. Ich rufe dich, wenn ich etwas brauche.«

»Geh aber nirgendwo ohne mich hin«, fordere ich und stehe so vorsichtig wie möglich auf, damit sich ihr Bein nicht bewegt. »Ich komme und helfe dir, wenn du aufs Klo musst.«

Mom deutet auf den kopflosen Moppstiel, den sie als Krücke benutzt. »Ich komme schon zurecht. Ich setze mich höchstens mal ein bisschen vors Haus, um frische Luft zu schnappen. Und vielleicht gönne ich mir einen Drink.«

»Okay, na schön. Versuch, dich ein wenig auszuruhen.« Ich lasse die Tür einen Spaltbreit offen, damit das Licht vom Pool hereinfällt.

Zurück in meinem Zimmer, öffne ich meinen Pferdeschwanz und krieche unter die Bettdecke. Allerdings gleite ich nur in eine Art Halbschlaf, weil sich die Sorge um Mom immer wieder meldet.

Was, wenn ihr Knie ernsthaft verletzt ist und wir nicht mit den Dreharbeiten fortfahren können? Was, wenn sich alles verschiebt und ich wieder in die Schule muss?

Stöhnend wende ich mein Kissen auf die kühlere Seite.

»Was machst du denn hier?«, höre ich Mom von draußen. »Es ist schon spät.«

Ich springe aus dem Bett, eile zum Fenster und pralle beinahe mit dem Gesicht gegen die Scheibe. Ich lasse den Blick über den Rasen und den Poolbereich schweifen, kann aber niemanden entdecken.

»Wenn das Brad ist, raste ich aus«, murmle ich und vergesse dabei, dass mein Zimmer verwanzt ist. Als Mom hingefallen ist, hat er sich sofort verdünnisiert.

Ich erkenne das tiefe Grollen von Sams Stimme, und meine Schultern entspannen sich.

»Ich musste mich noch um ein paar Sachen für morgen kümmern und habe dich hier sitzen sehen. Da dachte ich, ich schaue mal nach dir. Wie geht's deinem Bein?«

»Ging ihm schon mal besser«, gesteht Mom. »Aber nichts, was ein bisschen Eis nicht wieder richten könnte.«

»Das Eis auf deinem Knie oder das in deinem Bourbon?«

Mom kichert. »Ich glaube, du kennst die Antwort auf diese Frage.«

Ich schleiche auf Socken durchs Haus und verstecke mich in der Küche in einer Ecke, von der aus ich alles gut sehen und hören kann. Mom hat eine der Liegen unter die Überdachung gezogen – etwas, was sie mit ihrem verletzten Knie *nicht* machen sollte. Sam sitzt neben ihr auf dem Betonboden, die Knie an die Brust gezogen.

Sie erinnern mich ein bisschen an Vanessa und mich, wenn wir auf dem Flur vor unseren Apartments abhängen. Keine Spiele, keine Handys. Nur wir beide, zusammen und glücklich.

»Es ist so ein herrlicher Abend«, bemerkt Sam. »Ich wohne in Pittsburgh, daher kenne ich das nicht, dass es nachts so dunkel wird. Unglaublich, wie viele Sterne man hier sehen kann.«

Mom schlüpft aus ihren Flipflops und lässt sich tiefer in ihre Liege sinken, um zu den Sternen aufzublicken, die nicht vor lauter Lichtverschmutzung unsichtbar geworden sind.

»Ich wünschte, ich würde ein paar Sternbilder kennen, aber für mich sieht da oben alles gleich aus. Ich kenne lediglich den Großen Wagen.«

»Der Große Wagen gehört eigentlich zu einer anderen Konstellation«, erklärt Sam und nimmt einen Schluck von seiner Traubenlimo. »Er ist kein allein stehendes Sternbild.«

»Wirklich? Das wusste ich gar nicht.«

»Ich mag unnützes Wissen«, erklärt Sam achselzuckend. »Zu Hause machen sie in diesem einen Café öfter Quiz-Abende. »Da ich sonst kein Leben habe, gehe ich da immer hin.«

»Mach dir keinen Kopf. Mein Leben ist auch ziemlich langweilig. In einer TV-Show mitzumachen, ist wahrscheinlich das Spannendste, was mir je passiert ist. Und Cara.«

»Bist du froh, dass du dich entschieden hast, hier mitzumachen?«

Mom schwenkt ihren Drink, und die Eiswürfel schlagen klirrend gegeneinander.

»Ich bin nur wegen des kostenlosen Alkohols hier«, behauptet sie und trinkt einen Schluck. »War bloß ein Scherz. Bisher macht es mir echt Spaß, aber trotzdem ist es schwerer, als ich es mir vorgestellt hätte. Und du? Was hat dich dazu verleitet, für die Show zu arbeiten?«

»Um ehrlich zu sein, habe ich nicht den Luxus, sonderlich wählerisch sein zu können«, erwidert Sam. »Ansonsten wäre es eine Sendung über Immobilien geworden. Ich bin immer noch dabei, Kontakte zu knüpfen, um an größere Aufträge zu kommen. Bei dem hier hat mir Ian geholfen.«

»Er wirkt immer so … wütend.«

»Ja, er benimmt sich wie ein launischer Teenager. Aber er ist ein guter Kerl. Das habe ich gleich erkannt, als ich ihn kennengelernt habe, obwohl er mich angeschrien hat, weil ich seine Jacke umgehängt hatte.«

»Ich wünschte, ich hätte eine bessere Menschenkenntnis.« Mom seufzt. »Mein Ex ist ein richtiger Blender. Ich habe Angst, dass ich es wieder vermassle.«

Sam schüttelt den Kopf. »Ich wette, dass meine Ex noch schlimmer ist als dein Ex. Sie hat mir an unserem vierten Hochzeitstag per Textnachricht mitgeteilt, dass sie sich scheiden lassen will.«

Ich beiße mir in die Faust, um nicht laut loszulachen. Sam hat ja keine Ahnung, welchen Wettbewerb er da gerade losgetreten hat. Ein Wettkampf *und* meinen Dad schlechtreden? Da kann Mom auf keinen Fall widerstehen.

»Unmöglich, dass deine Ex schlimmer ist als mein Ex«, sagt Mom. »Einmal sind wir mitten im Winter mit Cara nach Maine gefahren. Rick ist ja so stolz auf seinen SUV und meint, er könne Wind und Wetter trotzen. Aber es hat so heftig geschneit, das kannst du dir nicht vorstellen. Und dann ...«

Ich schleiche zurück ins Bett und schließe das Fenster. Das Gespräch nehme ich nun nur noch als leises Murmeln wahr. Ich bin gerade am Einschlafen, da dringt Moms Lachen durch die Scheibe. Es klingt authentisch, atemlos, beinahe hysterisch.

Ich kann mich nicht daran erinnern, wann sie das letzte Mal – außer mit mir – so gelacht hat.

***

Sofort als ich am nächsten Morgen Moms Wecker höre, springe ich zu ihr ins Bett und setze mich auf meine Unterschenkel.

Sie lehnt sich an das Kopfteil, zieht eine Augenbraue hoch und gähnt ausgiebig.

»Du bist aber früh auf«, bemerkt sie ein wenig misstrauisch.

»Du bist in Sam verknallt«, platze ich heraus. »Ich habe euch gestern Nacht draußen kichern gehört und mitbekommen, wie ihr euch wie die größten Nerds auf Planet Nerd über Sterne unterhalten habt.«

Ihr Gesicht wird röter als ein Chamäleon auf einem Hydranten. Sie kneift mir in den Bauchspeck.

»Du hast uns belauscht!«

Mir fällt auf, dass sie es nicht abgestritten hat.

»Ich sehe es deutlich vor mir.« Ich zeichne ein unsichtbares Banner in die Luft. »›Star von Datingshow verliebt sich in Produktionsassistenten.‹«

»Hör auf«, schimpft Mom und wirft mir ihre Decke über den Kopf. »Das geht dich überhaupt nichts an.«

Ich kämpfe mich aus der Decke. »Oh, und wie mich das etwas angeht. Ich bin durch das ganze Land geflogen, um in dein Liebesleben involviert zu werden. Ich habe also jedes Recht der Welt, Witze darüber zu reißen.«

Normalerweise wäre ich ja vorsichtiger, da ich weiß, dass die Produzenten zuhören, aber für meine Gespräche mit Connor scheinen sie sich auch nicht zu interessieren, obwohl sie bestimmt gegen irgendeine Regel verstoßen.

»Selbst wenn es so wäre, würde es niemals funktionieren. Die Produzenten haben ja nicht so viel Zeit und Geld investiert, nur damit ich mir am Ende einen von der Crew aussuche.« Mom reibt ihr verletztes Knie wie einen Handschmeichler.

»Ja, aber du willst auch nicht für den Rest deines Lebens so einen Idioten wie Brad an der Backe haben.«

Mom schiebt ihre Decke mit dem gesunden Fuß weg. »Darüber will ich nicht mehr reden.«

Mir läuft es eiskalt den Rücken hinunter, als ich die Wahrheit begreife. Ich spüre es in meinem Bauch, wie ein großes, schlimmes, lang gehütetes Geheimnis. Ich straffe die Schultern und bäume mich vor ihr auf. Sie weigert sich, mir in die Augen zu schauen.

»Sieh mich an«, flüstere ich. »Ich will nicht, dass du dir jemanden so Fürchterliches aussuchst, nur weil du willst, dass dich die Zuschauer mögen.«

»So etwas würde ich niemals tun.« Vielleicht kann sie allen anderen etwas vormachen, aber *ich* höre das Zögern in ihrer Stimme.

Wut überkommt mich, als mir bewusst wird, dass das hier niemals ein fairer Kampf gewesen ist. Mom waren die ganzen albernen Spiele und Gruppendates egal. Die Beweise gegen Chelsea könnten genauso gut gar nicht existieren.

»Deshalb willst du Brad nicht loswerden.« Ich denke über seine Arroganz nach, die besitzergreifende Art, wie er sie berührt. »Du weißt, dass das für das größte Drama sorgt. Für die beste Show. Oder, ich weiß nicht …« Ich knurre frustriert. »Du tust es nicht aus Liebe, Mom. Du tust es nicht, um endlich glücklich zu werden.«

Mom packt mich so ruckartig und kräftig an den Schultern, dass ich überrascht aufjaule. Mein Herz trommelt in meiner Brust, schnell und wild.

»Brad ist vielleicht nicht der Beste von ihnen, aber bei ihm erwartetet mich keine böse Überraschung. Ich weiß, was für eine Art Mann er ist. Er will mich dabei unterstützen, aus meinem Fitnessstudio eine Kette zu machen.«

»Aber das ist es doch nicht wert«, sage ich, und das meine ich auch so. Es ist mir egal, wenn ich mein Studium um ein paar Jahre nach hinten schiebe oder Vanessa anbetteln muss, mir einen Job als Küchenhilfe zu verschaffen.

»Diese Entscheidung liegt nicht bei dir.«

Zeit für eine andere Taktik. »Aber dann habe ich Chelsea an der Backe. Du weißt, wie fürchterlich sie ist, auch wenn du es nicht zugeben willst. Wahrscheinlich wird sie unser Haus niederbrennen – oder unser Apartment, wie auch immer.«

»Sie wird doch nicht so lange bei uns bleiben«, entgegnet Mom. »Sie ist fast achtzehn. Ihr macht dieses Jahr beide euren Schulabschluss. Klar, am Anfang habe ich nicht kapiert, warum mich die Produzenten die ganze Zeit nach Brad gefragt haben. Doch als ich mich mit ihm unterhalten habe, ist mir schnell aufgefallen, dass mehr in ihm steckt als das, was man auf den ersten Blick sieht. Du musst mir vertrauen.«

Es tut mir selbst weh, dass ich es nicht tue. Nicht, was Brad angeht. Ich hasse es, dass sie für alles, was ich sage, ein Gegenargument hat. Das bedeutet, dass sie schon die ganze Zeit, wenn sie ins Leere gestarrt und am Verschluss ihres Armbands herumgefummelt hat, darüber nachgedacht hat, wie sie mir ihre absichtliche Ignoranz erklären soll.

»Mom.« Ich schlinge die Arme um sie, drücke meine Hände gegen ihre Schulterblätter und atme den blumigen Duft ihres Parfüms ein. »Du stehst doch nicht zum Verkauf.«

Ich spüre die Wärme ihrer Tränen auf meiner Haut. Und ich halte sie. Halte sie ganz fest. Für uns beide.

Kapitel 25

Bevor ich Mom dazu bringen kann, ihre Gefühle für Sam zu gestehen, steht er mit zwei braunen Papiertüten und einem Kanister mit Orangensaft mit Fruchtfleisch in unserer Küche. Als ich sein cremefarbenes Poloshirt mit dem breiten weinroten Kragen und die Socken mit dem grau-roten Karomuster sehe, die aus seinen schicken Schuhen herausragen, muss ich mir das Lachen verkneifen. Obwohl er mit Angela so viel über unsere Outfits diskutiert, scheint er, was ihn selbst betrifft, nur wenig Sinn für Mode zu haben.

»Guten Morgen«, sagt Mom und drückt sich mit ihrem gesunden Bein hoch, um zwei Tassen vom Regal über der Spüle zu holen. Die Kaffeemühle erwacht zum Leben, und das Pulver fällt in einen Messbehälter, den Mom in die Cappuccino-Maschine eingesetzt hat. »Sam, möchtest du auch einen Kaffee? Es hat zwar lange gedauert, aber ich weiß jetzt, wie man dieses Teil benutzt, ohne dass der Espresso durch die ganze Küche spritzt.«

»Gern.« Er öffnet die Tüten und holt Sandwiches, Obst sowie einen Karton mit hart gekochten Eiern heraus. »Das gemeinsame Frühstück fällt aus, weil heute Abend ein besonderes Event ansteht. Ihr müsst hier im Haus bleiben, bis ihr von einem von uns abgeholt werdet.«

»Wir haben also Hausarrest«, scherzt Mom und reicht mir einen Cappuccino mit Rohrzucker, Sam bekommt einen ungesüßten.

Er nimmt den Deckel von dem silbernen Zuckerdöschen und kippt einen gehäuften Löffel in seine Tasse. Als er seinen Kaffee umrührt, höre ich, wie der Zucker über den Boden reibt.

»Was denn für ein Event?«, frage ich und greife nach einem Sandwich mit Bacon, Ei und Käse.

»Viel darf ich euch nicht verraten, aber sagen wir es mal so: Die Wahl dürfte euch heute deutlich leichterfallen als erwartet.«

»Gut«, erwidert Mom und macht einen Trommelwirbel auf der Küchentheke. »Denn … DAMMDAMM-DAMMDAMM!« Sie wirft die Arme in die Luft und den Kopf in den Nacken. »Der Moment der Wahrheit ist gekommen.«

»Was für ein Moment soll das sein?«, frage ich.

»Heute werden die Top Five gewählt«, sagt sie, nimmt die Teilnehmerliste vom Kühlschrank und schiebt sie mir zu. Sie wurde schon so oft überarbeitet und aktualisiert, dass man kaum noch etwas erkennen kann. »Cole und Grady. AJ und Ella. Brad und Chelsea. Edgar und Madyson. Ray und Sabrina. Connor und Charles.«

»Genau, heute entscheidet ihr, wer es unter die letzten fünf schafft«, verkündet Sam ehrfürchtig. »Für die Show ist das ein wichtiger Meilenstein. Jetzt wird es ernst. In deiner Zukunft könnte ein Ring auf dich warten, Julia.«

Mir gefällt nicht, wie das klingt.

Sam erklärt weiter, dass es am Ende sogar eine Hochzeit geben könnte, die live im Fernsehen ausgestrahlt wird. Natürlich würden alle Kosten übernommen werden. Die Möglichkeiten für Schleichwerbung wären schier endlos.

Ich stelle mir vor, wie Dad und LeAnne an Moms Promi-Hochzeit teilnehmen müssten – das wäre die ganze Sache fast wert.

Nach dem Frühstück lässt uns Sam allein, damit wir mal einen Nachmittag ohne Aktivitäten und erzwungener sozialer Interaktion genießen können. Mom und ich hauen uns aufs Sofa und essen eine Tüte Blumenkohl-Cheddar-Chips, was von dem ganzen gesunden Kram noch am ehesten geht.

»Das war so süß von Sam, dass er uns Frühstück gebracht hat«, bemerke ich augenzwinkernd. »Er ist so ein netter Kerl, nicht wahr?«

»Du bist so frech«, erwidert Mom, nimmt die Tüte an sich und schüttet sich die restlichen Krümel in den Mund. »Zu Edgar und AJ konnte ich bisher keine richtige Verbindung aufbauen. Ich glaube, ich würde am ehesten Edgar nach Hause schicken. Aber du verstehst dich richtig gut mit Madyson, oder?«

»Nicht wirklich«, erwidere ich, vor allem, da ich dadurch Connor vielleicht vor dem Rauswurf bewahren kann. »Ich habe nur für sie Partei ergriffen, weil Chelsea so fürchterlich ist.«

»Nicht schon wieder.« Sie stöhnt. »Brad zu wählen wäre das Allerklügste. Ich weiß, dass er mir einen Antrag machen würde, und er unterstützt meine beruflichen Ziele. Er weiß mich zu schätzen. Er fordert mich dazu heraus, immer besser zu werden. Und die anderen … Ich weiß nicht. Ray trauert noch viel zu sehr um seine verstorbene Frau. Cole ist zu … jung für mich. Oder jedenfalls verhält er sich so. Charles ist zwar nett, aber es funkt einfach nicht zwischen uns. Brad und ich verstehen uns. Wir streben beide nach Erfolg.«

»Du findest also, ihr versteht euch. Was für eine herzergreifende Liebesbekundung, Mom. Ich meine, das ist der Stoff, aus dem Liebesfilme gemacht sind, oder?« Ich verdrehe die Augen so weit, dass es wehtut. »Wie kannst du dir überhaupt so sicher sein, dass Brad dich wirklich heiraten will?«

»Er hat es mir gesagt.«

»Hat er das?«, fauche ich und beiße so fest die Zähne zusammen, dass mir die Ohren wehtun. »Uff, wie ich diesen Typen hasse!« Ich setze mich auf meine Unterschenkel und wende mich Mom zu. »Jetzt mal im Ernst. Du verdienst es, mit jemandem zusammen zu sein, der dich glücklich macht. Und ich weiß, dass du Sam magst. Er ist fürsorglich, witzig und nett. Als du hingefallen bist, war er so besorgt um dich, dass ich schon dachte, er würde alles vollkotzen.«

»Weißt du«, erwidert Mom und kaut auf ihrer Unterlippe, »deinen Dad habe ich so geliebt, wie du es aus diesen Liebesfilmen kennst. Vom ersten Moment an wollte ich für den Rest meines Lebens mit ihm zusammen sein. Und wir wissen alle, was daraus geworden ist. Vielleicht ist es nun an der Zeit, sich Gaston einmal genauer anzuschauen, statt dem Prinzen nachzujagen.«

Ich richte einen mit Käsepulver bedeckten Zeigefinger auf sie. »Lass dir das hier nicht von Dad ruinieren. Es gibt einen Grund, warum diese Show *Second Chance Romance* heißt und nicht *Second Chance ›Ich schätze, du bist gut genug‹.«*

»Das ist die Fortsetzung«, erwidert sie kichernd.

»Würdest du bitte einfach zugeben, dass du Sam magst?«

291

Sie seufzt. »Na schön. Ja, ich mag Sam. Du hast recht. Er hat ein gutes Herz, und er bringt mich zum Lachen. Aber das allein reicht nicht für eine Ehe oder Elternschaft. Außerdem geht es in dieser Show um etwas anderes. Ich soll mich auf die Bewerber konzentrieren. Sie wurden als potenzielle Matches ausgesucht, nicht die Mitarbeiter.«

Das ist immerhin ein Anfang.

»Aber würdest du sie woanders kennenlernen, in der Stadt oder so, würdest du dich dann nicht eher für Sam als für Brad entscheiden?«, hake ich nach.

»Es hat doch keinen Zweck, über irgendwas zu diskutieren, was ohnehin niemals eintreffen wird.«

Mom weicht unangenehmen Themen gern aus, aber ich lasse mich nicht beirren. Nicht, was das angeht.

»Wenn du könntest!«, bohre ich nach.

Sie zerknüllt die leere Chipstüte. »Ja. Ist es das, was du hören willst? Wenn ich könnte, würde ich mich für Sam entscheiden. Aber es geht nicht. Und ich will jetzt nicht mehr darüber reden.«

»Okay.« Ich weiß, dass ich sie jetzt genug bedrängt habe, und gebe ihr einen Kuss auf die Stirn. »Ich gebe dir ein wenig Zeit, um über deine Taten nachzudenken, junge Dame«, versuche ich, sie so gut wie möglich zu imitieren. »Vergiss nicht, dass wir um fünf Uhr fertig sein sollen.«

Während Mom sich geistig ausklinkt und einen neuen Weltrekord im Nicht-Blinzeln aufstellt, gehe ich meine Kleider und Accessoires durch und stelle ein Outfit zusammen, das ich nachher noch von Angela absegnen lassen muss. Immer wieder laufe ich zwischen meinem Schlaf- und meinem Badezimmer hin und her und betrachte mich im Spiegel. Schließlich entscheide ich mich für ein schwarzes Cocktailkleid mit perlenbesetzten Trägern, die sich vorn kreuzen. Es eignet sich für alles Mögliche und ist damit genau das, was ich brauche, denn ich habe keine Ahnung, was uns heute Abend erwartet.

Als ich wieder einen Blick ins Wohnzimmer werfe, sitzt Mom immer noch zusammengekauert auf dem Sofa, die Hände auf die Augen gepresst. Ihre Schultern beben, und sie atmet zittrig ein. Ich stelle mich hinter das Sofa, greife über die Lehne und massiere ihr den verspannten Nacken.

»Alles wird gut«, versichere ich ihr. »Wir kriegen das schon hin.«

»Wirklich?«, murmelt sie. »Was, wenn ich mich falsch entscheide?«

Ihre Selbstzweifel werfen in mir die Frage auf, ob meine Worte vielleicht doch bei ihr angekommen sind.

»Was sagst du mir immer, wenn ich wegen Dad wütend bin?«, frage ich und denke an all die Wochenenden, an denen ich mit den Taschen voller vollgerotzter Taschentücher von Dad und LeAnne nach Hause gekommen bin.

Mom nickt und holt noch einmal tief Luft.

»Lass sie niemals deine Tränen sehen.«

Kapitel 26

Obwohl Sam schon meinte, dass die Wahl der Top Five eine große Sache sei, hätte ich im Haupthaus nicht so einen Aufruhr erwartet. Als wir hereinkommen, unterhält sich Danny Romano vor dem Flur, der zur Bibliothek führt, mit den Produzenten. Das ist schon der erste Hinweis, dass heute irgendetwas anders ist. Abgesehen von der Sweetheart-Zeremonie ist Danny Romano so gut wie nie hier.

Er kommt auf uns zu und schiebt uns auf die richtige Position, damit Ian uns filmen kann. Es ist leicht zu erkennen, wenn Danny Romano durch uns zum Publikum spricht, denn seine Stimme wird dann tiefer, er spricht langsamer und betont jedes einzelne Wort.

»Für die Wahl der Top Five haben wir etwas ganz Besonderes geplant«, erklärt er und deutet ins Foyer, in dem bereits zehn Frauen warten. Manche tragen furchtbar spießige Abendroben, andere wiederum Kleider, die so casual sind, dass es schon fast peinlich ist. »Heute Abend werdet ihr mit den Ex-Partnerinnen zu Abend essen statt mit den Bewerbern. Das ist eure Chance, aus erster Hand mehr über die Männer zu erfahren.«

Mittlerweile habe ich einen siebten Sinn dafür entwickelt, wenn Ian die Kamera nur auf mich richtet, also spreche ich die eine Million Fragen, die mir durch den Kopf schießen, nicht laut aus. Ich weiß, dass Ray Witwer ist, vielleicht haben sie für ihn eine Freundin geschickt. Doch das erklärt nicht die Tatsache, dass es zehn Frauen, aber nur sechs Bewerber sind.

So, wie Mom die Augenbrauen hochzieht, scheint sie ebenfalls irritiert zu sein.

»Ihr bleibt hier stehen, und wir schicken sie herein«, flüstert Sam und begleitet uns zur Tür, die in den Speisesaal führt. »Ihr seid das Empfangskomitee.«

Mom streicht ihr Haar glatt und zupft einen Fussel von ihrem Kleid. Ich bin es so gewohnt, sie in High Heels zu sehen, dass sie in ihren klobigen, kniefreundlichen Pumps, die Angela extra noch in der Stadt besorgt hat, total klein wirkt. Ich stelle mich rechts neben sie. Es duftet so herrlich nach Roastbeef und Kartoffeln, dass mir das Wasser im Mund zusammenläuft. Mir ist schon klar, dass ich eben erst zwei Teller davon verspeist habe, aber ich finde es trotzdem unfair, dass wir nicht vor laufender Kamera essen dürfen.

Die erste Frau, die hereinkommt, ist eine zierliche Brünette mit Rehaugen und vollen Lippen. Die Schleife an ihrem gelben Sommerkleid wippt auf und ab, während sie in ihren Cowboystiefeln auf uns zukommt.

»Hi«, sagt sie und umarmt uns. »Ich bin Amelia. Coles Ex. Schön, euch kennenzulernen.«

»Ebenso«, erwidere ich und blicke nach unten. »Tolle Stiefel.«

»Oh.« Sie presst sich die Hand aufs Herz. »Wie süß du doch bist!«

Als die nächste Dame hereinkommt, muss ich zweimal hinsehen. Kurz frage ich mich, ob sie und Amelia Zwillingsschwestern sind. Aber bei genauerem Hinsehen ist

Amelias Nase nicht ganz so gebogen, und ihr Haar ist eine Nuance dunkler.

»Ich bin Emily«, stellt sich die Frau vor und gibt Mom die Hand. »Coles zweite Ex-Frau. Wir kommen direkt hintereinander heraus, damit ihr nicht durcheinanderkommt.«

»Da sind noch mehr?«, fragt Mom ungläubig.

»Oh, Schätzchen.« Emily nickt. »Es gibt fünf von uns – und wir sehen alle aus wie Schwestern. Zu Hause reißt man sogar Witze darüber.«

»Fünf Ehefrauen?«, murmelt Mom vor sich hin, während sie Platz macht, damit Emily ans Büfett treten kann. »Wer ist er? Henry VIII.?«

Ich kneife die Augen zusammen und versuche, mich an den Geschichtsunterricht zu erinnern.

»Und du bist dann Anne Boleyn?«, kontere ich. Ich wusste das mal. Das kam in einer Klassenarbeit dran. »Nein, Moment. Anna von Kleve.«

»Ich glaube, seine letzte Frau war Catherine.«

»Ich bin mir ziemlich sicher, dass es Anna war. Das wird mich jetzt die ganze Zeit wurmen.« Bevor die nächste Frau zu uns kommt, verschwinde ich kurz und suche Sam. »Hey, kurze Frage. Wer war die sechste Frau von Henry VIII.?«

Zuerst sieht er mich und Mom verwirrt an, dann Ian.

»Catherine Parr«, antwortet er schließlich. »Warum?«

»Verdammt«, murmle ich. »Sie hatte recht.«

»Ich hab's dir ja gesagt«, prahlt Mom.

Nach drei weiteren von Coles Ex-Frauen weiß ich sofort, dass die nächste Dame nicht zu ihm gehört. Mit ihren wilden roten Haaren und den haselnussbraunen Augen sieht sie ganz anders aus als die Frauen, die wir bisher kennengelernt haben. Ihre Handgelenke und Finger sind übersät mit Silberreifen und -ringen mit türkisfarbenen Edelsteinen. Sie passen perfekt zu den himmelblauen Spiralen auf den langen Ärmeln ihres Hippiekleids.

»Ich bin Lydia«, stellt sie sich vor und schüttelt uns die Hand. Ihre Ringe fühlen sich kalt an. »Rays Schwägerin.«

Mir fällt keine passende Antwort ein, denn ich bin zu sehr darauf konzentriert, die Frau vor mir mit dem, was ich bisher über Ray und Sabrina weiß, in Einklang zu bringen. Anscheinend interpretiert Lydia unser Schweigen als Misstrauen.

»Keine Sorge. Ich stand meiner Schwester sehr nahe und kenne alle Geheimnisse.«

Mir fällt es schwer, Madysons und Ellas Müttern in die Augen zu sehen, denn sie fragen sich bestimmt, wo sich ihre Töchter im Ranking befinden. Aber ganz egal, was ich denke – Moms Besessenheit von Brad macht es unmöglich zu sagen, wer sonst noch ganz oben auf der Liste steht.

Als ich Connors Mom, Kathy, kennenlerne, wird mir schlagartig bewusst, dass er schon bald gehen könnte. Mom und Charles scheinen sich gut zu verstehen, aber ich weiß ja nicht, was auf den Gruppendates passiert oder wie es ist, wenn sich Mom mit einem der Bewerber auf einen Drink trifft. Vor der Show dachte ich, sie würde mir immer alles erzählen.

Ich schnappe leise nach Luft, als mir bewusst wird, dass ich nicht einmal wüsste, wie ich mit Connor in Kontakt treten kann, wenn er jetzt gehen würde. Würden mir die Produzenten seine Telefonnummer geben? Oder würde eine Internetsuche ausreichen? Wie viele Dingeldeins kann es schon geben?

Die Produzenten müssen das Schlimmste für den Schluss aufgehoben haben, denn als Letzte kommt Brads Ex-Frau, die wir bereits beim Casting in Pittsburgh kennengelernt haben.

»Julia«, sagt sie knapp und macht keinerlei Anstalten, Mom die Hand zu geben oder sie zu umarmen. Stattdessen mustert sie Mom von Kopf bis Fuß, von ihrem ordentlichen Chignon bis hinunter zu den Kitten Heels mit den Blumenschnallen.

»Tut mir leid, ich kenne deinen Namen nicht.« Moms Stimme ist um eine Oktave höher geworden, und ihre Wangen sind ganz rot.

»Ich bin Margaret. Chelseas Mutter.« Sie ist die Erste, die sich als Mutter und nicht als Ex-Frau vorstellt. Nun, ich kann es ihr nicht verübeln. Ich würde auch nicht mit Brad in Verbindung gebracht werden wollen.

Jetzt weiß ich endlich, von wem Chelsea ihren Style hat. Margaret wirkt einfach umwerfend in ihrem schwarzbraunen Etuikleid, das an jeder anderen aussehen würde wie ein Kartoffelsack. Über den Schultern trägt sie ein dazu passendes Kaschmirtuch, dessen Quasten ihre Handgelenke streifen.

Selbst wenn sie sich bewegt, schwingt ihr eisblondes Haar keinen Millimeter mit. Wie die Plastikhaare einer Legofigur. Ich starre sie gleichermaßen fasziniert und verwirrt an. Ich weiß, dass Physiker behaupten, es gäbe nur drei Aggregatzustände, aber sie haben noch nie das Haar dieser Frau gesehen.

»Freut mich«, erwidert Mom.

Margaret ignoriert mich komplett und schnappt sich einen Teller. Dann nimmt sie mit der Zange ein Stück Roastbeef aus der Schale und beobachtet, wie die Soße hineintropft. »Ach ja?«

Als ich mich hinter sie in die Schlange stelle, muss ich dem Drang widerstehen, ihr eine Ladung Kartoffelgratin hinten ins Kleid zu schütten. Mir liegt ein Spruch darüber auf der Zunge, wie es wohl wäre, Margaret in der Familie zu haben, doch den verkneife ich mir. Mom wirkt auch so schon traumatisiert genug.

»Es liegt nicht an dir«, versichere ich ihr. »Sie ist nur eifersüchtig, weil sie der Star der Show sein wollte.«

Da wir die Letzten sind, die sich setzen dürfen, bleibt uns nichts anderes übrig, als mittendrin Platz zu nehmen. Dank Coles übertriebener Anzahl an Ex-Frauen ist es ganz schön eng am Tisch.

Im Grunde genommen ist es eine leicht mordlustige Dinnerparty in einer sehr angespannten Atmosphäre.

»Was für ein Haus.« Amelia legt den Kopf in den Nacken, bestaunt die Säulen und pfeift leise durch die Zähne. »Es überrascht mich, dass Cole hier wohnen darf, so unordentlich, wie er ist.«

Die anderen Ex-Frauen kichern wissend. Irgendwie unheimlich, wenn fünf gleich aussehende Frauen auch noch gleich kichern. Ich konzentriere mich auf meine Brechbohnen, um das Quintett nicht die ganze Zeit anzustarren.

Margaret stützt einen Ellbogen auf den Tisch und richtet ihre Gabel auf Mom.

»Also, Julia, wie ist es für dich, zu erfahren, dass du nur

die Nächste in einer langen Reihe von ...«, sie deutet mit der Gabel auf Coles Ex-Frauen, « ... denen da bist?«

Ich rücke ein Stück nach hinten – nur für den Fall, dass gleich eine der Frauen mit Essen oder Besteck wirft.

Doch Amelia setzt ein breites Lächeln auf und wendet sich Margaret zu.

»Ach du meine Güte.« Dann sieht sie die Ex-Frauen links und rechts von sich an. »Spüre ich da etwa Eifersucht, meine Damen?«

Lydia schluckt einen Mundvoll Kartoffeln herunter. »Wisst ihr, was ich am Tante-Sein am liebsten mag? Ich habe so viel Spaß daran, Ray dabei zu helfen, meine Nichte Sabrina großzuziehen, dass ich gar keine Zeit habe, mich wie eine verbitterte alte Strickliesel zu benehmen, die sich besser fühlt, wenn sie andere runterputzt.«

Sam macht einen Schritt nach vorn – wahrscheinlich, um Lydia daran zu erinnern, dass sie nicht essen soll –, doch Venti hält ihn auf. Das Drama ist einfach zu gut.

»Solltest du nicht gerade für deine nächste Tarot-Sitzung irgendein ätherisches Öl herstellen?«, kontert Margaret.

Mom öffnet den Mund, um dazwischenzugehen, doch ich haue ihr unter dem Tisch auf den Oberschenkel und schüttle den Kopf. Ich kann nicht zulassen, dass meine liebe Mutter Teil dieses Blutbads wird. Außerdem kommen Coles Ex-Frauen und Sabrinas Tante schon allein zurecht.

»Julia, was machst du beruflich?«, will Emily wissen. Oder zumindest glaube ich, dass es Emily ist. Jedenfalls eine von Coles Ex-Frauen, so viel steht fest. »Wir wissen gar nichts über dich.«

Nachdem sie die ganze Zeit die Luft angehalten hat, atmet Mom endlich aus.

»Ich bin Personal Trainerin. Mir gehört ein kleines Fitnessstudio in Ohio.«

»Ein Fitnessstudio?« Amelia nickt anerkennend. »Kein Wunder, dass du so fantastisch aussiehst. Ich sollte wirklich mehr Sport treiben.«

Nun stellt sich jede mit einer kurzen Biografie vor. Wenigstens haben Coles Ex-Frauen unterschiedliche Berufe. Ich beäuge Connors Mutter, während meine Mom Lydia über ihren Beruf als Glasbläserin ausquetscht. Ich verstehe jetzt, warum Connor meinte, seine Eltern würden viel zu gut miteinander klarkommen.

Es dauert nicht lange, da werden auch schon Details und Geheimnisse über die Bewerber ausgeplaudert. Margaret scheint jedoch die Einzige zu sein, die einen Groll hegt. Entweder gegen Brad – oder weil sie nicht der Star der Show ist.

»Ich hoffe, dir ist bewusst, dass Brad auf jeden Fall einen Ehevertrag will«, giftet sie. »Falls das deine Entscheidung beeinflussen sollte.«

»Ray macht sich nichts aus Geld«, sagt Lydia und taucht einen großen Keks in ihren Kaffee. »Aber er hat auch gelernt, die Dinge zu schätzen, solange man sie hat. Und dass man das, was am wichtigsten ist, nicht für Geld kaufen kann.«

»Wie war sie? Sabrinas Mom«, frage ich so leise, dass nur sie es hört. »Ich weiß, dass Ray sie sehr vermisst.«

Lydia mustert mich abschätzend. »Meine Schwester hat die beiden über alles geliebt. Sabrina war ihre Sonne. Familie stand bei ihr an oberster Stelle. Immer. Und Ray ist genauso. Deshalb ist er auch Lehrer geworden. Er wollte den Sommer über freihaben, um mit ihnen auf Roadtrips zu gehen.«

»Das würde mir auch gefallen.« Die Worte sind raus, bevor ich mir ihrer Bedeutung vollkommen bewusst bin. Aber es stimmt. Ich stelle mir vor, wie ich auf dem Rücksitz von Moms Auto sitze, neben mir Sabrina hinter Ray.

Mein Kopf führt mich auf eine Reise quer durch die USA, die Landschaften wechseln wie Fotohintergründe. Ich sehe uns am Grand Canyon stehen, an der Golden Gate Bridge, an den Niagarafällen.

Als das Gespräch ins Stocken gerät, wende ich mich Connors Mom, Kathy, zu.

»Hi. Ähm, ich wollte nur mal Hallo sagen, da ich sehr viel Zeit mit Connor verbringe.«

»Wie schön«, erwidert sie freudig. »Ich hatte mich schon gefragt, wie sich Connor mit einer potenziellen Stiefschwester verstehen würde.«

Für einen kurzen Moment – mehr braucht es nicht – verschwindet mein Dauergrinsen und weicht einem unangenehm berührten Gesichtsausdruck. Kathy scheint es zu merken, denn sie hebt leicht das Kinn und fragt: »Oder ist es etwas anderes?«

»Wir verstehen uns einfach sehr gut«, erwidere ich nur wenig überzeugend. Mom muss mir unbedingt Nachhilfe geben.

Ich spüre, dass mich jemand ansieht. Als ich den Kopf drehe, entdecke ich Sam im Türrahmen.

»Ich soll euch jetzt zu eurer nächsten Aktivität bringen«, erklärt er, als Mom ihn zu uns winkt.

Wir wechseln verwirrte Blicke.

»Aber auf dem Plan steht nichts außer der Sweetheart-Zeremonie«, entgegnet Mom. »Ich habe vorhin extra noch mal nachgesehen.« Verschwörerisch flüstert sie: »Hätte ich gewusst, dass ich – abgesehen von der Wahl – noch etwas anderes machen muss, hätte ich nicht so viel Wein getrunken.«

Sam tritt von einem Fuß auf den anderen. »Sorry. Wie ich schon sagte ... Es ist quasi ein Geheimnis.«

Wir verabschieden uns von den Damen und folgen Sam durch das Haus zu einer Tür, von der ich immer dachte, dass sich dahinter ein Schrank befindet. Als Sam die Tür öffnet und ich sehe, dass es *tatsächlich* ein Schrank ist, muss ich lachen. Wie alle anderen Räume in diesem Haus ist auch dieser dreimal so groß wie unbedingt nötig.

Wie sich herausstellt, ist es das Beichtzimmer der Kandidaten. Allerdings steht an der gegenüberliegenden Wand nicht nur die Kamera, sondern da hängt auch ein Bildschirm, den sie, dem Staub auf dem Boden nach zu urteilen, frisch angebracht haben.

Ich fummle an dem glatten Stoff meines Kleids herum. Da das Sofa eine Art Plastiküberzug hat, ist es beinahe unmöglich, sich gerade hinzusetzen, ohne herunterzurutschen.

»Bitte hasst mich jetzt nicht«, bettelt Sam und umklammert dabei die Fernbedienung so fest, dass seine Fingerknöchel weiß hervortreten. »Ich durfte euch nichts verraten. Es ist mein Job, nichts zu verraten.«

»Ich könnte dich niemals hassen, Sam.« Mom lehnt sich nach vorn und reibt seinen Oberarm. »Ich weiß doch, dass du uns nicht alles sagen darfst. Wir vergeben dir.«

Dann sieht er mich an. »Du auch?«

»Ich vergebe dir«, versichere ich, obwohl ich noch gar nicht weiß, was er angestellt hat.

Sam drückt auf die Fernbedienung, und auf dem Bildschirm erscheint eine verwackelte Aufnahme. Als Ian in dem luxuriösen Foyer stehen bleibt, stabilisiert sich das Bild.

»Jetzt seid ihr an der Reihe«, flüstert Sam.

Mit blankem Entsetzen beobachte ich, wie Dad und LeAnne zur Haustür hereinkommen.

Beichte: Was. Zur. Hölle. Passiert. Hier?

Kapitel 27

Ich sehe Dad an, dass er total genervt ist von den Kameras, aber LeAnne ist voll in ihrem Element. Als sie den Bewerbern vorgestellt wird, setzt sie ein strahlendes Lächeln auf und stellt sich jedem der Reihe nach mit Luftküsschen vor. Ich glaube sogar, sie hat sich für die Show extra die Zähne aufhellen lassen.

»Mom, sie sabbert deine Männer voll«, scherze ich in dem Versuch, die Stimmung aufzulockern.

Mom verdreht die Augen. »Nichts, was sie nicht schon mal gemacht hätte.«

Die Bewerber holen sich am Büfett etwas zu essen und versammeln sich auf der Veranda, auf der wir normalerweise frühstücken. Mit nur acht Leuten scheint ihre Runde wesentlich angenehmer zu sein, nicht wie unsere Farce von einem Dinner mit zwölf Teilnehmern.

LeAnne klatscht in die Hände. »Nun, Jungs, was wollt ihr über Julia wissen?«

Ich finde, es ist kein gutes Zeichen, dass sie mich nicht erwähnt. Sie würde keine Sekunde zögern, Mom in den Dreck zu ziehen, doch ich weiß, dass Dad sie davon abhalten würde, zu sehr auf mir herumzuhacken.

Madysons Vater, Edgar, ist der Erste, der eine Frage stellt.

»Ich glaube, wir versuchen alle, uns von unserer besten Seite zu zeigen«, setzt er an, und die anderen am Tisch nicken zustimmend. »Aber wir haben alle unsere Fehler. Was ist eurer Meinung nach Julias schlechteste Eigenschaft?«

»Unverschämt«, murmle ich. »Keine Pluspunkte für dich, Edgar.«

Dad verliert keine Zeit. Es ist fast, als hätte er nur auf diese Frage gewartet.

»Sie ist unheimlich anstrengend.« Seufzend verzieht er das Gesicht. »Ich hatte das ständige Verlangen nach neuen Klamotten und Designerschuhen so satt. Ich hoffe, ihr habt alle ein fettes Gehalt, denn diese Frau ist teuer.«

»Das ist doch Blödsinn!«, schreie ich den Bildschirm an und erinnere mich an eine besonders hitzige Diskussion über höherpreisige orthopädische Schuheinlagen für einen von Moms Triathlons. »Die einzigen Designerklamotten, die Mom besitzt, sind für ihre Wettläufe. Bei einem Ultramarathon kann man keinen Müll tragen, sonst fallen die Sachen auseinander!«

Doch die Kandidaten haben uns bisher nur in unseren TV-Outfits gesehen. Sie wissen nicht, dass Dad lügt. Mein Blick wandert über LeAnnes einfaches Kleid und Dads schlichtes Hemd. Sie wirken, als säßen sie im Büro ihres Steuerberaters. Wir hingegen sehen aus wie Lady Gagas Background-Tänzerinnen.

»Und sie braucht immer Ewigkeiten, um sich fertig zu machen«, fügt LeAnne hinzu. »Eine richtige Prinzessin.«

Mom legt die Hände in der Luft um einen unsichtbaren Hals. Dabei beißt sie die Zähne zusammen und flucht leise vor sich hin.

»Ich fasse es nicht, dass diese hochnäsige Hexe die Dreistigkeit besitzt, mich als Prinzessin zu bezeichnen.

Diese verdammte kleine … Wenn ich eine Schlägerei anfangen dürfte, ohne dafür ins Gefängnis zu kommen, ich schwöre …«

Während des Dinners verwandelt sich Moms Wut zunehmend in Verzweiflung. Mit zusammengezogenen Augenbrauen kaut sie an ihrem Daumennagel.

»Ich liebe es, mit Julia joggen zu gehen«, schwärmt Ray Dad vor. »Sie hat gemeint, du und deine Frau wärt auch Läufer? Es ist doch schön, etwas gemeinsam zu haben, oder nicht?«

LeAnne sieht ihn an, als wäre es alles andere als schön.

»Ja, wir treiben gern Sport.« Sie streichelt Dad die Schulter. »Rick und ich haben uns im Fitnessstudio kennengelernt.«

»Rick und ich haben uns im Fitnessstudio kennengelernt«, äffe ich sie nach und tue, als würde ich mein Haar von links nach rechts schmeißen. »Wie schön, dass sie nicht erwähnt, dass sie sich in *unserem* Fitnessstudio kennengelernt haben und Dad verheiratet war. Sie lässt es klingen, als wären sie sich zufällig begegnet und hätten sich ineinander verliebt.«

»Und wie sie sich begegnet sind«, murmelt Mom.

Als das Dinner zu Ende geht, ist Mom nur noch ein Häufchen Elend, bestehend aus Tränen, Tüll und teurer Wimperntusche. Ich übergebe sie an Sam, der mich schuldbewusst anlächelt und sie zum nächsten Badezimmer führt.

Ich stapfe durchs Haus und hoffe, Dad noch zu erwischen, bevor er wieder abhauen kann. Zwei der Produzenten stehen im Foyer herum und beobachten, wie die Kandidaten die Treppe hochsteigen.

Venti entdeckt mich und winkt mich zu sich.

»Ich habe die Jungs gerade nach oben geschickt, um sich für die Sweetheart-Zeremonie umzuziehen. Was meinst du, wie lange ihr braucht, um euch fertig zu machen?«

Das habe ich komplett vergessen. »Hört mal, wir können heute Abend nicht wählen. Mom ist vollkommen aufgelöst. Sie muss sich jetzt ausruhen.«

»Das ist für eine Wahl umso besser«, erwidert er grinsend. »Die Tränen, das Drama ...«

»Nein.« Ich richte mich zu meiner vollen Größe auf – was nicht besonders viel ist – und stemme die Hände in die Hüften. »Heute Abend findet keine Wahl statt. Ihr könnt uns nicht dazu zwingen.«

Beichte: Heute Abend ist so viel passiert, dass mir der Kopf schwirrt. Ich habe keine Ahnung, wie ich mich vor der Sweetheart-Zeremonie wieder einkriegen soll. Es wird mir das Herz brechen, wenn Connor gehen soll, aber ich muss auch meine Mom beschützen.

Kaum hat die Zeremonie begonnen, ist sie auch schon wieder vorbei. Heute gibt es keine Fanfaren oder lange Ausführungen. Selbst Danny Romano scheint es unangenehm zu sein, wie aufgewühlt Mom ist. Ihr Make-up ist verschmiert, sogar auf den Handrücken hat sie Streifen. Sie kann mir nicht einmal sagen, wen sie heute rauswerfen will.

Ich sehe zu Connor hinüber, der meinem Blick für einen Moment standhält, bevor er wieder Mom ansieht, die Zähne fest zusammengebissen. Ich halte ihr den Zettel mit den Kandidaten hin, und sie deutet auf Cole und Grady. Als es Zeit wird, das Medaillon zu schließen, tut Mom es mit solcher Wucht, dass es beinahe von der Wand fällt.

»Cole und Grady, ihr müsst uns heute leider verlassen«, verkündet Danny Romano. »Bitte verabschiedet euch jetzt von Julia und Cara.«

Coles Unterlippe zittert, als er und sein Sohn in der Raummitte aufeinandertreffen. Dann treten sie vor uns, Cole mit einem gezwungenen Lächeln.

»Cole.« Mom ergreift mit beiden Händen eine von seinen und versucht sich zu sammeln. »Du bist eine so gute Seele. Ich liebe deine Energie und deinen Sinn für Humor. Ich muss jedoch zugeben, dass ich ein wenig schockiert war, als ich erfahren habe, dass du fünf Ex-Frauen hast. Das hast du mir nie erzählt, und Offenheit ist mir sehr wichtig. Deshalb habe ich mich heute Abend gegen dich entschieden.«

»Es tut mir leid, Miss Julia«, setzt Cole zu einer langatmigen Entschuldigung an und verbeugt sich, um Moms Handrücken zu küssen. Dann umarmt er mich so stürmisch, dass ich beinahe Grady umwerfe, der die Arme um meine Taille schlingt. »Es war so schön, euch kennenzulernen.«

Ich winke zum Abschied, doch ich verspüre keinen Trennungsschmerz. Cole war zwar immer sehr unterhaltsam, allerdings wusste ich von Anfang an, dass Mom nicht mit so einem Chaoten zusammen sein will.

Während sich die verbliebenen Kandidaten zerstreuen, schleicht sich Venti an, wie er es immer tut, wenn er etwas im Schilde führt und sich nicht darum schert, ob ich es bemerke.

»Was jetzt?«, frage ich jammernd.

Er deutet zur Tür. »Ich dachte, du wollest dich vielleicht noch von deinem Dad und deiner Stiefmutter verabschieden, bevor sie fahren.«

»Ich darf mit ihnen sprechen?«, frage ich ungläubig.

Venti macht eine Handbewegung, als wollte er mich wegscheuchen.

Ich schiebe mich an ihm vorbei und gehe zur Tür hinaus, dicht gefolgt von Ian und seiner Crew. Eilig schließe ich zu Dad und LeAnne auf, die gerade in den silbernen Kombi steigen wollen, mit dem uns Sam vom Flughafen abgeholt hat.

Dad entdeckt mich zuerst. Er nimmt die Hände aus den Hosentaschen und breitet die Arme aus, aber ich umarme ihn nicht. Er kann froh sein, wenn ich ihm keine verpasse.

»Hey!«, sagt er. »Sie haben gemeint, wir dürften dich nicht sehen. Wir haben gerade mit den Jungs zu Abend gegessen.«

»Ich weiß«, presse ich hervor und versuche mich zusammenzureißen. »Ich hab's gesehen.«

»Kriege ich denn keine Umarmung?«, fragt er und greift nach mir.

»Fass mich nicht an.« Ich reiße mich von ihm los und kratze ihn dabei versehentlich am Arm. »Ich will dich nicht umarmen. Ich will überhaupt nichts mehr mit dir zu tun haben. Das wollte ich dir nur ins Gesicht sagen. Du hast Mom hintergangen. Du hast sie in ein so schlechtes Licht gerückt.«

»Komm schon, Cara«, ermahnt er mich. »Sei nicht so.«

Während ich ihn anstarre, kocht die Wut in mir hoch.

Plötzlich ist da ein überwältigender Zorn, der so stark wird, dass meine Hände vor lauter Anstrengung, mich am Riemen zu reißen, anfangen zu zittern. Ich will ihn so verletzen, wie er uns verletzt hat. Ich wusste nicht, dass sich Schmerz so anfühlen kann. Etwas zersplittert in mir. Es tut weh. Es fühlt sich nach Trauer an.

»Ich habe dich nie so sehr geliebt wie Mom«, spucke ich ihm entgegen und genieße den Hass in meiner Stimme.

LeAnne macht einen Schritt nach vorn, um Dad zu verteidigen, doch er stellt sich vor sie.

»Darüber können wir reden, wenn du wieder zu Hause bist. Vielleicht sollten wir jetzt besser gehen, bevor du noch etwas sagst, was du später bereuen wirst.«

Ian bricht sich bei dem Versuch, sich zwischen uns zu schieben, ohne uns dabei in die Quere zu kommen, beinahe den Knöchel.

»Dad. Sieh mich an, Dad.« Ich verlangsame meinen Atem, und ein kalter Frieden überkommt mich. Ich will, dass ihn meine nächsten Worte für immer und ewig verfolgen. Alle sagen immer, dass die Wahrheit befreiend wirkt, doch sie errichtet auch Käfige. »Als mich die Richterin gefragt hat, bei wem ich leben will, wollte ich nicht mal die drei lausigen Wochen nach Weihnachten bei dir bleiben, weil ich Angst hatte, Mom zu sehr zu vermissen.«

Ich reiße die High Heels von meinen Füßen, werfe sie in den nächsten Busch und löse mit der anderen Hand mein Haargummi. Die Kamera, die ich aus dem Augenwinkel wahrnehme, juckt mich nicht. Ich will endlich mal so aussehen, wie ich mich fühle. Rachsüchtig. Gefährlich.

Dad hebt meine Schuhe auf und versucht, sie mir zurückzugeben. »Hier geht es um mich und deine Mutter, nicht um dich.«

Ich schnaube. Was für eine faule Ausrede.

»Weißt du, was das Beste daran ist, dass wir an dieser Show teilnehmen? Diesmal darf ich mir meinen Vater selbst aussuchen. Denn dich hätte ich ganz sicher niemals ausgewählt.«

Kapitel 28

Mom fällt förmlich zur Tür des Gästehauses herein und lässt sich so mit dem Gesicht voran aufs Sofa fallen, dass ihre Beine über der Armlehne hängen.

Ich renne zu ihr, drücke sie an mich und gebe ihr einen Kuss auf den Kopf.

»Mom. Mom. Nicht weinen.«

»Wie kann er mir so etwas nur antun?«, schluchzt sie und vergräbt das Gesicht an meinem Bauch. »Wir waren zwanzig Jahre lang ein Paar. Und dann verlässt er mich für diesen Aasgeier und erniedrigt mich vor allen Leuten.«

»LeAnne ist fürchterlich. Bestimmt hat sie ihn dazu gezwungen, weil sie neidisch auf dich ist.« Als ich keine Antwort bekomme, füge ich hinzu: »Sie braucht für eine Meile achtzehn Minuten.«

Schniefend öffnet Mom ein Auge. »Das sagst du jetzt nur, um mich zu trösten.«

»Mom, du bist so schön und klug und witzig, dass sich über ein Dutzend Typen zum Affen machen, nur um deine Aufmerksamkeit zu erringen.«

»Ich will ihn auch gar nicht zurück«, murmelt sie. »So ist es nicht. Aber er kann mich nicht erst betrügen und mir dann die einzige Chance kaputt machen, mich anständig um dich zu kümmern.«

Ich stöhne. Nicht das schon wieder!

»Wie oft muss ich dir noch sagen, dass du dich nicht um mich kümmern musst?«

Sie schüttelt den Kopf – oder zumindest, so gut es eben geht, mit den ganzen Kissen. »Doch, muss ich. Ich bin deine Mutter.«

Bevor ich etwas erwidern kann, kommt Sam mit etlichen Plastiktüten in der Hand durch die Tür gewatschelt und stellt sie auf der Küchentheke ab. Dann fängt er an, Ians Crew rauszuschmeißen.

»Ihr habt jetzt genug Material. Verschwindet.«

»Mann, genau das sind doch die guten Momente«, faucht Ian und scheucht Sam weg, während er die Kamera wieder gerade rückt.

»Wenn ich im Bild stehe, kannst du eh nicht filmen.« Sam stellt sich hinter das Sofa, und seine Finger bohren sich in die Rückenlehne.

Ian schimpft wie ein Rohrspatz, lässt uns aber schließlich allein.

»Ich habe euch was mitgebracht«, sagt Sam und kramt in der Besteckschublade.

»Eine Zeitmaschine?«, fragt Mom. »Dann kann ich in der Zeit zurückreisen und mich weigern, dem Blödsinn meines Ex-Manns Glauben zu schenken.«

Ich gebe ihr einen leichten Klaps auf den Kopf und blicke finster drein, als ihr Haar vor lauter Haarspray knirscht.

»Oh, danke, dass du dir wünschst, ich wäre niemals geboren worden.«

»So habe ich es nicht gemeint.«

»Weiß ich doch.«

Sam stellt sich mit einem Kanister Eiscreme im Arm

vor Mom, dazu hält er Schlagsahne und Streusel in der Hand.

»Ich habe auch Schokolade und Tiefkühlpizza mitgebracht. Oh, und ich habe eine Flasche Cabernet aus der Lounge geklaut.«

Mom richtet sich auf, wendet sich ihm zu und plustert die Wangen auf, um nicht die Tränen zu stoppen. Dann sieht sie zu, wie Ian durch die Glastüren verschwindet.

»Werden deine Chefs nicht sauer, weil du den Kameramann rausgeworfen hast?«

Jetzt ist Sam derjenige, der das Gesicht verzieht. »Ich ... ähm ... kann mal ein Auge zudrücken. Aber nur dieses eine Mal.«

Mom widerspricht nicht. »Woher wusstest du, dass ich das Eis von Rocky Road am liebsten mag?«

Er dreht sich zur Seite, um ihr das Tablet zu zeigen, das in seinem Hosenbund steckt.

»In deinem Fragebogen stand, dass es dein Lieblings-Junkfood ist. Das ist mir im Gedächtnis geblieben, weil mein Großvater das auch am liebsten mochte.«

Mom stürzt sich auf das Eis und verschlingt es wie ein gesüßtes Narkosemittel. Ihre Zähne zermalmen die kalten Mandeln, während ihr die Tränen über die mit Eiscreme verschmierten Mundwinkel laufen.

Sam reicht ihr eine Serviette. »Ich weiß nicht, was ich sagen soll. Es tut mir so leid.«

Mom stellt den halb leeren Becher ab und beobachtet, wie sich das Kondenswasser auf dem Couchtisch sammelt. Dann reibt sie sich mit zitternden Fingern die Augen. Als sie die Hände senkt, sind sie wieder mit Make-up beschmiert, doch es scheint sie nicht zu kümmern.

»Jetzt geht es mir ein bisschen besser. Danke.«

»Gut«, erwidert Sam und lehnt sein Tablet an die silberne Obstschale. »Wir müssen dich irgendwie ablenken. Wie wäre es mit einem Film oder einer Serie? Ich habe eine ganz ordentliche Sammlung an Shows, an denen ich mitgewirkt habe.«

Mom sieht mich an und zuckt mit den Achseln. »Filmabend, Cara?«

»Nur, wenn wir dann keinen Ärger kriegen.« Die Produzenten ziehen ihre Keine-Medien-Politik ziemlich streng durch, und ich weiß nicht, ob es klug ist, ihre Geduld so kurz nach dem großen Socken-Debakel schon wieder auf die Probe zu stellen. Aber wenn Sam sagt, dass es in Ordnung ist, dann wird es wohl so sein. »Klar.«

Mom setzt sich auf und legt sich die Decke über die Schultern.

»Wie lange braucht die Pizza?«

***

Als zwei Stunden später die letzte Folge von *High Steaks Chef* zu Ende geht, blicke ich auf und sehe, dass Mom und Sam unter der Decke eingeschlafen sind und sich ihre Köpfe berühren. Die Weinflasche neben Sams Tablet ist so gut wie leer, genau wie die Schachtel mit den Schokokeksen und das Eis. Auch die Pizza ist fast aufgegessen.

Ich räume so leise wie möglich auf, stelle die Reste in den Kühlschrank und werfe die schmutzigen Servietten in den Müll. Dann schalte ich Sams Tablet aus, um den Akku zu schonen, und schiebe es in seine Laptoptasche. Ich würde Vanessa so gern eine E-Mail schreiben, aber das

316

kann ich nicht machen. Seufzend beschließe ich, dass das dreckige Geschirr bis morgen warten kann. Ich glaube, das würde jetzt zu viel Radau machen.

Ich schlüpfe in meinen Schlafanzug, lege mich ins Bett und hoffe, dass Mom bald zur Besinnung kommt. Trotz des Chaos beim Abendessen haben wir den ruhigen Abend mit Sam genossen, der den Sprechertext einer Kochsendung improvisiert hat, die wir aus seiner Sammlung ausgewählt haben.

Das ist das Tückische daran, in einer Villa in Florida zu leben: Hier können wir Sachen machen, die wir uns zu Hause niemals leisten könnten. Im Paradies ist es einfach, Freunde zu finden oder sich zu verlieben. Doch den Abend mit Sam könnten wir jederzeit und überall und mit noch so geringem Budget wiederholen.

Ich klammere mich an diesen Gedanken, benutze ihn, um die Wut und die Enttäuschung zurückzudrängen, die jedes Mal wieder aufkeimen, wenn ich an Dad denke. Ich bleibe so lange wach und versuche, mein Gefühlschaos zu sortieren, dass ich irgendwann wieder aufs Klo muss. Bestimmt, weil ich wegen der salzigen Peperoni so viel Wasser getrunken habe.

Ich tapse durchs Haus und folge dem Lichtstreifen unter der Badezimmertür. Ich kichere leise. Anscheinend ist es egal, wo wir sind – wir müssen immer gleichzeitig zur Toilette.

Ich lehne mich an die Wand, doch es vergehen Minuten, ohne dass ich die Spülung höre oder das Summen ihrer merkwürdigen Ultraschallzahnbürste. Leise klopfe ich an, denn ich vermute mal, dass sie aus Versehen das Licht angelassen hat.

»Mom?«

Da ich keine Antwort bekomme und die Tür auch nicht abgeschlossen ist, öffne ich sie, doch ich bereue meine Entscheidung augenblicklich. Mom und Sam, zum Glück beide noch vollständig bekleidet, stehen in der engen Duschkabine und machen rum wie zwei betrunkene Teenager. Mir entweicht ein entsetztes Quietschen, bevor ich mich an die ganzen Mikros im Haus erinnere.

Mom schubst Sam von sich. Er taumelt durch die Kabinentür, kann sich aber am Waschbecken abfangen.

»Oh nein.« Er schnappt nach Luft und schlägt sich die Hand vor den Mund, als hätten sie gerade etwas vollkommen Abartiges getan. »Wir dachten, du würdest schlafen.«

»Sosehr mich diese Entwicklung auch freut«, erwidere ich und deute zwischen den beiden hin und her, »ich muss wirklich dringend pinkeln. Wenn ihr vielleicht kurz rausgehen könntet?«

Sie verschwinden aus dem Badezimmer wie zwei Jugendliche, die auf einer Hausparty im oberen Schlafzimmer erwischt wurden.

»Wie früher«, murmle ich kichernd vor mich hin.

Als ich wieder im Bett liege, schlafe ich diesmal innerhalb von Sekunden ein.

Kapitel 29

Das Einzige, was noch merkwürdiger ist, als Mom und Sam beim Rummachen zu erwischen, ist, zu wissen, dass unsere schmutzige Wäsche in einer TV-Show gewaschen wurde. Und aufgehängt. Und herumgezeigt.

Das Frühstück heute ist besonders seltsam, weil wir die Einzigen sind. Kein Ian. Kein Sam. Keine Kandidaten. Keiner, der uns sagt, warum.

»Wollen wir über gestern Abend reden?«, fragt Mom. »Auf einer Skala von eins bis ›das eine Mal, als Santa vergessen hat, deine Socke zu füllen‹ ... Wie schlimm bin ich als Mutter?«

Ich zucke mit den Schultern. »Das war zwar ganz schön traumatisierend, aber ich freue mich darüber. Ich mag Sam. Er ist nett.« Ich werfe einen Blick über die Schulter und sehe Venti mit ein paar Assistenten den Hügel heraufkommen. »Da ist Ärger im Anmarsch.«

»Danny Romano kommt gleich raus, um mit dir zu reden«, sagt er zu Mom, während die Assistenten einen Tisch mit zwei Stühlen zurechtrücken. »Könntest du dich bitte da rübersetzen?«

»Klar.« Mom steht auf und versucht gleichzeitig, ihren Kaffee auszutrinken. »Was ist los?«

Ich blicke mich nach Sam um, damit er mich aufklärt, doch er ist nirgendwo zu sehen. Stattdessen kommt Danny Romano auf die Veranda, schlüpft aus seinem Jackett, nimmt die Krawatte ab und legt sie über die Rückenlehne eines Stuhls.

Ian folgt ihm. Da er bereits filmt, muss er sich mit dem Fuß über die Schwelle tasten, damit er nicht hinfällt.

Als ich zu Mom gehen will, streckt Venti einen Arm aus, um mich aufzuhalten. Danny Romano setzt sich und rückt seinen Stuhl mehr in Richtung Kamera. Dann lehnt er sich nach vorn. Er hebt eine Augenbraue, und um seinen Mund zuckt es, und schon verwandelt sich seine ausdruckslose Miene in eine sorgenvolle.

»Julia, ich muss ehrlich zu dir sein. Das war für uns alle ein harter Morgen.«

»Wie meinen Sie das? Ist alles in Ordnung?« Sie zupft an dem dekorativen Loch ihrer Jeans herum und reißt die weißen Fäden auseinander. »Ich habe mir schon Gedanken gemacht, weil niemand zum Frühstück erschienen ist.«

»Nun, die Kandidaten sind aufgrund der aktuellen Ereignisse ein wenig besorgt.«

»Wegen Rick und LeAnne?«

Ich weiß nicht, ob Mom nur unwissend tut oder ob sie den nahenden Torpedo tatsächlich nicht kommen sieht. Ich wusste, dass bisher alles viel zu glatt gelaufen ist. Die meisten hier glauben, Chelsea hätte Madyson sabotiert und das Gästehaus geflutet. Connor und ich haben einander unsere Gefühle gestanden. Es gibt also nicht mehr genug Drama, also kreieren sie welches.

»Nach dem emotionalen Abend gestern wollte Brad nach dir sehen und dir eine Schulter zum Anlehnen anbieten. Doch als er hinunter zum Gästehaus gegangen ist, hat er etwas Unerwartetes gesehen: dich, den Star der Show, wie du mit einem Mitarbeiter der Produktion Zeit verbringst statt mit einem der Kandidaten. Brad meinte, je länger er euch beobachtet habe, desto schlimmer sei es geworden. Natürlich mussten wir der Sache auf den Grund gehen, und so haben wir herausgefunden, dass zwischen euch beiden etwas gelaufen ist. Die Kandidaten sind alle am Boden zerstört.«

»Sie wissen es?«, fragt Mom leise.

»Brad fand es nur fair, den anderen davon zu erzählen.«

Natürlich hat er das. Aber vielleicht erkennt Mom endlich, dass Brad doch nicht so toll ist, wie er immer tut.

»Sie haben sich alle in der Lobby versammelt. Wir fänden es gut, wenn du mit ihnen sprechen und dich vielleicht entschuldigen würdest«, fügt Danny Romano hinzu.

Mom seufzt. »Es war ja nicht geplant.«

»Erklär das nicht mir, sondern ihnen.«

Danny Romano führt uns in die Lounge-Ecke, wo bereits alle warten. Sie haben sich um die Sitzecke versammelt, in der genügend braune Ledersofas stehen, dass wir alle Platz nehmen können. Offensichtlich wissen die Bewerber schon länger Bescheid, denn sie haben sich alle herausgeputzt.

Tall und Grande stehen im Türrahmen zur Küche. Von Sam immer noch keine Spur. Instinktiv rücken Mom und ich näher zusammen.

Ich blicke zu Connor hinüber und suche nach einem Hinweis. Doch er starrt mich nur mit großen Augen an, als würde er versuchen, mir irgendetwas telepathisch mitzuteilen. Als er den Kopf schüttelt, beschleunigt sich mein Herzschlag. Das hat nichts Gutes zu bedeuten.

Danny Romano führt uns zu einem Zweiersofa, das irgendjemand so hingestellt hat, dass wir den Kandidaten gegenübersitzen. Auch Danny Romano setzt sich, während Ians Crew die beste Kameraposition sucht.

Ich blicke an meinem schlichten T-Shirt und meinen Jeans herab. Bisher habe ich das Make-up und die teuren Klamotten nie als Rüstung gesehen, aber gerade fehlen sie mir.

»Julia, wir haben diese Notfallsitzung einberufen, damit du mit den Kandidaten über die aktuellen Vorkommnisse sprichst«, sagt Danny Romano. »Es war unglaublich, dabei zuzusehen, wie deine Beziehung zu diesen großartigen Männern und ihren Kindern immer stärker geworden ist. Aber uns ist zu Ohren gekommen, dass du einem Mitglied unseres Produktionsteams nähergekommen bist. Damit hast du die Kandidaten sehr verletzt. Hast du irgendetwas dazu zu sagen?«

Moms Blick schweift zum nächsten Fenster. Es sieht aus, als würde sie darüber nachdenken, einfach hinauszuspringen und sich ins Gebüsch zu werfen.

»Es war meine Schuld«, platze ich heraus und ernte irritierte Blicke von Venti und Danny Romano. Es hat zwar lange gedauert, aber nun habe ich sie endlich mal unvorbereitet erwischt. »Mom war gestern Abend völlig fertig, weil Dad und LeAnne sie so heruntergeputzt haben. Sie hat euch alle wirklich gern, und sie wusste nicht, ob ihr den beiden Glauben schenkt.«

Ich mustere ihre Gesichter und frage mich, ob es funktioniert. Connor nickt mir ermutigend zu. Ich sehe nur ihn an und tue so, als wäre das hier bloß eine weitere private Unterhaltung.

»Wir wissen, dass wir eigentlich keine Zeit mit Sam verbringen dürfen, aber er ist immer für uns da. Es hat sich einfach richtig angefühlt, sich in dieser Situation an ihn zu wenden.«

Danny Romano sieht wieder Mom an. »Julia, ist es so gewesen? Warum erzählst du uns nicht deine Version der Geschichte?«

»Ich war verwirrt und wütend«, erwidert sie mit zitternder Stimme. »Nach der Scheidung hat mein Ex all unsere Freunde gegen mich aufgehetzt. Er hat den Nachbarn schreckliche Dinge über mich erzählt. Sie haben mich vor Gericht gezerrt und wollten mir mein Kind wegnehmen.« Sie bricht in Tränen aus und versucht nicht mal, es zu verbergen. »Es tut mir leid. Ich konnte nur das Gefühl nicht ertragen, dass es schon wieder passiert und ihr mich alle für einen schrecklichen Menschen haltet.«

Brad macht ein Geräusch, das mich sofort in Alarmbereitschaft versetzt. Er klingt wie ein T-Rex, der das Maul öffnet, und dann kommt nur ein klägliches Winseln heraus. Doch das Gebrüll folgt auf dem Fuß. Er richtet den Blick auf Danny Romano.

»Und was wird jetzt gegen diesen Mitarbeiter unternommen? Diesen Sam?«

»Nun, zuerst würde sich Sam ebenfalls gern für sein Verhalten entschuldigen.« Danny Romano deutet auf Tall und Grande, die kurz verschwinden und mit einem bleichen Sam zurückkehren. »Da ist er.«

Sam, der es nicht gewohnt ist, vor der Kamera zu stehen, stammelt eine kurze Entschuldigung. Die zu weiten Hosenbeine zittern, so sehr schlottern ihm die Knie.

»Ich ha-habe meine Position missbraucht und d-die Situation ausgenutzt.«

Mom schnappt nach Luft, und ihr mitfühlender Gesichtsausdruck verwandelt sich in Empörung.

»Nein, Sam, das ist doch Blödsinn! Du hast überhaupt nichts ausgenutzt.«

»Sam, wir geben dir jetzt die Möglichkeit, dich von Julia und Cara zu verabschieden«, spricht Danny Romano weiter, als hätte sie überhaupt nichts gesagt. »Hast du noch irgendwelche letzten Worte?«

Mom zuckt zusammen. »Letzte Worte?«

»Entweder er oder wir«, ruft AJ. Ich sehe Ella an, die kaum merklich, aber entschuldigend mit den Achseln zuckt. Ihr Vater fährt fort: »Es ist nicht fair, wenn wir nicht mal wissen, wer unsere Konkurrenten sind. Auch wenn er nur einen dummen Fehler gemacht hat, sollte er nicht bleiben dürfen.«

»Da stimme ich voll und ganz zu«, meldet sich Chelsea zu Wort. Sie verschränkt die Arme vor der Brust und lehnt sich zurück, als wäre es ihre Entscheidung.

»Julia«, setzt Sam an und macht einen Schritt nach vorn. Seine Stimme klingt rau, und die Haare stehen ihm zu Berge, als wäre er sich ununterbrochen mit den Händen hindurchgefahren. »Zwischen uns hätte niemals etwas passieren dürfen. Ich weiß nicht, was ich mir dabei gedacht habe.«

Er deutet an seiner weiten Hose mit dem ausgefransten Saum hinunter, auf seine Schuhe, die schon Risse haben, weil er sich immer auf die Zehenspitzen stellen muss, um über die Kameraausrüstung zu blicken.

»Ich bin nicht der Richtige für dich«, fährt er fort. »Es war falsch von mir. Du warst aufgebracht, und ich hätte niemals zulassen dürfen, dass du die Regeln brichst, während du dich in diesem Zustand befindest.«

»Nein, nein, du hast überhaupt nichts getan«, ruft Mom flehend. Sie springt auf und ignoriert Danny Romanos Versuch, sie dazu zu bringen, wieder Platz zu nehmen. Stattdessen nimmt sie Sams Hände in ihre. »Du darfst nicht gehen. Ich will nicht, dass du meinetwegen deinen Job verlierst.«

»Bitte hab kein Mitleid mit mir«, erwidert Sam. »Ich durfte in diese schöne Stadt kommen, wundervolle Menschen kennenlernen und meinem Traumjob nachgehen. Und dann bin ich dir am Flughafen begegnet.«

»Ihr könnt trotzdem zusammen sein!«, versuche ich, die beiden einander näherzubringen, wenn auch nicht unbedingt körperlich. »Das ist nur eine blöde TV-Show. Ihr habt auch ein Leben außerhalb dieser Sendung.«

Es ist mir egal, wenn wir hier eine Revolution starten. Ich kann Sam nicht einfach gehen lassen, als würde er uns nichts bedeuten.

Doch sie hören nicht auf mich.

Ich beobachte, wie sich auf Moms Gesicht so etwas wie Akzeptanz ausbreitet. Ihr Ausdruck verhärtet sich zu einer mir nur allzu bekannten Maske. Die hat sie auch während der Mediationssitzungen, bei den Gerichtsverhandlungen und während der Besuche vom Jugendamt aufgesetzt.

Sam lässt eine von Moms Händen los, um meine zu ergreifen. Er drückt sie, und sein Blick vernebelt sich.

»Ich schaue mir den Rest dann im Fernsehen an. Überrascht mich, okay?« Er lächelt traurig. »Ich fiebere mit euch mit, ganz egal, wo ich auch bin. Auf Wiedersehen.«

Bisher habe ich es nur wenige Male erlebt, wie sich eine

potenzielle Zukunft vor meinen Augen in Luft aufgelöst hat, als würden die Fäden des Schicksals über meinem Kopf schweben wie ein Kind, das eine Katze ärgert. Einer dieser Momente war der Tag, an dem Dad gegangen ist. Als ich den dumpfen Aufprall gehört habe, mit dem Mom vor dem Panoramafenster auf die Knie gefallen ist. Und heute ist auch so ein Tag.

»Warum müssen wir immer dabei zusehen, wie uns Menschen verlassen?«, flüstere ich, ohne eine Antwort zu erwarten. Die belgische Waffel vom Frühstück hat sich in meinem Magen in einen Betonklotz verwandelt.

»Es liegt nicht an dir.« Mit dem Saum ihrer Bluse wischt mir Mom eine Träne weg. »Es liegt allein an mir. Es ist einfach, mich wegzuwerfen, Cara. Ich bin wie ein Klebetattoo. Eine Plastikgabel.«

Obwohl sie sich nicht vom Fleck rührt, ist ihr ganzer Körper in Bewegung, denn sie zittert am ganzen Leib. Die Zuckungen werden immer heftiger, bis sie förmlich bebt.

»Das ist ja unerhört!«, ruft Edgar, Madysons Vater. Er umrundet das Sofa und geht zu Danny Romano. »Ich habe nicht den ganzen Weg auf mich genommen, nur um hier um eine Frau zu kämpfen, die nicht mal zu haben ist.«

»Wir sollten sie reden lassen«, wirft Charles ein, nachdem er sich kurz mit Connor besprochen hat. »Ich glaube, die meisten von uns wissen, wie es ist, wenn ein Ex-Partner die Gefühle hochkochen lässt.«

»Ein ausgezeichneter Vorschlag.« Danny Romano schafft es, uns alle wieder auf unsere Plätze zu dirigieren. »Besprechen wir die Sache ganz in Ruhe, Gentlemen. Edgar, willst du anfangen?«

»Ja, will ich. Ich habe meinen Job aufgegeben, um hierherzukommen. Und jetzt muss ich erfahren, dass sie etwas mit irgendeinem Produzenten am Laufen hat?«

»Dad!«, raunt Madyson. »Hör auf!«

AJ nutzt die Gelegenheit, um noch einmal das Wort zu ergreifen. »Julia war aufgewühlt. Sam gehört zum Produktionsteam. Er hätte auf die Einhaltung der Regeln achten müssen. Es ist nicht Julias Schuld.«

Danny Romano hebt eine Hand, um alle zum Schweigen zu bringen. »Julia, wie wir alle merken, liegt gerade sehr viel Spannung in der Luft. Du verstehst bestimmt, warum Edgar frustriert ist.«

»Ja, das tue ich, und ich habe mich auch schon entschuldigt. Das heißt aber trotzdem nicht, dass es Sams Schuld ist.« Ihre Brust hebt und senkt sich, und sie schlägt sich mit beiden Händen auf die Oberschenkel. »Für mich war Sam wie jeder andere Kandidat. Das war falsch von mir. Es war eine falsche Entscheidung in einem schwachen Moment.«

Trotz Danny Romanos Vermittlungsversuchen macht Edgar einfach weiter.

»Wie soll ich dir überhaupt noch etwas glauben?«, zetert er. »Dir kann man ganz offensichtlich nicht trauen. Und dein Ex meinte sowieso, dass du nur des Geldes wegen wieder heiraten willst.«

Mom schnaubt. »Das ist jetzt nicht fair. Du hast so viel Zeit mit mir verbracht und glaubst trotzdem lieber meinem Ex? Ist es dir mal in den Sinn gekommen, dass er vielleicht ein kleines bisschen voreingenommen sein könnte?« Sie hebt eine Hand und drückt den Daumen und den Zeigefinger zusammen.

»Hast du mit diesem Typen geschlafen?«, will Edgar wissen.

»Hey, hey, hey.« Venti stellt sich vor die Kamera und wedelt mit den Armen. »Es sind Kinder anwesend. Wir können gern darüber reden, wenn ihr wollt, aber zuerst müssen die Kinder raus.«

Edgar verdreht die Augen. »Klingt ja, als wäre es tatsächlich so gewesen.«

Okay, die Produzenten wollen Drama? Ich gebe ihnen Drama.

Ich stapfe quer durch die Lounge zur Wand mit den Medaillons. In der Ecke hängt das von Edgar und Madyson. Ich nehme das Teil herunter, schleppe es zurück in die Lounge und lasse es auf den Fußboden fallen. Doch der Schaden hält sich in Grenzen. Also hebe ich es wieder auf – es ist schwerer, als es aussieht – und feuere es in die Ecke. Es klatscht gegen die Wand, klappt auf und entblößt die Hälfte von Edgars Gesicht.

»DU NENNST MEINE MOM EINEN SCHLECHTEN MENSCHEN UND EINE LÜGNERIN? NUN, DANN IST DAS HIER DEINE SWEETHEART-ZEREMONIE. MACH, DASS DU VON HIER VERSCHWINDEST.«

Beichte: Vielleicht habe ich ein klein wenig überreagiert.

Nach dem Fiasko sind die Produzenten schlau genug, uns zu nichts Weiterem zu zwingen. Da die Kandidaten noch gar nicht gefrühstückt haben, essen sie jetzt auf der Veranda, während Mom auf der anderen Seite in einem Liegestuhl sitzt, einen Mimosa trinkt und alles mit Brad bespricht. Natürlich war er der Erste, der kam, um Mom zu »trösten«.

Ein paar von uns versammeln sich um die beiden, um zu lauschen. Ich schnappe mir einen Stuhl und setze mich im Speisesaal direkt an die Schwelle, doch die Tür verdeckt mich so, dass es nicht allzu offensichtlich ist.

»Ich habe das Gefühl, dass du mir nur etwas vorgemacht hast«, sagt Brad. »Ich dachte, da wäre etwas zwischen uns. Ich habe meine Zukunftsvorstellungen mit dir geteilt. Ich dachte, wir wären auf einer Wellenlänge. Du hast mir nie gesagt, dass es da noch einen anderen gibt.«

»Aber wir sind hier doch in einer TV-Show. Eigentlich sollte ich die freie Wahl haben, doch du setzt mich die ganze Zeit unter Druck, damit ich mich für dich entscheide. Außerdem ist es nicht so, als hätte ich das mit Sam geplant. Es ist einfach passiert.«

Brad seufzt. »Ich will nicht nur, dass du dich für mich entscheidest. Ich will auch wissen, wer meine Konkurrenten sind. Wie hätte ich wissen sollen, dass du dich heimlich mit einem Mitarbeiter der Produktion triffst?«

»Ich habe mich nicht regelmäßig mit ihm getroffen. Es war eine Affekthandlung.«

Kurz darauf taucht Chelsea auf, umarmt Mom und hält das Gesicht direkt in die Kamera. »Tut mir leid, dass du traurig bist, aber wir sind für dich da. Wir lieben dich.«

Da ihre Bösewicht-Strategie nicht funktioniert, macht sie jetzt einen auf nett.

Ich ertrage es einfach nicht länger und gehe ein Stockwerk tiefer, wo Ella, Connor und Sabrina bereits die größte Sitzgruppe beschlagnahmt haben. Seufzend setze ich mich zu Connor aufs Sofa, lasse mich gegen die Armlehne fallen und starre zu Boden. Noch immer muss ich Sams plötzlichen Rauswurf verdauen und bin unfähig, über den heutigen Morgen oder sonst irgendetwas zu reden.

Nachdem wir fast zehn Minuten lang schweigend dagesessen haben, ergreift Sabrina das Wort. »Darf ich dich etwas fragen?«

Ella richtet sich auf, um sie besser zu verstehen.

Ich zucke mit den Achseln. »Klar.«

Sabrina deutet hoch zur Zimmerdecke, die Augenbrauen so zusammengezogen, wie es Kinder häufig tun, wenn sie mit einem Problem konfrontiert werden.

»Was ist mit dem Mann da oben passiert?«

Ich weiß nicht, ob es an ihrer Wortwahl, dem Klang ihrer Stimme oder einfach der puren Unschuld ihrer Frage liegt, doch wir fangen alle an zu kichern, bis wir so heftig lachen müssen, dass ich irgendwann auf dem Sofa liege und mir mit einer Hand den Bauch halte. Connor krümmt sich neben mir und bebt geräuschlos vor sich hin, sein Haar wippt auf und ab.

»Ihr müsst mich nicht so auslachen«, murmelt Sabrina. »War ja nur eine Frage.«

Ella fängt sich zuerst wieder. »Nein, nein, so ist es nicht. Wir mussten es einfach mal rauslassen. Wir lachen dich nicht aus.«

In dem Moment wird mir bewusst, dass ich in Gegenwart eines Kindes geflucht und eins der Medaillons gegen die Wand einer Luxusvilla geschmettert habe. Ich setze mich auf und erkläre ihr die ganze Sache so gut, wie ich kann. Anschließend entschuldige ich mich bei ihr für den Fall, dass ich sie erschreckt haben sollte.

»Es war schon ein bisschen beängstigend«, räumt sie ein.

»Willst du eine Umarmung?« Ich breite die Arme aus. »Geht es dir dann wieder besser?«

Sie rennt auf mich zu, prallt gegen meine Brust und nickt. Ella und Connor umarmen sie ebenfalls.

Vielleicht komme ich auch ohne Sam klar.

Kapitel 30

Am nächsten Morgen tun mir immer noch die Arme weh, weil ich dieses doofe Herzmedaillon durch die Gegend gefeuert habe. Die Produzenten haben den geplanten Dreh gestern gestrichen, um den Gesprächen in der Lounge zu lauschen, denn jeder der Kandidaten hatte das Bedürfnis, noch einmal mit Mom allein zu sprechen.

Natürlich bin ich auch nicht ungeschoren davongekommen. Ich habe mit Ray einen Spaziergang gemacht, um über das Geschehene zu reden. Danach hatte ich drei Beichten, die sich eher nach Verhör angefühlt haben. Als ich mich dann mit Connor zu einem verspäteten Mittagessen getroffen habe, war ich so erschöpft, dass ich nur noch an meinem frittierten Hühnchen herumzupfen konnte.

Ich dachte, die Gespräche würden heute in die zweite Runde gehen, daher freue ich mich besonders, zu erfahren, dass wir den Tag mit den Kandidaten in der Stadt verbringen werden. Langsam komme ich mir nämlich vor wie ein verwöhntes Haustier, das sich trotz des Luxus unterm Zaun durchgräbt und abhaut. Obwohl ich durch das ganze Land geflogen bin, habe ich von der Gegend noch nicht viel gesehen, mal abgesehen vom Friedhof und von dem fatalen Ausflug zur Rollschuhbahn.

Außerdem kann ich dann noch ein bisschen Zeit mit Connor verbringen, die immer kostbarer wird, da wir heute Abend zwei Kandidaten nach Hause schicken müssen und dann nur noch zwei Bewerber übrig sein werden. Ich weiß, dass Charles gegen Ray und Brad keine Chance hat. Unsere gemeinsame Zeit neigt sich dem Ende zu, und ich habe immer noch keine Ahnung, wie ich mich dabei fühlen soll.

»Ein wenig Entspannung wäre schön, bevor wir gehen«, gesteht Connor beim Frühstück. »Die letzten Tage waren echt anstrengend. Selbst mein Dad ist ganz aufgewühlt, und das kommt eigentlich … nie vor.«

»Wenigstens macht er sich nicht zum Affen«, murmle ich und beobachte, wie Ray und AJ immer wütender werden, weil Brad und Chelsea Mom so belagern.

Er schüttelt den Kopf, offenbar denkt er das Gleiche wie ich. »Glaubst du, es ist wirklich möglich, sich in einer TV-Show zu verlieben?«

Ich warte darauf, dass irgendjemand dazwischenfunkt, weil Connor die Show erwähnt hat, aber anscheinend ist die Crew mit AJ und Brad beschäftigt, die in der Ecke lästern.

»Ich weiß es nicht. Möglich ist es bestimmt. Mir kommt es nur so vor, als würde es die Show einem schwer machen, die Leute richtig kennenzulernen.«

Bei Connor und mir ist es auch so. An manchen Tagen sind wir uns sehr nahe, an anderen wiederum erhasche ich höchstens auf dem Weg zum Schminken oder zur Beichte einen flüchtigen Blick auf ihn. Ich wünschte, es wäre anders.

Connor hält unter dem Tisch meine Hand, während er darauf wartet, dass ich meinen Kaffee austrinke. Es hat keinen Zweck, unsere Gefühle füreinander länger zu verstecken, wenn er sowieso kurz davor ist, nach Hause zu gehen. Und wenn sich Mom doch aus irgendeinem Grund heute Abend für Charles entscheiden sollte, müssen wir ihr ohnehin die Wahrheit sagen.

»Ich will nicht, dass du gehst«, gebe ich zu. »Davor graut es mir schon die ganze Zeit.«

»Du hast ja immer noch deine Mom, Ray und Sabrina.«

»Das ist aber nicht dasselbe.«

Ich spüre, wie er mit seinen Fingern wackelt. »Selbst wenn ich heute Abend gehen muss, warte ich auf der anderen Seite auf dich.«

»Das klingt, als würdest du in ein Paralleluniversum reisen.«

Connor schnaubt. »Ja, man nennt es ›das wahre Leben‹. Und oh, wie ich es vermisse.«

Wenigstens lassen uns die Produzenten in Ruhe. Und den Tagesausflug machen wir bestimmt auch nur, weil sie merken, dass wir ganz schön durch sind. Wie sollen wir sonst nach einem so dramatischen Ereignis wie Sams Rauswurf wieder eine Verbindung zueinander aufbauen?

Ich Nachhinein wird mir auch bewusst, dass ich zu Madyson netter hätte sein können. Es war nicht ihre Schuld, dass sich ihr Dad wie ein Arschloch verhalten hat. Vielleicht kann ich irgendwie mit ihr in Kontakt treten, wenn ich wieder zu Hause bin. Wenn irgendjemand weiß, dass man die Macht des Internets niemals unterschätzen sollte, dann bin ich das.

Heute wählen wir unsere Outfits aus unserem mageren Sortiment an lässiger Kleidung. Um in der Hitze nicht einzugehen, reiße ich das Preisschild von einer kurzen

Hose und kombiniere sie mit einer ärmellosen weißen Bluse. Ich habe für die Show hauptsächlich High Heels eingepackt, aber Mom hat noch ein Paar Sandalen, die sie mir leiht.

»Meinst du, wir gehen an den Strand?«, frage ich. »Soll ich einen Bikini einpacken?«

»Ich glaube, wir erkunden nur die Innenstadt.«

An dieser Stelle würde ich eigentlich versuchen, aus Sam weitere Details herauszuquetschen. Kurz erlaube ich mir, ihn zu vermissen, aber dann lasse ich die Traurigkeit nach und nach los, um nicht darin zu ertrinken. Doch hinter meinen Augäpfeln pocht es weiter, denn es ist, als würde ich versuchen, einen ganzen See durch einen Strohhalm auszutrinken.

Normalerweise blase ich kein Trübsal, aber jetzt, da Sam weg ist, weiß ich, dass Ray meine letzte Hoffnung ist. Er ist zwar nicht so attraktiv und gut gebaut wie die anderen Kandidaten, aber er ist nett und stabil, quasi der Honda Civic unter den Junggesellen. Und was am allerwichtigsten ist: Er ist nicht Brad.

»Und, ähm, freust du dich schon darauf, noch mehr Zeit mit Ray zu verbringen?«, frage ich Mom, während wir allerhand Dinge wie Sonnencreme und Handdesinfektionsmittel in ihre Tasche packen – ihre »Mom-Ausrüstung«, wie sie es nennt.

»Ja, wir verbringen gern Zeit miteinander«, antwortet sie achselzuckend, und ihr Ton verrät mir, dass sie keine Lust auf eine weitere Anti-Brad-Kampagne hat. »Ich bin einfach froh, mal rauszukommen. Es ist immer noch ein Urlaub, schon vergessen?«

Aber es fühlt sich längst nicht mehr so an, und ich weiß, dass Mom es auch spürt.

»Ich muss akzeptieren, dass Sam nicht mehr hier ist«, sagt sie unvermittelt. »Ich weiß, dass du Brad nicht magst, aber ich habe Gefühle für ihn. Es ist zwar keine Liebe, doch irgendwas ist da.«

»Mom, er wird dich niemals lieben. Er wird nur die Version von dir lieben, die er sich selbst erschafft. Bitte versprich mir, dass du das für heute Abend im Hinterkopf behältst.«

»Mache ich.«

***

Nachdem die schlimmste Hitze des Tages abgeklungen ist, treffen wir uns mit den Kandidaten auf dem Rasen vor dem Haus. Da es bis in die Innenstadt nicht sonderlich weit ist, beschließen wir, zu Fuß zu gehen, statt uns in die Vans zu quetschen, in denen man sowieso nur von irgendeinem Ausrüstungsstück erdolcht wird.

Anscheinend herrscht hier auf der Insel gerade Hochsaison. Wir biegen in die Hauptstraße ein, in der sich gegenüber dem belebten Markplatz Läden, Restaurants und Bars aneinanderreihen.

»Gehen wir auch was essen?«, fragt Ella, die die Shops links liegen lässt und sich stattdessen die Speisekarten vor den Restaurants durchliest. »Hier gibt's Meeresfrüchte!«

»Ich esse alles außer Barsch«, erwidere ich.

Nachdem ich siebzehn Jahre lang direkt am Eriesee gelebt habe, habe ich für den Rest meines Lebens genug von Barsch. Ich glaube, ich würde eher einen frittierten Turnschuh verspeisen, denn der hat wenigstens keine fünfzig Millionen mikroskopisch kleine Gräten.

Ray deutet mit dem Kopf die Straße hinunter. »Da vorn scheint weniger los zu sein. Da finden wir wahrscheinlich eher einen Tisch für ...« Er zählt kurz durch. »... zehn Personen plus Platz für die Crew.«

»Wow, Ray, eine super Idee.« Ich stoße Mom mit dem Ellbogen an. »Ist Ray nicht klug?«

Sie schlägt mir auf den Arm. »Hör auf damit.«

»Wie subtil du doch bist«, flüstert Connor mir zu, während wir uns ein wenig zurückfallen lassen. Dann gibt er mir einen Kuss auf die Wange. »Total niedlich.«

Beichte: CONNOR DINGELDEIN HAT MICH AUF DIE WANGE GEKÜSST. ER FINDET MICH NIEDLICH. WAS SOLL ICH NUR TUN, WENN ER NACH HAUSE GEHT? KANN ICH IHN NICHT EINFACH IRGENDWO IN DER VILLA VERSTECKEN?

Tall kommt zu uns herübergeeilt, sein Gesicht unter der Krempe eines riesigen Sonnenhuts verborgen.

»Wir haben schon für in einer halben Stunde reserviert«, verkündet er.

»Esst ihr auch was?«, frage ich Ian und werfe einen Blick auf seine Gefolgschaft.

Er schüttelt den Kopf und wedelt wie ein Magier mit der Hand vor meinem Gesicht herum. »Du siehst uns nicht. Wir existieren nicht.«

Während einer der Assistenten losgeht, um nachzusehen, ob das Restaurant alles für unseren Besuch vorbereitet

hat, stöbern wir in den wenigen Läden, die nicht zu über-
füllt sind. In einem der Shops gibt es nur nostalgische Süßigkeiten und Getränke. Lachend hält Ray eine Flasche
mit einem Schwein darauf in die Höhe.

»Das soll angeblich nach Speck schmecken.« Er dreht
sie um, um sich das Etikett durchzulesen. »Ich frage mich,
was da drin ist.«

Brad verzieht das Gesicht. »Wie ekelhaft.«

Der Rest von uns ist nicht ganz so abgeneigt. Connor
kauft eine Packung Brause in der Form einer kleinen
Atommüll-Tonne. Nachdem er sich eins der Stäbchen in
den Mund gesteckt hat, kriegt er für die nächsten drei Minuten die Augen nicht mehr auf.

»Alles okay?«, frage ich und reibe ihm die Schulter,
während er sich japsend an den Hals greift.

»Das ist … *sauer.*«

Zum Glück habe ich kein Geld dabei, sonst würde ich
den Laden mit Tüten voller Krokant verlassen. Ella und
ihr Vater kaufen eine Schachtel Salzkaramell und bieten
uns etwas davon an. Ich habe noch nie welches gegessen
und nehme mir eins mit Schoko und Minze, doch es
schmeckt nach geschmolzenem Plastik gemischt mit altem
Kaugummi.

»Wie ist es?«, fragt Ella.

Ich zwinge mich, es herunterzuschlucken. »Interessant.
Aber eher negativ gemeint.«

Als Nächstes zerrt uns Chelsea in einen Schmuckladen
und will von Brad wissen, ob sie auch während der Show
Taschengeld bekommt.

Connor verdreht die Augen und flüstert: »Mein Taschengeld ist es, eine Unterkunft zu haben.«

»Meins auch.«

Mom steht vornübergebeugt in der Ecke, die Nase nur Millimeter von einer Vitrine entfernt.

»Na, was bestaunst du da?«, frage ich und gehe in die Hocke, um mir die untere Reihe mit Schmuck anzusehen.

Sie deutet auf einen Ringhalter mit schmalen Silberringen. »Den mit dem Sanddollar. Als ich noch klein war, haben wir die immer gefangen, wenn wir in Myrtle Beach Urlaub gemacht haben. Die sollen Glück bringen.«

Sie tritt beiseite, damit Ian die Vitrine filmen kann. Ich beobachte ihn ängstlich und frage mich, ob es verantwortungsvoll ist, eine so schwere Kamera über einen Glaskasten zu halten.

»Du solltest ihn dir kaufen«, sage ich zu Mom. »Ein bisschen Glück könnten wir gut gebrauchen.«

Mom lacht und scheucht die Verkäuferin weg, die plötzlich ganz interessiert wirkt.

»Ich habe noch genug Schmuck für den Rest der Show dabei.« Sie berührt ihren Finger an der Stelle, an der sie früher ihren Ehering getragen hat. »Außerdem ist er viel zu teuer.«

Eine der Assistentinnen kommt herein, um uns mitzuteilen, dass der Tisch nun für uns vorbereitet ist. Wir folgen ihr, so gut es geht, und schlängeln uns zwischen langsameren Passanten und sich an ihre Eltern klammernden Kindern hindurch.

»The Happy Hen«, liest Mom das große Holzschild über dem Eingang. »Meeresfrüchte, Margaritas, Burger. Klingt gut.«

»Ich schwöre, wenn wir diesmal wieder nicht essen dürfen, werfe ich einen Stuhl durch die Scheibe«, murmelt

Connor beim Hineingehen und spricht damit das aus, was ich auch denke.

Die Empfangsdame führt uns in einen kleineren Nebenraum, in dem zwei kurze Tische zusammengeschoben wurden, damit wir alle Platz haben. Schnell setze ich mich neben Mom, bevor mir einer der Kandidaten den Stuhl wegschnappen kann, und reserviere den Platz neben mir für Connor. Brad will sich ans Kopfende setzen, doch Ian zieht den Stuhl weg, um Platz für die Kamera zu machen.

Die Erwachsenen bestellen alle Margaritas. Der Rest von uns bekommt irgendeinen tropischen Punsch, der auf einer separaten Karte steht. Mir geht es gar nicht um den Drink, ich will nur das Schirmchen und den Piratensäbel, die auf der Tafel abgebildet sind.

Nachdem ich eine Weile zwischen dem Spicy-Chicken-Sandwich und den Shrimp-Tacos hin und her überlegt habe, entscheide ich mich für Letzteres und vereinbare mit Connor, ihm etwas abzugeben, wenn ich dafür etwas von seinen Krabbenpuffern bekomme.

»Ich nehme den Salat des Hauses mit Hähnchen und das Light-Ranch-Dressing extra«, sagt Mom, als sie an der Reihe ist. »Das gegrillte Hähnchen, bitte. Nicht das frittierte.«

Brad lächelt die Kellnerin an. »Wir nehmen beide das Garnelen Fra Diavolo.« Er klappt Moms Speisekarte zu, nimmt sie ihr weg und fügt, an sie gewandt, hinzu: »Du wirst es lieben.«

Mom zögert. »Ich mag eigentlich kein scharfes Essen.«

»Gestern meintest du, dass du offen wärst für die Dinge, die ich mag. Erinnerst du dich noch, als wir uns über Abenteuerlust unterhalten haben? Dieses Mindset könnte für dein Unternehmen entscheidend sein. Neues Essen zu probieren ist ein super Anfang. Wenn es dir nicht schmeckt, musst du es ja nie wieder bestellen.«

Ray greift über Sabrina hinweg, um der irritierten Kellnerin eine von den Speisekarten wegzunehmen.

»Hey, lass sie einfach bestellen, was sie will.«

»Zweimal das Fra Diavolo«, wiederholt Brad und scheucht die Kellnerin mit einem scharfen Blick weg.

Ray holt tief Luft und will bereits aufstehen, da drückt Charles ihn wieder auf seinen Stuhl.

»Lass es einfach«, flüstert er. »Mach jetzt keine Szene.«

Währenddessen eilt Ian um den Tisch und erteilt seiner Crew mit knappen Kopfbewegungen und Handzeichen Anweisungen. Ich rücke ein wenig beiseite, um ihnen Platz zu machen.

Während des Essens entwickeln wir die Strategie, einfach über Brad hinwegzureden, sobald er sich an dem Gespräch beteiligen will.

Ich merke, dass Mom nicht begeistert ist von ihrem Fra Diavolo. Sie spießt eine Garnele auf und streift die Soße an dem sauberen Tellerrand ab.

Ella scheint es auch aufzufallen. Sie tut so, als wäre sie satt, und bietet Mom die Hälfte ihres Wraps mit gemischtem Salat an.

Die Kellnerin kommt mit einem Tablett voller Nachspeisen und dreht es langsam, um uns die große Auswahl zu präsentieren.

»Möchte jemand Dessert? Der Key-Zitronenkuchen ist unsere Spezialität des Hauses. Schließlich ist er nach unserer Insel benannt.«

Kurz frage ich mich, ob Sam das weiß, denn es klingt nach unnützem Wissen.

»Dad, kann ich den Brownie haben?« Sabrina deutet auf die backsteingroße Schokomasse.

Ich hebe eine Hand. »Ich nehme auch einen.«

Wir verleiten Ray und Ella dazu, sich unserem Zuckergelage anzuschließen. Chelsea lässt ebenfalls nicht lange auf sich warten. Ein paar der anderen entscheiden sich für Kaffee oder eine zweite Margarita. Ich beobachte, wie sich Ian mit der Zunge über die Lippen fährt, und reiche ihm hinter der Kamera mein bisher unberührtes Glas Wasser.

Nachdem alle aufgegessen haben und zur Toilette waren, spazieren wir weiter ziellos durch die Innenstadt. Der Pulk löst sich ein wenig auf, wenn ein Radfahrer durchmuss … oder auch ein wildes Huhn.

Ella hält die Hühner für hysterisch. »Ich habe mich schon gewundert, warum ich von meinem Zimmer aus die ganze Zeit Hähne krähen höre! Ich dachte, ich bilde mir das nur ein. Hier in der Gegend gibt es ja keine Bauernhöfe oder so.«

Während langsam die Sonne untergeht, strömen immer mehr Touristen aus den umliegenden Hotels. Auf dem Marktplatz ist es besonders voll, denn überall stehen Straßenkünstler, um die sich Menschentrauben gebildet haben. Auf den Stufen eines Aussichtspavillons performt ein Schwertschlucker, und ein Verrenkungskünstler benutzt eine Sitzbank als Requisite.

»Das tut ja schon beim Zusehen weh«, murmelt Ray.

»Du bist so witzig, Ray!«, schreie ich förmlich in Moms Ohr, aber ich glaube, meine Bemühungen zeigen keine Wirkung.

»Seht mal! Ein Akrobat!«, ruft Sabrina und deutet auf eine weitere Gruppe.

Wir gehen hinüber und recken die Hälse, während der Künstler gerade zu seinem nächsten Trick ansetzt. Als die anderen Touristen Ians Kamera bemerken, zerstreuen sie sich, um uns den Weg freizumachen. Manche halten sich sogar die Hände vors Gesicht.

Ella schlängelt sich bis zur vordersten Reihe durch und zieht ihren Vater AJ hinter sich her.

Der Akrobat rennt auf eine Mülltonne zu und springt darüber, während sein Partner im selben Moment zwei brennende Fackeln von einem riesigen Einrad herunterwirft. Er macht einen Salto und fängt mit jeder Hand eine Fackel. Dann legt er eine perfekte Landung hin und nutzt den Schwung, um sich vor dem Publikum zu verbeugen.

»Dad«, sagt Ella fasziniert. »So etwas sollten wir für unsere Wettbewerbe einstudieren!«

Er lacht. »Ich glaube, eure Trainerin wird euch nicht erlauben, euch gegenseitig mit brennenden Fackeln zu bewerfen. Sonst wird sie bestimmt verklagt.«

Eine Assistentin geht auf Mom zu und liest auf einem Tablet, von dem ich sicher bin, dass es vorher Sam gehört hat.

»Wir müssen jetzt langsam zurück, damit ihr euch für die Sweetheart-Zeremonie fertig machen könnt«, sagt sie. »Die Stylistin steht in ungefähr zwanzig Minuten bereit.«

Mom gibt den anderen Bescheid und geht strammen Schrittes zurück zum Haus. Connor und ich bilden das Schlusslicht.

»Ich glaube, Mom ändert langsam ihre Meinung über Brad.«

343

»Sie muss doch merken, dass wir ihn alle für ein Arschloch halten.«

»Hoffentlich hast du recht. Ich würde es mir wirklich wünschen.«

Ich versuche, nicht daran zu denken, dass ich mich vielleicht schon gleich von Connor verabschieden muss.

Kapitel 31

Die Maskenbildnerin seufzt genervt, weil Mom und ich uns während des Schminkens bezüglich der Wahl besprechen. Ich bin so aufgeregt, dass das leichte Rouge auf meinen Wangen kaum zu sehen ist.

»Ich weiß, dass du zu AJ und Ella keine große Bindung aufgebaut hast, aber wenigstens steht AJ für dich ein. Brad behandelt dich total respektlos. Er hat dich nicht mal dein eigenes Essen bestellen lassen.«

Mom blickt finster drein und stellt über den Schminkspiegel Blickkontakt zu mir her. Dann dreht sie den Kopf in meine Richtung, was ihr wieder eine genervte Ermahnung von der Stylistin einbringt.

»Okay, da ist was dran. Vielleicht war das mit dem Essen ein wenig übertrieben.«

Jetzt, da ich merke, dass sie langsam zugänglicher wird, rede ich schneller. »Kannst du dir vorstellen, wie er sich verhalten würde, wenn ihr verheiratet wärt? Er würde komplett die Zügel an sich reißen. Wenn du schon nicht selbst bestellen darfst, was meinst du, wie es dann erst läuft, wenn es um etwas Wichtiges geht?«

»Wenn wir nur noch zu zweit sind, ist er bestimmt anders«, beharrt sie. »Konkurrenzkampf bringt die schlechtesten Seiten der Menschen zum Vorschein. Und vergiss nicht, es kann durchaus sein, dass kein anderer mit mir zusammen sein will. Ich weiß zu einhundert Prozent, dass mir Brad einen Antrag machen wird, wenn er gewinnt. Bei AJ, Charles und Ray weiß ich nicht, woran ich bin. Ist es da nicht besser, kein Risiko einzugehen?«

»Nein, in dem Fall nicht. Mein Gott, es ist so bescheuert, dass du nicht den Antrag machen kannst. Dann wäre alles so viel einfacher.«

Mom zuckt mit den Achseln. »Tradition.«

Wir haben nur noch ein paar Minuten, bis wir oben im Haupthaus sein müssen. Nachdem die Stylistin mit meinem Make-up fertig ist, springe ich sofort vom Stuhl und werfe unsere Kleider über den mobilen Paravent. Mom kommt mit den Schuhen und Accessoires.

»Du musst verstehen, dass die Wahl eines Partners, mit dem man ein Leben lang zusammen sein wird, eine viel größere Entscheidung ist, als maximal ein Jahr mit einer Stiefschwester verbringen zu müssen – je nachdem, wann die Hochzeit stattfindet.« Sie schlüpft aus ihren Klamotten und in ihr Abendkleid. »Meine Stimme sollte mehr Gewicht haben als deine.«

In meinem Zorn springe ich förmlich in mein Kleid und reiße es über meine Brust. Mom hilft mir mit dem Reißverschluss und wartet darauf, dass ich es ihr gleichtue. Während ich ihr Korsett zuschnüre, hält sie die Luft an und dreht sich dann für Angela.

Moms gequälter Gesichtsausdruck verrät mir, dass sie zwar nicht so leicht nachgeben wird, aber noch nichts verloren ist. Es ist Zeit, die schweren Geschütze aufzufahren.

»Tu es für mich, Mom. Ich will Brad und Chelsea nicht in unserem Leben. Ich habe dir während der Scheidung die ganze Zeit beigestanden. Ich habe dich unterstützt.

Jetzt musst du mich unterstützen und mir glauben, wenn ich dir sage, dass die beiden gefährlich sind.«

Mom stöhnt. »Was soll ich da noch sagen, wenn du es so drastisch formulierst?«

»Du kannst nichts mehr sagen. Da gibt es keine Gegenargumente mehr.« Ich schiebe die Unterlippe vor und blinzle sie unschuldig an. »Bitte, Mommy. Für mich. Ich werde mich auch nicht in die finale Entscheidung einmischen, wenn du Brad heute rauswirfst. Das ist dann allein deine Entscheidung. *Bitte*.«

Selbst wenn sie sich für Charles entscheidet, wird uns schon eine Lösung einfallen. Aber was Brad angeht, gibt es keine andere Lösung, als ihn endlich loszuwerden.

Sie spielt an einer losen Haarsträhne herum und blickt böse drein, als sie merkt, dass sie zu kurz ist, um sie hinters Ohr zu streichen.

»Ich weiß nicht. Ich bin einfach der festen Überzeugung, dass Brad für uns die beste Entscheidung ist.«

»Und ich bin der festen Überzeugung, dass er es nicht ist! Du musst ihn loswerden. So habe ich dich nicht mehr angebettelt, seit ich in die Spätvorstellung von *Endgame* gehen wollte.«

»Lass mich auf dem Weg nach oben darüber nachdenken«, erwidert sie und dreht sich zur Tür. »Wir sollten jetzt besser los. Du weißt, wie ungehalten sie werden, wenn wir zu spät kommen.«

Ich spüre, dass es keinen Zweck hat, noch weiter zu betteln, also schweige ich auf dem Weg zum Haupthaus. Moms Hand wandert zu ihrem Mund, doch sie widersteht dem Drang, an ihren Nägeln zu kauen, und senkt sie wieder.

»Auf einer Skala von eins bis LeAnne, wie sehr hasst du Brad?«, fragt sie, als wir das Foyer betreten und unsere Positionen gegenüber den Kandidaten einnehmen.

»LEANNE MAL TAUSEND«, brülle ich so laut, dass Ian vor Schreck zusammenzuckt.

Ich schätze, das ist das Gute an der Show: Mir ist bewusst geworden, dass LeAnne nur der drittschrecklichste *Homo sapiens* auf diesem Planeten ist.

»Okay, nehmen wir mal an, wir machen es so, wie du willst. Wer sind dann die letzten zwei Paare?«

»Ray und Sabrina, Charles und Connor.« Dann kann ich Mom von meinen Gefühlen für Connor erzählen, und sie muss sich wohl oder übel für Ray entscheiden. Klar ist das manipulativ, aber man muss auch sagen, dass sie es mir mit Brad nicht leicht gemacht hat.

»Und du willst es wirklich unbedingt?«

Ich weiß nicht, wie ich ihr noch deutlich machen soll, wie sehr ich Brad hasse, außer vielleicht in fremden Zungen.

»Ja. Bitte. Mom, ich weiß nicht, wie unser Verhältnis aussehen wird, wenn du Brad heiratest, aber ich verspreche dir, dass es nicht gut sein wird. Tut mir leid, doch so ist es nun mal.«

Mit großen Schritten durchquert Danny Romano den Raum und bindet sich die Krawatte.

»Wisst ihr schon, wen ihr rauswählen wollt?«, erkundigt er sich.

Mom kneift die Augen zu. »Brad und AJ. Wir eliminieren Brad und AJ.«

Ich schlinge die Arme um sie, drücke sie aber nur vorsichtig, da ihre Brüste ohnehin schon fast aus dem Kleid hüpfen.

»Freu dich bloß nicht zu früh«, warnt sie mich. »Danny Romano spricht gerade mit den Produzenten, und sie wirken nicht unbedingt glücklich.«

»Ist mir egal.«

Grande und Venti kehren zusammen mit Danny Romano zurück in den Raum und wenden den Kandidaten die Rücken zu. Venti erklärt seine Bedenken bezüglich unserer Entscheidung, Brad und Chelsea rauszuschmeißen.

»Wir sind alle der Meinung, dass der Konflikt zwischen euch vieren für gute Quoten sorgt. Ich würde mir wünschen, dass wir diese Spannung bis zum Finale aufrechterhalten.«

Ich schnaube. »Wollt ihr uns damit sagen, dass wir ihn nicht eliminieren dürfen?«

»Wir schreiben euch nicht vor, was ihr zu tun habt«, stellt Grande klar. »Wir wollten euch nur wissen lassen, was wir davon halten, solange ihr noch Bedenkzeit habt.«

Ich brauche keine Bedenkzeit. Stattdessen stelle ich jetzt all meine bisherigen Entscheidungen infrage. Ich hätte mich weigern können, bei der Show mitzumachen. Dann würde ich jetzt in Jogginghose zu Hause sitzen, und Moms Tofu-Auflauf wäre wahrscheinlich mein größtes Problem.

Während die Crew die letzten Checks durchführt, beobachte ich Mom, die wie ein Metronom mit dem Fuß wippt.

»Machst du jetzt einen Rückzieher?«, frage ich.

Sie schüttelt den Kopf, doch ich weiß nicht, ob das die Antwort auf meine Frage ist oder ob sie es macht, weil sie nicht weiß, was sie tun soll. Bevor ich weiter versuchen kann, ihre Gedanken zu lesen, räuspert sich Danny Romano, und auf einmal ist es ganz still im Raum.

Ich setze ein Lächeln auf, zeige sogar Zähne. Plötzlich wird mir bewusst, wie sehr meine Muskeln von dem ganzen Schauspiel schmerzen. Ich habe mich seit Wochen nicht mehr entspannt, weil ich selbst im Schlaf von einer Kamera beobachtet werde.

Als sich Danny Romanos Begrüßung dem Ende zuneigt, ergreife ich Moms Hand und versuche, all meine Gefühle in diese einzige Berührung zu legen.

Danny Romano ist die Spannung deutlich anzuhören, als er überschwänglich fragt: »Julia und Cara, wen habt ihr für die heutige Eliminierung ausgewählt?« Dann richtet er den Blick in Ians Kamera. »Und denken Sie daran, liebe Zuschauerinnen und Zuschauer, die letzten zwei kommen ins Finale, in dem sich Julia dann für ihre *Second Chance Romance* entscheiden wird.«

Moms Finger wandern über die Kante von Brads und Chelseas Medaillon. Eine rachsüchtige bittere Freude überkommt mich, als mir Chelsea quer durch den Raum einen Blick zuwirft. Gedanklich bereite ich schon mal meine Abschiedsworte vor, irgendetwas Prägnantes, das aber trotzdem nicht meinen ganzen Hass auf ihr passiv-aggressives Verhalten, die Sache mit der Enthaarungscreme und all die Lügen durchsickern lässt. Sie hat nicht gewonnen. Ich bin zu Mom durchgedrungen.

Chelsea reißt den Kopf zurück und wiegt ihn von links nach rechts.

Ich richte den Blick in dem Moment auf die Wand der Herzen, in dem Danny Romano verkündet: »AJ und Ella, ihr müsst uns heute leider verlassen. Bitte verabschiedet euch jetzt von Julia und Cara.«

Okay. Ich verstehe. Wir fangen klein an.

Ich drücke Ella fest und verspreche ihr, sie im Internet zu suchen. »Es tut mir wirklich leid, dass du gehen musst.«

Sie schnieft in mein Haar. »Ist schon okay. Ich wollte sowieso nicht bei der Show mitmachen, schon vergessen?« Sie lacht freudlos. »Hoffentlich hast du am Ende nicht Chelsea an der Backe. Du bist ein so toller Mensch. Du hast jemand Besseres verdient.«

AJ schüttelt mir zuerst die Hand, nimmt mich gleich darauf aber doch in den Arm.

Und dann ist der Moment der Wahrheit gekommen. Ich kann es gar nicht erwarten, Brads Reaktion zu sehen und mich nach der Entscheidung mit Connor auszutauschen.

»Julia, für wen hast du dich noch entschieden?«, fragt Danny Romano. Obwohl nur noch drei Kandidatenpaare übrig sind, muss er nicht viel tun, um es spannend zu halten. Chelsea wirkt ausnahmsweise aufrichtig besorgt.

Mom tritt wieder an die Wand heran und lässt den Kopf hängen.

MUTTER, DENK NICHT MAL …

Sie streckt die Hände aus und klappt Charles' und Connors Medaillon zu. Ihre Hände bleiben auf dem Holz liegen.

Es bräuchte einen Videobeweis, um festzustellen, wer von uns zuerst reagiert.

»Einspruch!«, rufe ich in die Richtung der Produzenten. »Einspruch! Das hatten wir nicht abgesprochen!«

»Ah, wie es scheint, gab es bezüglich dieser Entscheidung ein paar Unstimmigkeiten«, bemerkt Danny Romano. »Doch leider sind die Entscheidungen unumstößlich. Deshalb ist es auch so wichtig, dass Julia und Cara einander vertrauen. Dabei spielt es eine wichtige Rolle, wer von den beiden die Medaillons zuklappt.«

Connor eilt an Charles vorbei. Ich renne auf ihn zu, drücke ihn an mich und frage mich, ob ich ihn jemals wiedersehen werde.

»Ich wusste es nicht«, flüstere ich. »Es tut mir leid. Eigentlich hätte sie Brad rauswerfen sollen.«

»Du kannst jetzt nichts mehr dagegen tun.« Connor lächelt trotz der aufsteigenden Tränen, wie ein Sonnenstrahl, der durch graue Wolken bricht. Er redet immer schneller, aus Angst, dass sie uns gleich trennen. »Ich glaube, wir wussten beide, dass wir nicht gewinnen. Aber wir sehen uns wieder. Wir reden, sobald du hier raus bist, okay? Denk einfach daran, dass man die Regeln brechen kann. Brad und Chelsea spielen auch nicht nach den Regeln. Warum solltest du es also tun?«

Ich nicke nur, denn ich glaube, ich kriege gerade keinen Ton raus. Mom und Charles stehen links neben uns, beide sichtlich perplex.

»Ich bin jetzt kein Kandidat mehr, richtig?«, fragt Connor an Danny Romano gewandt.

»Du bist nicht länger im Rennen.«

Connor legt eine Hand an meine Wange. »Meinst du, ich könnte noch einen dramatischen TV-Kuss bekommen, bevor ich gehe? Nur einen?«

Normalerweise würde ich niemals jemanden vor meiner Mutter, einer Gruppe nahezu Fremder und einer Fernsehkamera küssen. Aber Connor so dastehen zu sehen und

nicht zu wissen, ob wir uns jemals wiedersehen ... Es
kümmert mich nicht mehr, ob uns jemand zusieht. Und es
ist auch nicht nur ein flüchtiger Kuss, allerdings auch keiner mit Zunge.

Es ist ein Abschiedskuss. Ich küsse ihn mit all meiner
Hoffnung, Sehnsucht und Leidenschaft. Ich denke an all
die Tage, die wir noch miteinander hätten haben können
und vielleicht noch gemeinsam verbringen werden. Mit
meinem Kuss versuche ich, ihm das Versprechen zu geben,
dass unser nächster ein Begrüßungskuss sein wird.

Beichte: Gedämpftes, unverständliches Schluchzen.

Bisher habe ich nicht darauf geachtet, aber nach der Zeremonie brauchen Charles und Connor länger, das Haus zu
verlassen, als ich dachte. Ich sehe ihnen noch eine ganze
Weile, nachdem die Assistenten sie nach draußen begleitet
haben, durch das Fenster nach. Ich wende mich erst ab, als
ich das Rattern des Tors höre. Das Geräusch des Autos,
das über die Bordsteinkante fährt.

»Ich wusste es«, sage ich zu Mom. »Ich wusste, dass du
Brad nicht einfach so rausschmeißen würdest. Und das,
obwohl ich dich so angefleht habe.«

»Es tut mir leid«, erwidert sie und umklammert ihre
Hände. »Als sich die Produzenten eingemischt haben,
habe ich einfach Panik bekommen. Ich konnte es nicht.
Ich wusste nicht, dass du Gefühle für Connor hast. Mein
Gott, ich komme mir so dumm vor, weil ich nichts ge-
merkt habe. Hasst du mich jetzt? Ist es etwas Ernstes?
Warum hast du mir nichts gesagt?«

Ich seufze, denn ich weiß, dass sie nur mein Bestes will,

aber manchmal ist es eben nicht das, was ich wirklich brauche.

»Nein, ich hasse dich nicht.« Keine Ahnung, wie ich die anderen Fragen beantworten soll. Ich bin einfach nur fertig. Die Erschöpfung macht sich langsam auch körperlich bemerkbar, das Klopfen meines Herzens klingt, als würde ein ungebetener Gast an unsere Tür hämmern. Kurz denke ich über die unzähligen Entscheidungen nach, die zu diesem Moment geführt haben, und frage mich, ob ich jemals die Kontrolle über mein Leben hatte. »Ich wünschte, es wäre alles anders gelaufen.«

Und teilweise ist es meine eigene Schuld. Ich dachte, ich könnte einfach Spaß haben. Dass Connor nur ein Sommerflirt wäre. Ich hätte nie gedacht, dass aus uns tatsächlich etwas werden könnte. Als wir beschlossen haben, an der Show teilzunehmen, dachte ich nur an das Geld, um mit Mom ein neues Leben zu beginnen. Connor hat mir gezeigt, wie dieses neue Leben aussehen könnte. Und jetzt ist er ... weg.

»Ich fühle mich so gefangen«, sagt Mom und kneift sich in die Nasenwurzel. »Ich ruiniere alles. Du bist wütend auf mich. Es war meine Schuld, dass Sam gefeuert wurde. Ich wusste nicht, dass da zwischen dir und Connor etwas ist. Und ich weiß immer noch nicht, was ich tun soll. Ich weiß nicht, was mit mir los ist. Es tut mir leid.«

Ich nicke. »Ich weiß.«

Ich schleppe mich zurück ins Gästehaus, verkrieche mich im Bett und bin froh, dass sie mich nicht darum gebeten hat, ihr zu verzeihen. Ich glaube, das würde ich gerade nicht schaffen.

Kapitel 32

Am nächsten Morgen fängt uns nach dem Frühstück eine Assistentin ab. Sie führt uns in die Lounge und schließt die kunstvoll verzierten Doppeltüren.

Ein älterer Herr in einem viel zu großen Jackett beobachtet uns von seinem Platz auf einem der Barhocker aus. Mit der übergroßen Hornbrille und dem fusseligen weißen Haarkranz sieht er beinahe aus wie ein frisch geschlüpfter Vogel.

»Hi. Ich bin Julia, und das ist meine Tochter Cara«, sagt Mom und geht auf ihn zu, um ihm die Hand zu schütteln, während er vom Hocker rutscht. »Sind Sie etwa ein neuer Kandidat?«

Lachend legt er den Kopf in den Nacken und blickt mit seinen großzügig aufgerundeten ein Meter fünfzig zu ihr hoch.

»Eher nicht. Ich heiße Gary. Ich bin der Juwelier.«

»Der Juwelier?«, fragt Mom. Während sie mit ihm spricht, lässt sie – wahrscheinlich unbewusst – die Schultern hängen und geht ein wenig in die Knie.

»Für Ihren Verlobungsring«, erklärt er. »Ich habe eine ganze Auswahl mitgebracht. Sie haben alle schon die richtige Größe, aber wir wollen sicherstellen, dass der Ring, den Sie sich aussuchen, auch bequem sitzt.«

Ich stoße Mom an. »Was ist mit Mommoms Diamanten?«

»Den habe ich LeAnne gegeben«, murmelt sie.

»Du hast *was*?«

Sie zuckt mit den Achseln. »Dein Dad wollte ihn zurück, und ich hatte keinen Grund mehr, ihn noch länger zu behalten. Aber keine Sorge. Wir haben vereinbart, dass du ihn später trotzdem mal erbst.«

»Ich weiß gar nicht, ob ich ihn noch will«, brumme ich. »Jetzt ist er verseucht.«

Gary hievt eine hübsche Schmuckschatulle aus Holz hoch und stellt sie auf den antiken Kartenspieltisch beim Fenster. Dann greift er in seine Hosentasche und zieht ein tränenförmiges Gerät heraus.

»Das ist eine Lupe«, erklärt er und holt sie aus ihrer Hülle. »Damit können Sie sich die Ringe gern genauer ansehen.«

Er öffnet den Haken der Schatulle und hebt den Deckel hoch. Fast stoßen Mom und ich mit den Köpfen zusammen, als wir uns gleichzeitig darüberbeugen. Die Ringe sind alle ganz unterschiedlich, manche sind schlicht, andere wiederum mit Edelsteinen verziert.

»Ich hätte nicht erwartet, dass es so viele sind«, sagt Mom staunend.

Ich beuge mich noch weiter herunter, um einen gigantischen Ring mit zwei Reihen kleinerer Diamanten, die einen großen in der Mitte säumen, zu begutachten.

»Müssen wir uns heute schon entscheiden?«

»Ja«, erwidert Gary und schiebt den Holzkasten näher an uns heran. »Aber bitte nehmen Sie sich Zeit. Berühren Sie sie, probieren Sie sie an. Sie können nichts kaputt machen.«

Das lasse ich mir nicht zweimal sagen. Innerhalb von

Sekunden habe ich an jedem Finger einen Ring und stolziere durch den Raum wie Marie Antoinette. Mom kichert und greift nach einem Ring in Roségold mit einem einzelnen Diamanten.

»Die Zacken sehen aus wie kleine Fangzähne.« Sie hält ihn mir hin. »Sieh mal.«

»Ich weiß, was du meinst.« Ich lache, nicht weil ich unsere Auseinandersetzung vergessen habe, sondern weil ich nicht will, dass wir die letzten drei Tage im Streit verbringen. Ich weiß nicht, wie viel Zeit ich noch mit Mom allein haben werde, wenn Brad und Chelsea wirklich Teil unserer Familie werden.

»Man nennt es Doppelklaue«, wirft Gary ein. »Ich persönlich finde, dass solche Zacken besser zu einem eckigen Diamanten passen.« Er deutet auf ein paar. »Prinzess-Schliff. Radiant-Schliff.«

»Was ist mit dem eckigen Diamanten da drüben?«, fragt Mom und deutet auf einen breiten Ring, der mit winzigen Diamanten übersät ist. »Der sieht ganz anders aus als die, die Sie uns bisher gezeigt haben. Der gefällt mir. Er ist einzigartig.«

Der Juwelier nimmt ihn heraus und lächelt auf den großen Diamanten in der Mitte herunter, als wäre es sein Lieblingsring.

»Das ist ein Asscher, eine ganz besondere Art von Schliff. Sehen Sie die langen Linien und das Windmühlenmuster? Soll ich den beiseitelegen?«

»Ja, ich glaube schon.«

Ich trete vor, denn mich beschleicht das Gefühl, dass ich diesen armen, unschuldigen Mann vor meiner Mutter warnen muss.

»Mom braucht allein eine halbe Stunde, um ein Waschmittel auszusuchen. Holen Sie sich lieber einen Stuhl und einen Snack.«

»Hey!«, schimpft Mom. »So schlimm bin ich nun auch wieder nicht.«

»Auf einer Skala von eins bis Goldlöckchen bist du eine neun Komma fünf.«

In den nächsten Minuten sucht sie sich sieben weitere Ringe aus, die in die engere Auswahl kommen. Die Diamanten sehen alle gleich aus, zumindest für mich, doch die Ringe reichen von schmal und schlicht bis hin zu protzig. Gerade vergleicht sie zwei aus Weißmetall.

»Was ist der Unterschied zwischen Platin und Palladium?«

Grinsend wedle ich mit dem Zeigefinger vor Garys Gesicht herum. »Ich habe Sie gewarnt. Sie hätten sich lieber einen Snack holen sollen, als Sie noch die Chance dazu hatten.«

***

Während Mom versucht, sich zwischen dem Asscher- und dem Prinzess-Schliff zu entscheiden, nutze ich die Gelegenheit und wandere durch die einsamen Korridore des Hauses. Da gerade nichts ansteht, gehe ich davon aus, dass die Kandidaten alle oben sind, doch dann fällt mein Blick aus dem Fenster, und ich entdecke Ray im Pool. Anscheinend haben sie auch gerade Freizeit.

Ich betrete den Raum, den sich die Kameracrew und Produktionsmitarbeiter als Büro eingerichtet haben. Überall stehen Plastikklapptische mit Laptops, Papierkram und benutzten Kaffeetassen. Ich blättere durch einen Stapel Hochglanzfotos von der Eröffnungszeremonie und frage mich, wozu sie die brauchen.

Plötzlich bimmelt es auf der anderen Seite des Raums, wo ein Tablet auf einem Ständer steht. Auf dem Display leuchtet irgendeine Benachrichtigung auf. Keine Ahnung, wie ich den Mut aufbringe, doch ehe ich mich versehe, habe ich mir das Tablet geschnappt und es in meinen Hosenbund geschoben.

Ich verlasse den Raum und verhalte mich so unauffällig wie möglich, als ich an den fest installierten Kameras vorbeigehe. Dann biege ich links in einen Flur ein und suche das kleine Badezimmer gegenüber der Bibliothek auf.

Ich werfe einen Blick nach hinten, bevor ich die Tür abschließe und mich auf den Klodeckel setze. Mit zitternden Fingern versuche ich herauszufinden, wie man mit dem Teil telefoniert, und wähle dann Vanessas Nummer. Eigentlich hätte ich niemals ihre Nummer auswendig gelernt, aber die Verbindung im Fitnessstudio ist so schlecht, dass ich sie schon tausendmal übers Festnetz anrufen musste. Es rauscht, dann höre ich: »*Diese Mailbox kann zur Zeit leider keine weiteren Nachrichten annehmen. Bitte versuchen Sie es zu einem späteren Zeitpunkt erneut.*«

Also wähle ich erneut. Und noch mal. Und noch mal. Und noch mal. Und noch mal. Und noch mal.

Beim achten Anruf geht sie endlich ran. »Hallo?«

»Nicht auflegen! Ich bin's, Cara.«

»Was?«, kreischt sie. »Cara? Sorry, ich dachte, du wärst irgendein Marktforschungsinstitut. Ich konnte die Vorwahl nicht zuordnen. Geht's dir gut? Haben sie dir nicht das Handy weggenommen?«

»Doch.« Ich drehe die Lautstärke herunter und kichere die Angst vor dem Erwischtwerden einfach weg. »Ich habe das Tablet von einem der Setmitarbeiter geklaut. Ich vermisse dich, Va-Ness Monster.«

»Ich dich auch. Was ist los? Du klingst so traurig.«

»Bin ich auch irgendwie«, entgegne ich. »Ich stecke in einem moralischen Dilemma, und du musst mir sagen, ob ich gerade einen großen Fehler mache oder nicht.«

»Okay.« Ich höre, wie sich ihre Kühlschranktür schließt, dann das *Knack* einer Getränkedose. Wie ich Vanessa kenne, ist das heute bestimmt schon ihr zweiter Energydrink. Wenigstens hat Mom sie davon überzeugt, auf die zuckerfreie Variante umzusteigen. »Schieß los.«

Ich fasse alles so gut wie möglich zusammen und erzähle ihr von den wichtigsten Kandidaten.

»Brad und Ray sind die letzten zwei.« Von Connor sage ich erst mal nichts, denn ich weiß, dass es sie zu sehr von dem eigentlichen Problem ablenken würde, dass Mom kurz davor ist, Brad zu heiraten und damit mein Leben in Brand zu stecken.

»Ray klingt doch gar nicht so schlecht.«

»Ist er auch nicht. Aber Mom wird sich nicht für ihn entscheiden. Sie hat bereits zugegeben, dass sie auf jeden Fall Brad nehmen wird, weil sie sich bei ihm sicher ist, dass er sie heiraten wird. Und angeblich will er sie ja so sehr dabei unterstützen, ihr eigenes Business aufzubauen.«

»Aber das ist nicht das, was du willst.« Es ist eine Feststellung, keine Frage. Vanessas Ton verrät mir, dass die Analytikerin in ihr Mom zumindest teilweise zustimmt. »Du hättest lieber Ray.«

»Am liebsten hätte ich Sam, aber das wird nicht passieren.«

»Warum nicht?«

Wenn es eine Eigenschaft gibt, die Brad bisher nützlich war, dann ist es seine Unverfrorenheit; seine Bereitschaft, gesellschaftliche Konventionen einfach über Bord zu werfen. Er war der Erste, der Mom berührt und ihr einen Kuss auf die Wange gegeben hat, der ein privates Dinner mit ihr hatte. Sam ist zu bescheiden, um mit ihm mithalten zu können.

»Sam ist nicht mehr da. Ich kann ihm nicht nachjagen und ihn bitten, Mom zu überreden, ihre Meinung zu ändern.«

»Nicht mit der Einstellung«, bemerkt Vanessa.

»Ich weiß nicht mal, ober er überhaupt noch auf der Insel ist.«

»Hat Prinzessin Leia einfach ›Ach, was soll's?‹ gesagt, als der Todesstern Alderaan in die Luft gejagt hat? Nein. Und hat River aufgehört, vor der Regierung zu fliehen, nur weil sie in einer Bar einen emotionalen Zusammenbruch hatte und ein paar Leute vermöbelt hat? Nein.« Es ist nicht schwer zu glauben, dass Vanessa die Kapitänin des Debattierclubs ist. Sie spricht genau meine Sprache. »Du musst für das Leben, das du dir wünschst, kämpfen.«

»Aber ich bin nicht Prinzessin Leia«, widerspreche ich. Trotzdem erinnern mich ihre Worte an Connors letzten Ratschlag.

Brad und Chelsea spielen nicht nach den Regeln. Warum solltest du es also tun?

»Der Spruch ist nicht sehr Leia-mäßig. Zeig mir dein Prinzessinnengesicht.«

Ich lache, und das Geräusch hallt in dem kleinen Badezimmer seltsam wider. »Du siehst mich ja nicht mal. Woher willst du also wissen, ob ich mein Prinzessinnengesicht aufgesetzt habe?«

»Durch die Macht. Ist doch klar.«

Ich bezweifle, dass Prinzessin Leia jemals eine Kriegsbesprechung auf einem Klodeckel abgehalten hat. Dennoch knurre ich ins Telefon und setze einen entschlossenen Gesichtsausdruck auf.

»So. Glücklich?«

»Das ist mein Mädchen«, erwidert Vanessa. »Und jetzt zeig's ihnen.«

Kapitel 33

Während ich das geklaute Tablet zurückbringe, denke ich über Vanessas Worte nach. Ich wünschte, Connor hätte nicht so überstürzt gehen müssen. Allein weiß ich einfach nicht, was ich tun soll.

Ich gehe im Korridor auf und ab und lasse die letzten Wochen in meinem Kopf Revue passieren. Vielleicht war mir Sicherheit zu wichtig. Jedes Mal, wenn ich das Gefühl hatte, alles unter Kontrolle zu haben, habe ich später zurückgeblickt und festgestellt, dass ich genau das getan habe, was die Produzenten wollten. Es ist an der Zeit, nicht mehr so vorhersehbar zu sein.

Und plötzlich macht es *Klick*.

Ich eile durch das Erdgeschoss, bis ich Venti in der Lounge finde.

»Dein Job ist es doch, für eine unterhaltsame Show zu sorgen, richtig?«

»Ja.« Er kneift die Augen zusammen. »Warum?«

»Hör mir zu. Das hier ist die erste Staffel von *Second Chance Romance*, und die Wahrscheinlichkeit ist sehr hoch, dass sich Mom für Brad entscheiden wird, der einfach ein Arschloch ist. Niemand wird ihr das abkaufen, und niemand wird sich darüber freuen. Oder ihr könntet Sam haben, den normalen, zugänglichen, witzigen Kerl mit einem Herz aus Gold.«

Venti winkt ab. »Sam Whitley ist aber kein Kandidat der Show.«

»*Er könnte aber einer sein.*« Ich deute auf die Kameras. »Er ist auf dem ganzen Material drauf. Er verbringt Zeit mit Mom, geht mit Mom spazieren … Ich sage ja nicht, dass ihr ihn als regulären Kandidaten in die Sendung holen müsst, aber macht ihn zum Thema. Die unerwartete große Liebe der ersten Staffel.«

Venti unterbricht mich nicht, was ich als gutes Zeichen werte.

»Katastrophale Scheidung von Brad oder herzerwärmende, verbotene Romanze mit Sam, die von Julias Tochter, die wegen seines Ausscheidens so am Boden zerstört war, dass sie dafür gekämpft hat, ihn zurückzuholen, gerettet wird.« Ich wedle mit den Händen. »Basierend auf wahren Begebenheiten.«

Venti hebt einen Zeigefinger, während er etwas in sein Handy eintippt. Kurz darauf öffnen sich hinter mir die Türen, und Tall und Grande betreten mit großen Schritten den Raum.

Dann wendet sich Venti wieder an mich.

»Sag ihnen, was du mir gerade gesagt hast.«

***

Ich durchsuche das halbe Haus, bevor ich Ian auf der Veranda finde, wo er auf einem Stuhl hängt und ein Sandwich isst.

»Ischt irgendwasch paschiert?«, nuschelt er mit vollem Mund, während er bereits aufsteht und nach seiner Kamera greift, die wie ein bettelnder Hund neben ihm steht.

»Ja, es hat sich etwas ereignet.« Ich ziehe einen Stuhl heran, lehne mich nach vorn und stütze die Unterarme auf die Schenkel. »Weißt du, wie man zu Sam kommt?«

»Warum willscht du das wischen?«

»Es ist unhöflich, mit vollem Mund zu sprechen.«

Er schluckt und spült die Reste mit Pfirsicheistee herunter.

»Es ist auch unhöflich, Menschen in ihrer wohlverdienten, vertraglich vereinbarten, heiligen Mittagspause zu stören«, entgegnet er dann. »Das Sandwich war echt lecker, und jetzt wird es total matschig.«

»Du musst mich zu Sam fahren und uns filmen, ohne dass jemand davon erfährt«, flüstere ich, denn ich weiß nicht, wer hier noch herumlungert.

Ian reißt seine Chipstüte auf und zermalmt eine Handvoll zwischen den Zähnen. »Ich bin gerade ziemlich sauer auf ihn und habe für so etwas keine Nerven. Ich habe ihm diesen Job verschafft, und jetzt wurde er gefeuert. Das rückt mich auch in ein schlechtes Licht.«

»Du verstehst es nicht.« Ich wedle ihm mit dem Zettel mit Sams Adresse vor dem Gesicht herum. »Die Produktion will, dass wir das machen. Sie haben es genehmigt.«

»Natürlich haben sie das.«

Ich schnappe mir Ians Kamera. »Ich werfe das Teil den Hügel hinunter, wenn du nicht sofort aufstehst und mir hilfst. Die Produzenten wollen, dass wir direkt losfahren, damit wir Sam noch erwischen, bevor er die Insel verlässt.«

Ausnahmsweise bin ich froh, als Venti auftaucht. Er beugt sich herunter und spricht mit Ian, dessen Augen immer größer werden.

»Oh. Kay.« Ian richtet sich auf. »Okay, verstanden. Mein Fehler. Habe die Situation nicht richtig begriffen.«

»Musst du noch irgendwas packen oder so?«, frage ich.

»Nope«, erwidert Ian und lässt seine Schlüssel klimpern. Ich folge ihm zum Parkplatz und klettere in einen der Vans. Bevor wir losfahren, funkelt er mich böse an. »Übrigens ... Solltest du meine Kamera noch ein einziges Mal anfassen, werden sie eine Doku über den Kameramann drehen, der ein junges Mädchen ermordet und ihre Leiche die Seven Mile Bridge hinuntergeworfen hat. Verstanden?«

Ich reibe mir das Kinn. »Wow, Ian. Das ist ganz schön ... konkret.«

»Niemand würde es mir verübeln. Ich sage ihnen einfach, dass du mich in meiner Pause gestört hast, obwohl ich gerade eine übersinnliche Erfahrung mit einem Frikadellen-Sandwich und einer Tüte Jalapeño-Chips hatte. Das kann mir keiner krummnehmen. Keine Anklage.«

***

Das *The Sun and Sand Motel* ist ein zweistöckiges Gebäude, das sich über die Hälfte einer Einbahnstraße erstreckt wie eine faulenzende Katze. Sams Zimmer befindet sich im ersten Stock auf der Nordseite. Ich lasse meine Hand über das Geländer gleiten und spüre die raue, abgeplatzte Farbe. Es erinnert mich an das Haus, in dem ich wohne. An mein Zuhause.

Ich klopfe mit der Seite meiner Faust an die Tür und stelle mich auf die Zehenspitzen, um mein Gesicht direkt vor dem Spion zu platzieren.

»Sam, hier ist Cara. Mach auf.«

Ich höre von drinnen ein leises Klopfen, dann das Verstummen des Fernsehers. Wenn er sich hätte verstecken wollen, hätte er mich lieber ignorieren sollen. Jetzt weiß ich, dass er da ist.

»Ich kann dich hören! Ich weiß, dass du dadrin bist!«

Als die Tür entriegelt wird, weiche ich einen Schritt zurück. Sam steckt den Kopf über die Schwelle und blickt an mir vorbei den leeren Korridor hinunter.

»Bist du allein hergekommen?«

»Sieh mal in die andere Richtung«, bemerkt Ian trocken.

Sam zuckt vor Schreck zusammen. »Was macht ihr denn hier? Und warum filmst du?«

Ich stecke meinen Fuß in die Tür, womit sich meine nächste Frage eigentlich erübrigt. »Können wir reinkommen und reden?«

»Ähm, ja?« Er tritt zurück. »Sorry wegen des Chaos. Ich habe nicht mit Besuch gerechnet.«

Ich stelle mich an die Wand, während Sam den kleinen Esstisch aufräumt, der voller Bierflaschen und kleiner Müslipackungen ist, die er bestimmt beim Frühstück geklaut hat. Dann kommt auch Ian herein, der erst mal die Vorhänge aufreißt und das Licht einschaltet.

»Hättest du dir nicht auch noch meinen Beleuchter schnappen können?«, brummt er und steigt stirnrunzelnd über ein Paar von Sams schmutzigen Socken.

»Nun, kommen wir direkt zur Sache«, sage ich zu Sam und ignoriere Ian komplett. »Du musst zurückkommen und meine Mom davon überzeugen, dass sie Brad nicht heiraten darf, denn er ist der größte Idiot auf diesem Planeten. Und dann könnt ihr einander eure Liebe gestehen, und es wird wunderschön, und ich muss Brad und Chelsea niemals wiedersehen. Ende.«

»Das geht nicht«, sagt Sam ohne das kleinste Lächeln. »Deine Mom ist eine wundervolle, unglaubliche, wunderschöne Frau. Sie verdient ein Leben, das ich ihr nicht bieten kann. Würde sie mit mir zusammen sein wollen, hätte sie es gesagt.«

»Sie hatte nicht die Gelegenheit dazu. Du warst plötzlich weg. Wenn sie dich wiedersieht, wird sie es sich anders überlegen. Das weiß ich genau.«

»Es tut mir leid, aber das steht mir nicht zu.« Sam seufzt. »Es gibt einen Grund, warum sie bei dieser Show mitgemacht hat. Die Kandidaten gehören alle zu einer ganz bestimmten Sorte Mann.« Er deutet an sich hinab. »Und das bin nicht ich.«

»Aber was willst *du*? Das da?«, frage ich und deute auf den Wäscheberg und den alten klobigen Fernseher. »Motelzimmer, Quizabende und am vierten Hochzeitstag per Textnachricht abserviert werden? Komm schon!«

Auf Sams Wangen bilden sich rote Flecken, und sein Daumen bohrt sich durch das Styropor seines Kaffeebechers.

»Du tust so, als wollte ich nicht reich, erfolgreich und mit der Liebe meines Lebens verheiratet sein! Aber diese Dinge werde ich niemals bekommen.« Er drückt den Becher noch fester, bis er in seiner Faust nachgibt. »Ich bin ein Arbeitsloser mittleren Alters. Mal sehen, was schneller wächst – mein Bauch oder die kahle Stelle an meinem Kopf. Ich werde einsam und mit sechs Katzen in meinem Kellerapartment sterben. Das ist mein Leben.«

»Nur, wenn du keine Risiken eingehst.«

»Ich bin ein Risiko eingegangen!« Die Haut unter seinen Sommersprossen nimmt einen noch dunkleren Farbton an. »Für deine Mom bin ich ein Risiko eingegangen – und dann wurde ich gefeuert!«

»Gib jetzt nicht ihr die Schuld!«, warne ich ihn mit erhobenem Zeigefinger.

»Das tue ich nicht!«, brüllt Sam und fügt leise hinzu: »Ich gebe mir selbst die Schuld daran, dass ich auch nur einen kurzen Moment lang geglaubt habe, eine so tolle Frau könnte Interesse an einem Verlierer wie mir haben.«

Ich klatsche eine Kopie des Zeitplans auf den Tisch, obwohl Sam ihn bestimmt immer noch in- und auswendig kennt, und deute mit dem billigen Motelstift auf eins der Kästchen. Ich versuche, es einzukringeln, doch der Stift funktioniert nicht, also ritze ich den Kreis ins Papier.

»Würdest du deine Meinung ändern, wenn ich dir sage, dass die Produzenten es wollen, weil sie mir zustimmen?«

Verwirrt zieht er die Stirn kraus. »Ich verstehe nicht ganz.« Dann wendet er sich Ian zu. »Mike Wistrand hat das veranlasst?«

»Bitte nicht direkt in die Kamera sprechen«, bemerkt Ian monoton.

Sam hält seinen mit Kaffee besudelten Daumen in die Höhe. »Ich schmiere das auf deine Linse, wenn du mir keine Antwort gibst.«

»Sie sagt die Wahrheit. Irgendwie hat sie es geschafft, Wistrand zu überzeugen.«

»Ich fasse es nicht«, murmelt Sam ungläubig vor sich hin. »Und du glaubst wirklich, Julia könnte Interesse an mir haben?«

369

»Ja. Deshalb hat sie auch *in der Dusche mit dir rumge-macht.* Und das hier ist das letzte Date, bevor Mom den Gewinner kürt. Es ist eine Sweetheart-Zeremonie kombi-niert mit einer Verlobungsfeier. Wenn sie dir je etwas be-deutet hat, wenn deine Gefühle echt waren, rufst du jetzt die Produzenten an und fährst hin.« Ich blicke ihm in die Augen, doch ich sehe darin nur Zweifel und Herzschmerz. Bevor ich gehe, gebe ich ihm noch den weisen Rat von Connor und Vanessa: »Alle anderen kommen voran, weil sie sich nicht an die Regeln halten. Du musst für das Le-ben, das du dir wünschst, kämpfen, Sam.«

Kapitel 34

Den Großteil des nächsten Nachmittags verbringe ich damit, das Gästehaus aufzuräumen und eine Liste mit Dingen anzulegen, die wir nicht vergessen dürfen, bevor wir zum Flughafen fahren. Ich muss den Zeitplan fünfmal lesen, bevor ich glauben kann, dass es fast vorbei ist. In zwei Tagen sind wir bereits auf dem Heimweg. Und dann werde ich das Internet nach Connor Dingeldein durchforsten.

Während des Putzens vermeide ich es, die bevorstehende Verlobung zu erwähnen. Wir wissen beide, dass wir in einer Sackgasse stecken. Meine einzige Hoffnung ist mein Joker: Sam.

Aber leider meinte Venti, Sam habe ihn bisher nicht angerufen. Zuerst dachte ich, die Produzenten würden mich nur wieder hinters Licht führen, doch Ian weiß auch nichts von einem Telefonat.

Als Angela uns darüber informiert, dass wir heute *casual* gekleidet sein werden – Casual Chic, nicht »Fauler Samstag auf dem Sofa«-Casual –, bekomme ich Panik, da wir das Finale am Strand drehen. Zwar habe ich Sam den Tag und die Uhrzeit genannt, aber auf dem Plan, den ich ihm gegeben habe, stand keine Location. Ich kann nur hoffen, dass er das einzig Schlaue getan und Venti angerufen hat.

Nachdem wir uns umgezogen haben, steigen wir in den silbernen Kombi, in dem normalerweise die verabschiedeten Kandidaten abtransportiert werden.

»Wo sind denn alle?«, fragt Mom.

Unser Fahrer deutet in Richtung Süden. »Die sind schon am Strand.«

Wir parken an einem Aussichtspunkt mit Blick auf das Wasser und einen verwitterten Holzsteg. Mom und ich schlüpfen aus unseren Sandalen und tragen sie an den Riemen, während wir einen mit in den Sand gesteckten Fackeln gesäumten Weg entlanggehen. An dessen Ende steht ein Pavillon mit transparenten weißen Vorhängen und einem runden Tisch für sechs Personen.

Beichte: Ich vermisse Connor.

Am Meeresufer stehen drei niedrige Podeste, die in einem Steingrau bemalt wurden, damit sie sich in die Landschaft einfügen. Auf zwei von ihnen stehen aufgeklappt die verbliebenen Medaillons, eins mit Brad und Chelsea, das andere mit Ray und Sabrina. Auf dem mittleren Podest befindet sich Moms Verlobungsring in einer Schatulle aus Kirschholz, die im Schein der Fackeln glänzt.

»Willkommen zu eurem Überraschungsdinner«, begrüßt uns Danny Romano mit seiner übertriebenen Moderatorenstimme und deutet auf einen Holzkohlegrill und einen Tisch, der mit Zutaten, Gewürzen und Einkaufstüten beladen ist. »Die Kandidaten haben die letzte Stunde damit zugebracht, diverse Gerichte für euch zuzubereiten.«

»Das ist ja süß«, schwärmt Mom und lächelt Ray an, der eine Playlist mit klassischer Musik startet.

Ich bin von dem Koch-Konzept nicht so begeistert – bis die Produzenten sagen, dass wir tatsächlich essen dürfen, solange es nicht die Konversation stört.

Wir nehmen Platz und lehnen uns zurück, während Sabrina uns jeweils einen Drink in einem blassen Orange und ein Glas Wasser serviert.

»Das ist ein Mango-Zucchini-Smoothie«, erklärt Ray. »Ich habe versucht, mir etwas einfallen zu lassen, das von Natur aus süß ist und keinen extra Zucker braucht.«

»Ich habe geholfen!«, wirft Sabrina ein.

Mom und ich zögern kurz, bevor wir einen Schluck davon trinken. Wir sind von Dads Experimenten an der Saftbar gebrandmarkt. Ray und Sabrina sind jedoch wesentlich talentierter, denn selbst mir schmeckt es, und ich mag sogar die Konsistenz.

»Das ist echt gut«, lobe ich Sabrina. »Normalerweise mag ich keine Smoothies.«

»Danke.« Sabrina lächelt und setzt sich uns gegenüber. »Die Getränke und das Tischdecken waren meine Aufgaben.«

Wie aufs Stichwort taucht Ray mit einer länglichen Platte auf, die er in die Tischmitte stellt. Dann reicht er Mom eine Zange.

»Da wir keinen Backofen hatten, musste ich ein wenig kreativ werden.« Er nimmt sich eine Gabel und benutzt sie als Zeigestock. »Das ist ein Erdnuss-Curry-Dip mit gegrillten Süßkartoffelpommes. Feigen im Speckmantel in Ahornsirup. Gefüllte Eier mit Avocado. Und mein persönlicher Favorit, den ich als ›Snack für Erwachsene‹ bezeichne: Crostini mit Prosciutto und frischem Mozzarella.«

»Ich weiß gar nicht, wo ich anfangen soll«, bemerkt Mom lachend. »Das klingt alles sehr lecker.«

»Ich nehme von allem etwas.« Ich belade meinen Teller, ohne mich um eine Zange zu scheren. Wenn man sich nur genug Mühe gibt, ist alles Fingerfood. »Warum kannst du das alles? Ich dachte, du wärst Englischlehrer, nicht Koch.«

Ray wird knallrot. »Nach dem Tod meiner Frau wusste ich nicht mal, wie man Käsemakkaroni aus der Schachtel zubereitet. Also habe ich an der Volkshochschule ein paar Kochkurse belegt. Die waren ein bisschen anspruchsvoller als erwartet.«

Sabrina schlägt mit ihrem Löffel gegen den Tellerrand, weil der Erdnuss-Dip daran klebt. »Sie haben eine Münze geworfen, um zu entscheiden, wer das Steak zubereiten darf.«

»Wer hat gewonnen?«, fragt Mom.

»Brad.«

Da ich den Mund voller Speck habe, rolle ich nur mit den Augen.

Sobald sich die Produzenten oder Ian in mein Blickfeld schieben, versuche ich zu erkennen, was als Nächstes passiert, leider ohne Erfolg.

Brad und Chelsea kommen immer mal wieder vorbei, um einen Schluck von ihren Smoothies zu trinken oder um von den Vorspeisen zu naschen. Brad ist heute ungewöhnlich schweigsam, ein Zeichen für seine Nervosität. Er öffnet den Grill viel zu oft, und immer wieder fällt ein Stückchen Fleisch in den Sand, wenn er mit dem Bratenwender hantiert. Ich glaube, mit Rays Kochkünsten hätte er nicht gerechnet.

»Filet Mignon«, verkündet er, als er den Hauptgang serviert. »Innen medium, außen leicht angebrannt.« Er setzt sich neben Chelsea und nimmt sich zuerst.

374

Ich muss das Filet nicht mal anschneiden, um zu wissen, dass es viel zu durch ist. Von außen sieht es aus, als wäre es von einem feuerspeienden Drachen zubereitet worden. Als ich die Gabel hineinsteche, muss ich fest drücken, um die Zinken ins Fleisch zu bohren.

»Vielen Dank euch allen«, schwärmt Mom, schneidet sich ein winziges Stück Fleisch ab und kaut mindestens dreißig Sekunden, bevor sie schluckt. »Das ist wirklich großartig. Was für ein schöner Ausklang.«

Ohne ein Wort verschwindet Ray wieder in der improvisierten Küche und wühlt in der Kühlbox zu seinen Füßen. Dann wirft er ein paar Zutaten in eine Edelstahlschüssel, stellt sie kurz auf den Grill und bringt sie anschließend.

»Möchte jemand ein Topping zum Filet?«, fragt er und gibt etwas von dem Inhalt der Schüssel auf sein Essen. »Es besteht nur aus Butter, Knoblauch und ein wenig Petersilie.«

»Gern«, erwidere ich und halte ihm meinen Teller hin. Hoffentlich wird das trockene Fleisch dadurch ein wenig genießbarer, sonst muss ich die Kruste am Ende noch mit einer Kettensäge entfernen.

Ich denke daran, wie ich mit Connor auf dem Fußboden Käsesandwiches gegessen habe.

Beichte: Ich vermisse Connor wirklich sehr.

Brad blickt beleidigt drein, als er merkt, dass niemand die Hauptspeise aufgegessen hat, dafür aber alles von Ray verspeist wurde, bis auf den allerletzten Tropfen Dip.

»Hoffentlich habt ihr noch genügend Platz fürs Dessert«, sagt Chelsea und holt ein Tablett mit aufgespießten Marshmallows, Crackern und großen Schokostücken. »Ich dachte, wir könnten sie über den Fackeln rösten.«

»Oh, das ist eine gute Idee«, murmle ich und ärgere mich, dass *sie* den Einfall hatte.

Chelsea scheint mein Kompliment zu überraschen.

»Ich bin süchtig nach S'Mores«, sagt sie und reicht mir den ersten Spieß. »Zu Hause habe ich sogar ein S'Mores-Müsli.«

»So was gibt's?« Ich sehe Mom an. »Können wir das auch mal kaufen?«

Sie lacht schnaubend. »Warum? Bist du meine Bioleinsamen etwa schon leid?«

Irgendwie bin ich froh, dass die Stimmung so gut ist. Heute steht die letzte Entscheidung an, da sollten wir in der Lage sein, wenigstens eine Stunde in Frieden miteinander zu verbringen. Selbst Brad wird ein bisschen lockerer und lacht über sich selbst, als sein Marshmallow über der Flamme schmilzt und auf seinen Zeh tropft.

Doch mit der Leichtigkeit ist es sofort vorbei, als Danny Romano verkündet, dass die Sweetheart-Zeremonie bevorsteht. Mein Herz hüpft und stottert wie der Motor eines alten Trucks an einem eisigen Wintermorgen. Es ist zu spät. Sam kommt nicht. Ich werfe Venti einen irritierten Blick zu, doch der zuckt nur mit den Schultern.

Gemeinsam nähern wir uns den drei Podesten, während irgendjemand die Musik ausschaltet. Ich begutachte Moms Verlobungsring und stelle fest, dass sie sich für den Prinzess-Schliff entschieden hat. Schon lustig, dass einem so kleinen Objekt so viel Bedeutung beigemessen wird. Ich könnte den Ring einfach ins Meer werfen, und wir würden ihn in einer Million Jahren nicht finden.

Ich weiß, dass Danny Romano spricht, doch das Rauschen in meinen Ohren und das Brüllen meiner eigenen Gedanken übertönen alles andere. Trotz des Essens ist mir plötzlich schwindlig. Kalt.

Kurz dreht sich alles, bevor Danny Romano zum allerletzten Mal fragt: »Julia und Cara, wer von den Kandidaten muss uns heute verlassen?«

Kapitel 35

In Zeitlupe bewegt sich Mom auf die Podeste zu und betrachtet die beiden Bilder darauf. Ich weiß nicht, ob sie den Moment der Entscheidung absichtlich hinauszögert, um Spannung zu erzeugen, oder ob sie tatsächlich unschlüssig ist. Ich weiß nur, dass ich sie nicht mehr beeinflussen kann, denn sie hat recht: Ein Lebenspartner ist eine größere Entscheidung als eine Stiefschwester.

Irgendwann streckt sie die Hand aus und schließt, wie vermutet, Rays und Sabrinas Medaillon.

Danny Romano nickt. »Ray und Sabrina, ihr müsst uns leider verlassen. Verabschiedet euch bitte jetzt von Julia und Cara.«

Brad ballt die Hand neben seinem Körper zu einer Faust und bewegt sie triumphierend auf und ab. Chelsea reagiert, von einer winzigen Veränderung ihrer Haltung abgesehen, überhaupt nicht.

»Tut mir leid, dass es mit uns beiden nicht geklappt hat.« Ray breitet die Arme aus und gibt Mom einen Kuss auf die Wange, als sie sich auf halber Strecke treffen und kurz umarmen. Trotz seines enttäuschten Gesichtsausdrucks und des entmutigten Tonfalls spüre ich so etwas wie Akzeptanz. Ich glaube, er hatte sowieso nicht mit dem Sieg gerechnet.

Ich trete vor, um Sabrina zu umarmen. »Mir tut es auch leid. Es war sehr schön mit dir.«

»Es war eine wirklich schwere Entscheidung«, fügt Mom hinzu.

Ray nickt und atmet tief durch. »Du hast mir den Mut und das Selbstvertrauen gegeben, endlich wieder eine Frau kennenzulernen. Dafür kann ich dir gar nicht genug danken. Auf Wiedersehen, Julia.«

Bevor er etwas zu mir sagen kann, schlinge ich fest einen Arm um ihn und ziehe Sabrina mit dem anderen heran. »Ich bin so froh, dass ich euch kennenlernen durfte. Wir bleiben in Kontakt, okay?«

»Machen wir«, verspricht Ray.

»Ich werde dich vermissen!«, murmelt Sabrina in mein Shirt.

Gemeinsam blicken wir den beiden hinterher. Als sie außer Sichtweite sind, unterbricht Danny Romano die melancholische Stimmung.

»Herzlichen Glückwunsch, Brad und Chelsea!«, ruft er und schiebt sich zwischen die beiden. »Ihr seid die Gewinner der ersten Staffel von *Second Chance Romance*. Und jetzt, Brad, musst du eine wichtige Entscheidung treffen. Willst du, dass ihr Freunde bleibt und euch weiterhin kennenlernt, oder willst du Julia bitten, dich zu heiraten?«

Danny Romano wendet sich um, um nun direkt in die Kamera zu sprechen.

»Julia und Brad, wir haben noch eine kleine Überraschung für euch. Wenn ihr euch dazu entscheidet, den Bund der Ehe einzugehen, kommen wir mit einer Sonderfolge zurück und übernehmen alle Kosten eurer Traumhochzeit.«

Mom schnappt nach Luft und presst sich die Hand auf den Mund. Ihre Reaktion ist erstaunlich überzeugend, wenn man bedenkt, dass sie uns von dem Preis schon mehrfach erzählt haben.

Beichte: Ich werde diesen Scheiß auf gar keinen Fall noch mal machen. Komm schon, Sam. Komm schon.

Danny Romano tritt einen Schritt zurück, um Ian Platz zu machen. »Und, wie entscheidest du dich, Brad?«

Bei der Ausstrahlung machen sie bestimmt genau an dieser Stelle eine Werbepause.

Grinsend hält Brad den Verlobungsring fest zwischen Daumen und Zeigefinger. Dann schiebt er mit dem Fuß eine störende Muschel beiseite und geht auf die Knie.

»Julia, ich bin der festen Überzeugung, dass wir füreinander bestimmt sind. Ich kann es gar nicht erwarten, dir dabei zu helfen, die beste Frau zu werden, die du sein kannst. Wir werden zusammen die Welt bereisen und neue Dinge erleben. Nimmst du diesen Ring als Zeichen meiner Liebe und Entschlossenheit?«

»Das ist ein wirklich intensiver Moment, doch hier passiert gerade mehr, als man auf den ersten Blick erkennt«, mischt sich Danny Romano ein, bevor Mom etwas erwidern kann.

Hastig steckt Brad ihr den Ring an.

»*Willst du ...*«, beginnt er, doch wenn Danny Romano eins kann, dann ist es laut sprechen. Er erhebt die Stimme, um Brad zu übertönen.

»Julia, wir von *Second Chance Romance* hatten das Gefühl, dass wir dir nicht die Liebe vorenthalten dürfen, nach der du dich wirklich sehnst. Deshalb geben wir dir, Julia ... eine zweite Chance ... mit ... Sam.«

Unsere Köpfe schnellen herum, und Sam tritt in Erscheinung. Er trägt einen Anzug, bei dem nichts zusammenpasst und das Jackett schlecht sitzt.

»Julia, es tut mir alles so leid.«

»Sam.« Mom schnappt nach Luft und streckt instinktiv die Arme nach ihm aus. »Du bist noch da. Du bist noch gar nicht abgereist?«

Brad erhebt sich, legt eine Hand auf Sams Brust und schubst ihn leicht. »Was ist dein Problem? Du bist nicht Teil der Show. Sie will nicht mit dir reden.«

Mit einem selbstzufriedenen Grinsen blicke ich zu Venti hinüber und mache eine Armbewegung über die Szene, von Brads immer dunkler werdendem Gesicht bis hin zu Moms schockiertem Ausdruck.

Ich habe euch ein Drama beschert, wie es nur ein Teenager vermag.

»Ist das wahr?«, fragt Sam.

Mom hat es die Sprache verschlagen; sie schüttelt nur den Kopf.

Sam faltet einen zerknitterten Zettel auseinander und hält ihn in der Dämmerung ganz dicht vor seine Brille. Dann wendet er sich Mom zu.

»J-Julia. Ich konnte dich nicht einfach gehen lassen, ohne dir meine Gefühle zu gestehen. Seit unserer ersten Videokonferenz fühle ich mich zu dir, deiner Energie und deinem Tatendrang hingezogen. Manchmal habe ich mir sogar Gründe ausgedacht, um dich anzurufen. Du bist klug und witzig, und ich würde meinen Job fünfzigmal hinschmeißen, wenn ich dafür fünfzig Dates mit dir bekäme.«

Er blickt von seinem Blatt Papier auf und sieht ihr in die Augen.

»Ich kann dir nicht versprechen, dass ich irgendwann heiraten will oder dass das mit uns für immer ist, aber ich will es auf jeden Fall versuchen.« Ein wenig ungelenk sinkt er auf die Knie und hält eine schwarze Samtschatulle in die Höhe. »Würdest du diesen Ring als Zeichen meiner Zuneigung annehmen?«

Ian tritt ihm gegen den Schuh und zischt: »Öffne die Schatulle, du Idiot.«

Mit ein wenig Mühe öffnet Sam den Deckel, und zum Vorschein kommt der Silberring mit dem Sanddollar.

Brad schnaubt. »Ein Freundschaftsring? Wie alt bist du? Vierzehn?«

Während Brad immer lauter wird, schrumpft Chelsea immer mehr in sich zusammen. Wenn sie nach all ihren Shampoo-Werbespots wirklich so ein TV-Profi ist, wie sie vorgibt zu sein, dann weiß sie, dass sie gerade nicht gut rüberkommen.

Mom ist die Erleichterung deutlich anzusehen, aber ich muss mich trotzdem einmischen.

»Tu es, Mom! Sag Ja!«

»Ich nehme den Ring an«, platzt Mom heraus und nimmt wie im Nebel Brads Ring ab.

Ich mache einen Satz nach vorn, um ihn ihr abzunehmen, bevor sie ihn noch in den Sand fallen lässt. Ich bin ziemlich sicher, dass die Show von ihrem Rückgaberecht Gebrauch machen muss.

»Das ist doch lächerlich!«, brüllt Brad. »Er ist nicht mal Teil der Show. Ich bin der letzte Kandidat. Das bedeutet, dass ich gewonnen habe.«

Chelsea hebt eine Hand. »Dad, darf ich ...«

»Sei still, Chelsea!«, faucht er sie an.

Mom wendet sich ihm zu. »Es tut mir so leid. Ich wusste nichts davon. Ich habe nur ... Ich sollte dir erklären, wie ich mich die ganze Zeit gefühlt habe und warum mir nicht ganz wohl dabei war, mich für dich zu entscheiden.«

»Da gibt es nichts zu erklären.« Brad packt sie am Handgelenk und zieht sie zu sich. »Wir müssen allein reden. Ohne Publikum.«

Mom reißt sich von ihm los, drückt ihren nackten Fuß gegen seinen Bauch und stößt ihn mit einem Eins-a-Kickbox-Move von sich. Dann reibt sie sich das Handgelenk.

»Ich versuche gerade, mit dir zu reden, aber du hörst mir nicht zu. Wenn du mich noch einmal anfasst, rufe ich den Sicherheitsdienst.«

»Wie kann das überhaupt rechtens sein?«, fragt Brad und streicht sein Hemd glatt. »Ich habe schließlich einen Vertrag unterschrieben.«

Mom lacht schallend. »Nur zu, verklag mich doch.« Sie macht eine abfällige Handbewegung. »Du kannst jetzt gehen. Danke für die schauspielerische Leistung.«

Zwei der größeren Crewmitglieder nehmen Brad in ihre Mitte und führen ihn weg. Chelsea folgt mit großem Abstand und hängendem Kopf. Was für ein schöner Anblick.

Mom hält Sam ihre Hand hin, und er steckt ihr den Sanddollar-Ring an. Im Vergleich zu dem riesigen Diamanten ist er winzig, aber ich sehe an ihrem schüchternen Grinsen, dass sie ihn liebt. Und ihren alten Verlobungsring hat sie schließlich auch nie getragen.

»Willst du mich jetzt endlich küssen?«, fragt sie atemlos und mit glühenden Wangen.

»Das würde ich ja«, krächzt Sam. »Aber ich habe Probleme mit dem Knie und glaube nicht, dass ich aus dem Sand wieder hochkomme.«

Ohne die Kamera zu verwackeln, schlägt sich Ian kichernd die Hand vor die Stirn und bedeutet einem Assistenten, Sam zu helfen, doch Mom zieht ihn mühelos hoch. Dann bekommt sie endlich ihren Kuss und sinkt in seine Arme.

»Woher wusstest du das?«, flüstert Mom und bewundert den Sanddollar an ihrem Ringfinger.

Sam und Ian wechseln einen verschwörerischen Blick. »Sagen wir mal so … Vielleicht hatte ich ein wenig Hilfe.«

Ich stelle die Musik wieder an und drehe sie so laut, dass Mom und Sam sie immer noch hören können, während sie sich der Brandung nähern.

»Das wird ein Albtraum im Schnitt«, murmelt Ian und beobachtet, wie Sam Mom in einem improvisierten Tanz herumwirbelt. »Er hat gerade die gesamte Storyline zerstört. Ich war noch nie so froh darüber, dass ich nur der Kameramann bin.«

»Du bist nicht nur der Kameramann«, widerspreche ich, schlinge die Arme um seinen Hals und drücke ihn fest. »Du bist auch ein guter Freund. Danke, Ian. Vielen Dank.«

Er tätschelt mir den Rücken. »Gern geschehen. Kümmert euch gut um Sam, okay?«

»Das machen wir.«

Ich schnappe mir ein Gemüsemesser aus der Küchenecke und benutze die Spitze, um die Hochglanzfotos von Brad und Chelsea aus dem Medaillon zu entfernen.

In die nun leere Fläche ritze ich zwei Namen: Julia und Sam.

Epilog

Obwohl ich fast die ganze Zeit mit Connor telefoniert habe, bin ich erschöpft von der dreistündigen Fahrt nach Pittsburgh. Es beruhigt mich, seine Stimme zu hören, so habe ich fast das Gefühl, dass er bei mir ist.

Als ich ihn zum ersten Mal angerufen habe – nachdem ich Venti beinahe gefoltert habe, damit er mir Connors Nummer gibt –, hatte ich Angst, er würde mir sagen, dass alles nur gespielt war oder er kein Interesse an einer Fernbeziehung hat. Es ist schwer zu glauben, dass ich die Beziehung nur zugelassen habe, weil ich *wusste*, dass sie enden würde. Noch nie habe ich mehr gehofft, dass ich falschliege.

Doch statt aufzulegen, wollte er nur wissen, welcher Flughafen bei mir in der Nähe sei. Die Frage wäre leichter zu beantworten gewesen, wenn wir Dad und LeAnne nicht sofort den Laufpass gegeben hätten, nachdem Mom ihren Scheck für die Teilnahme an der Show erhalten hat.

Ich dachte, ich würde sie nur noch selten besuchen, nachdem ich achtzehn geworden bin, doch das schlechte Gewissen zieht mich immer wieder zurück nach Ohio. Nun, wenigstens kann ich dann auch Vanessa sehen und Pläne mit ihr schmieden. Ich kann es gar nicht erwarten, dass sie Connor endlich persönlich begegnet. Sie meinte zwar, sie habe ihn doch schon per Videochat kennengelernt, aber das ist nicht dasselbe. Zumindest für mich nicht.

Ich werfe einen Blick auf meine Armbanduhr und verziehe das Gesicht. Wenn es in der Geschwindigkeit weitergeht, bleibt mir kaum Zeit fürs Frühstück, bevor mich Mom wieder zur Tür hinausscheucht.

Zum Glück hat Sam in der Küche unseres kleinen Stadthauses bereits Kaffee aufgesetzt.

»Stau?« Er reicht mir eine Tasse und schiebt mir eine Schachtel Donuts zu. »Ich habe dir einen mit Apfelfüllung mitgebracht.«

»Danke«, murmle ich und tauche meinen Donut in den schwarzen Kaffee. »Der Verkehr ging. Ich bin nur nicht losgekommen, weil Dad ständig darüber gejammert hat, dass er sich ganz allein ums Fitnessstudio kümmern muss und Mom überhaupt nichts macht.«

»Nicht die Leier schon wieder!« Mom kommt in einer schwarzen Leggings und einem pinkfarbenen Tanktop mit Ringerrücken ins Zimmer gefegt und beißt in meinen Apfeldonut.

»Er ist immer noch so angefressen. Er kann einfach nicht anders.«

Sam kichert. »Wie ihr es formulieren würdet ... Auf einer Skala von eins bis Cinderellas Stiefschwestern, wie angefressen?«

»Zehn«, erwidere ich, schwenke meine Tasse aus und stelle sie in die Spüle. »Auf jeden Fall eine Zehn. Könnte sogar sein, dass er anfängt, seine Füße in die Schuhe anderer zu quetschen.«

Wir klettern in Sams SUV und fahren durch die Stadt ins Industriegebiet. Die Lagerhalle ist so groß, dass sie über die anderen Gebäude hinausragt. Die Autowerkstatt an der Ecke sieht dagegen winzig aus.

Sam parkt am Nebeneingang und lässt uns mit seinem Sicherheitsausweis hinein.

»Das war eine gute Idee«, gebe ich zu und beäuge die Kameras über dem Eingang. »Jetzt müssen wir uns keine Gedanken mehr über irgendwelche merkwürdigen Leute machen, die hier aufkreuzen. Und falls doch, wissen wir sofort Bescheid.«

Mom nickt enthusiastisch. »Hauptsache, wir kriegen dieses Paparazzi-Problem in den Griff.«

Seit wir einen Fotografen erwischt haben, der sich im Badezimmer versteckt hat, ist sie ein bisschen verärgert. Aber allzu sehr kann sie sich auch nicht beschweren.

Obwohl die erste Staffel von *Second Chance Romance* aufgrund der unvorhergesehenen Liebesgeschichte durch die Decke gegangen ist, haben sie Mom und Sam nicht angeboten, die Kosten für die Hochzeit zu übernehmen, weil Sam kein regulärer Kandidat war, aber das spielt keine Rolle. Seit der Premiere sind so viele Menschen von ihnen besessen, dass sich Mom und Sam alles leisten können, was sie wollen. Klar, manchmal finden wir auch einen Fotografen auf unserem Klodeckel. Das ist aber ein kleiner Preis für all die Möglichkeiten, die sich durch die Show ergeben haben – wie zum Beispiel Moms neuer Job.

Das Erdgeschoss des Lagergebäudes ist schon vorbereitet, es riecht nach Reinigungsmitteln und dem Gummi von den Trainingsmatten. Mom überprüft ihre Frisur und bespricht sich mit den zwei Leuten, die in ihren Videos im Hintergrund ihre Übungen nachmachen und dabei so wirken sollen, als wären sie für sie schwieriger als für Mom.

Ich mache es mir in einem Sessel bequem, während alle um mich herumwuseln und letzte Vorkehrungen treffen.

»Sind wir fertig?«, ruft Mom und bewegt sich in die Raummitte.

Sam legt die Hände an den Mund und ruft: »Bereit, wenn ihr es seid!«

Mom wartet kurz, bevor sie zu ihrer Begrüßung ansetzt. »Danke, dass Sie auch heute wieder *Celebrity Fitness* eingeschaltet haben. In dieser Episode haben wir drei ganz besondere Gäste für Sie. Den ersten kennen Sie sicherlich von seinem knallharten Kampf um den Titel des Schwertfisch-Königs: Brian Foster von *High Steaks Chef*.«

Mom und ihre Vorführer klatschen, als Brian die Szene betritt. Er zupft kurz an dem Stoff seines hautengen Trainingsshirts und schüttelt Mom dann die Hand.

»Julia, vielen Dank für die Einladung. Du weißt ja, dass ich ein großer Fan bin.«

Mom wartet, bis er auf seiner Position ist, bevor sie sich wieder der Kamera zuwendet.

»Die nächsten beiden Gäste sind sehr gute Freunde und die Stars der zweiten Staffel von *Second Chance Romance*.« Sie deutet auf den Bereich außerhalb des Bildes. »Bitte heißen Sie Ray und Sabrina Ortega willkommen.«

Ray und Sabrina umarmen Mom so stürmisch, dass sie umfällt. Lachend rappelt sie sich auf und hält sich an Rays Schulter fest, während sie wieder in ihren Turnschuh schlüpft.

»Ihr seid erst seit fünf Sekunden hier, und ich liege schon jetzt auf der Matte! Was passiert erst, wenn wir gleich Sport treiben?«

»Cut!« Sam tritt grinsend vor. »Versuchen wir das noch mal. Fangen wir nach Brians Auftritt an.«

»Oh, oh«, murmelt Ian. Er richtet sich hinter der Kamera auf und wedelt mit den Armen. »Aufgepasst, Leute! Sam benutzt seine Produzentenstimme.«

»Mach dich bloß nicht zu sehr über mich lustig. Ich bestimme, ob du eine Gehaltserhöhung bekommst oder nicht.«

Ian schnaubt. »Dann erpresse ich dich einfach mit den Fotos von deinem Junggesellenabschied. Damit hat sich die Gehaltsverhandlung erledigt.«

Ich habe die berühmt-berüchtigten Bilder nicht gesehen, doch ich weiß, dass eine Destillerie-Tour mit im Spiel war, außerdem ein Hühnerkostüm und ein Sam, der auf der Treppe vor unserem Haus schläft, einen Zettel am Hemd, auf dem »*Julias Problem*« steht.

»Wage es bloß nicht«, erwidert Sam mit zu Schlitzen verengten Augen.

»Fordere mich nicht heraus.« Ian deutet mit dem Daumen auf mich. »Es ist, wie sie schon in Florida gesagt hat: In der Liebe und beim Fernsehen ist alles erlaubt.«

Ich lege die Hände an den Mund und rufe: »Außer Pausen, richtig?«

Ian lacht. »Siehst du? Sie ist ein Profi!«

Leseprobe

Ein wunderschöner Roman über die großen Fragen im Leben, über das Im-Jetzt-Sein und eine unglaublich berührende Liebesgeschichte, die mit einem Roadtrip in Spanien beginnt

Die 17-jährige Mia wurde mit einem Herzfehler geboren. Angst vorm Tod hat sie nicht – aber zu sterben, bevor sie ihre leibliche Mutter ausfindig machen konnte, kommt für sie nicht infrage. Deswegen beschließt sie kurz vor ihrer nächsten OP, nach Spanien zu reisen, um die Frau zu treffen, die sie als Baby weggegeben hat.

Kyles Leben nahm vor einem Monat eine drastische Wendung, als er einen Autounfall verursacht hat, bei dem sein bester Freund ums Leben kam. Seitdem wird er von Schuldgefühlen zerfressen. Als er kurz davor ist, von einer Klippe zu springen, ist es Mia, die ihn davon abhält. Sie bittet ihn, sie nach Spanien zu begleiten – auf eine Reise, die für beide alles verändern wird …

MIA

Ich wurde mit einem erschreckend kurzen Verfallsdatum geboren. Vermutlich ist das auch der Grund, warum meine Mutter mich nur zwei Tage nach meiner Geburt verlassen hat. Aber es kommt absolut nicht infrage, dass ich sterbe, bevor ich mehr über sie in Erfahrung gebracht habe, daher bleibt mir nichts anderes übrig, als sie ausfindig zu machen – auch wenn das bedeutet, dass ich dafür von Zuhause abhauen und den Atlantischen Ozean überqueren muss.

Ich warte, bis meine Pflegemutter Katelynn mit klackernden High Heels den Flur hinunterläuft und durch die quietschende Eingangstür verschwindet, dann gehe ich schnell in mein Zimmer und schaue unter das Bett. Jepp, er ist noch da: der Vintage-Koffer, den ich vor einem Jahr auf einem Hinterhofflohmarkt gekauft habe. Aufgenähte Flaggen übersäen das abgenutzte grüne Leder und erzählen mir von beeindruckenden Reisezielen, deren Namen ich nicht einmal aussprechen kann. Von Orten, die ich nie werde besuchen können.

Ich lege den Koffer aufs Bett und packe alle Klamotten ein, die ich aus meiner Seite des Schranks gewühlt habe: zwei Paar Hosen, drei T-Shirts, meinen Glückscardigan und zwei Pullover, dazu noch Unterwäsche, meine drei Tagebücher, die Filzstifte und meinen wertvollsten Besitz – meine Kamera. Dann greife ich nach dem rosafarbenen Wollschal, der wie eine Weihnachtsgirlande hinter meiner Tür hängt, und schmiege meine Wange an den weichen Stoff. Obwohl ich weiß, dass es bereits Frühling ist und ich den Schal nicht tragen werde, bringe ich es einfach nicht über mich, ihn hier ganz allein zurückzulassen.

Als ich ihn von der Tür nehme, huscht ein Schatten durch das Zimmer. Ich wirbele herum und blicke geradewegs in mein erschrockenes Spiegelbild, das mir vom Fenster entgegenstarrt. Kurz kreische ich auf und breche dann in Lachen aus. Wie man merkt, ist diese ganze Sache mit dem Abhauen echt neu für mich.

Ich würde gern daran glauben, dass mein Herz sich bewusst dazu entschieden hat, anders zu sein, einzigartig eben, und dass ich genau deshalb mit nicht weniger als drei Herzfehlern geboren wurde. Eigentlich war mir das alles egal, denn ich hatte einen Plan, den perfekten Plan sogar: In genau einem Jahr und zwei Tagen, an meinem achtzehnten Geburtstag, wollte ich nach Spanien fliegen, um nach meiner Mutter zu suchen. Noah, ein Freund aus meinem Fotografiekurs, wäre auch mitgekommen. Tja, aber diesen Plan kann ich jetzt vergessen. Als ich letztens wieder mal zwei Wochen im Krankenhaus gelegen habe, haben die Ärzte mir gesagt, dass wir die Operation nicht länger verschieben können.

Ich habe keine Angst, zu sterben. Ganz einfach. So ist das wohl, wenn man ein Verfallsdatum hat, das schnell näher rückt. Wovor ich allerdings sehr wohl Angst habe, ist die Operation. Davor, dass mein Herz aufgeschnitten wird. Davor, dass es niemanden gibt, den mein kaputtes Herz überhaupt interessiert. Sorry, aber da bin ich raus.

Die Rothwells haben mich nie viel reisen lassen, daher werden sie sicher nicht erlauben, dass ich auf einen anderen Kontinent fliege. Sobald ich also in das Flugzeug nach Spanien steige, werde ich offiziell eine Ausreißerin sein. So eine, von der in den Medien berichtet wird. Mir bleiben jetzt noch genau zwei Tage, um jemanden zu finden, der mich begleiten will und kann. Bei dem Gedanken hämmert mein Herz heftig gegen meine Rippen. Und obwohl die Ärzte gesagt haben, dass die neuen Tabletten nur für Notfälle sind, nehme ich schnell eine. Auf keinen Fall riskiere ich einen weiteren Rückfall, nicht jetzt.

Während ich den Koffer schließe, gehe ich im Kopf die Dokumente durch, die ich für die Reise brauche. Meine gefälschte elterliche Reisegenehmigung – check. Geburtsurkunde – check. Falscher Reisepass – check. Mein richtiger Reisepass – ups, fast vergessen. Ich klettere auf den Schreibtischstuhl, dann auf den winzigen Tisch und bete dabei, dass er nicht unter mir zusammenbricht. Mit der ausgestreckten Hand taste ich den Schrank ab. Mein Freund Noah, der mich eigentlich hätte begleiten sollen, hat meinen Pass da oben versteckt, damit meine Pflegefamilie ihn mir nicht wegnehmen kann. Ich stelle mich auf die Zehenspitzen und greife weiter nach hinten ... nichts, abgesehen von gigantischen Staubmäusen.

Also knie ich mich hin und stapele jede Menge Schulbücher aus dem letzten Highschooljahr übereinander. Die brauche ich ohnehin nicht mehr. Dann steige ich vorsichtig auf den Stapel und taste bis zum hinteren Ende des Schranks. Als meine Fingerspitzen endlich die raue Oberfläche des Reisepasses berühren, höre ich, wie die Haustür quietschend aufgeht und wieder zuschlägt. *Oh, oh.* Ich schnappe mir den Pass und klettere dann in umgekehrter Reihenfolge zurück: Bücher, Tisch, Stuhl, Boden.

Laute Schritte hallen durch den Flur, doch ich kann nicht einschätzen, zu wem sie gehören. Schnell werfe ich den Koffer auf den Boden. Meine Tür wird genau in dem Moment aufgestoßen, in dem ich ihn mit dem Fuß unter das Bett schiebe.

»Mia, Mia, du wirst nicht glauben, was in der Schule passiert ist!«, ruft Becca, die wie eine Windböe hineingefegt kommt. Becca ist meine jüngere Pflegeschwester und teilt sich das Zimmer mit mir. Außerdem ist sie mein Lieblingsmensch auf der ganzen Welt.

Ich keuche erleichtert. »Becca, du hast mich fast zu Tode erschreckt.«

Sie wirft ihren Rucksack auf den Boden, schließt die Tür und kommt zu mir gelaufen. »Ich habe den Förderunterricht geschwänzt, weil ich dir unbedingt was erzählen muss. Erinnerst du dich noch an das Mädchen, das mich in der dritten Klasse als Idiotin beschimpft hat? Also, heute hat sie den Englischtest total in den Sand gesetzt. Und ...« Sie hält abrupt inne, als sie den Reisepass in meiner Hand entdeckt. Entsetzt starrt sie ihn an, dann sieht sie mit flehendem Blick zu mir auf. »Du gehst?«

»Darüber haben wir doch geredet«, sage ich so besänftigend, wie ich kann. »Erinnerst du dich?«

Sie schüttelt den Kopf, und ihre feuchten Augen verraten mir, dass sie es wirklich nicht mehr weiß. Becca wurde mit einer kognitiven Störung geboren und vergisst manche Dinge einfach. Vermutlich teilen wir uns deshalb auch dieses Zimmer im Haus einer Familie, die nicht unsere ist. Ihre Eltern haben beschlossen, sie loszuwerden, als ihr Problem zu auffällig wurde. Da war sie fünf.

Lächelnd lege ich meine Hände an ihr weiches, sommersprossiges Gesicht. Das beruhigt sie jedes Mal. »Ich möchte die Nordlichter fotografieren, weißt du noch?«, flüstere ich. »Aber das ist unser Geheimnis, du darfst es niemals jemandem erzählen.« Ich kreuze die Finger, presse sie auf meine Lippen und nicke. Das ist unser Geheimzeichen. Ich habe es im St. Jerome aufgeschnappt, dem Heim, in dem ich aufgewachsen bin.

Becca grinst und sieht dabei so aufgeregt aus, dass mir meine Lüge selbst wehtut. Aber ich habe schon vor einigen Jahren gelernt, dass manche Dinge besser unausgesprochen bleiben. Wie soll ich ihr denn erklären, dass ich nicht wieder zurückkommen werde? Spielt wohl auch keine große Rolle, denn Becca blickt bereits konzentriert auf die Straße vor dem Haus.

»Sieh mal«, meint sie, während sie durchs Fenster späht. »Da ist der Typ vom Footballteam. Der, der Noah umgebracht hat.«

Ihre Worte jagen einen Schluchzer durch meinen Körper, den ich gerade noch zurückhalten kann.

»Becca, sag das nicht so.« Ich runzele die Stirn. Es ist weniger Noahs Tod, der mich traurig macht, als vielmehr das Leid derjenigen, die ihn niemals vergessen werden. »Es war ein Unfall.« Ich stelle mich neben sie und sehe, wie der Junge das Haus auf der anderen Straßenseite verlässt. »Ich kann mir gar nicht vorstellen, wie er sich fühlen muss.« Eigentlich stimmt das nicht, ich habe nämlich schon unzählige Male darüber nachgedacht. Wie wird er damit leben können?

Sein Name ist Kyle, und obwohl er Noahs bester Freund war, sind wir einander nie begegnet. Meine Pflegeeltern lassen mich nicht aus dem Haus, außer für Arzttermine, den Sonntagsgottesdienst, meinen Fotografiekurs und den gelegentlichen Morgenspaziergang. Josh, der Typ, der im Haus gegenüber wohnt, saß an diesem Tag ebenfalls im Auto. Er soll wohl ziemlich schwer verletzt worden sein.

Kyle steht einfach nur da, in unserer schmalen Straße, und starrt regungslos in die Leere, als würde nur für ihn die Zeit stillstehen. Ich sehe ihn an und versuche mir vorzustellen, worüber er mit Josh gesprochen hat. Was zwischen ihnen passiert sein könnte.

»Was macht er denn?«, fragt Becca und zieht an meinem Ärmel. »Warum steht er da nur rum?«

Aus der Ferne ist das schlecht zu sagen, doch auf mich wirkt es, als wäre er den Tränen nah. Zuerst blickt er nach rechts, Richtung Stadt, und dann nach links zum Wald. Wie in Trance dreht er sich langsam nach links und setzt sich leicht humpelnd in Bewegung. Sein Blick ist nach vorn gerichtet, und sein Rucksack hängt ihm von der Schulter.

»Wo geht er denn hin, Mia? Was hat er vor? Was soll das?«

Noch bevor mir eine überzeugende Antwort darauf einfällt, fährt ein Bus an unserem Haus vorbei und hält genau vor Kyle. Kurz verschwindet er aus unserem Sichtfeld, und als der Bus wieder losfährt, ist der Gehweg leer.

Becca sieht mich vollkommen verwirrt an.

»Ist er gerade in den Bus gestiegen? Mia, warum nimmt er denn diese Linie? Die fährt doch nur zum Wasserfall. Um diese Uhrzeit ist da doch niemand mehr.«

Da hat sie recht. Außer er hat genau das vor, was ich befürchte. Natürlich erzähle ich Becca nichts davon, doch etwas in mir beginnt zu beben. Er sah so verzweifelt aus. Nein, schlimmer als verzweifelt. Diesen leeren Blick habe ich schon mal gesehen, in der Notaufnahme – in Verbindung mit bandagierten Handgelenken und ausgepumpten Mägen. Ich muss sichergehen, dass es ihm gut geht. Das schulde ich Noah. Er würde nicht wollen, dass seinem Freund etwas passiert. Ich stelle mich näher ans Fenster und beobachte, wie der Bus davonfährt.

»Mia, willst du Scrabble spielen?«

Offensichtlich ist Becca mit den Gedanken bereits woanders, ich hingegen nicht. Ich überlege, wie ich ungesehen dieses Haus verlassen kann. Da die Eingangstür keine Option ist, öffne ich das Fenster und klettere auf den Sims.

»Wo gehst du hin?« Becca hüpft aufgeregt auf und ab. »Ich will auch mit! Ich will mitkommen!«

Wieder lege ich meine Hände an ihre Wangen und sehe ihr ruhig in die Augen.

»Becca, hör jetzt gut zu. Wenn ich bis zum Abendessen nicht zurück bin, musst du Mr Rothwell sagen, dass mein Arzt angerufen und mich gebeten hat, für ein paar Untersuchungen in die Praxis zu kommen. Und dass ich nicht sicher bin, wie lange es dauern wird, okay? Ich muss mit diesem Jungen reden.«

Becca nickt ernst und runzelt leicht die Stirn. Das heißt, sie versteht die Situation und mit etwas Glück wird sie sich lang genug daran erinnern, um mich zu decken. Ich kreuze die Finger und mache unser Zeichen.

»Halt die Stellung, okay?«

Noch einmal nickt Becca und lächelt dann zufrieden.

Sobald meine Füße den Boden berühren, schließt sie das Fenster und reckt beide Daumen in die Höhe.

Welche Möglichkeiten bleiben mir? Ein Auto habe ich nicht, und selbst wenn ich eins stehle, komme ich nicht weit, da ich nicht fahren kann. Zu Fuß würde ich über zwei Stunden brauchen, und der Bus fährt nur dreimal am Tag hier vorbei. Also ist Beccas Disney-Rad, das auf dem Rasen liegt, meine beste und einzige Option. Wenn irgendjemand aus meiner Familie mich dabei erwischt, wie ich auf einem Fahrrad mit Puppenkorb und rosafarbenen Bändern am Lenker einem Bus in Richtung Wald hinterherjage, ruft er den Sozialdienst, und ich werde an ein Krankenhausbett gefesselt. Also bete ich, dass mich niemand sieht.

Ich springe aufs Rad und trete in die Pedale, ohne mich noch einmal umzudrehen.

Der Bus ist mir schon weit voraus und verschwindet um eine Kurve. Vom schnellen Treten brennen mir die Oberschenkel, und ich bitte mein kaputtes Herz inständig darum, noch etwas länger durchzuhalten. Damit ich noch eine gute Tat vollbringen kann – etwas, das mein Leben lebenswert macht –, bevor ich mit einem letzten Herzschlag von diesem Planeten Abschied nehmen muss.

Vielleicht gebe ich ja doch eine bessere Ausreißerin ab, als ich dachte.